叶辛
经典作品

孽债

叶辛 著

作家出版社

目　录

第一章

1

高空中一大片卷积云，白得像闪光明亮的釉瓷，鱼鳞片似的排列齐整地伸展到远远的天边，且随着时间的流逝，云层在施展魔力般往下压。

上海俗谚道："鱼鳞天，不雨也风颠。"

看样子，即便不马上落雨，也要刮大风。这在秋高气爽的上海，是很少有的现象。

好在小菜已经买回来了，梅云清手里拎着满满一菜篮，足够三口之家吃两三天了，不碍事。儿子沈炀手里捧着台电子游戏机，欢天喜地朝楼上蹦。有了这玩意儿，整个星期天他都不会吵着闹着到外面去玩。沈若尘心里说，看这样儿，安心写篇短文没问题。报上在讨论"第三者插足"的社会现象，报社一位朋友约他写篇带总结性的文章，准备结束这一讨论的栏目了。

"若尘，报纸来了，你从我兜里拿钥匙，开开信箱。"梅云清朝楼梯旁自家的信箱里瞅了一眼，抬起臂膀，示意丈夫掏钥匙。沈若尘从她兜里刚摸出钥匙，她就急促地道："我先上去了。炀炀，炀炀，等等我。"

她一路喊着，追上楼去。

沈若尘眯眯含笑地瞅着妻子敏捷地跑上楼去的背影。云清家三姐妹都很美，被誉为三朵金花，而云清是三姐妹中最美的，她个儿高高，颀长而丰满。儿子炀炀都快十岁了，她仍显得风韵别致，和她一路上菜场，沈若尘留神到不少男性的目光时时扫向妻子。是啊，在喧嚣嘈杂、纷扰刺激的大上海，沈若尘总算筑起了一个安宁乐惠的小窝。他有一个幸福的小家庭。

打开信箱，抽出当天的报纸，一封信掉落在地上。沈若尘漫不经心地扫了一眼《上海译报》上的标题，俯身拾起了信。

牛皮纸信封，落款是西南边陲的云南省西双版纳勐禾大寨月亮坝。沈若尘的双手颤抖起来，十个指头仿佛全在这一瞬间麻木了。两份报纸掉落在地上，他丝毫不曾察觉。他撕开了信封，由于过分激动，信封竟从一角斜斜地撕向对面的一角，连信纸也被撕烂了。他小心翼翼地展开信笺，看抬头的称呼，看字迹，看信下角的署名。他稍稍吁了口气，这才镇定地读起信来。

若尘吾友：你好！

没想到我在月亮坝给你写信吧？连我自己都不曾想到要在这里给你去信。你搬进新村房子，住上了两室一厅的新公房，曾来过一封信，是写给允景洪的。我还没给你回信呢！幸好你新搬的住处好记，过目不忘，二十弄三十号四单元四楼，我记住个二三四，再也忘不了啦！要不，这回我真不知该怎么办了。

原谅我给你带去的是个不幸的消息，韦秋月死了。死于她的老毛病头痛，医生诊断是脑部肿瘤。她和你生下的女儿沈美霞，成了个没爹没娘的孤儿。孩子十四岁了，懂点事，见我问她以后怎么办，她说要去找你，还说这是妈妈临终前的嘱咐。说着，她掏出一封前几年你写给韦秋月的信，那上面有你工作的编辑部地址。面对这样一个孩子，我能说什么呢？顺便告诉你，在这里，不知从哪里刮起的一股风，当年为回上海，像你一样和韦秋月离了婚留下的孩子，现在都长大了。他们成了十五岁左右的少男少女，逐步懂事了，多多少少知道了自己的生身秘密。于是乎，他们中的一些胆大的娃娃们便呼群结伴，相约着不远数千里到上海寻找或探望亲生的父母。和他们相比，孤独无依的沈美霞似乎更有权利到上海来找你。

这次我从州府下乡，是来了解边疆贸易的发展情况，顺道弯进月亮坝来。本想故地重游，没料想了解到沈美霞的情况和她的意图。作为当年同一知青点集体户的伙伴，作为今日多少还维持通信联系的朋友，我觉得有必要把这个情况告诉你，以便你思想上有所准备。

我仍在州外贸，看来一辈子把根扎在西双版纳了，无意中应了人们常说的一句俏皮话："献了青春献终身，献了终身献儿孙。"情况不能同你老兄相比，但日子却也过得逍遥自在。

再见！祝

安好！

愚友家雨

读信的时候，沈若尘仿佛从谢家雨书写的字里行间，嗅到阵阵扑面而来的素馨花的清香。哦不，那不是从信笺的字里行间拂来的，那袭人的芬芳是从秋月手腕上戴着的素馨花手镯上掠过来的。

沈若尘木然呆立着，微翕下眼睑，岁月拉开的距离陡地缩短了。把信笺装进信封时，他的手还在颤抖。直到此时他才发现，信纸的反面，还有谢家雨补写的几行字：

又及：

　　我想应该告诉你，你的女儿沈美霞美极了。这里的寨邻乡亲们和农场职工都说她长得像韦秋月。可我觉得，她比当年的韦秋月还要美。这大概就是上海与西双版纳相隔数千里的血缘造成的遗传优势吧。

　　"我的女儿！"沈若尘喃喃地自语了一声，似是要把遥远的记忆从虚无缥缈中找回来。可是他从没同梅云清说过，插队落户时他有过一个妻子，在千里迢迢的西南边陲他还有个女儿，亲生女儿。他心慌意乱，他惶遽不安。该怎么办呢？美霞当真要到上海来吗？她只有十四岁，要坐长途车，要坐两天三夜的火车，光是旅途就要七天，她有这个胆子？沈若尘浮起一丝侥幸心理，也许沈美霞会畏惧路途的遥远，也许她只是碰见了谢家雨说说而已。但他马上意识到这一侥幸心理是可笑的。美霞没有亲人，她靠谁去生活？对父亲的思念，对上海的向往，都会使她踏上旅途的信心倍增。况且她还可能与同命运的少男少女们结伴而行啊！

　　那么他该怎么对梅云清讲呢？天哪，他该如何启齿？

　　沈若尘揣好撕成两片的信，边步上楼时，后面有人喊，你的报纸掉在地上，忘拿了。他急忙反身下楼，弯腰捡起报纸，直起身子来时，他看到信箱门没上锁。噢，他整个儿失态了。

　　雨比预料的还要快地落下来，风翻卷着雨帘，把丝丝缕缕雨星儿扑打进楼道里来。沈若尘不由得打了个寒噤。

　　梅云清赤裸的丰腴的手臂伸出去，在枕边的床头柜上摸着了小灯的开关，啪嗒一声，把橘红色的小灯打开了。她转过脸来，绯红绯红的脸颊上洋溢着喜气，兴奋的眼睛里闪烁着喜悦的光波，微显着羞涩和娇气地道："搂着我。"说着，把脸庞往沈若尘胸怀里一埋，身子缩了缩，紧紧地偎依着他。

　　沈若尘习惯地搂着妻子，性事过后，他知道云清还需要抚慰，需要"发发哒"。他一手搂着妻的颈脖，一手在云清滑爽光润的背脊上轻轻抚摸着。

云清呢喃般轻哼着，表示着自己的满足和惬意。她的声音既像紧贴着他的心房，又好似从很远很远的地方，带着共鸣音传进沈若尘耳里："今晚上，你真让我快活得要命。"

随着她的话声落音，她在他的锁骨那儿吻了一下。

沈若尘又紧紧地搂一搂她。是啊，他爱她，爱她的善良和坦率，爱她的美貌和妖媚。刚同她恋爱时，替他参谋的同事是如何盛赞她的？对了，他们说她艳丽而不妖冶，性感而不风骚，是个理想女性。那是人们仅凭她的外貌说的。婚后，只有沈若尘真正地明白，云清是多么可爱。他从来不曾把过夫妻生活视为负担。每一回，他都能从她那里得到欢悦，得到心旷神怡的满足。而她呢，经常是用赞赏和惊叹的语气，表示自己欲仙欲死的狂喜。这类近乎呻吟感慨的表示，使得沈若尘充满了男子汉的自豪感和自信心。

可今晚上，沈若尘是带着目的、带着点儿勉强上床的。整整一天的心神不宁，使得他兴味索然。下午他瞒着炀炀嚼了两块儿子的巧克力，晚饭时他喝了两小盅酒，都是试图振作精神。他不敢把谢家雨来信的事儿在白天对云清讲，怕她诅咒他是骗子，怕她一怒之下带着沈炀住回娘家去。他思来想去觉得应该将这件事儿在美霞到上海之前告诉云清，什么时候讲合适呢？只有现在这阵儿，她满足而又欢欣，她带着几分慵倦且心情最为舒畅。时已夜深，即便她怒气冲冲，她也不可能闹起来拉儿子一同去外婆家。

沈若尘昏昏欲睡般闭了眼，内心深处却是在警觉地窥探着合适的时机。

云清仍然依偎着他，温暖而又酣适。

午睡时仅是假装闭着眼，实际上紧张的神经始终在毕剥毕剥骤跳。这会儿沈若尘确实有些累了。洁白轻柔的云朵掠过他的眼前，那是西双版纳的云，是缭绕着碧山翠岭让人腾云驾雾的云，是引人步入恬淡、清幽意境的云。沈若尘依稀感到胸怀里搂着的，是他当年瘦削而灵巧的妻子韦秋月。她有一头浓黑的柔发，她温顺而羞怯，她话语不多却爱时常以自己闪动幽波的眼神表示意见，她的美是含蓄的、娴静的，她怎么……

"你怎么了？"梅云清挣脱他的搂抱，翻身坐起，朝他俯下脸庞，一双雪亮的大眼睛探究地盯着他。

沈若尘受惊地睁开眼睛，小灯的光虽柔雅清幽，但在这更深人静的卧室里，却仍然放射着橘红色的光芒。云清的鬓发稍显蓬散，愈发平添了她的几分妩媚，她显然还沉浸在甘霖雨露般的欢情中，脸颊上红艳艳的像正在绽开一朵花。沈若尘掩饰着自己的失态，眨眨眼道：

"噢，我眼前闪过一幅一幅幻影。"

"幻影？"

"呃……"

"什么幻影？"

"云啊，树啊，还有……"

"若尘，你不是有什么心事吧？"红潮从云清的脸颊上退去了，她将着散落下来的鬓发，眼梢一挑问。

"没、没有啊！"

"看你一整天若有所思的样子。报社约的文章，你写好了？"

"还没有。"

"那你一天躲在小屋里干啥？"

要说，现在就可以说了。现在就是机会，还等什么时候呢？沈若尘瞅妻子一眼，云清的眼里流溢着幸福的光彩，她没一点思想准备，她什么都不知道。沈若尘实在没有勇气把实情道出来，他迟疑了片刻，皱紧眉头道：

"找不到一个好的角度，白白浪费一天的时间。就为此烦恼哩！"

"那你一定是累了，早点睡吧，睡吧。"云清丝毫没啥怀疑地为他扯扯薄薄的被子，蜷缩起身子，几乎全身紧挨着他躺下来，仿佛要用她的温存柔情，化开他郁积在心头的烦恼。

沈若尘心底滚过一股感激的热流。幸好，没把那事儿脱口而出给她说。

楼梯上晦暗得近乎黝黑，没开灯，沈若尘上楼时还是走得那么熟悉。他是在这里长大的，婚后很长一段日子，他与梅云清都住在这里。刚搬出去不到半年，他怎会对这里陌生呢！亭子间门关着，爸爸妈妈照例一早就出门，爸爸忙，妈妈提着篮子去公园，做练功十八法，舞剑，跳老年迪斯科，打太极拳，而后上菜场兜一圈，选购些菜回来，不到九十点钟，她是不会到家的。

沈若尘直上前楼。云清一离家去上班，沈若尘就给哥哥拨了一个传呼电话，让观尘在家等着，他马上就赶过来，有要事相商。他知道观尘一定会等的。

他们这一代人几乎都有年龄相仿的兄弟姐妹。观尘比他大三岁，当年观尘是高中67届，他是初中67届，同属老三届，又一起面临延迟了的毕业分配。上山下乡热潮中，上海的政策是"两丁抽一"。血气盛的若尘自告奋勇去充满诗情画意的西双版纳插队落户，当哥哥的观尘就此沾了弟弟的光，分配在当时的无线电厂现在的电视机厂工作。因此两兄弟的关系和一般的姐妹弟兄又不一样，格外亲了一层。

果然，听到楼梯响，四十已出头的观尘迎到前楼门口来说："啥大事？我要去上班，接到传呼条子，马上打电话到厂里调休半天。"

"出事了。"若尘走上去，从衣兜里掏出谢家雨的信，递给哥哥，"到屋里去读。"

这是一间用五夹板一分为二的前楼，本来是十六平方米大间，观尘、若尘分别结婚之后，分割成两间，一家八平方米。观尘是工人，在厂里分房子无望。这次若尘分配到新公房搬出去，等于给他大大改善了住房条件，他对若尘感激不尽。本想把两间房子打通，恢复成原先像像样样的一大间房子；转念一想，女儿沈艺已十五六岁，也该分房睡了；再说，出嫁没几年的妹妹洁尘，时常同丈夫闹矛盾，不时还要住回家来。隔板就此没有拆。住进了新村公房，再回到原来居住的小窝，沈若尘确实感到居室的逼仄了。

观尘的目光从展开的信笺移到若尘脸上，眉头皱紧了："你跟云清讲了吗？"

"没有。"若尘烦躁地端过小椅子，和坐床沿的观尘面面相觑。在家人面前，若尘一点没啥难堪，他同韦秋月的婚姻全家都知道。当年下定决心与秋月离婚，还是家人们出的主意。

"应该讲，若尘。"观尘丢一支烟过来，自己点燃抽一口，微眯着眼道，"如果小美霞来了，一个大活人，瞒是瞒不过去的。"

若尘燃起烟，狠狠地连续抽几口，两眼似乎是被烟气熏着了，闪着泪光烦恼地道："我晓得。可是……可是你知道，这话哪儿那么容易启口！"

"是啊。"观尘同情地叹了口气。

若尘瞅哥哥一眼，是啊，他是老实人，除了陪着你叹息，他还能想出什么点子！他甚至看不出兄弟找上门来，是为了在这里留条后路。爸爸妈妈不在，若尘只有直话直说了。他把半截烟在烟灰缸沿上掐灭，从哥哥手里接过谢家雨的来信，揣进衣兜，说：

"我来，本想找你和爹爹姆妈商量，怎么跟云清讲，如何不伤害她的自尊心。我晓得，讲，早晚总是要讲的。不过，我……我怕……怕、怕还没等我对云清讲，美霞已经来了。"

若尘看了一眼手表，八点过了。如果美霞到了上海，她多半是到单位去找他的。她的手里只有《人生》杂志编辑部的地址，她不可能找到别处去。

观尘的眼睛瞪大了问："你怎么知道？"

"一封信，从西双版纳到上海，都十来天了。"若尘拍拍夹克衫的衣兜，"而旅途只需七天。她若要来，不是该到了吗？"

观尘猛吸一口烟，点了一下头说："她真要出其不意地来了，怎么办？"

"我……我想让她在这里待几天。"若尘终于还是把来此的目的讲出来了，"等我对云清讲了，再接她过去。你看……"

"住几天总是可以的，再说，她总是爹爹姆妈的孙女儿。两个老人，只怕疼都疼不过来呢，他们平时不总在盼个孙女吗？"

"哥哥……"沈若尘含泪叫道。

"别说了。"观尘挥挥手，把抽得很短的烟蒂小心翼翼丢进烟灰缸，"若尘，这辈子，该我吃的苦，你替我吃了。你快走吧，万一小女孩真找到单位，你不在……"

"那好。我现在就赶去。爹爹姆妈那里，你先替我讲一声。"

"好。姆妈买菜一回来，我先同她讲。"观尘站起身道，"反正已经调休半天，我哪里都不去，单等姆妈回来。"

下楼推着自行车出弄堂的时候，若尘忖度着，观尘真能体谅他。平时，家人和邻居们总说观尘太老实，太憨厚，太戆，没啥"花头"，一辈子只能当个技术工人，没多大出息。不像上海滩上一些兜得转的男子汉，头子活络，啥事都能办得到。若尘没这么贬过哥哥，但人们议论时，他多少有点同感。现在看来，他是错看了哥哥。人，还是老实忠厚好啊！若是个个都那么精明盘算，斤斤计较，他今天这件事，能同哥哥商量得通吗？

《人生》杂志照官本位的谱系排列，只能算个"科"级杂志。但如按它的社会影响和发行量来说，比起一般的"处"级杂志甚至于"厅局"级杂志大得多。

谁能想象这家杂志的编辑部竟然是在一条弄堂里，弄口还有一家卖牛煎馒头的小摊；谁又能想象所谓编辑部只不过是两间半还不到的屋。主编、副主编占一间小屋兼堆栈，除却正副主编两张办公桌之外，屋内的其余地方，全堆着过期的杂志、当月印出的新杂志，与《人生》杂志月月交换寄来的杂志，编辑部自费印制出来赠送作者和协作联系部门的塑料面笔记本、通讯录。整间屋子只留下中央一个仅够转身的空间。四个编辑和美术编辑兼编务占据着大房间，放下五张办公桌和几只上锁的书柜，房间里也仅剩一条窄窄的过道了。那另外四分之一间的小小屋，在一进底楼的过厅旁边，原先是编辑部堆放杂物的，只因来了客人，一来无处坐，二来即使勉强坐下了，客人和主人一讲话，其余的人就别想工作了，所以主编、副主编下了决心，把小小屋里的杂物清出来。需要的堆在他俩的办公室里，不需要的统统处理掉，还请房管所给小小屋开了扇四四方方的小窗子，在里面置上一张三屉桌，两把木椅子，一盘茶杯，两只热水瓶，成为紧凑小巧的会客室。没访客时，哪位编辑想要个清静地方，也可以躲在里面专心致志编个急稿。

沈若尘推着自行车经过生煎馒头摊子，进入弄堂又跳上车，紧蹬了几下，拐个弯，来到编辑部门口。油漆剥落的长方形《人生》杂志编辑部木牌下，还空落落的，没停放着一辆车。这说明他是今天的第一名。编辑部七个人，个个都是骑自行车上下班的。

沈若尘吁了一口气，他用脚支起自行车撑脚时，不由环顾了一下弄堂里外，没人在向编辑部走来，尤其是没有十三四岁的小姑娘。他上了车锁，走进过厅，过厅和走廊里都静悄悄的，小小会客室的门紧闭着。美霞要来，不会这么早的。

他看看表，八点四十。同事们陆续都要来上班了，至迟九点钟，人都会到齐。如果美霞找来了，不管是今天、明天或是后天、大后天，她看见他劈面叫一声"阿爸"，用的是那种她一时改不过来的悠悠的、柔柔的、糯糯的西双版纳口音，他该如何对同事介绍，如何解释？

沈若尘脸颊上在发烧，额颅上的青筋在骤跳。直到此时此刻，他仿佛才清醒地意识到，美霞的到来，将整个儿地改变他的形象。噢，岂止是形象，而是整个儿地改变他的生活。

他掏钥匙开编辑室的门，门内的电话在响，好像已不是第一声了。沈若尘仍然慢条斯理旋着门锁，现在不要说是电话，就是电报也不会使他着急。他关心的只是如何应付美霞的到来。

他进了屋，电话还在固执地响着。他走过去，抓起电话喂了一声。

"是《人生》杂志编辑部吗？"话筒里传来一个苍老的声音，带着明显的宁波口音。

"是的。"沈若尘懒懒散散地答。《人生》的影响大，电话号码印在杂志版权页上，社会上什么人都可以操起电话给编辑部拨号。

"我找沈若尘同志。"

指名找他的，他警觉起来，问："你是……"

"我姓卢，卢品山。"完全是个陌生人，"沈若尘在吗？"

"我是啊！"沈若尘不大情愿地回答。每期的责任编辑大名印在刊物上，他们四个编辑，一人每年负责三期，沈若尘的名字要在上百万份刊物上出现，他知道又有热心的读者或是唠叨鬼吃饱饭没事来找他神聊或是相约见面了。

"哎呀，总算找到你了！"话筒里传来的宁波口音如释重负，还带着几分惊喜，"跟你说啊，沈若尘，你的女儿沈美霞，云南的女儿你还记得吗？"

血液在沈若尘的手掌上凝固了一般，他生怕被人听见般嗯了一声，连忙用变了调的嗓音问："卢老伯，她……她在哪里？"

"她找你去了。找到你上班的编辑部去了！"

沈若尘的声气就像在哭丧："我……我这里没见到她呀……"

"哪有这么快，哈哈，要隔一会儿才到呢！"卢老伯笑了，"告诉你，他们是昨晚上找到我这里的。你女儿在我家住了一晚上，刚才吃过早饭，我让小儿子专门陪她去找你了。走了不多久，恐怕还要隔一会儿才能到你那里。放心吧，我小儿子三十多岁了，上海滩大街小巷熟门熟路，不会丢失的。他们走后，我不放心，特意问了查号台，给你挂个电话。"

沈若尘感激涕零，除了一迭连声道谢，什么话都讲不上来。这么一来，他就可以免却在同事面前的尴尬和难堪了。这么一来，他就可以省却心神不定的牵肠挂肚、苦苦等待了。

"还记得我是谁吗？"

沈若尘晃脑袋，搜索记忆，怎么也想不起来，迟疑地说："卢老伯……"

"我是卢正琪的爹呀！"

"哎呀，卢老伯，谢谢你，谢谢你。我改日一定登门拜谢，登门拜谢！"沈若尘记起来了，卢正琪和他是同一命运的云南知青，只是插队的地方离得远，交往不多。回沪初期，他们在街道乡办见过。他依稀记得，那是条豪爽的汉子，似乎也是和自己一样，与傣家女离了婚后回上海来的。

"那就用不着了，都是自家人嘛！"卢老伯的声音仍然那么热情，还带着笑声，"我那孙子卢晓峰，也找来了。"

千恩万谢声中挂断了电话，沈若尘这才想起，忘了问一下卢正琪近来的情况。他记得此人好像分配了工作，在经商。不知为啥不是他打电话来，而是让他爹打来。还有，送美霞的是他弟弟。他在干啥呢？出差，还是同自己一样，结了婚，不便与亲生儿子多交往？

沈若尘手举过头顶，挥斥苍蝇般挥挥手，转身往外走去。正要随手带上编辑室的门，年轻的副主编和两位编辑来了。沈若尘和他们打个招呼，说到弄堂口去接个外地来访者，便溜了出来。

弄堂口生煎馒头小摊前，吃早点的高峰已过去。半平底锅生煎馒头，油浸浸地敞在露天，散发着一股焦脆的香气，发出咝咝咝轻微的响声。

五十四岁的主编老许笑眯眯走来，主动同他打招呼："小沈，你早啊。"

"你早，老许。"沈若尘又把等外地来访者的话重复一遍。瞅着老许的背影步进弄堂，他想还有三位同事没上班，等在这里目标太大，不如换个地方，盯着弄堂口。

马路对面有家糖果店，沈若尘站在店门口，监视弄堂口。哦，哦，美霞来了，她竟然找来了，秋月当年用红布背带把她吊在怀前的情景那么鲜明那么逼真地晃悠悠出现在他的眼前。现在她已长成了个十三四岁的姑娘，家雨还说她美得出奇，美得惊人。天哪，他该如何对待她，怎么处置她呢？她是他的亲生骨肉，是他的女儿啊！多少个静寂无声没人干扰的夜晚，他曾在冥冥中思念她，贪婪地试图在空气中嗅到她体肤的芬芳和乳香。她现在来了。

沈若尘感到痴迷陶醉，感觉紧张不安，他还从没体验过这种久别重逢的父女情。

哦，美霞。

2

这是上海滩四十年代造的新村式高级公寓，四层楼高，蜡地钢窗，采光面积大而宽敞。居室配有大卫生间，走廊和楼梯角还有应急的厕所。厨房在楼下，阳台在楼顶，宽阔而又整洁。杨绍荃能在公寓里占据一间二十四平方米的住房，全靠曾在科研所工作现已卷入出国潮东渡的丈夫程锦泉。住在这里，她什么都有，洗衣机、电冰箱、立体声收录机、大彩电、录像机、瓦灰色的组合式壁柜，全都是日本进口的。包括那套家具，她也特意选购日式的，为的是配套，也为的是将来一旦去了日本，可以更快地适应东洋环境。一般女性热衷的金首饰，她也不缺。打开首饰盒，光是珍珠项链、各式金项链，她就有十几条。她读完研究生，顺利地获得了硕士学位，工作悠闲自在，却又有个令人羡慕的名声：搞研究工作的。

她真生活得那么轻松自如、优哉游哉吗？惟独她心头最清楚。她那双在镜子里映现出的眼睛，总是水汪汪地急切渴慕着什么，希冀着什么。每当夜阑人静时，一股凄惶而又孤独的情愫汹涌地袭来。她结过两次婚，她深切地体验过夫妻生活真实、甜美、酣畅的滋味。且不论吴观潮和程锦泉的为人作风，就男人而言，他们都是好样儿的。可如今，她还不满四十，却偏偏要独守空房，伴着一房豪华阔气的陈设，伴着一盏床头孤灯。她怎能忍受得了！看到窗外的天一黑下来，她就感到烦躁，就有一股想发泄一番的欲望。岂止是晚上，就是在白天，她也常常有着抑制不住的从内心深处喷涌而出的厌倦。

这得怪她生活得太轻闲了。有时她忍不住想，若像当年插队落户时一样整天忙忙碌碌，累得腰酸背痛，她可能会觉得日子好过一点，时间也会打发得快些。

电话铃声响起的时候，她有几分欣喜，总算还有人想到她。

"谁呀？"从话筒里听到她的声音，谁都会误认为这是个妙龄女郎。她一边接电话，一边望着镜子里映出的白皙细腻的脸庞。

"连我的声音也听不出了吗？"吴观潮的嗓门从电话里传来。

这个畜生！杨绍荃真想摔电话，他竟还有脸打电话给她。她永远不会原谅他的背叛。镜子里她的那张脸拉长了，嘴角两条随时会露出笑靥的唇纹倏地扯直了。

"有何贵干？"她冷冰冰地问。迟疑了片刻，她还是没把手放到压簧上去。反正是通电话，离得还远着呢。他的气息伤不着她。

"不是要紧的事，我不会给你打电话。"他话音里的调侃声气全然消失，变得一本正经，"这事关系到我俩……"

"胡说！"她尖厉地叫了一声表示抗议。

他出乎意料地没有反唇相讥，而是将声音压低了："不是要你。安永辉来了。哦不，是我们的娃娃吴永辉来了……"

辨不清他是故意停下不说了，想听听她的反应呢，还是他确实也找不到话讲。电话里嗡嗡嗡一片低吟，杨绍荃呆痴痴地捧着话筒，镜子里映出她脸上的惶悚、慌乱得瞪直了的眼睛和微启的嘴巴。

弄堂里有人在发动摩托车。哪户人家的钢琴又砰咚砰咚弹起来了。

"你骗人！"杨绍荃憋了半天，歇斯底里叫出一声。她知道他不是骗人，他这几年春风得意，什么都有，一贯趾高气扬，擦身而过时那孤傲的眼神，活像外国影片中总统的保镖。可他刚才说话时，连插队落户时的云南口音都露了出来。杨绍荃眼前掠过漠苹那张瘦削的有几颗浅色麻点的脸。吴观潮是心底深处慌了，他只得给她打电话。

"我骗你干啥，娘皮！我都和他吃过一顿饭了。"吴观潮恼怒了，又像当年那样骂起人来，不晓得他敢不敢在漠苹面前骂，"不管你信不信，他都来了，我们得想办法。"

是的，永辉来了，不管他现在姓安还是过去姓吴，他都是她和吴观潮的儿子，是从她肚子里生出来的。

儿子。

她的儿子！

她仿佛在想一个和自己毫不相干的人。她连他的模样儿都记不起来了。那时候为了回上海，她听从了吴观潮的计谋假离婚。上头规定，凡结了婚的都不能走，她和吴观潮都想走，假离婚不成问题，两个人说妥了就行。可儿子怎么办？永辉五岁了，离婚离不脱孩子。安文江、陈笑莲夫妇找来了。那年头，为了回上海什么事儿干不出来？和当地人结婚的，不管是男是女，离了婚都把孩子扔给留下的一方。她和吴观潮都是知青，都要回去，无法扔。正好安文江、陈笑莲婚后多年不孕，他们做梦都想要个娃娃。况且安文江是镇街上供销社一位老实巴交的副主任，陈笑莲呢，是农场割胶工。两口子不是泥巴脚杆的农民，都有收入。婚后没子女，经济上宽裕，收拾得也干净，永辉给了他家，不至于像留在乡间那么苦。于是乎，一方嫌娃娃碍事，一方实心实意想要，永辉便以过继名义送给了那两口子。安文江夫妇留下五百块钱，绍荃死活不要，推来搡去，吴观潮还是收下了。绍荃为此事一连恨了吴观潮几天，待事过境迁，假离婚变成了真分手，绍荃倒以为吴观潮那钱收得对了。她当时最忌讳人家背地里斥责他们变相卖娃娃,几年后她心头暗忖,卖便卖了呗,就算买了清静,没牵挂。十年,整整十年,娃娃在她的头脑中完全淡漠了,现在突然又冒了出来,怎不叫她震惊?

"你怎么不讲话?"吴观潮的声音,又在电话里不耐烦地响起来。

绍荃撇撇嘴,她已经无心再欣赏镜子里自己的情影:"他来干什么?他!"

"干什么,来找生身父母!"

"总有个目的喽!"

"我怎么知道。娘皮!"

"那你就问问他吧。"绍荃说话间已逐渐打定了主意,轻描淡写地道,"当年那钱是你收下的,你该多管着他一点。和你那位贵夫人商量一下,让他住些天吧。"

"不行啊,绍荃,漠苹的脾气你还不知道?"吴观潮急得声音都变了,"平时一提你,她都要变脸。现在又冒出个永辉,她不泼天泼地才怪呢!"

绍荃冷笑了两声,又把脸转向镜子。是的,她非常白,在云南当知青时姑娘们妒忌地说她是晒不黑的。回到上海她变得更白了,粉白粉白,漠苹的相貌是不能同她比的。漠苹最多是有点俏罢了,她那点儿妖娆的媚劲儿全给几颗浅浅的麻点败坏了。她不无自得地道:

"好嘛!你有了打不开的结,就来缠我了。"

"不是我缠你。"吴观潮像申明般吼着,"是永辉提出来的,要见妈妈。他有这个权利!"

绍荃一愣。这是她没想到的,母子间的血缘是任何东西割不断的。

吴观潮又紧逼了一句:"再说程锦泉出国以后,你一个人挺孤单的,让儿子住几天又有什么不可以?"

好啊,原来你是打的这个主意,想把责任往我这里推。绍荃把嘴凑近话筒,简洁地道:"电话上三言两语讲不清。我们见面谈吧。"

约定的地方是街口小花园，如果那儿不清静，就顺路往前走几十步，到个体咖啡馆角落里找个座位谈。

绍荃哼了一声，把电话挂断了。

转过脸来，在仿红木的日式沙发上坐下，绍荃才想起，没问问吴观潮，来的时候带不带吴永辉。

看表，下午四点半钟。离与吴观潮约定的八点，还有三个半小时。

塑料片百叶窗帘半翕着，室内的光线明暗适中。屋里的陈设井然有序。是的，一人待在这偌大的房间里，她感觉寂寞，像昨天那样一下雨她还倍觉凄凉。可突然地，这间屋里要多出一个人来，一个十五岁的小伙子，绍荃会感到别扭、不习惯的。她一个人独来独往、自由自在的生活，过惯了。

程锦泉刚出国的那段日子，她是独善其身，过得很充实很有盼头的。除了上班，她所有的时间都花在学习日语上，她学电视上的日语，还进了一所日语补习学校。她一门心思等待着丈夫的召唤，到日本去开开眼。她的英语本来就学得不错，再攻下日语关，到了日本不愁找不着一个活干。她清心寡欲，她埋头苦读。吴永辉若是在那时候来上海，她会高高兴兴收留他住上一段日子，在上海好好玩玩。她甚至可能陪着儿子到处去转转。

转变恰恰是程锦泉托回国的于碧莉给她捎来四条金项链开始的。

于碧莉率直得惊人，她说她在日本干的活回来对一般人是说不出口的，不过对绍荃讲讲也无所谓。上海现在不也有卡拉OK吗？她就在日本卡拉OK端端盘子，陪陪酒，给客人伴个舞。初丁时不习惯，久而久之便也惯了。否则她一个没啥学问的姑娘，凭啥一小时赚两千日元。靠劳力去刷盘去打工，一小时赚上个七八百日元算多的了。她若也去干那种活，累垮了也不能像今天这样一身珠光宝气地回上海滩炫耀。她说她家在上海的条件可不敢同绍荃比，她家的住房差零点五平方米就算上特困户了。一大家人父亲母亲大男大女的兄弟姐妹挤住在三层阁上。她还说已把一个弟弟弄去日本，她准备把对她羡慕得要死的妹妹也弄去。她并不美，小眼睛，瘦高个，只是像很多上海姑娘一样，肤色细腻白净，走起路来挺有弹性，整个形象让人感到秀气新颖。她还说如今混出头了，伴舞时她认识一位大她十几岁的三十五六的日本男人，个儿比她矮，丧偶后有一个孩子，她嫁了他。以后她每年都可以回一次上海来探亲。

绍荃招待她吃晚餐，不知为啥她对碧莉的直爽坦率非常欣赏。这女人出身并非高贵，但她为程锦泉带四条项链来上海，诚心诚意送上门，光这点就让绍荃对她刮目相看。绍荃尽自己所能美美地招待了她一番，还喝了葡萄酒。于碧莉的酒量真大，一瓶葡萄酒，绍荃仅喝了一小杯，其余的她都干完了。不知是见于碧莉酒后神情恍惚，还是想起了她说的上海住房条件差，当晚她留于碧莉在家歇宿。于碧莉微带醉意睡下之后，绍荃还温习了一遍当天学的日语。于碧莉素质这么差，还在日本混出了名堂，她对自己出国更有信心了。第二天清晨她一早起来，于碧莉还在酣睡，她一边为于碧莉准备早餐，在厨房里守着牛奶锅、咖啡壶，一边还不忘拿一本日语课本。

两个女人相对喜滋滋地坐下喝牛奶咖啡吃法式小圆面包时，于碧莉若有所思地瞅着她，欲言又止地说："昨天和你聊了半天，又亲眼见你怎么在打发日子，看得出你对程大哥一往情深……"

绍荃仰起脸来睁大一对眼睛瞅着她，这姑娘才二十多岁，目光倒挺厉害，绍荃为她对自己的了解而欣慰。这姑娘也会把同样的话对程锦泉说的。

于碧莉笑了一下，呷一口牛奶咖啡，把一双秀气的小眼睛移向窗台，好似在欣赏那几枝飘逸洒脱的菖兰。

"不告诉你是罪过。刚才我醒来后一直在想，想得左右摇摆，拿不定主意……"

"你是说……"

"程锦泉在那边已经与人同居。我告诉你不是责怪他，而是同情你。"于碧莉快言快语地道，"杨大姐，看你活得这么纯洁，这么清苦，我暗自忖度，值得吗？若是我，我会比你现实得多。是人嘛，何必强行抑制自己那种欲望……"

杨绍荃没有垂泪，没有惊讶和遭骗后的愤怒表情，她把一切埋藏在肚子里。她至少在表面上显得仍镇静如常，但她记不得于碧莉还说了些啥，于碧莉又是如何告辞的。

她跌坐在日式沙发上木呆呆地过了一天。这是她倾心相爱的男人第二回抛弃她了。吴观潮抛弃她还有些预兆，她多少还看出些端倪，况且他们是两相情愿地假戏真做，弄假成真，各自东西。初回上海时，他们还偷偷摸摸维持着事实上的夫妻关系，她是逐渐逐渐察觉吴观潮的生活中出现了一个漠苹的。而程锦泉这一手，却来得那么突然，那么出其不意。最可笑的是他已与人同居，还托于碧莉捎回金项链来，且竟是四条，足有五十几克。

没几天后她接到程锦泉的来信，信还是一如既往写得情意绵绵，使劲嗅都嗅不出异常；隔开一两个月她又接到了程锦泉打来的长途，什么都和她聊，还说想她。

杨绍荃终于想明白了，程锦泉虽和人同居却并没想甩了她，她还是他的妻子，他作为男人仅是寂寞难耐，仅是逢场作戏。她装作啥都不知道，在信里在电话上都对他送来的项链表示十二万分的喜悦和欢欣，压根儿没露出责备他的话意。但她听进了于碧莉的话，既然程锦泉可以逢场作戏，她又何必苦守苦熬？她也可以有自己的情人，自己临时的安慰。她不愿意再在走过的路上重复走一遍，离了婚再结婚。一个结三次婚的女人在中国一辈子都会有人说的。她只是不想再委屈了自己。

像她这样风韵犹存、脸貌俏丽白净得晃人的女子，不主动去找都会有男了找上门来，她只消羞涩地半推半就就可以了。她有了一位中意的情人，是个颇有造诣的摄影师，他的大名时常署在一些报刊发表的艺术照片下面的括号里，名字很好记：屈显亮。杨绍荃却觉得他即便没名字也无所谓，管他是 A 是 C。这人不俗，也还尊重她。杨绍荃不答应，他不敢上门。而当她感到寂寞难耐时，一个电话他就会如约而至。关起门来，他们自由自在、无拘无束地享受性的欢乐。而他离去以后，绍荃很快就把他忘了。她要把主动权掌握在自己手里，随时能招他来，随时可以同他断。她从不主动地去打听有关他的一切，他的妻子或他的儿女，他愿说且让他说去。他问及时，她只说丈夫在日本，她连程锦泉在国外有情人也不和他讲。她甚至告诉他，程锦泉最近一次打来国际长途说可能回一趟上海，言下之意是她若较长时间不同他幽会必有缘由。这样生活着她多少获得一些心灵上的平衡，至少在表面上她尚能自得其乐。如果程锦泉一时不能回归，或她暂时去不了日本，她愿意这样过下去。她不想有什么意外的事情干扰了悠闲自在的生活，不想放弃她的享受，不想有任何烦恼来扰乱她的情绪。

往脖子上套一串精心选出来的项链，准备去同吴观潮见面时，她已拿定了主意，不能让吴永辉住到这里来。他是她的儿子，可她在十年前已觉得他碍事，把他送了人。

3

里弄生产组不景气已经连续几年了。竞争激烈，原先不但在上海而且在全国畅销的电度表、电筒小灯泡，很难找到销路。库存积压严重，搞推销的头头出歪点子，请客吃饭外带塞红包，买通了百货批发站外销员，串通起来坑外地的商业部门。积压的货是卖出去了，但没几个月上了当的外省商业部门告到上海来，赔了款不说，头头险些吃官司。念其没中饱私囊，不过为生产组老阿姨、老姐妹们有口饭吃，从轻发落，才免却了坐监狱，只给了记大过处分。而俞乐吟她们这些只晓得做活的女工们，可就惨了，今天被喊去刷纸板箱，明天被叫去仓库盘点；夏天去当临时工卖冷饮，冬天进缺人的水果店站柜台……有活干还好，每天总算有点钱；多数日子却是到里弄、街道逛一圈，大组长挥挥手，喊大家回去休息，老阿姨、老姑娘、老姐妹们就一迭连声发着牢骚灰溜溜回家。

经济拮据的家庭是把每月那百把块钱的收入当作一件大事的。俞乐吟不在乎钱，她的丈夫马超俊，是这一大片解放前的贫民窟、解放了四十年虽经每家每户的改建但仍是破街陋巷地带的万元户。不是一般意义上的万元户，人们盛传他少说有三四十万，兀然屹立在高高低低七斜八歪的楼群中的别墅楼，就是一个明证。那三层楼的别墅小楼，完全是照着旧社会上海滩的花园洋房盖起来的。听马超俊吹，这是西班牙花园式住宅的格调，又融进了他马氏设计的独到之处。照理，俞乐吟完全可以住在这花园式别墅中，享享清福，自得其乐，哪会像里弄生产组那些老姐妹们为吃为穿操心呢。可她一闲下来，就心烦意乱，坐也不是，站也不是，魂灵如同没附在身上。她同马超俊认识恋爱时，马超俊还只是个跑十六铺码头贩贩水果的小角色，他同一个北京知青离了婚由黑龙江农场回到上海，还带回一个归他抚养的小姑娘。他整天忙着做小生意，顾不上照料女儿，就把她放在摆小摊头的娘身边。马超俊的娘与俞乐吟的妈在搭会中相识，落雨天小摊头在马路上摆不出去，马超俊的娘有时就带着小孙女来俞家玩。俞乐吟那时从云南归来依附着母亲过日子，刚刚在里弄生产组谋到一个差事。马超俊的娘听说后，对她倒颇留神，察言观色之外，还嘘寒问暖地和她聊几句。那年头俞乐吟正处于没着没落的阶段，初进里弄生产组。一个叫屠英德的老小伙子拼命地向她献殷勤，他长得高高大大，脸色红润白皙。俞乐吟站在他身旁时，心就有些不自然地跳得凶。都是三十多岁的人了，她还能不懂这种感觉意味着什么？里弄生产组的老阿姨们那眼光啥"敌情"看不出来？于是有人私底下劝告俞乐吟，别看踏黄鱼车的三十岁老小伙子屠英德相貌堂堂，实际是绣花枕头一包草，他生过肺结核，最可怕的是他家穷得叮当响，嫁给这种人只能是受罪。俞乐吟自然不敢贸然对屠英德有什么表示。恰在这时，马超俊的娘往她家跑得勤起来，言来语去之中老太婆透露出了那么一点儿意思。马超俊的娘听说她也是离了婚回沪的，如今孤身一人，一眼相中了她。两下里一见面，她见马超俊仪表堂堂，口齿伶俐，高挑的个头，浑身透着男子汉气，心里愿意了。马超俊也很爽快，做生意一闲下来，就约她出去玩，逛公园看电影还陪她去了一趟苏州。两个人有相同的命运，又都是二婚，既没过多的挑剔，也没过多的忸怩，时间不长就结了婚。

像头一次婚姻那样，俞乐吟又认了一次命，找到了自己的归宿。她把马超俊带过来的女儿马玉敏当作自己的孩子抚养，她要在第二次成家后好好地当一个贤妻良母。她相貌端正，姿色并不出众，她没有更大的奢望。里弄生产组每月有百把块钱收入，马超俊的头子活络，生意做得顺利，每月有三五百块钱拿回家来，和插队落户相比，她满足了。

她没想到马超俊会发起来，而且发得如此迅速。真像周围人们说的成了暴发户。她知道马超俊贩过水果贩过服装，是在贩河蟹的生意中赚到一大笔本钱的。但这之后他又在贩什么如何贩，她浑然不知。她只看到他赚的钱像滚雪球一样越来越多，家中换了家具陈设，家用电器一样一样买进来，他有了摩托车，还不止一辆，最后他翻盖了别墅小楼。这一地段大都是破街陋巷档次低，别墅小楼里要伸出管子通进下水道，通进化粪管道，要安装电表安装煤气，一般人看似根本无法解决的问题，马超俊都轻而易举办到了。经济条件宽裕了，俞乐吟的四季服饰添置了一件又一件。逢年过节或过生日，马超俊总不忘给她送上一点小小的礼物，戒指、项链、高档法国香水。里弄生产组的姐妹阿姨们，谈起俞乐吟，不论是当面还是背后，都啧啧连声羡慕得了不得。其中却不乏开玩笑的，说上海滩妙龄女郎轻骨头贱姑娘多得很，俞乐吟一个过了三十五往四十奔的半老徐娘，得把马超俊这尊大菩萨看牢实点。

不用人打趣，俞乐吟早已敏感地意识到了，大笔的钱财没有给她带来欢乐，反而平添了许多说不清道不明的烦恼和郁闷。她看出巨额财富正在腐蚀和吞噬着马超俊一家。马超俊的娘已经不摆小摊卖针头线脑廉价香烟了，她说老了要享享儿子的福，整天趴在桌子上搓麻将。马超俊身上的衣裳越来越考究，时常坐着出租车回来，彻夜不归的天数越来越多。从他嘴里偶尔流露的话听得出，他出入高级宾馆、豪华舞厅，喝的美酒高达数百元一瓶。随便和人下个赌，输赢就是上千元。祖母和父亲的所作所为影响着马玉敏，她才十六岁，就把嘴唇涂得血一样红，描眉画眼，戴着金银首饰，俞乐吟穿不出去的服装，她往身上一套就招摇过市。俞乐吟劝劝她，她扬扬描得过长的眉毛说：

"反正这是我爸爸买的。"

俞乐吟有啥办法？这女儿不是她生的。管得太严让人说闲话，况且马玉敏也不会听。她只有睁只眼闭只眼。该操的心，她还操不过来呢。她晓得马超俊出入灯红酒绿之处，不会没有女人。她知道马超俊在外面几个小商品市场上，雇有几个看摊女。她明白他彻夜不归，不会是半夜三更还在谈生意。她清楚她的第二次婚姻面临着危机，她开始多一个心眼留下点儿"私房钱"。她和娘家人加强了联系，还把属于自己的存折和首饰交给妈保管。她天天精心地化妆打扮，换穿服装。插队落户时，她还算标致的，如今她更须留住青春的红颜。可恼的是她的脸上出现了一块一块的色斑，起先只是小小的浅浅的，稍稍涂抹一些粉霜就能遮掩过去。随着时间的推移，那类似于怀孕期间蝴蝶斑似的色斑，逐渐扩大范围，无节制地蔓延开来，除非厚厚地涂一层粉，才能掩盖住。俞乐吟时常暗自叹息，老了，不中用了！里弄生产组有活干，一天忙忙碌碌，老姐妹们说说笑笑，总有人羡慕她。她的自尊心多少得点安慰，时间也过得快点。一旦上头没活让她们干，她闲待在花园式别墅楼里，愁也要愁出病来。

马家雇了个用人，自有马超俊的娘吩咐她里里外外收拾，煮饭炒菜，不消俞乐吟插手。马玉敏大了，也有她的主张，什么事都不跟俞乐吟这个后娘说。马超俊的娘劝她上麻将桌，学两手，必要时也好填补个空缺。俞乐吟一见皱纹满脸的老太婆叼支烟就恶心，宁愿单独在房间里枯坐着。闲极无聊只好看录像，不想一看还上了瘾。有时一下看上两部，天就黑下来了。不晓得马超俊是从哪儿弄来这么多录像带的，俞乐吟结过两次婚了，看到录像上男人女人在床上的镜头，她的心都怦怦跳，脸涨得通红，神经亢奋得不能自已，浑身血液仿佛都在沸腾。

她都生过孩子了，也没同丈夫做过那种动作。别说同盛加伟了，就是同马超俊也没那样做过。录像带是马超俊拿回家的，他能没看过？看过这样的黄色录像，他还会对她有兴趣吗？社会上那些个风流娘们，那些个"煤饼模子"①，肯定都懂这一套。俞乐吟脑子里掠过一个一个画面，闪过一张又一张图像。想到马超俊和年轻下贱的女人可能在什么地方做出那种动作，她的心里如百爪抓挠。想到下一回和马超俊睡，她也要闭了灯学着那么干，她喉咙里火辣辣的，脸颊上发烫。想到让马超俊满足了，也许这暴发户还能回心转意，不在外头打野食。想到马玉敏仅仅十五六岁，也可能看到这类录像，俞乐吟又不由得打了个寒噤。

有人在叩门。

俞乐吟连忙拿起遥控器，关闭了录像和电视，起身去打开从里面锁上的门。开门锁的时候，她才察觉时已黄昏，随手把灯打开了。门外站着的是她弟弟俞乐升，他在吃晚饭时来干啥？娘家仍穷，弟弟乐升年近三十，还没对象呢。

"姐，有人找你。"俞乐升的神情有点怪，声音压得低低的，眼神还带点诡秘。

"谁？"俞乐吟探头往兄弟身后望。

"他没来，在我家。"弟弟进了屋，随手合上门，声音仍放得很低，"是云南来的，你的儿子，盛天华。"

---

① 煤饼模子——出卖色相的女子。

最后一句，弟弟的声音低得只有俞乐吟听得见。可对她来说，恰如晴天霹雳。她正转身给弟弟倒可乐，听到这话，可乐的大塑料瓶子砰地掉在地上，晃了晃，歪倒下去。乐升眼疾手快，把瓶子扶住了。俞乐吟身子退后两步，跌坐在沙发上，脸色煞白。她举起杯子，示意弟弟自己倒来喝。

俞乐升接过杯子，边倒可乐边问："姐，怎么办？"

俞乐吟双手抚摸着自己的脸颊，脸颊上仍然烫乎乎的。化妆品使多了，皮肤反而有些干燥。她垂下眼睑，问："进来时，你对这里的人说来干啥了吗？"

"我有这么傻吗，姐？"

明知弟弟也不会说，但她仍要问这一句。"你先回去，马上回去。告诉妈，不，告诉全家，盛天华从云南来的事，跟周围邻居谁都不要说。"俞乐吟伸出食指，像在发布命令，"更别提他是我儿子。"

"姐，你不想认他？"俞乐升吃惊地问，不知不觉放大了声音。

"我还要想想，让我想想。"俞乐吟瞪了弟弟一眼。马超俊发了大财，经济上俞乐吟时常帮助娘家。娘家的人都很尊重她。

俞乐升一边喝可乐一边问："那你去不去看他啊？"

"我一会儿去。"俞乐吟近乎耳语般道，"一会儿去。你……你快走吧。"

"好。"俞乐升喝完一杯可乐，搁下杯子，转身去开了门，离去了。

俞乐吟摊开双手，把一整张脸埋在掌心里，似叹息如呻吟般呼出了一口气。她的两个肩头遭了鞭抽似的陡地抖了一抖。

允许上山下乡插队落户的未婚知青们回归上海时，和盛加伟结了婚且有了儿子盛天华的俞乐吟，也像 些人那样，提出与盛加伟离婚。盛加伟不同意。当相识和不相识的男女伙伴们纷纷离去时，俞乐吟终于忍受不了精神上的孤独，终于抵御不住繁华的大上海的强烈诱惑，在一个沾满露水的清寂的早晨，趁着盛加伟上坡去砍竹子，趁着盛天华还在甜梦中酣睡，离开了寨子。

离开了西双版纳那青的山、绿的树、明丽的江水、灿烂的阳光和莽莽苍苍的远山近岭。她记得那个清晨有雾，朦朦胧胧的有雾的早晨，永远永远留在她的记忆里。当走离寨子很远很远的时候，她三步一回头，五步一回首，她爱她的儿子。可她莫法了，她要去走她新的生活之路，她始终不能习惯这偏远山寨上的生活。她把早几天写好的一封信，留在了儿子的枕下，所有的话，她都在那封信里讲明白了。

盛加伟不同意离婚，却也没千里迢迢追寻到上海来。

几年以后，他才给俞乐吟回她留下的那封信。他说他已同龙桂枝结婚，结婚之前他去办了离婚手续，俞乐吟这一方的依据便是她临走时留下的信。其实没这封信当地也会出具离婚证明，因为远远近近的人都晓得他的婆娘跑了。但俞乐吟留下的信，使他的离婚手续办得更顺利。

他在信中只字未提儿子盛天华。

但俞乐吟收到他的信还是很高兴。那时候，她已经同马超俊结婚。她和马超俊去办结婚证书的时候，马超俊是出具了离婚证明的，而她手头没离婚证明，她跟马超俊说已同盛加伟离婚，但她要求马超俊别跟办结婚证书的人提，他们的结婚证也相当顺利地办妥了。只是，和盛加伟没有了结手续，在她心头总是个阴影。普法教育时，她知道了重婚是犯法的事，她更心慌意乱。恰在这时，盛加伟的信来了，她心上一块石头落了地。

她和马超俊的婚姻合法化了，牢固了。由于马超俊已经有了女儿马玉敏，他们不能再有子女。婚后多年她一直避孕，断绝了生儿育女的欲望。

偶尔，寂寞了她也会想到在遥远的西南边陲，她有过一个儿子，亲儿子。但那也是想想而已，她得不到他，她也不可能得到他。而随着时间的流逝，那份思念，那份牵挂，便也渐渐地淡漠，淡漠得如同天边浮游的云朵般飘逝殆尽。

万万没想到，盛天华不远数千里跑到上海来找她了，找她这个妈了。他比他父亲强。俞乐吟想起在一本什么文摘杂志里读到的短文了，文章里说婚姻是可以解体的，而血缘关系，你就是用刀去砍，也会像抽刀斩水一般砍不断的。

可是，她只同马超俊讲，她结过婚。她没讲自己有儿子，尽管马超俊当初随口问了一句，背后有孩子吗？她完全可以据实说有，马超俊不也有个女儿吗？他们脚碰脚。鬼使神差的，她偏偏就没说，也不知是出于一种什么心理，反正她就是没说。她骗了马超俊，在恋爱时这样好像对她还有点好处。只是，事到如今，盛天华来了，逼到家门前来了，她该怎么办呢？如若马超俊已有了外心，他在外头已经姘上了二十来岁的美貌姑娘，他不就可以逮住这件事闹了吗？

哦，盛天华，天华，你来得真不是时候。

4

霓虹电影院在上海市中心，这里人流如潮、车水马龙。大世界、大光明、国际饭店、人民公园、第一百货商店、食品公司、大上海等场所都近在一两站路程之内，找到这附近，一问道道地地的上海人，没人会不知道名声赫赫的霓虹电影院的。

在这里工作的梁曼诚已经惯了，所有认识他的人都愿意到这里来找他，小学、中学的同学，插队时的知青伙伴，社交中结识的新朋老友，弄堂里的邻居，还有亲属。而来找他的人，目的无非是两个，一个是最普遍最大量的：要票。只要电影院一放精彩的片子，要票的人川流不息。且来者往往是朋友的朋友的朋友，闹得他甚感头痛。为另一个目的而来的，则可能是他的至爱亲朋，与他有非同一般交情的。他们都知他多才多艺，尤其擅长室内装修。别说一般小家庭新分到的公房装修了，就是电影院地下室、咖啡厅、舞厅的装修，他都能干得不比专业装修队逊色。周围几家电影院开放地下室音乐茶座时，都曾请他去当过装修顾问，出过点子。

原先在票房干的英俊小伙子"埃及白脸"来给他通报，说门口有人找的时候，他丝毫没当回事，手一挥道："喊他下来。"

"埃及白脸"答应一声，小跑着奔上转角楼梯。这家伙原来在影院最热门的票房干活，由于他勾结每个电影院门口都有的票贩子，倒卖紧俏电影票，被"刮散"①的票贩子咬了出来，一张票翻几个跟头，他从中坐收渔利，情节恶劣。电影院领导把他调出票房，来到梁曼诚手下，让他在冷气间接受梁曼诚的监督，做些粗笨的小工活。

中秋已过，场子里已不需施放冷气。梁曼诚由忙季转向闲季，这几天特别轻松。他巴不得来个熟人或是好友，聊聊天消磨时间。

转角楼梯上传来磕磕碰碰的脚步声，走得很慢、很笨拙。这会是谁呢？梁曼诚从地下室门口探出头去。

灯光下他看到一个孩子，十三四岁的孩子，分明是乡下的孩子。孩子身后没见"埃及白脸"，这滑头趁机又在上头东游游西转转鬼混了。找他的怎么会是个乡下孩子呢？上海滩近几年在马路上晃荡着的，有换蛋女，有提着大大小小的塑料桶、塑料盆换粮票的中年妇女和汉子，还有专门钻进弄堂兑换外币的角色，这个半大不小的孩子是哪路货呢？

孩子肩上背只涂抹脏了的尼龙包，怯生生地瞅着他。那眼神有点奇特。

梁曼诚只好开口问了："你找谁？"

"梁曼诚。"孩子用带着浓重云南口音的普通话低弱地回答。

梁曼诚擦着手的回丝一下扔到地上，陡地瞪大双眼紧紧盯着孩子问："什么什么，你说什么，再说一遍，你找哪个？"他的话音里也

---

① 刮散——上海流氓切口，暴露的意思。此处系指暴露了以后被逮住了。

不由自主地透出了云南口音。

孩子有些恐惧地退后了一步，双眼睁得大大的，重复道："我找……找阿爸梁曼诚……"

梁曼诚的头发一根根全竖了起来，脑子里轰然一声，两脚几乎站立不稳。他的双眼一眨不眨地瞅着孩子，极力在孩子的脸貌上辨认着什么。他的眼前晃过另一张女人的脸，孩子和她有些相像。对，像极了，尤其是额头，一双眼睛。他和罗秀竹是有过一个孩子，可那孩子还小，还很小啊，怎么一下子冒这样高了？唉，十年了呀！当时三四岁的娃娃，现在怎么不是十三四岁了呢？

梁曼诚的语气放缓了些："你叫啥名字？"

"梁思凡。"

没错，这名字还是他给起的。这是他的儿子，亲生骨肉。梁曼诚浑身上下拂过一阵震颤，向他招招手说："你进来，进来。"

娃娃朝前迈出一步，又迈一步，看出梁曼诚没啥恶意，才走进了冷气间。

梁曼诚朝他推过去一把折叠椅说："你坐。"

梁思凡坐下了，双眼好奇地环顾着地下室内庞大的冷气机。

梁曼诚侧转身，没直接望着他，自我介绍说："我就是梁曼诚。"

"是我的……"

"是的，是的。"没等孩子吐出口，梁曼诚就截住了他的话头。不知为什么，他怕孩子叫阿爸。作为父亲，他没对这孩子尽过责任，他头十年来把这个孩子完全推给了西双版纳的罗秀竹。而在上海他又有了妻子女儿，正上小学二年级的八岁的云云也喊他爸爸。他几乎把梁思凡彻底地忘了。他转过脸来望着儿子问：

"你怎么来的？"

"坐火车……"

"就你一个人吗？"

"不是的。我们来了五个。"

"有大人带着你们？"

"没得。都是和我一般大小的，有的长得比我高，有的比我小。还有一个女娃儿，她最可怜了，一路上，一句话都不说。"

"来……你们千里万里地跑来，是……是想干啥呢？"

"都是来找爸爸的。"梁思凡道，"就盛天华一个是来找妈的。他长得最高，也最大。"孩子的拘谨在消失，说话渐渐地自在起来。

梁曼诚想问是哪个出的主意，为什么要来上海，转念一想他们来都来了，问也是白搭。不安开始包围他。他放低了声音："你来找我时，跟……跟电影院的人说了吗，找哪个？"

"我说找梁曼诚。"

"你说了我是你什么人吗？"

"没得。我只说找你有事。"

梁曼诚吁了一口气，既像是叮嘱儿子，又好似自言自语："不要说，对谁也不要说。"

"我晓得。"

"你妈她……她好吗？"

"好。"

"这些年，屋头就你和妈两个人吗？"

"前头几年一直是我挨着妈过。去年，屋头又来了一个男的，姓滕，是个生意客，专门贩衣裳。"娃娃说着，动了感情，两眼噙满了泪，声气有点抽抽搭搭，"起先，他只是来我家竹楼讨口水喝，坐下歇个气。后来，他送妈尼龙花衣裳，妈不收，他偏送。他送了东西，就留下吃饭。从去年起，只要来我们这一片贩衣裳，他就在我家住。寨上有人说，他靠不住，在昆明，在什么鬼地方，可能还有个家。"

梁思凡在垂泪。梁曼诚抓过儿子的手，说："不要哭。来，把尼龙包放下来，放这儿。"

帮儿子把包从肩头取下时，他细细地摸了摸儿子的手。梁思凡左手小拇指根根上，有一个疤痕。那是他刚会走路时，火塘里溅起一颗火子，落在他手上，烫烙下的痕迹。听着儿子简略直率的叙述，梁曼诚怦然心动，心头不知是股啥滋味。苦涩、辛酸、愧疚、无奈，仿佛都有一点。是啊，他和罗秀竹早已离婚，照理她和他之间已经脱尽了干系，可乍一听到罗秀竹的近况，特别是她生活得并不那么美满的情况，他仍然替她难受。他们当初有很好的感情，他爱她，罗秀竹也几乎接近于崇拜地倾心于他。他们是经历了热恋而成婚的，是命运让他们结成了夫妻，有了思凡这样一个儿子。又是命运使得他们离异，使得他抛妻别子，孑然一身回归上海的。不，梁曼诚不曾后悔过，他始终觉得自己这一步的选择是对的。西双版纳仅仅是在画报上、电影里、电视片中充满了诗情画意，或者说西双版纳只是在青年男女带有浪漫情调的想象中，在旅游者的目光里，才是富饶美丽风光旖旎的。若是在那里生活一辈子，条件是根本无法同上海相比的。特别是在梁曼诚重新经历恋爱，和美貌多情的凌杉杉结婚并生下了梁思云以后，他愈加认定当年的抉择是正确的。他想象过罗秀竹的未来，她脸容姣好，她还会嫁人，和千千万万个西双版纳女子一样，过她那些以后的日子。他没想过当初才三四岁的梁思凡，他也绝没想到今天儿子会突然出现在自己面前。

"你……吃东西了吗？"直到此时他才想到问娃娃一声。

"呃……"梁思凡两眼掠过不好意思的神情。

梁曼诚从儿子的目光中看到饥饿的信息。他伸手去掏衣袋，转角楼梯上传来"埃及白脸"咚咚的脚步声，他满脸春风地端着一只黄颜色塑料饭盒，张扬地叫道：

"吃面吃面，刚才听说他没吃饭，我到隔壁去买了一大碗肉丝面。"

梁曼诚感激地望一眼"埃及白脸"，接过他手里的卫生筷，替儿子拆开，递过去说："你随便吃点，吃吧。"

梁思凡接过筷子埋头捞面吃时，梁曼诚迎到"埃及白脸"跟前问："多少钱？"

"这算什么话呢！梁师傅，一碗面，小意思，就算我请客。"

"亲兄弟，明算账。"梁曼诚一本正经。

"梁师傅，你这样就太不上路了，就太……太那个了。""埃及白脸"一急，说话就有点结结巴巴，"老实跟你说，我是看你梁师傅平时为人厚道，才主动去跑这趟腿的。换了别人，就算他是经理、支部书记，我也不管闲事。"

不管闲事是上海人"各管各"处世哲学的充分体现。梁曼诚对"埃及白脸"点点头，表示心里有数，遂又在靠壁的一张椅子上坐下来。儿子来得太突然了，他得静心好好想一想。妻子凌杉杉那双特别大而招人的眼睛晃悠晃悠出现在他的面前。

在区服装厂踏缝纫机的凌杉杉和梁曼诚、女儿梁思云一家三口，住在号称十平方米的亭子间里。仅仅只是号称，对外说起来方便，实际上亭子间拉足了尺子量，至多能量出九点七平方米。房票簿上的数字是最精确的，九点六平方米，每月房租费，壹元伍角玖分。房子小，三口之家只好在螺蛳壳里做道场。一张双人床占去了三分之一面积，梁曼诚竟然还能在余下的面积内安置下大橱、五斗橱和一张饭桌、四只方凳以及家庭必须有的七七八八的日用品。没有煤气和卫生设备，自来水在楼下，煮饭炒菜的小煤炉勉强放在亭子间门口。这样的生活条件，日子照样打发着走，梁曼诚还觉得比上不足、比下有余，知足且尚自在。

而如今，要在这么个家庭里，添进一个年已十四岁的儿子。素来让人感觉能干的梁曼诚，也束手无策了。

问题不在于住下一个半大不小的男孩。关键在于这个男孩的身份，他的到来和出现在这个家庭里将引起的纠纷和麻烦、冲突和风波。哦，想到要同那么可爱的凌杉杉发生口角甚至争吵，想到要惹心爱的妻子生气，梁曼诚心都碎了。

他抬起头来望着儿子，几乎完全陌生了的儿子。"埃及白脸"在地下室门口朝他比手势，示意他到地下室外头去。

转角楼梯在半中央一分为二。一条路通向电影院前厅，另一条路通到票房。在往票房去的楼梯口，有一小间休息室，是专供冷气间值班者抽烟、更衣用的。

梁曼诚走进去。"埃及白脸"随手把门关上了，开门见山地问："你儿子有去处吗？我是说他夜里到哪儿去睡？"

梁曼诚犀利地盯他一眼，猜不透他是好心还是恶意。

"埃及白脸"自嘲地一笑说："刚才我送他下来时，待在楼梯上，你们的对话我听到一些。"

"你小子……"

"我不是有意偷听。""埃及白脸"急忙申明，且满不在乎地道，"这种事我听得多了。我们弄堂里一个女知青，插队时在宁波老家乡下嫁了一个老公，生下两个小囡。后来不知她用啥办法，一个人把户口转回来了，顶替进了棉纺厂，竟然又嫁了个男人，生下了第三胎。去年，宁波老公带了两个十岁左右的小囡找上门来，哈，那出戏才热闹。一个女人两个老公三个小囡，整条弄堂轰动啦。人家最后还不太太平平解决了！"

梁曼诚听出他没恶意，把手摊开伸出去。"埃及白脸"连忙递给他一支烟，掏出打火机给他点燃。梁曼诚早已在凌杉杉督促之下戒烟，只在值夜班困乏或是上班劳累时，才破戒抽一支。这会儿心烦意乱，六神无主，烟瘾又上来了。他抽了两口"埃及白脸"的"希尔顿"，用征询的语气问：

"你有啥好办法？"

"梁师傅，我是看你平时上路，不歧视我这个倒票的，才跟你讲真心话。你那螺蛳壳一样的亭子间我去过，根本塞不进人了。别说住不下，就是住得下，你又能在下班时把他带回家吗？唉！"

梁曼诚叹口气，又狠抽一口烟说："那你看……"

"你若真没办法，我倒有住处。""埃及白脸"挺爽快，蛮讲义气，

"本来我阿姐出嫁之后，家里给我留下了一间十二平方米的房子，挨着父母住。这几年我父亲瘫痪，我这个儿子又不会帮姆妈照顾父亲，倒是出了嫁的姐姐天天两头跑，来帮点忙。日子一长，姐夫提议，不如用他们那间十六平方米的房子，和我十二平方米的调换，也省得姐姐天天赶来赶去。父母平时看我就不顺眼，当然同意。我呢，多出四平方米房子，既清静又自由自在，乐得搬开。就是上班远一点，那也没关系，反正我骑自行车。中饭、晚饭，我照样在父母那儿吃。你懂了吗，梁师傅，只要你不嫌弃，你的儿子可以住到我那里去。"

住在"埃及白脸"那里，思凡吃饭怎么办？上班时候，孩子又到哪儿去？梁曼诚脑子里浮起一个又一个念头，这不是长远之计。但作为权宜之计，住个一两天，倒不失为一个办法。他不是正发愁，下班后把孩子带到哪儿去吗？一支烟抽完，梁曼诚掐灭烟蒂，站起来说：

"那就谢谢你，'埃及白脸'，我心中有数。"

霓虹电影院的同事都晓得，梁曼诚说出这番话来，就是表示他以后总是要报答的。

"埃及白脸"连连摆手说："梁师傅你又见外了，我是为朋友两肋插刀，这点小事算什么！我倒是要提醒你，别看你儿子从云南来，他听得懂上海话。我刚才和他初见面，不知他是外地人，对他讲上海话，他全懂，就是不会讲。"

噢，这倒是一个有趣的情况。梁曼诚再次道声谢，拉开门走下去。他怕儿子一个人在冷气间坐久了孤单，产生什么想法，十四岁，不小了。

"阿爸，这是你家吗？"

"嗯……不是。"

"你家在哪里？"

"在……在另一个地方。"

"那我们咋不到你家去呢？"

"这个……嗯……呃……家里小，又没准备。以后你会晓得，那里连睡处也没有。"

"睡处也没得？"

"是的。"

"阿爸，他们说、说……你在上海又有了……是吗？"

"呃……是的。"

梁思凡不吭气了，垂下了脑壳，不再睁大双眼环顾显得空落落的"埃及白脸"的家。

这是一间前楼，整齐，宽敞，通风采光都好。沿街的六扇窗，闹是闹一些，比梁曼诚住的亭子间却是好多了。"埃及白脸"将父子俩带到这里，拎上几只热水瓶，到老虎灶泡开水去了。他说这一带本来每条弄堂口几乎都有老虎灶，现在好多都关闭了，要走过两三条横马路，才有老虎灶。他一走，没想到儿子接二连三给他提出一连串的问题。梁曼诚真正有点招架不住了，面对儿子一双纯洁而带疑惑的眼睛，听着儿子充满稚气却又带着好奇的询问，梁曼诚心里的滋味真是难以形容。他和凌杉杉通了电话，想告诉她今晚有点事，晚饭不回家吃了。不料凌杉杉说正想给他挂电话，她今晚上要加班，十点钟才能下班。她要梁曼诚一下班就回家去，顺路买点菜也可以，煮面条给云云吃也可以，总之要对付一顿晚饭。不要忘记给云云检查作业，小姑娘刚上二年级，算术就不行了，要对她严格点。梁曼诚一边答应妻子，一边在心头暗暗叫苦。事情太不巧了，他出了一身急汗，想了想连忙给三楼上的邻居浦东阿婆打去一个传呼电话，麻烦她到黄昏时去给云云拆一包方便面泡好，让她先吃点垫着肚子，他实在抽不开身，只好尽量争取早点赶回家来。唉，他总得先安置好千里迢迢到上海来的儿子，才能回去照顾女儿吧。"埃及白脸"提醒了他，他的电话都是瞒着儿子到上头经理间去打的。下班后他带着儿子，邀上"埃及白脸"，进了家个体户馆子，吃了顿"三黄鸡"，点了四个菜。儿子说鸡很嫩，就是味儿太清淡；"埃及白脸"喝了一瓶啤酒，吃得津津有味；

惟独他，肚皮是填饱了，却不知道都吃了些啥。他心挂两头，正发愁不知如何向儿子告辞，梁思凡却把话头绕到这上面来了。看来儿子不像他想象的那么幼稚不晓事，儿子是乖巧的，他要脱身并不难。明了了这一点，梁曼诚反觉得不便逃遁一般离开了。他匆匆离去，把儿子托付给"埃及白脸"，儿子会感到惶恐、孤独和不安。儿子小小的脑壳里头将产生些什么念头？不如趁这当儿，把自己另有了妻子女儿，坦率地告诉儿子，让他明白，让他理解。唉，他一个十四岁的娃儿，又怎能透彻地理解这一切呢？

梁曼诚矛盾重重，心事郁结，眉头情不自禁皱得深深的。

"阿爸。"

"啊！"梁曼诚一怔，又是儿子小心翼翼地挑起话头了。

"今晚上我就歇这里吗？"

"是的。"

"你在这里住吗？"

"我？哦不，我屋头还有事儿。"

"那你走呗。我不闹。"

梁思凡很瘦，一双微凹的眼睛忧郁地瞅着梁曼诚。从见了梁曼诚以后，他一直显得拘谨、怯懦。梁曼诚又一次从儿子的脸上，看到罗秀竹的影子。空气中仿佛又弥散开阵阵缅桂花的芬芳和素馨花的清香。那是罗秀竹身上时常飘散的体香。梁曼诚心头紧了一紧，泪在往上涌。儿子又看穿他的心思了，儿子在劝他走。他抑制着自己波动的情绪，尽可能用平静的语气道：

"这里很安全，马叔叔会陪着你。你安心睡觉，瞧你，都累得脸色青了。明天一大早，我就来看你。"

"我懂。"梁思凡双眼一眨不眨瞅着他。

梁曼诚看到儿子的眼角滚动着泪花儿，也有点克制不住自己了。

"埃及白脸"提着三只热水瓶回来了，腋下还夹着一包牛肉干。难为他想得如此周到，梁曼诚又叮嘱儿子几句，再次向"埃及白脸"

道了谢，下楼离去了。他实在放心不下八岁的思云一个人待在亭子间里。

骑着自行车，梁曼诚的龙头隔一阵就打战，隔一阵就打战，好像他刚学会骑自行车时那样。和儿子简单地说了一阵话，他惊讶地察觉自己还能讲云南话，虽然有些字发音时拗口了，但他还能讲。他陡然意识到自己仍旧记得罗秀竹，他那热情率直的妻子，那个对他一往情深的傣家姑娘。路灯下的柏油马路在他眼前时明时暗，他分明又看到了一马平川的坝子，看到了傣家的竹楼和火塘，看到了屋檐下凉台上置放的陶罐以及走廊边微微颤动的竹梯。他在那样的环境里生活过几个年头，他怎能把那一切彻底忘怀？当然他不可能像刚刚踏上西双版纳这块土地时一样，内心里涌动着激情，充满了猎奇和诗情画意的向往。他更明了，要在那里生活，夜间就得伴着油灯如豆的火苗，就得在雨季里忍受那泥泞的道路，就得日复一日、年复一年干着永远累人的农活，犁田、编篾、修补被山洪冲垮的田埂，还有枯燥乏味的精神生活，还有物质上的匮乏，还有……正因为忍受不了这一切，他才在十年前跑离了那块土地。他曾以为一跑了之，他曾以为那一切的一切已被甩落在那块偏僻、遥远的地方。他不曾想到岁月的痕迹那样深地刻在心灵上，他不曾想到在那块土地上会跑出一个活生生的儿子。

到家了。

当他的脸刚在亭子间门口露出来，正在看电视里儿童节目的女儿就朝他叫了起来："爸爸，你这么晚回来，我要告诉妈妈！"

"告呗！"梁曼诚淡淡地说。要在平时，他肯定会抱起女儿，亲亲她，和她逗上几句，开一阵玩笑。可此刻他没心思。他一屁股坐在床沿上，环顾着小小的房间，目光停落在方桌上，那上面除了热水瓶、茶壶和两三只杯子，啥也没有。"你吃晚饭了吗？"

"在楼上阿婆家吃的。"

"没吃方便面？"

"吃饭。肉骨头汤，还有炒鸡蛋。"

"吃饱了吗？"

"饱了，楼上阿婆的菜，比你们烧的好吃，我吃了又添。"

"那你谢过浦东阿婆了吗？"

"没有。"

梁曼诚安下心来了。思云已经吃过晚饭，他更没有食欲，没什么需要干的。一会儿去谢过浦东阿婆，等思云看完《蓝精灵》，催她洗脸漱口，哄着她睡觉就行了。唉，早知这样，他还能在"埃及白脸"那里多待一会儿，陪着儿子多坐一阵。

梁思凡的脸又在他眼前浮现出来，那么鲜明，那么牵动他的心绪。儿子此刻在干什么，他睡下了吗，"埃及白脸"会和他说些什么，他会怎样想自己的父亲？梁曼诚脑子里掠过一个又一个念头，人是坐定下来，头脑却比和儿子待在一起时还要热。纷乱的思绪使得他脑子里嗡嗡嗡作响，一会儿是南疆的月夜，一会儿是儿子的目光，一会儿是凌杉杉忧愤的眼睛，一会儿是罗秀竹穿着短衫筒裙的倩影……哦，现在他得把这一切全都撇开、撇开，当务之急他得拿出安置儿子的办法。让他住在"埃及白脸"那里，一天两天可以，他总不能尽让儿子住在一个陌生人家里。而要安顿好儿子，要过的第一关，就是凌杉杉，他的妻子。他不能把一切瞒着她，要瞒也瞒不住，他整日魂灵不在身上，心思恍惚，杉杉那么敏感的人会看不出来？他硬着头皮也得讲出来，得和杉杉商量。恋爱时他对杉杉讲过，插队时他有过一次婚姻，大返城的风刮起来时，他离了婚回到上海。介绍人事先把这情况告诉过她，若不同意她不会来见他的。她表现得豁达而又大度，她说过去的事就让它过去，别提它了。她没问及他在乡间的婚姻有没有孩子，他也就不曾对她讲。他不是故意要瞒着她，她若问他会如实道出来的。也不知她是疏忽，还是沉浸在对他的恋情中，总而言之这件事阴差阳错，就此瞒了下来。这以后他们的爱情进展神速，情投意合，为准备结婚愁家具、愁嫁妆、愁房子，婚后怀孕生下思云，小日子和和睦睦甜甜蜜蜜平平静静日复一日过了下来，梁曼诚再没机会谈及这一点。在忙忙碌碌、琐琐碎碎、你恩我爱的小家庭生活中，渐渐地他自己都把西双版纳的往事埋葬在心灵深处。他没去打听，不过心头忖度，罗秀竹一定又嫁了个人，小思凡自然有了一个继父。报纸上说那里的日子一天比一天兴旺那准不会错，他们不可能再提起他来扰乱自己的心境。如此这般一想，他也自然而然地心安理得。

梁思凡的出现就像陡地从田土里新冒出一泉眼，让梁曼诚又惊又呆，手足无措。幸好杉杉晚上加班，他还能有点时间来细细揣摩忖量，否则他一定会更加狼狈，更加窘迫。云云每晚上九点钟睡觉，哄她睡熟之后，他得赶去接杉杉，趁着从服装厂到家里的这段时间，在路上他把事儿向她摊开。不能在亭子间里对她讲，万一她受不了闹将起来，又哭又闹又叫又吵，云云醒过来会听见，楼上楼下邻居们也都会晓得事情真相，那他梁曼诚的丑算是出尽了。当然在马路上杉杉也可能会失态，但还不要紧，时间晚了马路上行人稀少，周围又没啥相识的人，夫妻闹别扭没人会来管闲事。再说那毕竟不是在家里，杉杉也会克制一些。

"爸爸我要洗脸睡觉了。"思云不知什么时候挨近了梁曼诚，噘着嘴撒娇道。

梁曼诚一抬头，《蓝精灵》演完了，电视上正在播衬衫广告。他连忙应道："好好，我马上给你倒水洗脸。对了，还要刷牙。"

话出口他才想到，热水瓶里面还没水呢。唉，管它呢，天气不算冷，就将就用自来水洗洗吧。

5

小阁楼上的台灯还亮着，卢品山踮起脚跟望上去，也看不到从几千里外找到上海来的孙子晓峰在做啥。他轻手轻脚走到阳台的楼梯旁，低声问同样蹑手蹑脚从阳台上下来的小儿子卢加琪：

"他睡了吗？"

"没有。"卢加琪特意跑到阳台上，斜斜地从小阁楼窗户望进去看个究竟，悄悄说，"他在写字。"

"写字？"

"好像是写信。"

"嗯。"卢品山沉吟着点头，"这个小囡懂事早，一点不像十四五岁的样子。刚在上海过了一天，他就想家了。"

"明天我休息，陪他去西郊公园玩。"卢加琪主动提议，"让他开开眼。"

"好事。多带他出去玩，尽量少让他跟弄堂里的人接触，谨防那些嚼舌根的把事情真相告诉他。"卢品山叮嘱着，又似想起了什么，"过几天又到探监的日子了，你要去一下。"

"我调休好了，爸爸。"卢加琪答应着，"把晓峰来了的事，跟阿哥说一下。"

卢品山嘴里发出一声深长的叹息，父子俩摸摸索索回到房里去了，楼梯角黑幽幽静悄悄的。

小阁楼上，卢晓峰在给傣族阿妈依荷写信。他坐在小巧的写字台前，就着蛇管台灯橘黄色的灯光，往横线信笺上写着忽大忽小、歪七倒八的字：

阿妈：

你好吗？

我到上海了，找到阿爸家了。我在阿爸睡觉的小阁楼上给你写信。不过，我还没见着阿爸。老爹说，阿爸到外地出差去了，办公事。真不巧，我找到阿爸家，阿爸刚走两天。听叔叔讲，阿爸这趟出差，走得远，要隔些天才能回来。

你放心吧，不要牵挂我。老爹、叔叔、阿婆还有娘娘，他们都对我很好很好。就是我吃不惯上海的饭菜，阿婆煮一桌子的菜，都不放辣椒，也没得酸菜汤，嘴巴里吃得好没味儿。

噢，跟你讲，和我一路结伴来上海的娃娃，都找到他们的爸爸和妈妈了。来上海的头天晚上，三个比我大的男娃儿，叔叔带他们住进了街道上一家旅馆，包了一间小房，钱都是老爹掏的。她阿妈死了的沈美霞，就住在阿爸家里，和娘娘睡一张床。今天上午，叔叔特意把她送去见她的阿爸。不晓得她阿爸见着了是不是喜欢。叔叔说，见到的那一刻，他俩都呆了！好怪。

我喜欢上海，阿妈，可我更想你。伴你在寨上时，我脑壳里头总是想阿爸是个什么样子。可这会儿，我又好想你。你什么时候也到上海来瞧瞧。马路上好多好多的人，好多好多的车，楼房比寨子团转那些山还高哩。你蹲在火塘边时，常对我说，和阿爸成亲那么多年，你从来没到上海来过。等阿爸出差回家，我写信给你，你来吧，不要节省那些钱了。前些年，你舍不得来，瞧，火车票涨价了。你来吧，阿妈，我想你。

第二章

1

儿子炀炀完全被新买回的电子游戏机迷住了，吃过夜饭，他就坐在电视机前玩开了，既不看电视，又不来缠爸爸妈妈。那股劲儿很可爱。

沈若尘先瞅一眼儿子的侧影，又探究地望望另一间屋内专心致志结绒线的云清。儿子霸占了电视机，她就只能用结绒线来消磨时光了，看来是得再买一台电视机了。沈若尘先掩上门，继而又把司别灵锁闩上，锁舌弹出来的声音引起了云清的警觉。她抬头瞅他一眼。他故作镇静，但锁门的举动已表明了他有话儿对她说。一般的话题，他完全可以不必忌讳让儿子听到。

梅云清安详的脸上透出股疑惑的神情："若尘，出什么事了？"

沈若尘笑了一下，他不晓得自己的笑容是否还动人，但他想先稳住妻子。

梅云清利索地打着的竹针放慢了速度："是你写的那篇文章惹了祸？"

"哦，不是。"沈若尘再笑不出来了。

"那你的脸色怎么这样怕人？"

"是吗？我倒不觉得。"沈若尘的声音不知不觉放低了，低得有点沉。

"那你快说呀！"梅云清意识到沈若尘一定遇到了什么事，嗓门陡地提高了，又尖又脆。

沈若尘一惊，定定地瞅着云清问："云清，你还爱我吗？"

"看你说哪儿去了！"

"是认真的。"沈若尘的脸色庄重得怕人。

"炀炀都快十岁了，你还说这话，还怀疑……"梅云清撇撇嘴。她佯作生气时都很美。

"如果我欺骗了你，你还爱我吗？"

"什么？什么？若尘，你做了什么事儿？"她手上绒线一针也结不成了。

"不是现在……"

"那么是什么时候？"她的目光有些咄咄逼人。

"和你恋爱的时候。"

"和我……恋爱时？你、你脚踏两只船？"她讥诮地一笑。

"比这还严重。"他进屋后，始终站着，一脸忏悔状。

而云清一直坐在木扶手小沙发上，稍仰起脸盯着他。"你那时和别人有过、有过……"泪水涌上了梅云清的眼眶。

"不是指那个。"

"那是指什么？你说，快明明白白地说呀！"梅云清的脸挤成了一团，额头上沁出了细细的汗珠，"你真能把人急死，我的肛肠都急得痒痒了！"

沈若尘苦笑了一下，声音低得只有梅云清听得见："还记得那时你问过我，插队落户时恋爱过吗？"

"嗯。"云清点着头，"你说没有。我不信，我说你们插队落户的知青，年龄都快三十了，会没谈过恋爱？别骗人了！"

"你还笑。"

"是的。即使你谈过恋爱，我也不在乎，我才笑。"云清觉得她已猜出发生了什么事，她的语气又显得有把握了，"现在那个同你谈过恋爱的女人又在你生活中出现了，或者说是想重温旧梦。你良心受到谴责，又左右为难，是吗，是吗？"

"不是这样，没这么缠人。"沈若尘见她完全猜歪了，淡淡地说，"却又比这麻烦。"

"那你为啥还不爽快说啊？"

"我结过婚，在插队时。"沈若尘没料到这句话直截了当地脱口而出，并没有费很大劲儿。

梅云清手上的绒线和针落在她膝盖上，一张姣好的脸整个儿变了色，眼光惊惧地变得雪亮、愕然。"什么？你……你那个女人找来了？"

"不。她是个傣家女……"

"她来上海了？"

"没有。离开西双版纳时，我们离了婚。"

"那同你还有什么关系？"

"她死了。"

"死了？哈哈哈！"梅云清突然发出一串笑声，笑声里带点歇斯底里，"死了你还跟我提她干啥？你是嫌我们的生活太安宁、太平静了是不是？沈若尘，我嫁给你，和你一起窝在那个八平方米的小市民窝里，窝了多少年。刚和你过上半年的太平日子，你就要来折磨我了。你、你真有良心啊！"她的眼角溢出了泪花儿，一张俏丽动人的脸哀婉凄切。

沈若尘的双手扶住床沿，俯身对她道："不，不是这样。我绝没想伤害你，你知道我多么爱你，我也是无奈，我、我……"

"你听说她死了，又怀念起她来了，是吗？你于心不安，你觉得当年抛弃她欠了一笔良心债，你、你究竟想干什么呀？沈若尘！"泪水从她眼里流出来，她有些语无伦次，她过于激动，她的话随着脑子里一个又一个闪现的念头变化。她激愤地站了起来，绒线和竹针落在地上，她弯腰拾起来，愤愤地把它们丢向双人床，她用力过猛，针和线全落在地上。一团绒线在地上打滚。"说啊！沈若尘，你是不是想到云南去吊唁她一番？"

沈若尘觉得两片嘴唇似乎僵硬了，他说不出话来，他同梅云清结婚十年，从来不曾有这样的口角和矛盾。噢，但愿天下所有的人都别遇到类似的事儿。他好不容易克制住自己，嘴唇翕动了几下，他总算蹦出了两个字：

"不是。"

他缓缓地从衣兜里掏出谢家雨的来信，他本想一股脑儿告诉妻子，告诉她美霞已经来了，现在她就住在观尘那里。但见云清如此激愤如此伤心，他只有慢慢地来，慢慢地将事情真相逐渐逐渐告诉她。他一开始就该把这封信拿出来，这样可以省掉多少语言，省却多少难堪的对话。他从信封里抽出信笺，说："你自己看吧！"随即他退后一步，稍稍侧转身，仿佛一点也没望着妻子，但他的眼睛一刻也没松懈地瞥着云清脸上的表情。

暮霭垂落，屋里已是晦暗一片。灯没开，云清接过信的时候，双手有些颤抖。她的脸色激动，本来大大的眼睛晶亮晶亮地睁得更大，她凑近信纸，嘴唇一抿一抿读着信。她的脸色从震惊中稍稍恢复过来，她的目光格外专注，她的两颊上泛着光泽，有几颗残留的泪珠凝定在那儿。

沈若尘的心抽得紧紧的，他为自己给妻子带来的伤害痛心。他垂下了眼睑，终于不敢再面对妻子。

信纸窸窸窣窣响了一下，屋里一片静寂，静得让人难耐。

"你欺骗了我，沈若尘。"也不知是读信的片刻时光使得云清冷静下来了，还是她刚才怒不可遏地嚷嚷嘶喊疲乏了，她的嗓音低得多了，"这么多年来，你一直瞒着我，骗着我。"她把信纸扔在床上。两张信纸飘飘悠悠落在床中央，横竖交叉地躺着。

"不，不是。"沈若尘的声气颓丧而无力地申辩，"云清，我没……我不是故意的……我从没想过骗你……"

"还赖，还不承认，还要诡辩！"云清的嗓门又陡然提高了，充满了愤然和狂怒，"不是来了这封信，你还要瞒下去，还要骗我一辈子！"

她那凄厉的锐呼在房间里久久回荡。沈若尘张了张嘴，没再敢吭声。他木呆呆地跌坐到床上，脑子里热得像要胀开来。他说不上来，但事实的真相确乎是有复杂的一面，他主观上也从没觉得，这是在欺骗梅云清。

当韦秋月所在的橡胶农场闹起来，芦席盖的工棚拆烂烧了，有的连队燃起的火焰在夜间映红半边天，农场知青们连夜打着铺盖、敲着脸盆，呼喊着，嚷叫着，拥到场部，拥进县城，把赶街子的马路都堵得通不了车时，平时娴静寡语的韦秋月似乎已经从知青们贴出的大字报、游行的狂热地呼喊的口号声中，预感到她那在寨子里插队落户的丈夫沈若尘留不住了。

是的，沈若尘虽是已婚知青，可他同样密切地关注着事态的发展。这是他们整整一代知识青年的命运啊！插队落户在各个村寨上的知青们动作要比农场里的知青慢一点。一来他们分散，信息不灵；二来要把散居在各处坝子、岭腰、山巅的知青聚起来，还没个人站出来领头。农场知青们就不同喽。他们是集体生活，一个连队挨着一个连队，一个农场贴着一个农场，信息灵，消息传播速度快，况且他们中有上海知青、北京知青、昆明知青，可以说全国各地知青回归返城的浪潮他们全晓得。他们不知不觉就串联上了，在白墙青瓦的宿舍中，在芦席工棚里，你一言我一语激愤地嚷开来，只要一个嗓门登高吼上几句，顿时就是一呼百应的局面。

那些天里秋月几乎一直住在寨子上，她说事儿闹得那么大，农场里根本出不了工，干不起活路。宿舍里都走得空落落的，她的心头也是空落落的不踏实，与其痴呆呆憨坐着悬起颗心，不如回到月亮坝来，陪伴着丈夫女儿。沈若尘看得出来，即使同在月亮坝寨上，白天黑夜都在一个屋檐下打发日子，韦秋月的心神仍是不安定的。平时她把沈若尘服侍得很好，田里地头，屋里屋外，啥事儿都抢先干了，大事小事都不让他插手，闲得沈若尘甩起双手打着转转找事情做。他爱秋月，傣家女子本来做的事儿就多，够辛苦的了。现在她洗衣服做饭，砍柴割草，赶街子做买卖，挑甘蔗，抬竹箩，背竹篓，拾掇自留地，粗细活路全都包下了。累乏了，睡在竹床上，她哄小美霞睡着之后，就把瘦削的身子紧紧地偎依着沈若尘。半夜里惊醒过来，她的第一个动作，就是双手伸过来搂住他。拂晓，寨子上的鸡高一声低一声地啼着，砰砰砰的舂米声此起彼伏地唤醒众人时，秋月陡地睁开眼，总要看清他仍然睡在身旁，脸上才会浮起一丝欣慰的笑意。沈若尘尽量掩饰着对闹事消息关切的心情，他极力不在说话时透出对返归上海的强烈渴望。但只消他说声要离开寨子去办点事，要走出月亮坝去投封信，韦秋月不论在忙啥，听说了总会陡地抬起头来，用一双惊惧骇然充满忧郁的眼睛望着他。她不阻止他，也不怂恿他，只是无声地轻叹一声，随而垂下脑壳。

消息风似的传来，领头闹事的农场知青们最先得到结果，场部为他们开出通行证，他们跳着吼着唱着，欢呼雀跃地乘上长途客车走了。好多人连回去捆一下铺盖的时间都等不及，空着手就走了。接着，没有结婚，或者偷偷在一起只是没有去批结婚证也没分配工作的插队知青们，都纷纷地离去了，从傣家竹楼，从傻尼寨子潮水般地离去了。乡间虽说偏僻，但是这一类的消息传起来，比啥子都快。上头规定，已经分配了工作领上工资的知青、结了婚的知青，不能走。于是乎，那些得到工作的知青，纷纷主动辞职，辞不了的找来农场职工、街上居民顶，总之要恢复那曾经有过的光荣知青身份。而结了婚的，就闹开了离婚，为的是骗到一张通行证回上海滩；跟着是知青和当地人结婚的也闹开了离婚。那可是真闹，是知青的死活要回去、要离，而当地的汉子、婆娘就斥骂这些知青没良心，当初活不下去了，可怜兮兮地骗得当地人的同情，收留了他们，结了婚，生下了娃娃，现在他们能回归大城市了，就要远走高飞，连亲人连娃崽都不要了，全他妈的是些没心肝的坏家伙。骂归骂，咒归咒，闹得吵嘴打架的都时有所闻，但婚仍是一对一对地离。

沈若尘和秋月没吵没骂更没打架，他们生活得似乎比往常更加平静和睦，小竹楼上时常笼罩着一股枯燥的安寂气氛。只是沈若尘明显地瘦了，他在插队的劳动生涯中陡增的饭量减了下去，一顿饭往往只吃一小碗；他失眠了，到了夜间翻来覆去睡不着，而一翻身，竹床便吱吱嘎嘎地发出一阵惊心的轻响，随而便能听到秋月低泣般叹息。月亮坝寨上仍在传着知青们想各种办法离去的消息，赶摆天街子上的知识青年们的影子大大减少，偶然上一趟街，难得遇到一个知青，说来说去，说的都是回上海的话题。

连脸熟的当地人，抽烟点火之际，都会凑近耳畔关切地问："哥子，你什么时候走啊？"

遇到街上那些整天甩起手玩的当地人，话就来得更直率："兄弟，什么时候甩下你那乡下婆娘，到上海去风光风光啊？"

赶一趟街子，沈若尘总是阴沉着一张脸回来。他也想回上海去，对一个生活在异乡客地的上海人来说，上海有着股强大的魅力和说不清道不明的吸引力。为了回上海，他可以干出许许多多旁人看来是难以置信的事情。家里父母和哥哥观尘来了信，表达了对他早日回归的热望，并且明确地说了，像他一样，结过婚的知青，在离婚之后顺利回到上海报了户口的，他们已听说好几起。他本人，何曾又没起过这个念头！可他一旦同秋月相对而坐，就说不出这个话来。秋月和他结婚以来，一直是付出的多，得到的少，她巴心巴意顾着这个家，她发自肺腑地爱着他。当初他们相恋时，他是一文不巴身的知青；而她，是橡胶农场的割胶工，她一个月多少还有三十几元的工资。婚后，是她赚工资回家，养活这个家，他一个人在月亮坝生产队挣的工分，养活他本人都勉强。如今他有了一个回城市的机会，就要甩下这么美貌多情、勤劳朴实的妻子和可爱的小美霞一走了之吗？他做不出这么绝情绝义的事来。可他偏又渴慕回归，做梦都在想着上海。他憋闷，他压抑，郁郁寡欢，做任何事都提不起劲来……

那个夜晚，小美霞入睡了，沈若尘睡不着。竹笆墙外有轻风拂动着竹叶的微响，一缕月亮的清辉从小小的窗户洒在地上。从小窗口望出去，弯垂弯垂的凤尾竹上方，悬着镰刀似的一弯明月。人们说，月亮坝的月亮格外清丽，月亮坝的月色格外温柔。风光如画的月亮坝，是傣家少男少女们谈情说爱的理想天国。听，竹吹起来了，竹琴弹起来了，伴随着铓锣和象脚鼓欢快的节奏，有人在哼唱动人的赞哈调儿。男男女女又该围起来跳那优美别致的孔雀舞了吧。

沈若尘点燃一支烟，狠狠地吸了一口，徐徐地吐出去。灰蓝色的烟雾，在斜泻进小窗的那缕月光里，悠悠地飘散出去。若是往常，他会步下竹楼，去瞧瞧热闹，娱乐一下身心的。可这会儿，他木然地凝听着月亮坝传来的歌声和音乐，心中烦闷得似堵着块石头。

歌声唱起来了，分明是个急不可待的小伙在催促姑娘。那歌声越过了竹丛和椰林，清晰地传进了沈若尘耳里：

> 我唱山歌到处看，
> 到处唱歌到处乐；
> 我的山歌容易唱，
> 妹想恋歌就上坡。

小伙俏皮地将最后一句的"歌"字唱成了"哥"的音。沈若尘嘴角浮起一丝讥诮的笑纹，小伙的这点儿"狡猾"，想必同样瞒不过机灵的姑娘们。果然，小伙的歌声一落，一个姑娘泼泼辣辣的嗓门响了起来：

十九妹妹笑呵呵，

不笑你来笑哪个！

笑你模样生得怪，

笑你性急冒（没）老婆。

姑娘的歌声刚落，便被一阵起哄般的笑声淹没了。沈若尘也咧咧嘴，似笑非笑地抽了口烟。哦，在上海是没有如此多彩多姿、别致有趣的生活画面的。上海的青年男女们恋爱时如果大声唱歌，人们会以为这准是神经病。他们会在外滩的石凳和公园的椅子上旁若无人地接吻和拥抱。沈若尘结了婚，有了女儿小美霞，但他既没和韦秋月在月光下对过歌，更没享受过上海青年恋爱时如痴如醉的经历。他的婚姻如今成了返回上海的累赘……

一条滑爽细腻的手臂搂住了他的脖子，他转过脸去，妻子韦秋月脉脉含情而又探究地盯着他。他微俯下脸去，轻轻地安慰似的吻了她一下。没想秋月另一条手臂也搂了上来，热烈狂放地回吻着他。

沈若尘把烟蒂掐灭了，稍稍坐直了身子。秋月似从他的举动中感觉到了他的漠然。她平静下来，一手将将鬓发，把脑壳稍倾过来，倚靠在他的肩头。

他寂然坐着。

"咚——哐，咚——哐"的锉锣和象脚鼓声仍在传来，姑娘小伙们的歌声仍在悠悠地传来，但是唱些什么，沈若尘听不分明了。

秋月的身子动了一下，似想不靠着他的身子，却又身不由己地偎依得更紧了一些。她的手伸过来，粗糙的巴掌在他的下巴上轻轻摩挲了一下，道："我们……离婚吧……"

沈若尘猛地一个转身，秋月柔弱的身躯晃了晃，险些失去平衡跌倒，沈若尘急忙扶住她说："不！秋月，这咋个行？"

"咋个不行？你没听到吗，好些人家都离婚走了。"

"可我们不同……"

"前天，我去农场领工资，"秋月仿佛没听到沈若尘的声气，自顾讲下去，"那些和农场职工、制胶女工结婚的男女知青，都离了婚，清了手续，走了。农场留不住他们。我晓得，你也想上海，想爹妈，想得人都瘦了，整天懒神无气的……"

"我离不开你们……"不知为啥，沈若尘每一句辩白，语气都坚定不起来，好像没勇气把话说完似的。

"我晓得，你没有甩手离去，没对我提离婚，我心头已经很感激了。这证实了我当年没选错人，你对我们娘俩是有感情的，可你……再在这幢竹楼里住下去，熬得过秋风秋雨，熬不过一冬三月。你会怨我们，心头会郁闷，会憋出病来的。我看得出，你人在月亮坝，心已经飞回上海了。我想了，想得好苦，想得心都疼，想得脑壳发胀，头痛得连夜连夜睡不着，想来想去你该走，我们离婚。"

泪水从韦秋月的眼里淌下来。沈若尘骇然转脸瞪着妻子，他这些日子来只顾想自己的心事，却一点没觉察秋月同样失眠，她甚至又犯了头痛病。他在她痛苦难受的时候，根本没去安慰她。秋月的头痛病是在特别劳累的情况下才犯的，犯的次数很少，但犯起来很厉害，额颅上布满豆大的汗珠，背脊上一片冷汗，四肢痛得发抖，牙齿咬得咯咯响，吃止痛片只能管一阵子。沈若尘奇怪，人家割胶女工，常犯职业性腰痛病，秋月为啥从不喊腰痛，倒是要犯头痛？他曾经对她说过，等积攒下一笔钱，一家去一回上海，顺便在那里找大医院高明的医生看看。而如今，他连昆明还没带她去玩过，自己却要走了。真无耻！无情无义，简直像个卑鄙的小人。

"秋月，我对不起你……"他哽咽着表白，"你、你头还痛吗？"

"不痛了。好怪，想明白，睡踏实了些，就不痛了。"秋月瘦削泛光的脸颊上淌着泪，嘴角挤出两缕笑纹，"我在想，这是神佛在暗示我哩。我不该缠着你不放，我若死死地缠着你，神佛还要让我遭罪的。你看，我一对你说出这些话，心头都好受多啦。"

清冷的月色里，韦秋月的脸庞俏丽媚人，美得令沈若尘怦然心动。他一把搂住妻子，动情地道："秋月，我不走，我们不离婚。我爱你！我走了，你和美霞咋个办？"

"憨包！"秋月嗔怪道，"你在这里，又帮我们娘崽俩做了些啥呢？"

"呃……"沈若尘说不出话来了，是呵，除了春耕时节驾牛犁田翻田，闲来骑在牛背上悠闲自在地放牧，他对这个家有多大的帮助呢？

"走吧。你是属于城市的，现在该回到那里去了。"韦秋月温顺地依偎到他的怀里，安慰般地劝道，"美霞有我抚养着。我有工资，有国营农场这靠山，饿不死冻不着。等她长大了，我会告诉她，她的阿爸在东面靠近大海边的城市里，最大最大的城市上海，他是个有良心的体贴人的男子汉。美霞长大后有福气，会去找你，会为有这么个阿爸骄傲和高兴，会……"

沈若尘俯下脸去，把脸颊贴在秋月的额颅上说："我能做这样的事吗？"

"好些人不是这么做了嘛。"秋月的手轻轻地揪着沈若尘的耳垂，揉搓着道，"再说，你家里来信，不也这样说了嘛。"

沈若尘的全身一震。哦，秋月连这也知道了。收到上海家中的信，他不知看了多少遍，但他没给秋月看，也没跟她讲。他揣在衣兜里，一定是她替他洗衣裳时发现的。她会不会想这是他故意放在衣兜里让她读的呢？天哪！沈若尘申明般辩白着：

"我不这样想。我不做这样的事……"

"不要再争了。我已拿定主意。你看！"秋月从床垫下抽出一根竹签，举到沈若尘脸前，"这是我求曼农大伯给的，是我们傣家离婚的证物。"

竹签在月色里泛着冷寂的光，滑溜溜，光顺顺。

沈若尘脑壳里头嗡的一声响，真正地惊骇了。没料到，不声不响地，秋月把一切事儿都准备好了。在傣家寨子插队多年，他是晓得的，竹签作为离婚证物，是旧时的事了。现今的人离婚，是到公社去办手续的。但在好些傣家人的心目中，这一根竹签还是少不了。它甚至比那一纸离婚证书还顶事。况且，生活在茫茫竹海中的月亮坝人，砍一棵竹子费得了多少事呢？西双版纳的傣族，世世代代都与竹子结下了不解之缘。他们的生活中少不了竹子，他们一辈子都在与竹子打交道。离婚是人生旅途中的一件大事，没一根竹签为证，总会让人觉得少了些啥似的遗憾。

沈若尘的手，颤抖着伸出去，接过那一支削剪得格外精致的竹签。

韦秋月的双手搭上沈若尘的肩头，轻柔地抚摸着，那温存的声气，柔柔地响在他的耳畔："你去吧。回去后，你就只当没我们这回姻缘，可以把我们娘俩忘记。什么时候过得不舒心了，什么时候想晓得小美霞长成啥样子呢，你就来月亮坝看看。听说过吗，大理那边的苍山玉女峰，有一朵望夫云……"

"望夫云？"

"嗯。不论苍山的猎人阿哥走得多远，不论他在何方，痴情的南诏公主总是在盼着他归来。忽起忽落的望夫云总是在期待、期待。"说到这儿，韦秋月已是泣不成声，泪流满面。

椰林深处，又飘飘悠悠地传来一阵歌声。是夜深人静了吧，是顺风送来的吧，那情意缠绵的歌声，听来却是那么清晰、那么饱含着深情：

> 妹望大江闷忧忧，
> 盼哥不来眼泪流；
> 情哥记妹记外表，
> 情妹记哥记心头。

所有这些往事，都随着沈美霞的出现，重新浮现在沈若尘的眼前，令他惆怅茫然，令他在无尽的歉疚中黯然神伤。可他在今天的妻子云清跟前，又怎能如实地道出这一切，又如何能讲清他和另一个女人曾经有过的血肉相连的关系？

他给云清倒了一杯果珍，赔小心般递了过去。云清没接，她的头猛地往后一仰，把凌乱的鬓发甩向耳后，道："收到这封信，你知道你的……你的沈美霞要找来了，瞒不下去了，才给我说实话。"

"她已经来了。"沈若尘垂下了头，他想，要痛就干干脆脆痛一下子，不能再向她隐瞒什么了。

"天哪！"梅云清惊叫起来，"她……她在哪儿？"她茫然地四顾，仿佛那小女孩藏在屋里的什么地方。

"没征得你的同意，我没带她来。"

"你们已经见过面了？"

"见过了。"

"可她……你把她藏哪儿去了？"

"在爸爸妈妈那儿。"

"好啊！一大家人全知道了！"云清伤心地叹道，"全知道了。"

沈若尘抬起头，他从云清这句话里听出了一点希望。

梅云清双眼犀利地盯住他问："你准备把她怎么办？"

"你说呢？"

"我说，我能说什么？她是你和另一个女人生的孩子，我管不着！"梅云清气咻咻的，嗓音在打抖，"来都来了，你可以尽情地带她在上海玩玩，玩个够！然后送她回去。"

"回去？可她在那边一个亲人都没有了。"

"你可怜她了是不是？你可怜她当年为啥要抛弃她？你可怜她为什么还要娶我？"

"……"

"砰砰砰！"门上响起炀炀拳头的擂击声。

沈若尘和梅云清不由得相对一愣。他们关紧门已经好久了，天都黑了。

"妈妈，我不玩游戏机了。"孩子窥视般瞧瞧妈妈，又瞅瞅神情很不自在的沈若尘。

"不玩我们上外婆家去！"梅云清几步冲到门口，牵起炀炀的手，转过脸对沈若尘道，"你什么时候把那姑娘送走，我们什么时候回来。"

沈若尘愕然瞪着怒形于色的妻子，没待他说出话来，炀炀叫了起来："带上电子游戏机，我要带上电子游戏机。"

"好，带上。"梅云清闪身拉着炀炀出了门。沈若尘跟上一步，嘴里刚喊出一声"云清"，门砰的一声关上了，险些夹住他身子。

他的手抓住了门锁，一扭门就开了，他想走出去劝阻妻子，他想拦住她别去，可他对自己一点儿信心都没有。挡在妻子跟前，他能说出些什么令她消气、令她信服的话来呢？她眼下正在火头上，不如让她带着炀炀去娘家住上几天，也许消了气她会冷静些，会心平气和地与他商量这件事儿。

门板并不厚，他听到梅云清和炀炀只带了电子游戏机，其他东西啥都没拿，甚至连简单的洗漱用具她都没进小卫生间取。她气极了，她不可能轻易原谅他。

门又砰的一声响，母子俩匆匆忙忙走了。炀炀走时连同爸爸告别一声都没顾上。

家里重又安静下来，静得啥声音都没有。从半开的窗外，传来哪家电视机里的音乐声。沈若尘颓丧地倚靠在门板上，怎么办？沈美霞还没走进这个家的门，家里面就闹分裂了。他该怎么办？怎么对待妻子，怎么对待远方来的女儿？噢，云清怎能知道，他仅仅只和沈美霞相处了一阵子，就已经对她产生了感情，她已经占据了他的心灵。不仅仅是像谢家雨说的，她美得出奇，她还有着股令沈若尘失魂落魄的魅力。

2

对着日式瓦灰色壁柜上的大立镜，杨绍荃试穿过好几套秋装了，最终确定下两套，却不知究竟穿哪一身好。富有特色的开襟短毛衣和松口裤，既时髦又潇洒；而代表目前最新潮流的，可是呢料长裙配披风式上衣。据说，整个未来的九十年代，都将风行各式披风式长、短上衣呢。

时间不够了。穿上开风气之先的披风式上衣，会不会让吴观潮认为她是在他面前故意炫耀呢？浮起这一念头，杨绍荃顷刻间拿定了主意，就穿开襟短毛衣配松口裤，既落落大方，又能烘托陪衬出她姣好颀长的身段。

说不清为啥去同吴观潮见面她要如此讲究穿着。论各方条件，她不能同他相比。吴观潮住的是花园洋房、别墅式小楼，而她呢，仅仅是一间公寓房子。论身份，吴观潮是联谊经贸开发公司总经理，官至副处级，门路之广，办法之多，收入之丰，杨绍荃恐怕想都想不全。也许正因如此吧，她走到他跟前去，至少在表面上不能显得过于降格和寒酸。她得好好精心地打扮一下自己。

街心花园离家不远，杨绍荃是掐着时间去的。吴观潮已经先她到了，他倒穿得随随便便，一身板丝呢西装，领口敞着，连条领带都没系。杨绍荃撇撇嘴，她又给他比下去了，他根本没把同她的见面当一回事。杨绍荃留神着吴观潮身前左右，没有一个十五六的少年，她稍宽了点心。一位满头白发的老太太，牵着个两三岁小孩的手，嘴里喃喃着："天黑了，回家，明天再出来玩。"晚饭后出来散步的人们都已陆续回家，街心花园里反而清静下来。这花园是近几年整修的，小巧玲珑，干净整洁。附近的退休职工和居民，把这儿视为乐园。惟因其小，树木花草都稀稀疏疏的，情侣们瞧不上眼，很少光顾。

吴观潮的双手插在裤兜里，询问般道："要不要去喝一杯？"

"不必了。"杨绍荃环顾了一下四周，路灯离得远，没人在这里下棋、打扑克，"这里挺清静，就在这儿吧。"

"那你坐。"吴观潮的手示意般指向一张水磨石凳，自己先一屁股坐了下去。

杨绍荃不屑地斜乜了凳面一眼，她嫌脏，只是往前走了几步，倚靠在水泥栏杆上，一手托着下巴，问："那个……安永辉什么时候找到你的？"

"今天上午，都快十一点了。"

"你把他带回家去了？"

"不。"

"那你把他安顿在哪里？"

"一个小招待所，外省驻上海办事处开的。清静，一般的上海人不去那儿，还有伙食。我在那里有熟人，让他单独住一间房。"

"这倒不错。"杨绍荃讲的是心里话，来之前她打定了主意，钱她可以出，但她不带他到家里去，"让他在那里住下去，住宿伙食费我贴一半。"

吴观潮摸出一支烟，掏出打火机点烟时，杨绍荃见他的脸色十分严峻。他抽了口烟道："你不想见见他吗？"

"见？当然可以见的。"

"在哪儿见？"

"你把那招待所地址告诉我，我去看他。你让他等着我。"

"不想带他到你身边住几天？"

"不行。对不起。程锦泉来过电话，近几天就要回来。让他撞见这么个孩子，我怎么解释？"

吴观潮又连吸了几口烟，烟头一亮一亮的，他的嗓音有点粗哑，笑声也很刻薄："怕没有这么巧吧。男人不在家，你又搭上了什么人？"

"我可没你这么风流。"杨绍荃反唇相讥，她有点恼怒了，"不是你回沪后和漠苹勾搭成奸，也不至于变成今天这个样。"她嘴里嚷嚷得凶，心里却是虚的。不幸的是，他随随便便揶揄一句，偏巧给他说中了。

"好、好，我们谈正题，别扯远了。"吴观潮不耐烦地挥挥手，"你要知道，永辉不可能一直在那招待所住下去。"

杨绍荃愕然道："你是说，他要长期留在上海？"

"可能。"吴观潮默默一点头。

"这怎么可能呢！"杨绍荃有点着急，有些手足无措了。

"你说怎么不可能呢？"

"我说……我的意思是他报不进上海户口，他不懂……"

"他才不需要懂这些呢。他只知道找到亲生父母，他要待在亲生父母身边，他有这个权利。"

"呃……"杨绍荃没话讲了，她睁大惊恐的双眼，"那你说怎么办？"

"我不知道。不知道我才找你商量。"

"他是想把永辉推给我。"杨绍荃心里想，险些把这句话说出口。她警觉地瞪着前夫，试探着问："你和永辉谈过了？"

"没有。我想等我们协商以后再同他谈。"

"你准备怎么谈？"

"孩子大了，懂事了，瞅他那双眼睛我就知道。"杨绍荃从吴观潮这几句颇有感慨的话里，听出他对永辉多少有些感情。吴观潮把烟蒂扔了："本想给他道出实情，说明我和你已经分手，让他知道上海没栖身之地。可我又怕……怕这严酷的事实给永辉打击太大。他……他毕竟还是孩子，他满怀希望，他一腔激情地千里迢迢跑来上海找亲生父母，好不容易找到了，可……"

幽暗的氛围中，吴观潮的腰背佝偻着，声音越说越低沉，胸口里像堵着口痰。他再没有往日的潇洒和风度，相反，模样儿倒有几分可怜。杨绍荃像要重新认识他似的斜瞥了一眼，她头一回觉察，吴观潮这人竟还有温情。她不得不提醒他：

"不对永辉讲实情，他同样看得到、猜得出来。"

"是啊！"吴观潮长长地叹了一口气。

瞅他如此颓丧失望，杨绍荃愈加认清了，他是想把永辉推给她，他以为女人都心肠软，容易被母子情打动。这下他发现如意算盘落空了，他又无法把永辉硬塞给她，他便只有唉声叹气。杨绍荃无意和他再商谈下去，她用结束对话的语气道：

"也许，他只是来上海认一下父母，玩玩，并不想在这里久待的。"

"要这样就谢天谢地了。我们分别陪他玩几天，给他买些东西，送他回去，那就皆大欢喜。"吴观潮站起身来，脸转向杨绍荃，"但你我的思想上都得有所准备，要打持久战。"

"嗯。"杨绍荃摊开一只手伸出去，"你把他的住址给我。明天我去看他。"

吴观潮从西服兜里掏出一张名片，递给杨绍荃说："就是这上头的地址。他住 202 房间，我关照他明天上午等你。"

杨绍荃接过名片，惊疑地一扬眉梢问："你今晚还去看他？"

吴观潮点头："说好了的，我晚上过去陪陪他，顺便也好向他摊牌。"

"再见。"杨绍荃心里涌起一股想会一会儿子的欲望，她怕这股欲望陡然涌来克制不住，匆匆道声别，转身便走。

马路上接连有两辆电车开过去，长辫子在电线接头处撞击出耀眼的火花。远处鳞次栉比的高楼群顶上，艳若彩霞的霓虹灯时明时灭。沿街的窗口里散发出浓烈的煎带鱼的气味。自行车铃声几乎不绝于耳地丁零丁零传来。

杨绍荃确信街心花园那边已经看不到她的背影了，疾疾的脚步逐渐放慢下来。她忙着回去干啥？屋里空落落的，那一房陈设豪华雅致的家具，填补不了她内心的空虚。坎坷的经历，多蹇的命运，两个男人对她这个美貌女子的背叛，使得她的心已变得很冷、很硬。什么事儿都不能轻易地改变和动摇她目前的生活方式。安永辉的出现同样也不能。她不能原谅吴观潮和程锦泉先后对她感情的亵渎，但她对他们似乎也恨不起来。正如于碧莉说的，程锦泉这样的事，在出国去的人中间多着呢，被人视为天经地义，符合情理。照这个逻辑，家住在小街陋巷中的吴观潮和漠苹勾搭成奸，也是合情合理的。他若不同漠苹结婚，不当上门女婿，他就一辈子别想住进花园别墅，一辈子别想混得今天这样出人头地，而她杨绍荃更别想过上今天如此悠闲自在的日子。她家的住房条件虽比吴观潮家好一些，但要想再挤进一对夫妇去，哪怕是撒出半间房，都是不可能的。当初从云南回来的那些日子，她和吴观潮不是只能各住各的家吗？她和吴观潮不是只能在白天家人们上班时幽会相聚吗？他们共同忧虑过、盼望过，他们甚至羡慕那些仅有一间亭子间的小夫妻。那时的杨绍荃多么单纯，她只期待随着时间的流逝，能够分配到一小间房子。她没看出吴观潮已经等不及了，她没觉察吴观潮正在利用他离了婚单身的机会。当她发现事态急转直下时，吴观潮已经和漠苹领取了结婚证书。他还坦率地告诉她，漠苹有了三个月的身孕。他们宣布了结婚的日期，他们有法律保障，而她像块抹布样被人甩在一边。

时间能够冲刷一切。

时至今日，她不再像事情刚发生时那么仇恨吴观潮了。没有吴观潮的背叛，她不会再嫁给程锦泉。没有程锦泉的背叛，她不会把人世间的事儿看得那么透彻、那么穿。什么纯洁的初恋，什么刻骨铭心的爱，什么如日月样不灭的爱情，现在她全不信了。她只是为自己的舒适、安逸、快活、悠闲而活着。如果这么活着很充实，那还罢了。偏偏就是这样，她的心头仍会觉得烦恼、郁闷，觉得生活中总是缺少点什么。

路不长，一会儿就看见自家住的那条弄堂了。杨绍荃走到弄堂口时，看到了一个人影从马路对面梧桐树阴影里闪出来，急急地横穿过马路。路灯的光被树叶遮住了，看上去很不分明。她只觉得那身影熟。拐进弄堂，走到后门口摸钥匙时，一偏脸的当儿，她看见那身影大步朝自己走来。这回她看清了，来人是屈显亮。

他怎么来了？她并没约他啊！但她并不因他破了规矩而恼他，此时此刻她真愿意有个人陪一陪。

屈显亮很自觉，上楼时把脚步放得很轻很轻。而她呢，故意把高跟鞋踩得很响。

进了屋子，他抓住她那只去摸开关的手，赞叹地说："穿着这一身，你美极了！"

杨绍荃没有挣脱他的搂抱，只是淡淡一笑，眼下这个人是爱她的。他比吴观潮留神她的衣着。她往他的胸怀里靠了靠，接受了他的一个贪婪的吻。她闻出来，他吃过桉叶糖。

"你怎么突然来了？"她随手扯他的衣领问。

"我不能总是等待召唤，我忍受不了这种难熬的期待。我想你，我盼着和你更多地在一起。"

要这样才能显示我的魅力，杨绍荃忖度着，没说出口，只是带头往沙发走过去道："你不怕我生气？"

"我犹豫过……可我不得不来。"

够了，杨绍荃不想在今晚再找不痛快的话题。安永辉的到来，已经搅得她的心够烦的了。她需要一个人来安慰，需要刺激，需要忘却。她按亮了床头上一盏三支光的小灯，小蓝灯。屈显亮早懂了，亮起这盏灯意味着什么。他来过多次。杨绍荃从冰箱里取出两罐健力宝，扔了一罐给他。她略带粗野地嘭的一声拉开罐，仰起脸一气灌下去半罐。

屈显亮只喝了一口，微显疑惑地望着她。

她往他身边一坐，脑袋歪在他肩上说："今晚有点累。"

"是没情绪？"他不无失望地问。

"那倒不。是心烦。"

"刚才出去，遭到啥不愉快的事了？"

"不是说刚才，是说这几天都如此。"她不可能跟他讲安永辉的事，跟他讲了，他又能有什么办法？说话间他的手轻轻抚着她的乳房。她把健力宝往茶几上一搁，一个翻身扑到他胸前，双手扯住他两条臂膀："上床吧。"

他使劲把她整个儿搂在怀抱里，凑近她耳畔说："不用急。今晚上我不想走了，留在这里陪你一晚上。"

以往她不允许他留下过夜，事儿完了他便告辞。今晚上也不知怎么的，她愿意他这么说，她愿意他留下来，她只觉得自己需要好好地发泄。

开始屈显亮给她们游龙华的女同胞们照相时，杨绍荃没怎么注意他。在染香楼素餐馆吃了顿经济实惠的饭菜出来，杨绍荃有感觉了，屈显亮给她照的相比其他人多。她不由得多望屈显亮几眼，他比她小那是肯定的，生相不讨厌，有股机灵劲儿。返程坐上公共汽车时，她随着女伴们喊：

"小屈，别忘了把照片给我们。"

几天后他给她送照片来，抱歉地说照得不好，在外面拍风景照往往不能令人满意，什么时候他给她拍几张艺术照。

其实那些照片杨绍荃已经很满意了，比她平时拍的要好得多。她挑出两张自己最满意的，请屈显亮给放大一下。屈显亮一口答应。第二天又给她送来。杨绍荃要付钱，他不收，还说这两张照片比较一般，他能拍出更美的。那时杨绍荃感觉到他在献殷勤，她只是感到快乐，并没其他意思。他们只是相处较好的同事。她对出国去的程锦泉一片忠贞。

以后于碧莉给她送来金项链，她心头直觉得窝囊和憋闷。那天屈显亮来他们办公室聊天，顺便又谈起摄影，主动提议给她拍几张艺术照，杨绍荃同意了。

他提着摄影器材，兴冲冲上了门。照相时他给她左摆弄右摆弄，难免肌肤相碰，杨绍荃没回避，由着他摆布。照完相，她留他吃了顿便餐。他在餐桌上，尽夸她的菜煮得好吃，尽吹摄影艺术，吹得眉飞色舞。杨绍荃也觉得度过了一个愉快的星期天。

送照片到家里之前，他先给她打了电话，说晚上给她送去，免得她又费神煮饭招待。

他来了，把她的几张照片放得人头那么大。她又惊又喜，照片上确确实实是她，可她真有这么美吗？如果把这几张照片挂在电影院里，人们准会说这是一位影坛新秀、女明星。她爱不释手地欣赏着照片上的自己，眉眼、脸颊、乌发、鼻梁和光泽。屈显亮先和她并肩欣赏，给她指点着如何运用光线角度，话语间不断地赞叹她的美貌。他好像很自然地把手搭在她的肩上，她没有反对，照样变换角度瞅着照片，还转过脸朝他惶惑地笑了一下。他冷不防在她颈项上吻了一下。她的眼里掠过一道惊慌的光。

"你……"

他不由分说地把她手里的照片往桌上一放，捧起她的脸，一阵雨点般的狂吻。她起先避让着双手抬起来想推开他。可经不住他的热情攻势，她垂下眼睑哼哼着接受他的吻。在他吻得又长又久时，她也情不自禁地回吻着他，并张开双臂，扑进他的怀里。他狂喜地把她抱离地面，她眩晕般倒在他身上，耳畔听着他喘息般呢喃着爱她的话，她的身心着了火似的燃烧起来。她紧紧地紧紧地生怕失去他般搂着他的头颅……

安永辉在招待所小食堂吃过晚饭，就在盼望阿爸到来。孤零零一个人待在招待所的小屋里，只待了半天，他就闷得慌。他听不懂这里的人讲的话，只有阿爸跟他讲话，他才听得懂。他没想到来上海找阿爸阿妈会这么顺利，卢晓峰头天找到了老爹家，他们几个随同来的娃娃跟着有了歇处，连旅馆钱还是卢晓峰家老爹掏的。他羡慕卢晓峰，晓峰的老爹对素不相识的娃娃都这么好，对晓峰这个孙子，不知该如何宝贝哩！吃过早饭离开晓峰家，是晓峰的姑姑玉琪阿姨送他和盛天华、梁思凡出来的。她说他的爸爸最好找，上了电车，买五分钱车票，坐四站，下来就能看到联谊经贸开发公司那幢大楼。大楼前挂着很多牌牌。走进大门，上九楼，就是联谊经贸开发公司的办公室，有名有姓的吴观潮，只要他在，准能找到。电车开来了，玉琪阿姨特地关照，如果没找到，就乘这路电车回来，坐四站，他们再帮他联系。说着话，她硬把一角车费钱塞进他的手里。

安永辉的心里很感动。在他逐渐谙事的这些年里，他的耳朵里灌满了对上海人的议论，说他们精明，善于算计，会做生意。说他们特别小气、抠得很，为了钱可以翻脸不认人。说他们从不愿帮助别人，做任何事情首先都得估算一下是否会吃亏。说他们为了回上海，婆娘可以丢弃，男人可以不要，连自己的亲生骨肉都可以甩下不管。现在看看，不全是那么回事儿，晓峰一家对他们这些远道而来的娃娃，是多么细心周到啊。

上了电车，买好票，安永辉一站一站数着电车的停靠次数，到第四站下了车，果然见车站旁就耸立着一座比山还高的大楼房。那个门口悬挂很多大牌牌的大门，离得也不远。他看清了好多竖写的牌牌中间，有一块写着"联谊经贸开发公司"，才放心地走了进去。宽敞的门厅对着楼梯，一侧还有两扇小门一关一闭。安永辉从电视上看到过，那叫电梯，是送人上下的。但他从来没坐过，不晓得收不收钱，更不晓得电梯咋个把他送上九楼。他深深地吸了口气，还是往上走吧。一楼一楼数着走，不会搞错。走楼梯总比爬山容易。他一口气走到七楼，累得直喘气，两条腿都有点酸了，无意间往窗外一望。嗨，这才是真正的上海呢！好多好多高高低低的楼房，好多好多烟囱，在太阳光下，好看极了。昨天晚上，他还有点怀疑呢，窄窄的巷子，挤满了车的马路，拥塞得连转个身都费劲的屋子，难道这就是上海？现在他总算看见上海的另一副面貌了，这城市真大啊！听说一直连接到大海边呢。那大海，比起云南的洱海，不晓得要宽到哪里去喽。看过一阵，走上八楼，他又看。到了九楼，他还看。越走得高，眼里看到的上海越是让他感觉雄伟、壮丽。要不是找阿爸，他还想往十楼、十一楼上呢!

他由楼梯拐进走廊，溜长溜长的走廊两侧全是门，晓得阿爸在哪一间屋里啊? 安永辉有点犯难了。幸好走廊里老有人走来走去，他一问，人家直接把他带到阿爸房间里去了。安永辉留神了，阿爸的房间门口，有块小牌牌，上面写着"总经理室"。于是他明白了，阿爸的官不小。

带他进去的人退出去了。

安永辉怯怯地站在屋子中央，往前走也不是，往后退也不是，到一边去坐也不是。坐在大办公桌旁的这个人，安永辉料定他是阿爸无疑，这屋里就他一个人啊。

阿爸转过脸来，看见他先一怔，继而蹙起眉头问:"你找谁?"

"我找吴观潮。"安永辉不敢直呼他阿爸，还是像其他人问时一样答。他发现这个阿爸要比西双版纳家里的阿爸安文江年轻得多。

"你是……永辉?"他的云南口音一露出来，阿爸蹙紧的眉头刹那间舒展开来，脸上的诧异之色顿时急遽地变为愕然、激动。

这是他的阿爸，亲生的阿爸，梦里都在猜着是个啥模样的阿爸，他赶百里千里路都要来见一面的阿爸! 阿爸只一眼就把他给认出来了。泪水涌了上来，他哽咽着低低地呼唤:"阿爸……"

"永辉，"阿爸的声气也有点发颤，"你……你咋个来了?"阿爸还记着云南话，他还会讲云南话。

"我……我是随……"他结结巴巴的，话都说得不顺畅了。

有人拿着几张白纸进来请示总经理，阿爸为难地瞅瞅来人，又瞄一眼永辉。

"这样吧，永辉，"阿爸站起来，打开他身旁的一扇小门，向他招招手说，"你看到了，我忙，你先在这间屋里坐一会儿，休息，翻翻画报。中午我们一道出去吃饭时再谈，好吗?"

有啥不好的。他已经找到了阿爸，再不用忧心了。永辉进了那间摆满沙发的屋子，里头很清静，墙上挂着画，茶几上摆着画报，还有报纸，墙角落还有一部电话机。他真想给晓峰的老爹挂个电话，告诉老爹和晓峰，他找到阿爸了，请他们放心，可他不晓得咋个给晓峰家老爹打电话，他也不记得晓峰家有没有电话。他只得把这件事放在心上，吃饭时再给阿爸讲。

饭是阿爸带他出去吃的。他说起挂电话的事，阿爸说晓峰家老爹打电话来了，阿爸谢了他。他问阿爸认识不认识卢晓峰爸爸，阿爸说不认识。于是他告诉阿爸，晓峰的阿妈是个傣族，叫依荷，晓峰的阿爸来上海时，不像盛天华的妈，也不像梁思凡和沈美霞的阿爸，都离婚了，晓峰的阿爸阿妈没离婚。他们这几个来上海的娃娃，只有晓峰是跟他阿妈讲了的，依荷阿妈给了晓峰钱，还让晓峰带了好些吃的。晓峰一路上都把吃的分给他们几个伙伴了。

进了饭馆，阿爸点了好几个菜，还特意要了辣椒。永辉吃得很香，心里说还是阿爸懂他的心思。阿爸吃得很少，只吃了一小碗饭，光是喝着啤酒，目不转睛地盯着他瞅。阿爸又问他是怎么来上海的。永辉一边吃一边告诉阿爸，县城中学初一（3）班的女生沈美霞阿妈死了，沈美霞哭得死去活来，橡胶农场的人找到学校来，联系沈美霞住读的事。沈美霞说她要到上海去找阿爸，她不读书，她的阿妈临死之前叮嘱她要去。农场愿意替她出路费，学校里又募捐一些钱帮助她。事儿哄地传开来了，比她高一级的卢晓峰回家说了这事，返校后就悄悄表示，他也要去上海找阿爸。安永辉本来就在学校住读，安文江阿爸和陈笑莲阿妈待他特别好，每月都给他足够多的伙食费和零花钱。但他大了，从同学们的闲言碎语和背地里指指戳戳的议论中，他早晓得了自己出生的秘密。从上半年起，他听到一个消息，上海市颁布了一个知识青年子女去那里读书入户的规定。他们学校就有一个女生，她的父母原先都是知青，工作分配得早，就留在县城里。1979年和1980年大返城时他们没有走，暑假里这个女生迁回上海外婆家读书去了。

哦，"上海"这两个字对年龄半大不小的安永辉来说，有着多么巨大的诱惑力啊！上海不仅是繁华热闹、五光十色的大城市，上海还有他的亲生父母，他一点都记不起他们的相貌了，他多么想瞅他们一眼，多么想挨着亲生的父母住啊。可以说从那时起，他就有心要跑一趟上海了。这一回，沈美霞要走，卢晓峰也要去，他俩虽不是和他同班同学，原先也不认识，可他们毕竟同是版纳人，他们的命运毕竟有共同之处啊。他把伙食费和零花钱都攒下来，待他俩上路时，他也偷偷地跟着上了车。没想到，到了昆明，又遇上了盛天华和梁思凡。于是他们便结伴而行，一道来了。

"你这么跑来，荒废了学业咋个办啊？"阿爸听他细细地摆完，既没显出赞赏的脸夸他，也没沉下脸训斥他，只是担心地吐出一句。

吃过饭，阿爸把他领到这个招待所里来，让他好好睡一觉，休息个够，叮嘱他千万不要乱跑，到五点半时，去楼下小食堂吃晚饭。阿爸把买好的餐券交给他，说晚上再来看他。

见到阿爸的兴奋和狂喜让风吹跑了。永辉原以为吃过午饭，阿爸会带他回家见阿妈，晚饭他能和阿爸阿妈坐在一个桌子吃。哪料到他得孤零零地待过大半天，一个人吃晚饭，一个人熬过好几个钟头。阿爸咋不带他回去呢？阿爸为啥只字没提阿妈呢？街上那些人不是说，当年阿爸阿妈为了回上海，闹的是假离婚嘛！他们到了上海，又会复婚的。阿爸阿妈的家在哪里呢？莫非很远？

安永辉一直悬起颗心期待着阿爸的到来，他心里说，也许阿爸下午会打电话告诉阿妈，也许阿妈会同阿爸一道来接他回家，也许……

3

这一片住宅区，没有严格的弄堂和街的区别。街是弄堂，弄堂也是街。街两边便是东凸西凹的带阁楼的房子，这里那里，还有东一间西一间的简屋、平房。横七竖八的晾衣杆，经常从这家阁楼的窗口，伸到对面的阳台上。晾着的衣裳，风一大不是吹落进邻居家的矮窗，便是卷住了电线。两口子一吵架，满弄堂的人全知道。

盛天华，一个云南西双版纳来的乡下小孩，能找到这里来，真算他本事大了。

俞乐吟急急忙忙从别墅楼赶回娘家来，不时和一路上碰到的街坊邻居打着招呼。她本想吃过饭再来，但又怕儿子在家等不及，自说自话闯到别墅楼里来，那就僵了。别墅楼离她娘家，实在太近了呀。

俞乐吟娘家，是自己花钱翻盖的两上两下的青砖小楼房，后面还有一个小天井，一小间平房。

她走进家门的时候，父亲、母亲、弟弟、哥哥、嫂嫂和侄女都一脸紧张地瞅着她。

"魂灵落了！"她就见不得娘家一张张怕事的脸，怪不得他们穷，没一点魄力，怎么能像马超俊一样发财？她的目光一一扫过娘家老少，诧异地问："天华呢？"

"后面小平房里。"娘小声说，"也巧了，他在外面大马路上问路，正好碰到我在买酱油打醋，我听不懂他的话，让他写给我看。他掏出一个信封，我一看，正好是我家的门牌号码，又听说他从云南来，我就猜出他是谁了。"

"带他进来时，碰到的人多吗？"俞乐吟听娘一说，稍安了点心，这么说不是天华自己七找八找寻进来的，邻居们不一定知道。

"碰到的人不多，也没人问。"娘显得完全明白这事的利害关系，压低了嗓门道，"一到家，我就领他进了里面小平房。"

"好。"俞乐吟对娘家人的处理还算满意，她又问一句，"晚饭都煮好了？"

"就等你来一起吃呢！"娘露了点笑容道，"就怕吃的时候，隔壁邻居走进来……"

这个环境里，吃饭时分端个饭碗串门，或是饭后进屋来聊天是常事，阻挡不住的。俞乐吟一皱眉，摆摆手说："这样，一会儿把我和天华吃的饭，端进小平房。"

"好的好的。"娘连声答应。

俞乐吟穿过房间，进入和天井并列的小平房。

一个足有一米七〇的小伙子离座站起来，迎着她走来说："阿妈！"

天哪，她的儿子几乎比她整整高出一个头。他已经在变嗓了，他哪里还是个娃崽，哪里还是个小孩啊！他整个儿是大小伙子了。俞乐吟的心一阵震颤，使劲地眨着眼睛，抑制着涌上眼眶的泪水流下来，她挥着手道：

"天华，你……你坐，坐啊！"

盛天华微带拘谨地坐了下来。这是天华，是她的儿子，没错。她依稀还记得他幼时的面貌，长大了，他明显地像母亲，像他的舅舅。只是他比乐升舅舅要壮实，言行举止间带着股山野之气。俞乐吟见小桌上已倒了杯橘子水，把杯子往儿子面前推推说：

"喝水，你喝水。天华，你咋个到上海来了呀？"

"我想阿妈。"天华端起杯子，一口喝了大半杯橘子水，直截了当道，"阿爸娶了龙桂枝，又生下了弟弟、妹妹，对我一点也不好。"

俞乐吟惊疑道："又一气生两个娃娃？那里就不搞计划生育？"

"乡下地方，哪讲究这么多。"天华的语气有点不耐烦，"生三个四个的都有，他们生两个，算是好的呢！那个龙桂枝，一逮到茬儿就指桑骂槐地咒人。她还骂你呢，阿妈。"

"她咋能这样？"俞乐吟嘴里这么说，心里仍有点虚。是啊，当年为回上海，她抛夫别子，一走了之，是有些过分。看来真正受委屈的是孩子。

天华越说越愤然："连阿爸也帮着她。我要朝龙桂枝还嘴，他就抡起巴掌打我。我都长这么高了，还挨他的打。"

泪水夺眶而出，俞乐吟想克制都克制不住。当着久别重逢的儿子垂泪，她觉得不好意思。掏手绢拭了拭泪，她顺手摸出一包钱来，点出一百元，塞到儿子手里。

"天华，你别说了，说得我心头难受。这点钱，你先花着。"见天华接下钱，俞乐吟道，"你来了，好好在上海耍，开开眼界，玩个够。好在外婆家翻盖了房子，有你睡的地方。"

天华把钱揣进衣兜，抬起头来问："阿妈，你不住在这里吗？"

"嗯。"俞乐吟不希望儿子刨根问底，语气淡淡的。

"我能跟你一起住吗？"

"外婆家不是好好的嘛！"俞乐吟环顾着小平房，伸出手指点了一下，"以后你就住在这间屋里，一个人睡，没人会打搅你。"娘家翻盖两上两下的青砖小楼房，马超俊资助了不少钱，俞乐吟在娘家说话是算数的。对这一点全家人都心照不宣。

天华的两眼仍然目不转睛地盯住她问："那你能带我去那儿看看吗？"

"你说的是哪儿？"

"你住的地方呀。"

"噢……这个，今天不行。等阿妈空闲下来，带你过去看看，好吗？"

弟弟乐升端一盘饭菜进来了："阿姐，吃晚饭吧。天华一定饿了。"

"吃饭、吃饭。"俞乐吟觉得弟弟进来得正是时候，否则她真有点招架不住儿子一句接一句连珠炮样的询问了。她的心情是矛盾的，天华来了，她愕然她惊喜，可仅仅只和儿子相处了一小会儿，她又发现有点莫名其妙的不悦。也许是儿子接受她一百元钱时没有道谢，也许是儿子太爱一句接一句话逼她了。她觉得，这么大的儿子，该懂事了。帮着弟弟把饭菜端到桌上来时，她指着弟弟对儿子道："这是你舅舅，你喊过了吗？"

盛天华翻起眼皮瞅了乐升一眼，变嗓的声气不情愿似的吐出两个字来："舅舅。"

阿妈走了，桌子上的碗筷已收拾出去，小平房门掩上了，却掩不住隔着门窗传进来的说笑声、脚步声、自行车铃声、哈欠声和电视播音员的解说声。上海的夜晚，要比版纳曼冗寨的夜晚嘈杂喧嚷得多了。无数的声音从四面八方灌进耳朵里来，无数的声音肆无忌惮地扩散到月朗星稀的夜空中去。

盛天华舒舒服服地伸展四肢在单人床上躺下来，他已经找到了亲生的阿妈，有了依赖和靠山。阿妈虽不像他想象的那样住在电影画面般的花园别墅和摩天大楼里，但从她头一次见面就塞给他一把钱的举动中，他猜得到阿妈是有钱的。

他从衣兜里把阿妈给的一把钱掏出来，蘸点唾沫点了一遍，一百块，不多不少，是个整数。他塞回这把钱，又从内衣兜里掏出一把钱来。这都是五十、一百元一张的大票子，是他从曼冗寨的家里带出来的。

上海好大，他已经晓得了。上海繁华得令人眼花缭乱，上海的东西多得琳琅满目，他今天一路找到阿妈家里来，已经沿路看到一些。余下的日子，他得尽快熟悉上海的马路。他昨天下了火车就在车站买了一张上海地图，他不像一路来的那几个小崽，憨乎乎地啥都不懂，他要在上海尽情地玩、尽情地耍。

远道而来的儿子是暂时安顿下来了，俞乐吟的心头却仍是忐忑不宁的。

街拐角上那盏蒙满灰尘的路灯昏暗的光影里，一只开口大垃圾箱散发着恶臭。拖垃圾的还没来，好多垃圾已经倒在外头，把半条街都污染了。

俞乐吟捂住鼻子，绕了一个大圈，极力避开垃圾箱，往自家的别墅楼走去。

怎么办？天华提出要来她这里看看。马超俊是容易避开的，这家伙每天睡懒觉起床后，骑上摩托突突突就走了，不到天黑是不落家的。马超俊的妈呢，撞到了怎么跟她说？还有那个小妖精马玉敏，说是在中学里读书，可她上学从来都是三天打鱼两天晒网，旷课缺课是家常便饭，她遇见了天华追问起来怎么办？这姑娘吃饱了饭专爱管闲事，人又奸刁、刻薄，什么都瞒不过她。即使有天大的本事，趁着马家祖孙仨都不在时，让天华来别墅楼里转一趟，他那么大一个人，住在娘家里，街坊邻居会有不知道的？在这个人多得与房子不相称的环境里，哪家死了只猫，半条街的人都要议论半天。娘家多出个人来，人们不会不晓得。街上的人晓得了，还有不传进马超俊耳朵里去的？思来想去，与其让男人从外边晓得这件事，不如由她自己来讲还合适点。

但是，俞乐吟确确实实怕对马超俊道出这番实情。这家伙发大财以后总不恋家，对她已是看不顺眼了，万一他真有异心，在外头姘上了"煤饼模子"或是"伴舞女郎"，借故闹将起来，那她这下半辈子又怎么办？

掏钥匙打开院墙小门，俞乐吟的眼前一亮。马超俊的摩托"本田200"已经停靠在墙边，那是他把原先那辆小一些的"铃木50"卖掉之后换的。今天的太阳从西边出来了，马超俊不在外头过"夜生活"，早早地回家来，想必是又有一笔油水不小的生意了。

走进客厅，那顶上千元买回的吊灯通明透亮，把一屋的豪华陈设照得亮晃晃的。马超俊的妈坐在沙发上，边抓着拆包的天府花生咀嚼，边看着电视。

"妈。"俞乐吟喊了老太婆一声，今晚上不仅儿子的举止反常，连老太婆都变规矩了，俞乐吟心存疑惑，不由往楼梯那头点点，"超俊回来了？"

"嗯，在楼上，谈生意。"老太婆漫不经心地道，"来，吃花生，松脆松脆的，我的牙齿都咬得动。一起看会儿电视，今天的滑稽戏真好看。"

电视里正在实况转播滑稽戏，荧屏上传出一阵一阵哄笑。

老太婆抓了一把花生，往俞乐吟这边递来。

俞乐吟走过去，接了花生，丢一颗进嘴里，咀嚼着，并不坐，说："超俊有客人，我去看看他需要啥。"

"哎！"老太婆叫了起来，嗓音比往常大几倍，俞乐吟惊愕地转过脸来，老太婆又息事宁人地道，"你别去了，东西我都给他们送上去了。"

俞乐吟定睛瞅了老太婆一眼，心头愈发生疑，老太婆目光中为啥有些不自在呢？她又坚持说："我去看一下，来的是啥大客人。"

"哎呀，你不要上去……"老太婆站起身来，动作敏捷得与她的年龄很不相称。

"为啥？"

"嗨，你这个人真是死脑筋！"老太婆做出个嗔怪她的脸相，手指往她太阳穴一点，"何必自找烦恼呢！"

俞乐吟把老太婆轻轻一推说："你别管！"

老太婆利索地扯住了她的衣襟说："乐吟、乐吟，我跟你说，你去听听壁角可以，可千万别做让人下不来台的事啊！"

"我知道。"俞乐吟的心头已猜到个八九不离十，但她需要证实。老太婆吞吞吐吐的神情举止和她一再阻拦的劲头，已把俞乐吟的火逗了起来，她三步并作两步往楼梯上走去。

快步走到楼梯中间，俞乐吟的脚步就放慢下来。不知出于一种什么心理，她蹑手蹑脚抓住扶手往上走时，敛神屏气，眼睛睁得很大，惟恐惊动了什么。

二楼上那间屋里开着一盏茶色灯罩的壁灯，俞乐吟从气窗上透出的暗淡雅致的光色就分辨得出。

她把身子贴近门板，屋里传出几声哧哧的轻笑：

"马老板，说好了，下个月你要加我工资。"

"我马超俊什么时候说话不算数的？"

"我知道你说话算数。马老板，来，喝口可乐。那么，今晚上，我冒险到你家来睡，你就没点表示？"

"我能让你吃亏吗？丽娟姑娘，这叫你有情来我有意，哈哈……"

"哎哟，慢点，慢点，你把可乐喷我胸前了。嗯——马老板，你把我抓痛了，我……"

听着那故意拖长的嗲声嗲气的撒娇声音，俞乐吟就能猜出这叫丽娟的女人是什么货色。她的发根在这当儿全一根根竖了起来，她恨不得当场擂开门，冲进屋去，揪住这臭女人和马超俊一人赏上几个耳光。她浑身的血液全在沸腾，这还像个家吗？外人看着堂堂皇皇一幢别墅小楼，当儿子的嫖，当妈的还在楼下客厅里望风，把街头上的看摊女当着老婆面拉回来睡觉。哦，天哪，这是前世作的什么孽啊！俞乐吟气得直想喊，直想嚎，她的拳头都举了起来，差点就敲门板了，但她又克制住了自己，她的眼前晃过天华的身影，她也有短处哪。她若擂开门撕扯着丽娟这个下贱女人的头发，赶她出门，她若大吵大闹一番，气是出了，可惹恼马超俊，他又逮住了盛天华来的把柄，真同她闹起离婚，她怎么办呢？

俞乐吟的拳头慢慢地松开，手臂随之垂落下来。她像只泄了气的皮球样，一刹那间变得颓丧而又绝望。泪水涌出了她的眼眶，她双手捂住了脸，无声地耸动着双肩啜泣着。

屋里的灯啪嗒一声关熄了，气窗上顿时变得晦暗一片。那个叫丽娟的女人尖声细气地轻叫着："我自己来，我自己脱。嘻嘻，又不是第一回，你急个啥呀。"

4

服装工厂间的机器还没停下来，一支支长长的日光灯开得雪亮，角落里的摇头电扇在飞速转动，调剂女工们神经的大喇叭里正在转播电台的轻音乐节目。

杉杉的工作很辛苦，上一小时班，就得实实在在干一小时活。不像梁曼诚在电影院里管理冷气间，机器一开动，保证不出故障，他就可以到休息间看书、打牌、放录像、吹牛聊天。而到了秋、冬、春三季，便更轻闲。装修地下室轻音乐茶座、检修电影院的电路、修理舞厅坏了的彩灯这些活，全是他主动去揽过来做的。他不做，没人会说他干少了。

每次到杉杉的服装厂来，梁曼诚拿妻子的工作与自己的相比，心头就会涌起股要对杉杉照顾得更好的感情。她每天来做八小时，真正是辛苦。现在已是秋天，都要开电风扇。在盛夏三十几度气温下，一大群女工们埋在堆得几乎齐天花板高的面料、布匹和缝纫机、拷边机中间，那滋味同在蒸笼里几无差别，何况还有机器声、喇叭声这些噪音。

杉杉每月领一次工资，真不容易。她赚的是人们常说的血汗钱。

轻音乐停下来了，质量不高的扩音喇叭吱嘎嘎怪叫了几声，传出一位泼泼辣辣的老大姐的声音："姐妹们，大家辛苦了。现在我把今天晚上各人做的数目报一遍，听好了：王秀虹领子二百七十八条，李玉珍袖子二百四十五只……"

我的妈呀，定时定量，还真严格呢。

梁曼诚的脸不时地在窗外晃来晃去。有个挨窗坐的女工看见了他，抿嘴一笑，俯身向对面那个女工悄悄说了句什么，那胖乎乎的女工急速地朝梁曼诚瞥一眼，又把话传给第三个人。一会儿工夫，杉杉从一大堆边角布料后面站起来，喜滋滋地朝梁曼诚摆摆手，表示她已晓得他来接了。

机器声停下来，泼泼辣辣的嗓门仍在继续报着各人加班做出的数量。梁曼诚看看表，九点五十五分，快下班了。

铃响过之后，步出服装厂的女工们嘻嘻哈哈说笑着走出来。不晓得哪个最先拿梁曼诚打趣开玩笑，自行车脆朗朗的铃声里，响起一片爽朗的笑声。

"杉杉，你真好福气。女儿那么大了，加个班小梁还来接你。"

"人家是保镖。"

"让我们这么漂亮的杉杉吃了亏，梁曼诚心里过得去吗？"

"你这位老梁同志，真是忠心耿耿啊！"

……

杉杉笑得合不拢嘴，几次上车，都没跨上去，她干脆一按车铃，尖脆的嗓门叫道："你们眼红，喊自己男人也来接嘛。"

女工们叽叽喳喳指点着，哈哈呵呵欢笑着，纷纷骑上自行车挥挥手离去。

杉杉亲昵地朝梁曼诚嚷嚷："走啊！表扬了你几句，你骨头都酥了？"

梁曼诚推出自行车，和杉杉并肩沿着马路骑回去。

十点过后的马路上，行人稀少寥落。路灯的光影不时把两人并肩行驶的影子拖长、拖长，继而又缩短、缩短，几乎叠印在一起。

"累吗？"梁曼诚关切地问杉杉，带着若有所思的语气。

"本来有点困了。"杉杉笑吟吟道，"一听说你来接我，心里高兴起来，就不觉得累了。哎，云云的作业，你给她检查了吗？"

"呃……"梁曼诚一惊一怔，他满脑子都是梁思凡到来的事，早把杉杉叮嘱的事忘了。

"忘了吧。"杉杉的情绪甚好，息事宁人地道，"我就晓得你记不住这事。没关系，错了明天我让她订正。"

梁曼诚的车速慢了下来，沉吟道："我不是故意忘的，今天出了件事。"

"什么事啊？"杉杉的车也跟着慢下来，转脸饶有兴味地瞅了丈夫一眼。

"对我们家来说，就像掼了颗炸弹。"

"曼诚，你……你在单位上出事了？"杉杉的语调变得惊慌失措，一脸的紧张，"是替人家装修，收了钱的事？"

"哪里！"梁曼诚看她的模样，心中愈加不忍，"帮人干活，按钟点收钱，这是劳动所得，哪会出什么事儿！"

"那你说的是什么事？"

"私事，家庭里的私事。"

"我让你越讲越糊涂了。"

"杉杉，我对不起你。"梁曼诚用充满忏悔的声音道。

杉杉刹了车，从自行车上下来，扶着车把道："到底是怎么啦？你下车，把话讲讲明白。"

梁曼诚也从自行车上下来，边慢吞吞往前推着车，边以低沉的口气道："记得吗，我们相识时，我曾让介绍人告诉过你，我插队落户在云南的西双版纳，有过一次婚姻。"

"你们不是离婚了吗？"杉杉突然用怀疑的口吻道，"难道那是假的？"

"不假。我和那个叫罗秀竹的傣家女子是离婚了。但我向你隐瞒了一点……"

"孩子？"杉杉陡地截住了他的话头，自言自语般轻声问。

"是的。"梁曼诚把车停下，整个身子都转过来，居高临下地望着妻子，"麻烦的是孩子到上海来了，他找到了我。"

"噢，噢，曼诚，这怎么办？这可怎么办啊？"杉杉的脸揪成了一团，一双大而闪光的眼睛里刹那间汪满了晶莹的泪水，"怪不得你今晚上良心发现会来接我，怪不得你连云云的作业也忘了检查，怪不得……你、你的心思全在儿子身上了。你、你整整瞒了我十年，骗了我十年，曼诚。你真是居心叵测，你肚子里真藏得住事啊。你让我以后怎么来信任你？你说啊！"

"我不是故意瞒你的……"

"还不是故意的！"杉杉尖声尖气嚷嚷起来，"那要怎样才是故意？"

"你始终没有问我。"

"我怎会想到那上头去？我总以为你同云南女子离婚，事情就算两清了，都是过去的事了，我多提干什么，那是自寻烦恼。没想到你就钻了这个空子！"泪水从杉杉大得灼人的眼睛里涌出来，顷刻间糊满了她那小小的、微显憔悴的脸庞。

梁曼诚惶恐地朝周围望望，马路对面已经有行人注意他俩了。他低垂着头说："杉杉，是我不好。"

"现在承认都已晚了。"杉杉掏手帕拭着泪，"反正，我不回家了，这个家叫我怎么回啊？那么小的地方，又塞进一个人来。呜呜！"杉杉伤心地哭泣起来。

梁曼诚更是心乱如麻。杉杉赌气说她不回家，她不回家也没地方可去。她娘家住房同样紧张，思云的外公外婆，杉杉的已到了婚龄却还没成家的弟弟、妹妹，一大家人挤住在三层阁上。她硬要跑回娘家去，只有在地上搭地铺睡。他用赔罪的、劝慰的语气道："没经你的同意，我没让梁思凡跟着回家来。他今晚上到'埃及白脸'那儿住。你还是回家吧。"

"啥？"杉杉猛地一个转身，双眼又瞪得老大，她伸手点着梁曼诚，"你怎么可以让一个外地小孩，跟着'埃及白脸'这种人住。他跟着'埃及白脸'学坏了怎么办？快、快去接他回家来呀！"

梁曼诚简直有点不相信自己的耳朵，问："你说的是真话？"

"我还要虚情假意地敷衍你是不是？"杉杉长长的睫毛上闪着泪光，反问道。

梁曼诚又惊又喜又感动地说："要接，也等明天接吧。住一个晚上，还不至于学坏的。"

两口子回到家，轻手轻脚打开亭子间门，床头亮着一盏三瓦小日光灯，把堆满了家具的房间映照得依稀可辨。那是梁曼诚怕思云惊醒过来害怕，特地开着的。思云睡得很熟，嘴边流着一缕口涎，眉眼五官似笑非笑的，一副可爱相。

杉杉留意到，梁曼诚一直在赔小心般向她献殷勤。进屋以后，他替她倒洗脸水、洗脚水，还给她冲了一杯酸甜酸甜的果珍。她沉着一张脸，仿佛对这一切早已司空见惯了。过去她总以为，梁曼诚作为一个男子汉，虽没多大成就，没啥名誉地位，但他为人忠厚老实，干活勤快，尤其是对她，是一片赤诚的爱。她本人不过是个踩缝纫机的女工，有这么个嘘寒问暖、贴心贴肺的丈夫，这辈子也算满足了。

可从今晚起，准确地说就从刚才在马路上他说起自己还有个儿子以后，她觉得整个世界全变了，连这间寄托着她无限温馨和恋情的小小亭子间，也好像变了样子。

上床以后，梁曼诚伸过手臂来，试图搂抱她，但她毫不客气地用胳膊肘儿顶了他一下，严厉地说："你放规矩点。"

梁曼诚畏怯颓丧地缩到一边，不敢再吱声。杉杉知道他没睡着，也不可能睡着。夫妻生活中突然要起很大的变化，他能睡得着吗？他要睡着了，才真是没心没肝的畜生呢。

杉杉翻了个身，把背脊对着丈夫。她在无声地垂泪，她那安宁、平静、知足的心境整个儿被破坏了。她的心灵受到深深的伤害。不过她又不敢哭出声来，她怕惊醒女儿，怕惊动邻居。她甚至不敢因抽泣而耸动肩膀，这样梁曼诚一定又会来劝慰她。而此时此刻，她讨厌他。她绝没有像他那么复杂。她是七十年代初到崇明农场去的，她记得农场里笔直的新开河岸上栽种的刺槐，她记得刺槐林里是谈情说爱的好地方。尽管农场里下过禁令，但男女知青们还是恋爱成风。她生得俏，个儿小，脸蛋俊，眼睛大，比她大几岁的姑娘们说她长相可爱，男生们背地里称她小鸽子，有几个流里流气的干脆在排队给连里的姑娘们打分时说她性感，是个尤物。气得她躲在帐子里偷偷地哭。有人给她捎来条子，约她到大堤上散步，到刺槐林里幽会。文笔好的男生给她写来情意缠绵的情书，她好奇而微带甜蜜地读过几遍悄悄地撕了。还有人装作豪爽地把从上海带来的奶糖、乐口福、麦乳精、凤尾鱼避开耳目送进她的寝室。对待所有的进攻，她都把他们阻挡在心灵的大门之外。她不愿待在农场，她也不想让如疯如痴的恋爱搞得自己神魂颠倒。她一心想回上海，回到市区落实个工作再谈婚事。她的希望逐步如愿了，但抽调回市区分配进区属服装厂工作以后，她的年龄毕竟稍大了一些，初到农场时的一些女性的优势正在失去。虽然围着她要给她介绍对象的人还是"莫佬佬"①，只是可供她挑选的男性却不是那么广泛了。在众多的候选人中她挑上了梁曼诚，这个人一眼让她看着惬意。相貌堂堂不说，他还处处显示出一种男性不常有的安然而自在的风度。他的一个眼神，一投足一挥手，一句简短的话语，都吸引着杉杉并使她倾倒。他对她彬彬有礼，显得知书达理。婚后多年杉杉还想不通，这么个堂堂男子为什么仅仅只是个普通冷气工？他应该有辉煌的前途，他聪明能干，他善解人意，作为一个姑娘她还指望什么呢？当听说他曾经在插队落户时有过婚姻，杉杉犹豫过，但转念一想又想通了。像他这样的男子没姑娘爱，那才是怪事呢。杉杉不是那种挑精拣肥不知天高地厚的姑娘，她有自知之明。她的父亲只是个菜场职工，她的母亲仅在里弄生产组有活时才去干，她本人是个每天得踩八小时缝纫机赚工资的女工，她不指望倚赖自己的姿色容貌去改变自己的命运，她只想按照自己的意愿实实在在地爱一次。

结婚以后，她一心一意顾着这个家。八十年代是刮家用电器风的年代，她和梁曼诚既要抚养可爱的云云，又要合理安排开销，挤出钱来三十五十地存，存满了一笔去买一样，家里的洗衣机、电冰箱、彩电就是这样一笔一笔存起来买的。梁曼诚善于装修房屋、咖啡厅、音乐茶座、舞厅，他的一双手特别能干，请他的人多，他便时常有些工资之外的钱揣回家来。杉杉拿到钱不是先眉开眼笑，而是劈头就问钱的来路。她宁愿自己手头上省吃俭用，克扣自己，让人讥诮寒酸小气，她也不愿花非分之财。就这样她还时时替梁曼诚担着一份心事。她常对梁曼诚说：

---

① 莫佬佬——沪语，形容很多。

"我并不贪心。大家有的，我们有了，我就知足。很多有钱人家有的，我们没有，我并不觉得自己比人家矮一个头。都在靠劳动吃饭，那么多钱是怎样赚的，我还怀疑呢！"

因此，她的日子虽然过得紧凑、辛苦、忙忙碌碌、琐琐碎碎，但她觉得充实、知足，因而也就有自己的小家庭之乐。比起那些发了财子女堕落的个体户家庭，比起那些东凑西借非得去国外洋插队的家庭，比起那些住房宽裕、夫妇之间为第三者插足而苦恼的家庭，杉杉自认他们小家庭还是幸福的。

她哪里会想到现在这个家庭里要添加一个陌生人，而这个不大不小的陌生人恰巧是梁曼诚的儿子。当这个人出现的时候，楼上楼下的邻居们将怎样议论，弄堂里的人们会怎样指着他们家取笑，她自己又该是多么狼狈而难堪？这小小的十平方米的房间，又怎样来安置这位远方来客的住宿？噢，杉杉真不敢往细处想。这个孩子还没有出现，已经彻底地搅乱了她的心境，几乎把一切都改变了。一旦他真正站在自己面前，杉杉简直不能想象会是个什么局面。

天，人活在世上，为啥要遭这么多平时做梦也想不到的罪啊？

大清早，梁曼诚到后弄堂口去取回牛奶，又把一夜的尿盆端到公厕旁的粪池倒掉，拿回到自来水斗边冲洗干净。弄堂里每天清晨一刻不误的"生活组曲"也随之奏响了，龙头开得大的，洗衣裳的、冲尿布的、洗菜的、倒痰盂的、刷便桶的各种噪音，跟着水流声响遍整条小市民集居的弄堂。推着自行车送孩子上幼儿园的少妇在同买菜回来的老太打招呼，早起赶到公园去锻炼的老人乐呵呵伴着上学的孙儿孙女步出弄堂，健壮的中年男人大着嗓门和人交换昨夜电视转播球赛中的险球。稍凝神沉思，人们定会惊异，一条既不长又不宽的弄堂，仅仅全是一色的三层楼房，怎么能容纳下这样多的人。

昨晚家里没剩饭，梁曼诚端着双柄小锅去买回了八两生煎馒头。一边蘸醋吃着生煎小馒头，一边撬开门口的蜂窝煤炉子，替思云把牛奶煮开了。杉杉起床后草草梳了下头发，正在窗边替思云脖子上系红领巾。

夫妇俩都不主动讲话，相对沉默着。梁曼诚是怕他贸然提起话头，遭到杉杉的抢白。但他俩配合默契，让思云洗脸、漱口刷牙，吃生煎馒头，喝牛奶。喝了大半杯，思云就像每天早晨一样拍着小肚皮说："吃饱了，我喝不下了。"

不待父母反应过来，她就去背书包，小手举过肩头，唱歌一样机械地叫："爸爸妈妈再会，我上学去了。"

若在往常，剩下的小半杯牛奶，夫妻俩就要推来推去，让对方喝。今天杉杉没吭气，梁曼诚迟疑一下，把杯子往杉杉那边一推："你把它喝了吧！"

"听着！"杉杉眼角都没向杯子瞥一眼，"赶在上班之前，你去'埃及白脸'那里，把那个、那个……小孩接回来。"

"你不上班啦？"

"昨晚加班，今天上午休息，调电。"

"他……他能在这里住？"梁曼诚心里感激妻子，却又忍不住问一句。

"不让他住又怎么办？你要让他跟着'埃及白脸'住下去，可能吗？"杉杉尖锐地问。

"好，我马上去，马上就去。"梁曼诚点点头，转身就要出门。

"回来！再吃几只生煎馒头吧，我一个人哪吃得了这么多。"杉杉又喝住了他，"你们不是八点半才上班吗，'埃及白脸'不会走这么早。"

"嗯、嗯。"梁曼诚又退回来，却并不挨近桌子坐下，而是站着，伸筷子夹小馒头吃。

杉杉拿着把塑料梳子，脸对着大立柜的镜子梳着额上的刘海，嘴里还咬着几枚夹针，说："你们之间，讲话方便些，问问他，来上海是什么目的？住长还是住短？如果仅仅住一月两月，我们可以克服困难，让他挤住下的。"

梁曼诚嘴里在咀嚼，其实一点也没吃出什么滋味。杉杉说出的每一句话，他都听得仔仔细细。他点头哼着"是"，心里知道杉杉有这个态度，已经是极不容易的了。但她的这一表态，也使他担上了又一份心事。万一梁思凡不想离开他，不愿离开上海，怎么办呢？好在这道难题得在一两个月以后才解，眼下的矛盾，暂时可以解决了。他得调休一天，先去把梁思凡接回来再说。

看见梁曼诚进屋，"埃及白脸"跳起来向梁曼诚拍手欢叫："哈哈，你这个儿子真好玩！昨晚我问他，到上海来，想到哪儿去玩，你猜他怎么说？"

梁曼诚瞅一眼正在吃豆浆大饼油条的儿子，眨眨眼睛，把疑惑的脸转向"埃及白脸"。"埃及白脸"嬉笑道："他要去玩八仙桥。我问他怎么知道八仙桥的，喏，他就拿出这本廉价书来。""埃及白脸"从床头拿起一本薄薄的小书，递给梁曼诚。

梁曼诚接过来，原来是一本《上海的传说》。尽管他住在上海，他也没见过这本书。他随手翻开目录，那里面第三个传说，就是八仙桥。想必思凡是从这个传说里知道八仙桥的。他哪里知道，传说中讲得活灵活现的八仙桥，现在就连桥的影子也没有了。那里和上海的其他热闹地段一样，除了一家一家门面的商店，就是拥塞不堪的人流。难怪"埃及白脸"觉得好玩。梁曼诚又看看书价，这是特价书，原价一元二角，处理价仅三角。他把脸转向儿子：

"这本书你是哪里买的？"

"县城。赶场天的摊摊上。"梁思凡道。

梁曼诚点着头，没再吭声。他和"埃及白脸"不同，他不觉得儿子可笑。相反他从儿子掏三角钱买下这本廉价书并当作宝贝带在身边的举动，看出儿子对上海和对他的感情。儿子若不知道有个生身父亲在上海，他会在西双版纳的县城街上，买下这本介绍上海的书吗？

带着儿子往家走的时候，梁曼诚郁闷的心头笼罩的愁云并没给驱散。他仅仅过了头一关，麻烦事儿还多着呢。杉杉是同意在那十平方米的亭子间腾出一块栖身之地给他了，可又怎么向邻居们解释他的身份？弄堂里熟悉和不熟悉的人们听说了此事，又会怎样议论？他梁曼诚以后如何在弄堂里做人？人家不但要在他的背后指指点点，还要在杉杉和云云的背后指指戳戳。小孩子不懂事，可能还会在发生争吵相骂时直接拿这事儿咒骂云云。

他缓缓地推着自行车，梁思凡稍落后他半步，紧跟他走着。车轮子滚动着，泛出一道一道闪烁的白光。梁曼诚眯缝着眼，害怕秋日的阳光般紧皱着眉头。

"阿爸！"

梁曼诚听到这声怯怯的喊，受惊地站定脚步，回首望着梁思凡。上海的秋阳正照射在思凡的脸上，若不是瘦，他一定比现在这模样更可爱些。他有一双很像罗秀竹的眼睛，向眼窝深处微微凹进去，虽然不大，却很有神，很会体察人的心思。瞅他那模样儿，就是个来自外地的小孩，红色翻领秋衣外套，一件半新半旧的蓝卡其外衣，不知是缝的时候他还小呢，还是缝得不好，如今套在他身上显得又紧又小，十分别扭。

"我坐车后，"梁思凡提出了个要求，"你带我走吧。"

梁曼诚一夜苦思失眠的症候显示出来了，他的眼前飞进着无数星星，脑壳也在同一瞬间眩晕了。他闭了一下眼，镇定着自己，俯首瞅着梁思凡希冀渴望的眼神，委婉地道："上海不同于版纳乡间，骑自行车是不能带人的。这是交通规则。这样吧，你坐到自行车上来，我推着你走。"他把后座上的尼龙包取下，挂在车龙头上。

"要得！"梁思凡听明了他的意思，利索地快跑两步，跃上后车座坐好，双手抓着椅垫。

梁曼诚推着车，梁思凡喜滋滋地东张西望，饶有兴味地眺望着马路两边的商店橱窗。

这样推着走进弄堂，那才好看呢！梁曼诚心头掠过一阵不安。只是顷刻便消逝了，人都要住进亭子间去了，他还在乎这个！不如做得光明正大些。

再说，刚才梁思凡用没变嗓的童音说出的那句话，深深震动了他。他的声气同罗秀竹的嗓音多像啊。当年他同秀竹，不也是在这样的情况下增进友情的吗？

"龙宰①！曼诚龙宰！"

梁曼诚推着单车走出人流如潮、喧哗得几乎沸腾的街子，在路边那棵团团如巨伞般的大黄桷树②旁刚要骑车离去，身后凤凰树阴下跑出了曼雀寨上的姑娘罗秀竹，扬着手追到他单车旁，指着车后座说："我坐车后，你带着我走吧。"

梁曼诚一怔，他瞅瞅罗秀竹，她穿一条醒目的淡黄色长筒裙，上身是一件雪青色的短衫，在清晨飘飘悠悠如纱似绫的薄雾映衬下，显得亭亭玉立，袅袅娜娜，格外清新漂亮。

见他不吭气，罗秀竹急了，问："龙宰，要不得吗？"

"咪巴③呢？"梁曼诚记得，赶这天不亮就要离开曼雀寨的早市街子，罗秀竹是同她阿妈一起来的，这会儿，她咋个一个人要先回去呢？

"阿妈竹箩里还有些豆芽没卖脱，她让我先回家，好不误出工。"

罗秀竹乌黑的长发盘着髻，用红线系得紧紧的，把一张让淡黄色槟榔涂抹的脸衬托得美丽诱人。

梁曼诚几乎不敢多瞅她一眼，只是委婉地推托道："坐我车后，你不怕？"

"怕个哪样？又不是没坐过。"

---

① 龙宰——傣语，大哥的意思。
② 黄桷树——榕树，翻译小说中的菩提树。
③ 咪巴——傣语，老大妈的意思。

"我骑得快哩！"

"骑快点更安逸！"

梁曼诚没有理由再推辞了，他拍拍车垫道："上车吧，摔下来我不负责。"

他的话招来罗秀竹一串爽朗的抑制不住的大笑。

滇南边陲，纯粹的亚热带气候。时令进入三月，天气已十分闷热。于是乎，早市便从下半夜就开始了，一个个小摊子上方点着盏盏煤油灯，或是燃着散发油脂味儿的松明火把，把个一整条街子映照得颇有诗意。而真到了天亮之后，炙人的太阳升起来，炎热难当，早市亦就陆续散去。这是边地傣族昙花一现的早市的奇特风光。

梁曼诚向寨上的小普毛①借了辆单车，与其说是为街子上偷偷摸摸出售的来自境外的化妆品、女明星彩片而来，不如说是为了领略孔雀之乡的昙花早市的边地风情更确切。他既没药材、黄泡、烟丝、毫糯夕出售，又不想添什么日用小百货、采购啥土特产请人带回家。只是为排遣那枯燥乏味的插队生活的苦闷烦恼而出来散散心。

是从那朦朦胧胧的竹林里吹来的晨风拂去了他的困倦，还是拂晓的幽冥中那绿树掩映的竹楼村寨让他感觉耳目一新，梁曼诚的双脚蹬得特别来劲儿。单车呼呼生风地在大路上往前直冲。

"好安逸啊！曼诚龙宰。"罗秀竹非但不怕，还咯咯咯地一个劲儿笑着，主动地找话同他搭讪，"你耽搁瞌睡，跑来赶早市，买了点啥呀？"

"没得啥好买的。"梁曼诚道，"就是来耍。"

"咋个会没得啥买？"罗秀竹惊异道，"只怕你是眼界高看不上哩。"

"你说说看，哪些算是傣家风味的特产？"

"你想带回上海去吗？喏，烤牛皮、青苔、蚱蜢……"

梁曼诚料定她准会摆这些，不再搭理她，又使劲儿猛踩猛蹬。他

---

① 小普毛——傣语，指小伙子。

不能告诉曼雀寨上的秀竹姑娘，说上海人不喜欢这类东西。他匆匆离开早市，还有个缘故，那便是长溜溜的街子上，都是妇女在摆摊设点做买卖，男人们寥寥无几，他从挤得水泄不通的人流中走过，周围团转的龙英①全转过脸来瞅他，有的人还毫不掩饰地发出并无恶意的嬉笑。摆摊摊卖烟丝、卖香烟、备有从境外来的私货的大嫂、大婶、伯妈，一见他还"龙宰龙宰"地声声喊，非要他买下些啥不可。嗬，这边地的早市，如同是傣家妇女们包下来的一般。

罗秀竹还在讥诮着他："嘻嘻，一个大男子汉，赶个早街空手回去，不怕人笑你！"

"有啥好笑的！"梁曼诚忍不住回了一下头，振振有词地道，"黑更半夜起来离寨去赶街，带那么多东西，走那么多路，全都是女的干，那才好笑呢！看看你们吧，穿着艳丽漂亮的筒裙，一张张脸都泛着橄榄色的光泽，寨里寨外、屋头外头，啥不是你们做？除了犁田放牛，你们傣家女啥都干，撒种、薅秧、打谷、收麦、砍柴、割草、挑甘蔗、担水、背竹篓、背背箓、在屋头挑花描云绣筒裙、骑单车赶摆做买卖……"

"这样不好吗？"罗秀竹不无自豪地问。

"你们太辛苦了。"

"那你们上海，姑娘家不下田土、不出门砍柴割草赶街子？"

"不。好些事儿都是男的做。"梁曼诚无法跟她细摆上海姑娘并不干这些农活，只简简单单地说，"哪像你们这里，男的光管犁田、放牛，其他什么事都不做。"

"上海的小普哨②们真舒服，要得一定好！"罗秀竹不无羡慕地说。

光顾着说话，迎面开来一辆卡车，梁曼诚都没注意。卡车按了喇叭，梁曼诚急忙拐龙头朝路边让，动作慌乱了些，身后的罗秀竹尖声

① 龙英——傣语，指姑娘。
② 小普哨——傣语，指小姑娘。

尖气惊叫起来："哎哟哟，哎哟哟，曼诚龙宰，你要把我甩到车轮底下去喽！吓出了我一身汗。"

清脆爽亮不无张扬的惊喊声中，罗秀竹的双手拦腰搂住了梁曼诚，仰起的笑脸不时擦碰着他的背脊。

秀竹姑娘响铃般的笑声，此刻还在梁曼诚的耳畔回响。当年那场让他至今想来心荡神迷的恋爱，后来就引出了他与罗秀竹被赞为"开创一代新风"，既遭人议论又引人注目的婚姻，再后来便有了梁思凡。而今天坐在他自行车后座上的小思凡，已是个十四岁的大孩子了。

梁曼诚用眼角朝后瞥视了儿子一眼，儿子正昂着脑壳，喜滋滋地望着他问："阿爸，那是啥？"

思凡的手指向一座正在修建的耸入云天的高楼，那顶上是个圆形的旋转餐厅。谁知又是几星级啊！梁曼诚就连国际饭店，也只去过一次十四层楼的孔雀厅。上海新建的很多高级宾馆、饭店，他连大门都没进去过。他告诉儿子，那是宾馆吃饭的地方，会自动转。

"哈呀，那一定安逸！"思凡惊喜地叹道，"到了那么高地方，坐着吃饭，能望好远啊！一整个上海都看得见。是吗，阿爸？"

"大概……是吧。"梁曼诚真不想打断他的兴致。但是莫法啊，很快要到家了，杉杉让他和思凡谈的话，摸摸他此次来上海的底，他一句还没说呢。杉杉对他说很容易，他要对思凡讲，就那么容易吗？孩子是敏感的，梁曼诚在曼雀寨上插队近十年，他多少了解一点傣家的孩子。他们对外面的世界充满了好奇，差不多每个孩子——不论他的眼睛是大是小，是长是圆——的眼光中，总是含有一股强烈的新奇感。他们想了解除曼雀寨之外的一切人和事，他们的心灵因单纯而显得格外的脆弱与敏感。他若劈头对思凡讲杉杉说的那些话，儿子一定会感觉到他在嫌弃他，在赶他走。不，梁曼诚说不出口，至少眼下对儿子说不出口。要说也得等他们重新熟悉以后。

但他觉得，思凡马上要进入他的家，那个螺蛳壳一样小的亭子间，对儿子来说，这同样是一个崭新的环境，一个新的世界。有些话，他必须预先叮嘱儿子一番，免得惹出不必要的烦心事儿。

梁曼诚的双手越来越无力，他把自行车推得慢些，再慢些。他真希望这段路长一点，让他把必要的话都对思凡说完。

"思凡，"他咳了一声说，"我们现在到家里去，我的家，也就是……嗯，一个新家……"

"很大吗？"思凡眨眨眼睛。瞅他眼神，梁曼诚发现他已留神这一谈话了。

梁曼诚苦笑了一下，说："很小。去了你就知道，那房子很小。我们住了三个人，也就是说，除了我之外，还有……还有……嗯，你知道，回上海之后，我又结了婚……"

"我晓得了。"思凡在他身后侧接了声嘴。说这些话时，幸好他没面对着儿子。他起先以为很简单的对话，现在看来也不是那么回事。儿子的嗓音有点异样，他忍不住又转过脸望儿子一眼。

哦，但愿是他的错觉。他看到儿子眼里晶亮晶亮的闪光，仅仅只是秋阳照射的缘故。他不想往下说了，但又不得不说："思凡，我的意思是说，你到我家，可能会有些不习惯，可能会遇到一些不愉快的事，也可能有些问题。总之，不论遇到啥不高兴，你不能耍娃娃脾气。"

"我懂得，阿爸。"

"这不等于说你就不能讲话了；有话，你对我讲，好吗？"

"好的，阿爸。"

梁曼诚愕然回过头去，这回看清楚了。思凡两眼噙满了泪，一颗滚圆滚圆的泪珠，挂在眨动的睫毛上了。梁曼诚心头紧了一紧，同样是一阵辛酸。瞧这孩子，有多敏感！他故意用轻松的语调道："那我们就算达成协议了。"

"要得，阿爸。"

梁曼诚再不敢回头望他，但又觉得总该再说上几句安慰他的话。沉吟片刻，梁曼诚说："你这么懂事，我很高兴。思凡，你毕竟长大了，是个大孩子、小大人了。"

这回梁思凡没再吭声。梁曼诚推着自行车，默默地往前走。再过一条横马路，就到家了。在思凡同杉杉见面之前，梁曼诚觉得该嘱咐的话，都讲了。但他们真正见面之后，真正在一间屋里生活时，又会惹出些什么麻烦，捅出些什么娄子，闹些什么别扭，梁曼诚真不敢预料。眼前他只能说，思凡这孩子是懂事的、听话的；而杉杉，他的妻子，在遇到了如此重大的感情考验时，对他还是通情达理、善解人意的，她是在用最大的理智处理着家庭的这一天外来客般的小客人。

可人的感情是如此复杂敏感、幽微难测，如此地言说不尽的。梁曼诚真不敢想象和预料，思凡这样进入他们的家庭，将给他和杉杉、女儿思云之间的关系，将给他们的心灵带来些什么撞击和波澜。

哦，求神佛保佑吧。

5

听说去看动物，卢晓峰兴趣不大。但是老爹、阿婆、娘娘、叔叔都把上海动物园说得那么好玩，晓峰不能显得懒神无气的。离家的时候，阿妈千叮咛万嘱咐，他也不能不记着阿妈的话啊。他还是装作兴致勃勃地随叔叔出了门。

叔叔是同女朋友一起去的，不纯粹是陪他一个人玩。卢晓峰心头更不以为然了。西双版纳的动物那么多，他还需要专门跑上海来看吗？阿婆把公园的大象夸得神乎其神，晓峰早在没读书之前，就见过大象喽。他可不是来看大象的。他是来看阿爸的。阿妈还教了他话，让他问阿爸。他知道阿妈是让阿爸不要变心哩。不过，阿爸出远差了，见不着他，待在屋头，老爹和阿婆不让他到外头去玩，说怕他走失了，找不着，他申明只在弄堂里玩，不上街，老爹和阿婆也不许。闷待在屋头，还不如跟叔叔出来呢！

叔叔的女朋友美得晃人，她穿一身闪光的绸裙子，晓峰觉得这连衣裙不比傣家的筒裙难看。就是这位女朋友的头发晓峰不喜欢，烫得像蓬蓬松松的狮子头，让人恶心。

到了西郊的上海动物园，晓峰的兴致给逗起来了。原来不单单是看动物，原来这里还有好多西双版纳没有的动物。绿塔一般的雪松，浓荫似盖的梧桐，平顺洁净的草坪，曲曲弯弯的河溪，绿波荡漾的天鹅湖，都使晓峰想起他的故乡：平顺的坝子，阳光下闪烁波光的河流，绿阴丛中的竹楼。但他又发现，这里的一切和勐邦寨不同，耍的时候不消顾及老蛇咬人，不消担心走迷了路。他喜欢看向游客敬礼的海狮，喜欢看嘴大如盆、马面羊尾的河马，喜欢看学人刷牙的黑猩猩。叔叔带了部照相机，他热心而殷勤地替"狮子头"照相，但还不忘给晓峰照。每个景点，他都让晓峰站过去，朝着照相机镜头笑，晓峰笑不出来，他还扯直嗓门催：

"笑啊、笑啊！"

晓峰只得硬挤出笑容来。心里说，照出来的彩色相片，他笑的模样肯定是龇牙咧嘴的。

晓峰的玩兴一上来，兴趣顿时高涨，啥子动物都想跑去瞅一眼，还跟着鸣禽馆的雀儿学鸟叫。他学的鸟叫形象逼真，把个"狮子头"都逗得瞪大了眼感到惊奇。晓峰不由得扬扬得意起来。

本来他的心情同离开家门时已大不相同，耍得非常高兴了，哪晓得在大象房旁边的"竹园墩用餐厅"吃饭时，发生的一点事引得他心头犯起了嘀咕。

吃饭的人多，他们仨好不容易找到了三个位子。"狮子头"坐在一把椅子上，两只脚分别踩住左右两侧的椅子，然后下命令，让叔叔去买饭菜，让晓峰跟着去端盘了。

叔叔嫌点菜等的时间久，买的是饭菜合在一起的快餐，他往晓峰手里塞了两角钱，让他到另一处去买三双卫生筷。

没料到买卫生筷都得排队。晓峰买了筷子，走回餐桌时，叔叔已经和"狮子头"相对坐着，守住三盒快餐在等他了。

他走近餐桌时，叔叔和"狮子头"都没看见他。"狮子头"在和叔叔讲话，而且肯定讲的是晓峰，不，准确地说讲的是晓峰的爸爸。晓峰听不懂上海话，一句都听不懂。但是到上海这么两三天，他连猜带观察神情，能够约摸晓得点儿意思。这半天时间，叔叔和"狮子头"一直在嘀嘀咕咕地说话，他每句都费神去听，有几句他还是听懂了。"狮子头"在讲阿爸到什么地方去了，晓峰知道吗？叔叔使劲地摇头。晓峰心里奇怪，阿爸出差到东北去了，他明明是晓得的，叔叔咋说他不知道呢？况且，况且"狮子头"说阿爸的地方，不是东北，"东北"这两个字的上海音，晓峰听得懂，和云南话的音相差不很远。直到此时，晓峰心头还没犯嘀咕，他犯嘀咕的是在叔叔和"狮子头"见他走近了桌子，不约而同地闭紧了嘴。晓峰看得很清楚，他俩的神情都有些紧张。叔叔扒饭时，不时地翻起眼皮瞅他，还拿责备的眼神盯"狮子头"。

晓峰这回认定，阿爸不在上海家里，是有点蹊跷了。如果阿爸真是去东北出差了，叔叔为啥对"狮子头"说他不晓得呢？阿爸到底去了哪里？阿爸家里的人，为啥要把阿爸的行踪瞒着他？

心头一犯嘀咕，饭就吃得不香，游玩的兴致也顿时一落千丈。晓峰这下知道懂上海话有多么重要了。他们西双版纳一路来上海的五个娃娃，就梁思凡一个听得懂上海话。其他人都不懂，连父母都是上海人的安永辉也不懂。云南到上海的特快列车过了浙江省的杭州，车厢里像换了一茬人似的，全都讲起了"拱冬拱冬"的上海话。当梁思凡眼里闪烁着自豪的光芒，说他们讲的啥意思，他全听得懂时，他们几个娃儿还起哄讥诮他，说他是"吃云南饭，放上海屁"。这会儿晓峰可再不敢嘲笑梁思凡了。他情不自禁地想，若是梁思凡在这里，他就可以让思凡解释，"老盖"是什么意思。他刚才听得清清楚楚，"狮子头"说阿爸到"老盖"里去了。晓峰只知道"盖"在傣语里，是鸡的意思。这个"老盖"在上海话里，是个啥子地名呢？真不好懂！

犯了一阵嘀咕，晓峰拿定了主意，你们不说嘛，你们不给我讲实情嘛，我非要把这事儿弄个水落石出不可。

一个外地来的小孩，从西郊公园白相①回来，一点不高兴，反而愁眉苦脸的，老宁波卢品山已经大犯疑惑了。回到家来，晓峰不喊腰酸脚痛，不讲公园里的动物，只提出一个要求，要去会一会从云南来上海的梁思凡。卢品山更觉奇怪了。

"去见他做啥？"卢品山的宁波口音讲普通话，讲出来他自己都觉拗口。

不料晓峰全懂。他说："我们在来的火车上说定了的，找到各自的亲人，互相串个门。"

"问题是那个姓梁的，我们不知他的住处，只晓得他父亲上班的电影院，怎么去找？"卢品山想说服孙子，缓一缓再说。小孩子真不懂事，你们这样找到上海来，闯进人家家庭里找父亲母亲，已经够麻烦的了。还要去串门！还嫌邻舍隔壁知道得不多。

"先找到电影院，不就找到梁思凡阿爸家了？"晓峰认为这问题很简单。

"加琪，"卢品山喊起来了，他认为晓峰不高兴，肯定是小儿子怠慢了孙子，只顾去同女朋友谈情说爱了，"你再辛苦一趟，陪晓峰到霓虹电影院去找找。路上看晓峰喜欢啥……"

"不去！"加琪一口回绝，"我累得脚都要断了，还让我跑。"

卢品山为难地道："可晓峰要去……"

"晓峰要去晓峰要去，晓峰要天上的月亮你也摘给他？"卢加琪毫不示弱地抢白道。

卢品山不想当着晓峰面和儿子多争，他转过脸来，耐心地对孙子道："晓峰，乖孩子，你听我说，电影院的人，下班晚，你跑去找到

---

① 白相——上海话，玩的意思。

那个梁、梁……什么，他也不能马上带你去见儿子，他要到半夜下了班才能回家。那时候人家都睡了。你看，是不是这样，老爹先去打个电话，和人家先联系一下，约定个时间，你们再见面？"

"不，我要去，现在去。"晓峰很固执，倔强的脾气活像他父亲。

卢品山眉头皱得紧紧的，正不知如何是好，女儿玉琪下班回来了，听说了此事，爽快地说："晓峰不觉得累，我陪他去吧。"

晓峰当下站了起来。

姑侄俩一走，卢品山就朝着儿子发脾气："笨蛋，让你带他出去玩，怎么惹他生气回来了？他是小孩子，你都跟他一般见识？只晓得讨女朋友欢喜，你一定冷落了晓峰，他赌气呢！说，在外面你训了他没有？"

"没有啊！"卢加琪一肚皮委屈从沙发上跳起来说，"我训他干什么？巴结他、讨好他还来不及呢！"

"那他的脸色怎么说变就变了？"

"乡下小孩，谁知是什么怪脾气。"卢加琪自言自语般说，"刚出去时他情绪不高。到了公园他玩得很高兴，眉飞色舞的，话也多了，人也活泼了。吃午饭时，他的脸说变就变。大概、大概是银娣说一句话，给他听见了。可……可他听不懂上海话啊！"

"他怎么听不懂上海话啦？"卢品山嚷嚷起来，"我讲的话完全是洋泾浜，他都听得懂。你讲啊，银娣说了啥？"

卢加琪的声音顿时低了下来："她说了阿哥的事……"

"啊！"卢品山大惊失色，一双愕然的眼睛闪烁着惊慌不安，他连连手握空拳捶着膝盖，浓重的宁波口音连连唉叹，"格咋弄弄啦？①格咋弄弄啦？"

卢品山愣怔地跌坐在椅子上，始终也想不明白，即使他听懂了银娣的话，也没必要去找那个姓梁的小孩啊？

----

① 格咋弄弄啦？——这可怎么是好，这可怎么办啊？

第三章

1

妻子回娘家去了。

据说这是两口子吵架时女方的一大法宝。当丈夫的不管争吵得多么气愤，说过些什么过头话，只要他不是真正想要小家庭破裂，隔上几天他自会主动到丈母娘家去，扮演一个负荆请罪的角色。这角色不好演，丈母娘家的人多着哪，个个都会站在妻子一边，分别给他脸色看。

结婚近十年了，梅云清从未这么做过。当她带着炀炀刚走的一刹那间，沈若尘真想追出去，挡不住她也要跟着到丈母娘家，向她赔礼道歉，恳求她的原谅。

继而一想，这事儿不妥。到了丈母娘家，一讲出美霞来的事，他这脸面往哪儿搁？丈母娘家里的人纷纷责备起他来，逼着他把沈美霞赶回去，他又如何能答应下来？那准会闹僵！

哦，美霞。当两间房子空寂下来时，沈若尘心头隐隐地升起一股强烈的想与女儿待在一起的欲望。

见面的那一瞬间，沈若尘就注意到了，美霞没有喊他"阿爸"。事前他并不指望女儿喊他，她若大大方方地喊了他，他反倒会感到别扭的。当美霞的阿爸，他觉得不称职。这些年来，是韦秋月将她抚养大的，他仅仅是在美霞小的时候抱过她、背过她。时常在天近黄昏时分，到月亮坝的凤尾竹梢下，等待着秋月从橡胶农场里归来。是啊，自从有了美霞，农场里再是割胶的忙季，秋月总要走几里路，回月亮坝的竹楼里来陪伴他们父女。

这会儿，在观尘家八平方米的小屋里，美霞会干啥呢？睡了，或是在同观尘的女儿沈艺聊天，或是在回答爸爸妈妈、哥哥嫂嫂问话？沈若尘上午接到了美霞，向卢加琪道过谢，直接把她带到了父母那儿。

谢家雨说得不错，美霞有着股惊人的美。带着她在上海的马路上走，沈若尘一点也不觉得自卑和难堪。是的，美霞的肤色要比细皮嫩肉的上海姑娘红润一些，但她脸上那一股外溢的琥珀色的光泽，是上海女子怎样费尽心机化妆也化不出来的。沈若尘一眼乍见到她，还以为女儿像傣族姑娘一样习惯地抹上了橄榄油，再一细瞅，绝对不是。那几近透明的光泽，是她自然的肤色。她的五官长得恰到好处，微微下凹的大眼睛活脱像秋月那对清幽的眸子，挺直的鼻梁很像沈若尘，而樱桃般的小嘴巴，既不像秋月，也不像沈若尘，比他俩的都生得好看。她文静，目光中透出好奇而又拘谨的神采，整张脸给人一种若有所思的感觉，耐看极了。

沈若尘白天是陪着美霞在父母那里过的，临近黄昏时才不得不离开。但他和美霞真没说上几句话，不知是尚感生疏呢，还是父母家人多，美霞胆怯得不敢讲话。沈若尘有多少话要问她，有多少难言的感情要对她倾诉，有多少觉得应该解释的事儿要给她说清楚。美霞到上海来是找他的，而他却把她一个人扔在父母那儿。对她来说，他们都是陌生人，她能快活起来吗？而他此刻也是一个人，至少孤零零地要在两间空房里度过一夜。他何不……

沈若尘下了决心，要去把女儿接到身边来。

楼梯上黝黑一片，侧耳听听，亭子间和前楼没啥异样动静。沈若尘估摸着美霞接二连三地奔波，已早早安顿睡了。他没开楼梯灯，轻手轻脚上楼去。

亭子间房门虚掩着，有电视机声，爸爸妈妈守着那台十四英寸彩电，还在看电视呢。不过音量调得很小，也是怕吵着人吧。

沈若尘正想推门进去问问，从前楼原来他和云清住的房间里，传来侄女沈艺的嗓门："……你就不想想，你这么突然闯了来，给你爸爸、给你爸爸一家，是个多么大的冲击？叔叔和婶婶，可能要为此闹矛盾，甚至还要离婚！他们还有个小孩，可爱的炀炀，不是要失去爸爸，就是要失去妈妈。炀炀比你还小，你就忍心！说话呀，假痴假呆的，装什么老实！"

没想到沈艺还能操起这么口普通话振振有词地教训人。她是在训美霞，那是无疑的。沈若尘真想冲上去吼沈艺两声，谁给她权力如此训斥美霞的？但沈若尘突然又想听听女儿是怎样反击沈艺的。他希望女儿也不甘示弱，几句话就驳得沈艺哑口无言。

但他失望了，美霞一声也没吭气。沈若尘不由得轻叹着，美霞和秋月一样，只会逆来顺受。沈艺还在继续她的训词："还有我们一家，房子已经够挤的了，硬要为你再搭一张床出来。娘娘回娘家来，睡哪儿去？最主要的，弄堂里的人，左邻右舍看到了你，问起来，我们怎么对人说？说你是云南乡下人，说你是叔叔的女儿，是我们家的。告诉你，一家人的面子，都给你这一来坍尽了！你还是想想清楚，在上海太太平平地玩几天，爽爽快快地回你老家去吧……"

沈若尘再也听不下去了，他吼了一声，一个箭步跃上前楼，砰的一声推开门，气咻咻道："沈艺，谁叫你对她说这些的？"

沈艺愣怔了一下，她显然没料到他此刻会来。但她并没惊慌，只冷冷瞟了他一眼说："谁也没叫我说。我自己愿意说！"

"我不许你说。"

"嘴巴生在我脸上，说话是我的自由！"沈艺陡地一个转身，把背脊对着他。

沈若尘气得四肢发抖，他头一回发现，十六七岁的沈艺是个大姑娘了，胸前已经小馒头般隆了起来，根本不听他的调教了。再瞅瞅美霞，沈若尘心里一阵发紧一阵疼痛。美霞像个挨审讯的小犯人似的，低垂着脑壳，身子缩成一团。听见他来了，她仰起了脸，一双忧郁可怜的眼睛里噙满了泪。

里间的房门一响，阿嫂月芳走出来了，不紧不慢问一声："怎么啦？沈艺啥地方说错了？我在里面听着，小孩讲的句句是大实话嘛！"

沈若尘一听嫂子的声音，就觉察到火药味浓浓的。沈艺敢于如此放肆，当然是她怂恿的了。沈若尘道："要讲也由我讲，不要她来管闲事！"

"这怎么叫多管闲事？若尘，一个不大不小的姑娘住进我们家里，我们怎能不闻不问？"月芳最近升了副科长，是百货公司专管批发销售的副科长，实实在在的有权人物。在这个家庭里，她说话做事都硬了许多，这情况母亲早跟沈若尘讲过。

沈若尘才不把一个小小副科长当回事呢，他说："这个家是爸爸妈妈在当，阿哥在管事，轮不到你的份！"

"我偏要管！"月芳愤怒地嚷起来，"前楼现在是我们一家住着，我怎么管不着？爸爸妈妈答应了，叫你女儿挤进他们亭子间去啊。想想看，你们搬出之后，一会儿洁尘回来住，一会儿又塞进个外地小姑娘！沈艺也大了，你们为啥不想想她？"

观尘也从里间转出来了，阴沉着一张脸，眉头皱得老深，手里夹支烟，无可奈何的目光同若尘交换一下，没说话先干咳了几声。沈若尘明白了，阿哥虽然答应了他，但嫂子回家以后，已和他有过较量了。

沈若尘冷冷一笑说："是嘛！要是我分不到房子，这八平方米仍是我的。"

"可你现在分到房子了，户口也迁出去了，这里没你的份了。"月芳毫不示弱地道，"你有家，为啥不把女儿领回自己家去？"

这真是哪壶不开提哪壶，太损人了。沈若尘的火气腾腾地往上冒，他把手一抢举起来说："你不要给我太猖狂了。惹得我火起来，我就不客气！"

"哼！"

亭子间门打开来，母亲趿拉着拖鞋踏上楼梯，压低嗓门劝："吵啥、吵啥？把邻居们吵醒了好听是不是？都是一家人，亲兄弟，相处一直不错。碰到事情好好商量嘛！"

"姆妈你话里不要含骨头！"月芳的嗓门吊得更高，愤然责问起母亲来，"照你这话讲，他们两兄弟好好的，是我从中挑拨喽？不行，得把话讲讲清楚，今天这事究竟是为啥引起的！"

母亲仍是轻言细语："月芳，我哪是这种意思嘛！我只是劝你们不……"

"你就是这个意思……"

月芳的厉喝还没嚷嚷完，不提防观尘手中的烟一扔，三脚两步扑过来，抢起巴掌，朝着月芳就是一个耳光，斥道："我叫你对姆妈哇哇叫，我叫你朝兄弟乱吵乱骂，你不得了啦！"

月芳嘶声拉气地哭叫起来，双手捂着脸，跑进里屋去了。沈艺凄声切切地哭泣着，跟着母亲跑进去。

母亲扯住了要跟着扑进去的观尘说："不要打，你做惯了活，手脚很重的，不能打啊！"

观尘跺着脚道："我偏打！妈的，别说她刚升副科长，就是升了副市长，我也要打！"

站在门外的父亲嗓音脆脆地道："本来不是啥难解的题目嘛！非要闹成这个样子，太不像话了！"

"你那宝贝儿子像话！"月芳在里间哭泣中仍不罢休，抢白道，"在乡下讨了老婆生下女儿，离了婚回上海来又讨又生！"

沈若尘气得脸一阵青一阵白，真要冲进去同她论理。美霞扑了上来，双手使劲扯住他衣襟，汪满眼眶的泪水全淌了出来，不断地摇头。

退休后仍在律师事务所供职、很受人尊敬的父亲说话都遭月芳抢白，观尘又想反身进屋，也被母亲牢牢地堵在前头，又是挤眉又是瞪眼又是双手阻拦，不让他进。

沈若尘雷鸣样吼出一声："好，我带美霞走，现在就走！"

"走嘛。"父亲的声音仍像打官司一样清脆，"后门口已经堵满看热闹的人了。"

"我怕什么人看？"沈若尘坦然道，"这孽又不是我一个人作下的。想当初，如果我不去插队，阿哥就要去。我们家不去，别人家要去。去了喊'扎根一辈子'，自然要结婚过日子。可后来又允许回来，人人都回来我为啥不能回？我没啥见不得人的。走，美霞，回家去！没人跟我过，我们父女俩过。"

父亲抢先一步堵在楼梯口说："你已经跟梅云清讲了？"

沈若尘硬硬头皮道："讲了。爸爸，你……你放心。"拉起女儿的手，朝楼下走去。

楼上，不知是哪个，把楼梯灯开亮了。后门口，果然有几张男男女女的脸，在朝楼梯上张望。

从惊疑、好奇、众目睽睽的人堆里走出来，推着自行车步出弄堂，沈若尘俯身对默然不语的女儿说，他骑自行车带她行吗。她点头说行。他问她怕不怕。她说不怕，阿妈带她到农场，或是由农场到勐禾大寨月亮坝，都用自行车带的。沈若尘发现，说这些话时，她的眼里闪烁出阵阵神采。

这个女儿真是美，任何不带偏见的人都能看清这一点。母亲早晨锻炼买回菜来，头一眼见到她，惊叹着偷偷地道，天哪，这小姑娘简直是仙女。为啥月芳和沈艺就瞎了眼看不见？

沈若尘又补充了一句，说上海不同于西双版纳，骑自行车是不能带人的。不过这会儿是夜里，过了八点，好多十字路口的警察都走了，他能带她。过一两条热闹的路口时，他让她下车，她就下来，好吗？

美霞认真地听着，眨动着眼睫毛点头，表示她全懂。

她坐在后座上，沈若尘骑上车，又转脸叮嘱她一声，坐稳了，拉牢，就蹬开了。

车行得很快，龙头不时摇晃。坐在身后的美霞始终静悄悄的。沈若尘发现，她并没有环抱住自己，或是逮住他衣襟保持平衡，她一定是紧紧扶着车座。

这孩子的性情真吸引人。

刚才的那一场风暴来得太突然了，几乎不允许他思索。此刻冷静下来想想，沈若尘觉得自己也过于冲动。如果他上楼去，阻止沈艺往下说，打声招呼，把美霞带回家去，效果要好得多。他何必去呵斥沈艺，何必又同嫂子争执，最终惹得观尘大动肝火，犟脾气发作打了嫂子。这一来，家人要为此不舒服好几天。更重要的是，他很难再领着美霞走进家门了。他这会儿真有些破釜沉舟的味道，只有一条路了，带着美霞回家。如若妻子硬是认定说出的话不松口，美霞的出路只有一条，回西双版纳去。否则，他们的婚姻就将遭到威胁。

哦，婚姻！

沈若尘的心沉甸甸的，一点也轻松不起来，得承认这都是美霞的到来引起的。可他能怪美霞吗，她是最无辜的呀！她有什么罪？要怪只能怪韦秋月的命太苦，她年纪轻轻的就害脑瘤死了，她如不去世，决不会让美霞千里迢迢来寻找他。她至少得让美霞长到十七八岁，才能放女儿出远门哪。怪秋月也是不公平的。

那该怪谁呢？怪他们当年的婚姻，怪他们两个出生于不同地域、不同文化氛围的青年男女的结合。是啊，奇特的历史和环境使得上海人共同的一些心理品性与西双版纳的傣族风情截然不同；但是，当年不正是这种种相异很远的差别，使得他们产生相互吸引、相互了解、相互爱慕对方的动力吗？他和秋月的爱，也是由此而萌动起来的。

哪一个上海青年不曾为西双版纳的秀丽风光和迷人景色陶醉过啊！

到家了，沈若尘让美霞放下那只人造革马桶包，他领她走进小巧的卫生间，告诉她肥皂放在哪儿，毛巾挂在哪儿，如何开自来水洗脸洗手，如何开电热淋浴器洗澡，如何使用那只抽水马桶。随后他便退出来，让美霞一个人在里面漱口、洗脸。

他相信美霞会很快熟悉这家里的一切。毕竟，在月亮坝寨子上，是他们这幢汉傣结合的竹楼里，最先用碗替代芭蕉叶子盛饭吃，最先用两只塑料桶，替代傣家用陶罐顶水、竹筒背水。尽管他后来离去了，但秋月是割胶女工，她在农场里早已逐渐被大多数来自四川嘉陵江两岸、湖南湘江畔的汉族职工同化了。在沈若尘和秋月最初相识的时候，秋月早形成清晨、晚间刷牙的习惯，早懂得解溲须进入厕所，而不会像寨上的姑娘们一样，直接把屎拉在沐浴的江河里。美霞是跟着她妈长大的，她会很快适应汉族的习惯，很快适应上海的。

一会儿工夫，美霞从卫生间里走出来。洗过脸，发梢上沾着点晶亮的水珠，美霞显得容光焕发。

沈若尘带她走进炀炀睡觉的房间，指着炀炀的单人床说："你就睡在这里。"

美霞点点头，问："这是你的家吗？"

"是的。"沈若尘很小心地回答。

"咋个没其他人？"她的手举起来，指向墙上一张放大的三人彩色风景照，"他们呢？"

"哦，他们今晚住别处去了。"沈若尘故作轻松地说，还笑了一下，他但愿自己的笑容自然一些，"你累了，就早点休息吧。"

沈若尘突然产生一股逃遁的愿望。他发现单独面对女儿，并不像他想象的那样，由他掌握谈话的主动权。不，女儿将对他提出一个又一个难以解答的问题，他甚至会感到难堪。他把手放在美霞肩上，感觉到美霞肩膀陡地颤动了一下，他的手移开一下，重又放上去，亲切地说：

"不早了。你睡吧。"

"要得。"美霞仰起脸，朝他瞅了一眼。

天哪，女儿这副模样真是美极了。沈若尘眼前又掠过秋月凝视他时的倩影，他极力克制着自己亲近一下女儿的欲望，装作有事般匆匆走了出去。

平心而论，他是极想趁这只有两个人的机会，好好同美霞聊一聊的。刷牙的时候，沈若尘终于想明白了，他若连面对女儿的勇气都没有，他是不会处理好这件事的。

做好睡前的准备工作之后，沈若尘往女儿的房间瞅了一眼。房门没关，灯还亮着，美霞并没睡在炀炀平时躺的那张小床上，而是直挺挺地伫立在窗前，凝望着窗外的黑夜。

沈若尘不由得轻手轻脚蹀到女儿身边，也朝窗外望去。斜斜地望出去，可以看到一条两旁栽满梧桐树的马路，马路上时有各式车辆驶过，还有隐隐的喇叭声传来。梧桐树叶还没泛黄，在这秋日里仍显得浓绿茂盛。沈若尘早看惯了这一风景，实在没啥可看的。他轻轻叫了一声：

"美霞。"

女儿抬起头来，吓了他一跳。美霞的双眼里汪满了泪水，如同西双版纳雨季来临以后沙窝里不时往外喷涌的清水。她那双眼睛，如同浸在清泉里的宝石。只是宝石光凛凛的不会有情绪，而她的双眼，充满了悲怜和哀伤。

"你咋个啦？美霞。"

泪水一颗颗如同断线珍珠般扑簌簌滚落下来，沈若尘的心头阵阵发紧。美霞的嘴唇尽力克制般翕动着，但她愈是企图掩饰，脸上愈是显得凄切可怜，沈若尘也愈加不好受。

"我……我真那么讨厌吗？"

"哦不，不！"沈若尘连忙安慰她。直到此时，他才意识到，美霞啥都懂。她虽然听不懂上海话，但她明白，一家人的争执吵骂，是因她，甚至、甚至梅云清和炀炀的离去，也是因为她。她猜出来了，要不她不会刚一走进这间屋，就注意到墙上三人的合影，不会那么敏感地发问。沈若尘真不知该如何来抚慰女儿受到伤害的心灵了，他像结巴似的申明："美霞，你很可爱，真的，你来我很高兴，出乎意料地高兴，你别……你千万不要在心头结啥子疙瘩。有些事儿，是大人的事，是我的事情。你不用管，不用操心，不用……"

噢，天哪，帮帮我，快帮帮我。沈若尘第一次察觉，他这个搞编辑工作的人，词汇原来如此苍白，劝慰起人来原来是如此没有说服力。

"谢家雨叔叔，写信给你了吗？"美霞温柔地问出一句。

"写、写了……你知道？"

"晓得的。"

"他怎么对你说？"

"他说你在上海生活得很好，说阿妈很可怜，说我……"

这是谢家雨间接地在责备他了。其实，家雨给他写信这件事本身，他那封信中一些含而不露的话语，不也是在间接地谴责他吗，他歉疚地问："阿妈是咋个死的？"

"脑壳痛。"

其实沈若尘知道，但他仍想问："她没有找医生看过吗？"

美霞晃着脑壳说："阿妈夜间总是睡不着，老是翻身叹气，睡少了就犯脑壳痛，都把阿妈痛瘦了。痛得恼火时，阿妈对我说，就好似脑壳里头爬进了一条小老蛇。"

沈若尘不由垂下了眼睑，他为韦秋月遭到的折磨痛心。

"原先我不懂，阿妈为啥会这样。大了一点，我晓得了，阿妈是想你。"

沈若尘浑身一震。美霞一对水汪汪泪糊糊的眼睛，一眨不眨盯着他。他背脊上起了一阵异样的感觉，又窘迫又狼狈。勉强露出一丝苦笑，他低沉地问："阿妈她……她不嫁人？"

"有人劝过她的，农场里、月亮坝寨上，都有人劝。我都晓得，有个死了婆娘的湖南人，死死盯住她。阿妈不从，她淌着泪对我说，怕我跟着她再嫁受气。可我看得出，阿妈还在苦苦地想你。"

美霞抹去眼角的泪，俯下身去，扯开随身带的那只旧的人造革马桶包，从里头取出用牛皮纸袋装的一包东西，一只油光泛亮精致灵巧的篾编槟榔盒，一塑料袋鸡枞菌，一本薄薄的书，全都堆在一只方凳上。

"这都是阿妈叮嘱我，非要带的。"美霞指指这堆东西道，"她说，路远得像在天边，重的东西不好带，就带这几样。鸡枞是带给你吃的，她说你喜欢吃；槟榔盒是带给你耍的，她说你在月亮坝时，一直夸村寨上的竹器做得好、做得妙；还有这，是当归，阿妈说你们上海人都喜欢这种药。"

当归！

沈若尘头脑里嗡的一声响，眼睛几乎都瞪直了。他捧起牛皮纸包，稍稍扯开一点，纸包里弥散出一股浓烈的药香气味。当归，自然是一种名贵药材，人们喜欢它那奇异的疗效。可沈若尘完全明白，秋月让女儿送当归给他，更因它有一个意味深长的名字。他的眼前闪出了月亮坝寨上那幢坐落在凤尾竹丛边的竹楼，竹楼晒台上的一只花盆。那是他即将离丌月亮坝时秋月从街了上买回来的，他步上竹楼时，正看到秋月在往从寨外挖回的那兜嫩油油形如水芹的苗儿上浇水。他颇好奇：

"这不是蘸生血吃的野芹菜吗？"

"莫得，这是当归。"

"当归？"

"就是农场一些上海知青，回老家时都要带的那种药材。"

"噢。"沈若尘恍然大悟，他听说过这种药，但仍不明白，秋月为啥要在花盆里栽它，莫非这东西可以人工培植，"街子上不是有卖嘛，你栽它……"

"只因它有个好听的名字啊！"秋月轻柔深情地说，"当归、当归，是赠送给远离家乡不见归来的亲人的礼物。我栽下它，就同见着了你。瞅着当归的叶子泛黄，该是成熟的季节，我的心会宽慰一些，也许，你还会回来。"说到这里，秋月已是哽咽出声。

美霞当然不晓得这一往事。但她说得对，秋月直到临终，还在思念着他，还没忘却给他送上一包"当归"。可他，自从回归上海之后，从没想到应当归去探望一下她们母女！

沈若尘的目光移到美霞随身携带的那只已经用皮线修补过的马桶包上。

他再不能故作冷漠，再不能以心烦意乱为借口装作没看清了。他第一眼看到这只马桶包，就认出这是他赴云南插队时随身带去的。当年，哪一个上海知青不备用一只携带方便又很能装东西的马桶包啊！时隔近二十年，马桶包的人造革都已龟裂出现了纹路，背在身上很碍眼了。早在十年前他回归上海时，就不要它了。秋月让他带回来，不但是带上马桶包，还带上能带的所有东西。沈若尘一样都不想要，帐子、线毯、漆成红色的板箱，就几样破东西，他带回上海干啥！马桶包自然也不要了。没想到秋月还在使用它，并且把龟裂的地方也补好。秋月对他一往情深，而他呢？

"书里还有东西，是阿妈让夹在里头的。"美霞拿起那本薄薄的小书，小书的封面都泛黄了，但书名《怎样欣赏古诗》几个字，仍清晰可辨，这也是沈若尘插队时随身带下乡去消磨雨天光阴的。没想秋月仍然宝贝样留着。美霞打开书本，递给沈若尘。

沈若尘瞅着书里夹的两棵枯萎的小草，骇然呆住了。他在月亮坝多年，也识得一些树木花草。他认得，这是"勿忘我"！可他在回上海以后，特别是这后来几年，事业上小有成就，一帆风顺；经济上收入尚可，呎啥心事；小家庭安宁和睦，乐惠自在。他早把秋月，早把远在西双版纳的美霞忘了个一干二净。

"脑壳不痛，闲坐下来时，阿妈还时常唱歌。"

"唱歌？"在沈若尘的记忆里，秋月爱清静，即使当姑娘时，都不爱去钻柳丛、竹林和小伙子们对歌嬉耍。

"我小的时候，她搂着我唱。"美霞点着头，用肯定的语气说，"稍大些，我都把那歌子听熟了，闭起眼睛也能唱。这时，我才晓得阿妈唱的是些啥子。"

"啥子？"

"阿妈唱的是《望夫云》。"

"……"沈若尘的心灵，又是一番震颤。轻悠悠，柔美美，情绵绵，意切切，像那缭绕的白里透红的望夫云正在升起。美霞唱起来了：

> 苍山有朵望夫云，
> 望夫望得泪满襟。
> 苍山有朵望夫云，
> 望夫望得泪淋淋。
> 云行千里送口信，
> 秋去冬来盼佳音。
> 浪飞涛涌唤夫君，
> 夫君不归苦泪饮。

后面几句，美霞是淌着泪，呻吟一般凄然地唱完的。听着女儿的歌声，沈若尘心头就如同望夫云飘起时洱海掀起的波涛般翻腾着。是啊，生活在偏远村寨月亮坝的秋月和美霞，日子过得自然不如他在上海。可她们心头，存着最纯真美好的感情，时时思念着他，怀恋着他，盼望着他哪怕是抽暇想一想她们。而他呢，沙砾般卷入了人世喧闹繁华、忙忙碌碌的烟尘，为住房、为生计、为名誉奔波追求。不能说他没有感情生活，但他在这一片浮华嚣杂的奔忙中，失去了或者说忘却的恰恰是人世间最值得珍重的感情和良知。

他垂泪望着美霞，望着他的亲生女儿，发自肺腑地道："美霞，我……我对不起你阿妈，对不起……也对不起你……"

"阿爸！"美霞泪如雨下，张开双臂扑了上来。父女俩的泪淌在一起，父女俩的心一起怦怦然跳荡着。

夜，大都市上海的夜，已有些深沉。

上床后辗转难寐，直到下半夜才迷迷糊糊入睡。天蒙蒙亮时，沈若尘睡得正沉，电话铃声将他吵醒了。

他睡眼惺忪地抓过话筒，电话里已传来妻子的嗓音："听着，若尘，一会儿我就回家，和你专门讨论那姑娘的事。她来都来了，总不能丢在一边不管。你等着我。"

"谢谢，谢谢！"听梅云清的嗓音，她也是一夜失眠。但她总算想通了，该面对现实。沈若尘原以为她总需要三五天才能想通的，没料到她只花了一个晚上。他心里涌起一股对妻子由衷的感激之情。正想对她表示些什么，正想与她多说几句，没想梅云清啪的一声把电话挂断了。

沈若尘的睡意全跑了。他得赶紧起来，稍稍收拾一下屋子，准备一顿早餐，静候妻儿的归来。云清还不知他已将美霞接了过来。她回家看到美霞时会是什么态度，她会不会受不了？还有美霞，见了梅云清，她会怎么想？她可是个大孩子了，别看她温顺娴静、逆来顺受，可她啥都懂，啥都明白了，她的心敏感极了，这一点像秋月。

沈若尘惶然地等待着家庭里又将发生的一场波澜，心灵的波澜。

2

身为联谊经贸开发公司总经理，吴观潮近几年来各式各样的场面见得多啦，三教九流的人物多少都打过些交道。无论遇到什么难堪、紧张、窘迫甚至于尴尬的场面，他都能应付自如、笑容可掬地打发过去。他有后台、有靠山、有门路、有办法，且又聪明机智，人人都觉得他风度翩翩，八面玲珑，经得起摔打和磨炼。

可以说，像今晚上这样让他感觉棘手的谈话，几年来他还没碰到过。想推么推不了，良心也不允许他推托敷衍，因为永辉终究是他的儿子。

步入永辉住的客房时，他一眼看出儿子等得已焦虑不安了。永辉的脸都变了色，眼睛里闪烁着急巴巴的光，眼角那里似还有点点泪斑。

"阿爸，我们回家吧。"

吴观潮拆了一包袋泡茶，给自己沏了杯茶，边点烟边对儿子道："坐、坐一会儿。"

永辉不坐，似乎是对这样拖拖拉拉有些不解："阿妈在家里，不是要等急了嘛！"

孩子以为大人的心情和他一样，他急于要见到亲生母亲，亲生母亲也迫切地想同他会面呢！

吴观潮徐徐地吐出一口烟，慢悠悠地道："坐吧，永辉，坐下听我说。你不要急嘛，今天晚上，我们哪里都不去，你就住在这里……"

"住在这里？"刚入座的永辉又急切地站了起来，拧起眉梢问，"阿妈她……她不愿见我……"

"不是。"吴观潮的手颇有风度地在儿子肩上轻拍了几下，"让你不要急嘛。听我跟你讲，你这娃儿咋变成个毛焦火燎的急性子了。"

永辉呆痴痴地一屁股坐下去，眼睛瞪得又惊又直。

初次见到他时的那股喜气，那充满希冀和欣慰的目光，那欢悦悠然的神情，全都消失了。吴观潮的内心有些不忍。是呵，他初来上海，马上把实情告诉他，似乎是有些残酷。可瞒着他，总不是个事啊！再说，他……他又有什么办法呢？

他又从鼻管里喷出两股浓浓的烟，对儿子轻轻地说："永辉，我犹豫过，要不要把实情马上告诉你。思来想去，特别是看到你今天已长成了个大娃娃，该理解和懂得一些世事了，决定还是告诉你。"

永辉的脸仰起来，两眼溜圆溜圆，一动不动盯着他。吴观潮看得分明，儿子的目光中，还透出股莫名的恐惧。他决定不再拖泥带水，直截了当地把情况告诉他：

"永辉，你大概听说过，我和你妈为了回上海，当年离了婚，把你送给了你的安文江阿爸和陈笑莲阿妈，他俩都是好人……"

"这我晓得。"

"噢，晓得就好。是这样，回到上海之后，我和你妈就各自东西，分道扬镳了。也就是说，她又重新嫁了人，我呢，重新结了婚，我们各自都有了新的家庭……"

永辉的脸先是从嘴角开始扯动，扭曲，没把话听完，他的整张脸揪成了一团，泪水在眼眶里转了转，抑制不住地溢了出来。终于，他忍耐不住，耸动着单薄的双肩，哭泣起来。

吴观潮骇然瞪着儿子，说不下去了，优雅地夹着一支希尔顿烟的手指，微微有些颤抖。

头一次，他意识到眼前的永辉是个有感情、有灵魂、有思想的人。头一次，迫使他审视和回顾当年对婚恋的选择有些啥不妥。头一次，面对这个孩子他感到是欠着一笔债的。

"那么……呜呜……"永辉哭哭啼啼地支吾出了声，"就是说，我不能去你的家了？"

"不是说不能，永辉，我需要一点时间。"吴观潮再不敢倚靠着沙发背跷起二郎腿了，他俯身向着儿子，哀求般道，"你……你今天刚来，突然来了，我还……还没给家里讲……"

"阿妈她……她连见我一面都不愿意吗？"永辉的哽咽让人听来伤心极了。

"她要来看你的，她说明天早晨就来见你。"

"我也不能去她家吗？"

"你明天跟她说吧。"

"阿爸，不懂，我真不懂，你和阿妈为啥要离婚，为啥要把我送人？你们不喜欢我，是吗？你们从来就不喜欢我这个儿子，是吗？"永辉睁着一双泪眼，直通通地问道。

吴观潮脸颊上的神经抽搐了一下，他的心也跟着抽搐了一下。他把仅抽了半支的香烟狠狠地掐熄在烟灰缸里，急急忙忙地解释说："不是，不是这样。永辉，你千万不能这么认为。我们是爱你的，平时也是想你的，想你的……"

"那为啥还……"

"为啥？为啥？"吴观潮接过儿子迫不及待的话头，"连我都说不清是为啥。真的，永辉，你还小，有些事你现在理解不了。大一点，你可能会理解，这一切是为了啥，为了啥。"

说着话，吴观潮都有点激动了，他的眼睛里也潮润起来。面对着儿子，往事，已经被他几乎忘却的往事，又给找回来了……

现在根本说不清吴观潮和杨绍堃当年是谁先提出离婚这个主意的了。即使一个先提出来，另一个人心头也存这主意，他们是一拍即合。他俩都是上海知青，都想着回归，都已受到大返城潮流的影响，都急急忙忙地想赶上回上海的末班车。周围的未婚知青们，走得可是差不多了。阻碍他们回归的，是他们自己，是他们已有的婚姻这一形式，还有他们的娃崽。他俩要回归，得越过的障碍要比其他知青多得多。

好几个月了，他们收拾得很干净的竹楼院坝里已失却了往日劳作后的欢乐和温馨。吃饭、睡觉、赶街子、哄娃娃都是默默地相对无言，无甚小家庭的温暖。他俩不约而同地感觉到了婚姻这一形式的羁绊。

那是旱季即将结束，雨季将要来临时的一个清晨。诺晓鸟①鸣唱着，借着羽翎状的凤尾竹梢梢的遮掩，吴观潮隐蔽着自己的身子，站在春臼旁，砰砰砰砰地春着米，米是西双版纳出名的遮放米②，很好吃，春起来却让他感到费劲儿。在傣族村寨上，春米是女子干的事。岂止是春米，可能是男子太珍贵了吧，除搭建竹楼上梁、犁田、犁土、牧牛之外，所有的活路都是妇女干的，妇女顶的是大半片天。男人们呢，只消带好娃娃，闲来到江河边钓个虾啊，到树阴下歇个气抽抽烟啊，日子过得十分逍遥。吴观潮同杨绍荃结婚之后，仍照着上海和知青的习惯，到河边去洗洗衣裳，帮着杨绍荃挑个水，舀舀米，陪伴她一起去赶个街子，帮她背一点东西，太阳大了甚至还替她打个伞。所有这些举动都遭来傣家妇女们善意而惊喳喳的起哄和嘲笑，她们当众嬉笑着指指点点：

"看呐，这汉子娶的是个懒婆娘，啥都要男人做呢！"

"汉族的女子好安逸啊，啥子事儿都有男人帮着做。"

"哟，你眼红人家，你也去逮一个汉族龙宰啊！"

"利呀，利的的呀③！"

"不晓得人家要不要你喽！"

……

遭戏弄和讥诮得更凶的，往往是杨绍荃。她一个上海姑娘，要像傣家女子一样屋里屋外、寨里寨外地干，体质怎么受得了！当然，帮

---

① 诺晓鸟——类乎夜莺的雀儿，常常在天近拂晓时啼鸣。
② 遮放米——德宏外潞州县遮放坝出产的优质米，在西双版纳同样出名。清代被列为贡米。
③ 利呀，利的的呀——好呀，好得很呀。

婆娘干事的吴观潮，也时常被寨上的汉子们作为取笑的对象。吴观潮莫法了，入乡随俗，他不能不在帮绍荃做家务的时候尽量避着点耳目。尽管如此，他那"炮耳朵"①的名声，也传得够远的了。两种不同文化和礼俗冲撞之下，吴观潮和杨绍荃的小家庭，在村寨上并不是那么让人感到顺心的。幸好他们生的是个堂堂的儿子，多少为他俩扳回了一点面子。

永辉还在清晨的凉爽中熟睡，绍荃赶街子去了。说是去赶街子，不如讲是去街上打听消息更为确切。竹子围隔起来的庭院里显得清幽静寂，往年学着傣家栽种的香蕉、柚子、木瓜、芒果和各式花卉，把他家的竹楼也点缀得秀丽多姿、优美而又典雅。

芭蕉叶子一阵轻响，绍荃拉开竹笆门，直接往他舂米的地方走来了。她匆匆忙忙卸下背篓，连额颅上的一片汗珠都顾不得抹一下，便压低嗓门，兴冲冲地道："橡胶农场里的知青，都走空了。"

"是吗？"吴观潮已无心舂米，整个身子转了过来。

"那些知青，不管是北京的、昆明的、上海的，为表示回去的决心，把自己的帐笼铺盖、日常用具，甚至箱子、木床都烧了。"杨绍荃掏出手绢拭着颈窝里、额头上的汗，讲述着街子上听来的消息，"场部办公室，值班干部怕出事儿，把公章吊在门口，溜得人影子都不见。说是什么路线未定，暂停办公。知青们盖了章，纷纷离去了。受他们影响，插队知青也跟着一哄而起，凡没分配工作的，都走了。"说着，绍荃一双眼睛，定定地瞅着吴观潮，似是在等待他的反应。

吴观潮的眼睑一阵跳说："还听说了啥？"

"噢，有一对知青和我们一样结了婚的，把离婚手续一办，也走了。听说这里的人把离婚一事，看得很轻淡，办起来很容易的，只不过他们没孩子。"

吴观潮听出，杨绍荃的话语里透着明显的试探和征询口吻。他

---

① 炮耳朵——耳朵根软，怕老婆的意思。

不由得抬起眼皮，瞅她一眼。她正急巴巴地盯着他。在傣族村寨生活多年，傣家婚俗中，离婚手续的简便，吴观潮是晓得的，如若女子不满意丈夫，只要递给他一对蜡条，就可回家另选情郎；上门入赘的丈夫，接到妻子的蜡条，便明白是怎么回事了，立刻收拾自己的行装回去。而若男子起意离婚，只要连续对妻子喝叫三声："丢拽你，丢拽你，丢拽你！"互递一对蜡条，就算履行了离婚手续。故而，即便已婚知青离婚，也绝不至于惹得周围团团转的寨邻乡亲起什么风言风语。

吴观潮回望了绍荃一眼，轻叹一声说："可我们已经有了永辉。"

"如果只是这个难题，我听说街子上有一对夫妇，婚后多年没生育，非常想领养一个娃娃，特别是男娃娃。"

"你是说，"吴观潮的双眼闪出火花来，"把永辉送给当地人？"

杨绍荃避开了吴观潮紧盯着她的目光说："也不是没人这么做。否则，我们就只有一辈子待在这里。"

吴观潮沉吟着，眉头皱得紧紧地说："看来，只有这个办法。"

睡在竹楼上的吴永辉大声地啼哭起来。他醒来，见阿爸阿妈都不在身旁，哭得好凶。吴观潮和杨绍荃受惊地相对望了一眼，像做了啥见不得人的事似的，不约而同地又把目光移开了。

阿爸离去了，安永辉躺在床上，胸口像堵着块冰，透心凉。他所有的向往，所有的憧憬，所有的对于亲生的阿爸阿妈美好的想象，全成了泡影。他的心头充满了失望，说啥子上海是世界性的大城市，说啥子阿爸阿妈见了他会欣喜若狂，带着他四处去玩，遍街去要，让他见识见识大马路、大世界、大轮船、大百货楼、大……他啥子都还没见着，兜头一瓢冷水泼下来，亲生的阿爸阿妈连见他都感觉厌烦。莫非生活在这个大城市里忙忙碌碌的上海人，真像街子上那些走南闯北的商贩所讲，是精明的、浮滑的、冷漠的、会算计人的，是骄傲的、赶时髦的、吝啬的、无甚情义的？若真是这样，他还来干啥子呢？他待在这间空落落的房间里还有啥意思呢？

他想家了，想抚养他长大的阿爸阿妈了。天地良心，略略有点谙事，永辉就从街子上那些喜欢说长论短的嚼舌妇们嘴里听说，自己不是安文江阿爸、陈笑莲阿妈亲生的儿子，他是他们抱养来的。可阿爸阿妈待他比亲生儿还要好。他们不是傣族，阿爸身上有一半彝家的血统，阿妈是纯粹的汉族。但是他们听说永辉喜欢吃带傣味的香竹饭，特意去买来"埋毫拉"①学着做竹筒饭给他吃。把淘泡过的糯米灌入竹筒，用芭蕉叶轻轻地塞住竹筒口，将竹筒埋进火灰里。竹筒口冒出一阵子气之后，阿妈用木锤一下一下轻敲轻打，让焐熟的饭变松变软。啊，掀开芭蕉叶时，那一股扑鼻的香气！永辉也喜欢吃傣味的蒸肉、蒸脑花，看见回家过星期天的傣族同学带到学校来下饭吃，他羡慕得几乎淌口水。阿妈晓得了他的心思，也用芭蕉叶包裹好蒸肉、蒸脑花，让他带去学校。他长这么大，记忆中自己从来不曾穿过补疤儿衣裳。听说出了一种最新式的小太阳书包，娃崽背着不会一个肩高一个肩低，也不会勒得肩膀痛，阿爸难得去允景洪开一次会，趁着休息时间，跑遍了这座傣家人称作黎明之城的州府，好不容易花二十几块钱，给他买回一只这样的书包。

他们待永辉多好！

永辉偏要瞒着他们，千里迢迢跑出来，找亲生的爹妈。永辉淌着失悔的泪。到了星期天，阿爸阿妈盼不着他回家，一定会找到学校里去。在学校里都找不到他，他们还不知急成个啥样子呢。

记得是三月里酷热难忍的一天，永辉去街上小商店买一支碳素笔，他爱用这种上海出的笔写字。屋檐下围着一堆人看稀奇。永辉也好奇地挤了进去，只见一个穿戴时髦艳丽的中年妇女，脸庞上垂着泪，眼瞪得直直的，目光痴呆呆的，嘴唇哆嗦着挥舞着手里一副变色镜，翻来覆去地重复着一句话：

"我哪晓得他们会搬？我哪晓得他们会搬走呀？"

---

① 埋毫拉——傣语，香竹的意思。专指做竹筒饭的香竹。

永辉听不明白她说的是啥意思。但一眼就可认定，这妇女是远方来的旅游客。往人堆外挤出来的时候，他不由自主地侧起了耳朵。身旁团转几个人同情的叹息和议论，一下子吸引了他。

"唉，造孽啊，听说她是来找儿子的。当年回北京时，忙慌慌把娃送了人，只顾走。这会儿想到来找，哪里还找得到？"

"说起可怜，她来一两个月啦！景洪、勐腊、勐海三个县，都走遍了。先是在澜沧江沿岸找，橄榄坝、麻木树、勐润都走到了。找不着，回过头来又顺着嘎洒、小街、勐龙一路找下来。听说最远跑到了勐腊的尚勇。"

"费的心真够大的。"

"不大又咋个做？听说她回北京后，生了一种病，不能再生了。"

"怪不得！看她那模样，都有点疯疯癫癫的喽。"

"唉，当初送人时，她就该想到，这里的乡民们，有迁徙的习惯。"

……

永辉移动的脚像给钉住了一般，忍不住又回过头去，充满同情地望了望那泪流满面、机械地重复着那句话的女人。她那哆嗦着翕动的嘴唇，焦灼得都泛了白，起了泡。

永辉想起了自己的亲生父母。他们会想到来找他吗？他的妈妈会不会像这个女人一样，思念她那在远方的儿子？

让这个念头缠绕着，眼前时常浮现出那个找不着儿子的女人的身影。永辉想要见着自己父母的欲望一天强似一天。

他哪能想到，费了天大的劲来到上海，遇到的是待他如此冷漠、如此薄情的父母。

是多日来连续的劳累，是从早晨起就绷紧了兴奋的神经吧，永辉想着想着，终究还是睡着了。但即使是在睡梦中，他的脸颊上仍然垂挂着伤心的泪。

"哪里来的野种？我不管！"

没想到刚对漠苹讲了个开头，她就气咻咻地打断他的话头，尖声尖气刻薄地骂开了。吴观潮瞅着她那气得泛红的麻点，心里不由得有几分恼怒。但他不敢对漠苹发作，只得在内心里克制自己的愤懑。是的，他今天的一切全是这个女人带来的。和杨绍荃维持插队期间的恋情和婚姻，他绝不可能走到今天这一步，混得像今天这样出人头地。漠苹是干部的独生女儿，是他们这一辈人意义上的独养女儿，不是今天独生子女的概念。她还有三个哥哥，家里就她一个姑娘，娇惯了。三个哥哥早就搬出去另立门户，惟独她挨着父母住在这幢两上两下的"花园洋房"里。虽然是小巧玲珑的花园别墅，房间并不多，但房前屋后有个花园围起，有专门的厨房、大小卫生间，二楼上有阳台，一楼有宽敞的门厅、台阶，一家老少三代五口人，住得是很舒适的。

　　实事求是地说，最初愿意同漠苹保持接触，忍受她的骄横和捉摸不定的脾气，是这幢尽管陈旧但仍不失典雅的花园别墅起了作用。吴观潮大学毕业分在局技校行政办公室，学校里派他和漠苹去杭州出差。任务很简单，帮校办工厂去同杭州一家单位清算来往账目，杭州单位总说校办工厂欠他们的债，而校办工厂保存的账目显示，是对方欠学校的钱。漠苹是会计，任务当然是核清账目，搞个一清二楚、水落石出。吴观潮的任务是应酬，在账目清算之后，负责说服对方乖乖地汇款，却又不能惹对方生气。这一趟公差有虚有实，但要圆满完成任务，却不是那么容易的。但他俩顺顺利利地把事儿办了，办得干脆利落，还没费几天时间。账目核算结果，对方尚欠校办工厂四千余元，吴观潮欲擒故纵，从长远的往来和各自利益出发，晓以大义，说服对方及时付款。不知是吴观潮能言善辩呢，还是四千余元的款子实在微乎其微，对方竟然一口答应下来，还派车让他俩在西湖痛痛快快玩了一天。

　　平心而论，在局技校吴观潮从没注意到有漠苹这么一位会计；即使是在出这趟公差中，除了晚上睡觉之外，两人形影不离地度过了一个星期，吴观潮也没对漠苹有过什么想法。同事嘛就是同事。漠苹身

117

材瘦长，皮肤白净粉嫩，颇有几分姿色，脸上淡淡的几颗麻点虽然使她的容貌大受影响，但也不给人以恶心之感。

"任务完成得好，主要得归功于吴观潮的外交功夫和他的三寸不烂之舌。"回上海后他俩一同向领导汇报时，漠苹主动说。

吴观潮吃了一惊，转过脸去，刚要说帮帮忙请别吃我的豆腐，他以为漠苹是故意开玩笑，没料到漠苹的眼神脸色，都是一本正经的，毫无虚情假意。吴观潮连忙申辩："不不不。这哪是我的功劳？还是小漠作用大，算账时，人家想糊弄她，——被她不露声色揭穿了。你想嘛，账算不清，我哪有权让人家汇款。"

领导自然是满意的。当月他俩都评上一等奖，比平时的奖金多出几块钱来。吴观潮只当是捡来的。他买了两张舞票，请漠苹赏光，漠苹欣然从命。

音乐在梦幻般悠悠奏响，满天星玻璃彩灯在旋转扫描，伴唱的歌喉凄婉激越，周围虽然尽是西装革履的男子和花枝招展的女性，但舞厅里仍让人感到一股安谧、幽雅的气氛。吴观潮满以为自己在大学里学来的舞步够应付得了，谁知和漠苹一跳起来，他才感觉到自己的笨拙、呆板。漠苹似乎并没注意到他的惶恐和窘迫，她跳得如此优雅自如，如此轻盈潇洒。暗淡的多彩多姿的灯影里，吴观潮意识到他俩依偎得越来越紧，朦胧闪烁的光影忽亮忽灭，频闪灯、扫描灯、八头转灯把舞厅制造出一种迷人的气氛。吴观潮看得分明，漠苹灼灼的目光痴迷地瞅着他，她的神情陶醉，她的舞姿娇美，她的嘴角始终挂着一缕满意、欣悦，或多或少带点挑逗的微笑。奇特的光环仍在扑朔迷离地变幻闪耀，吴观潮不知不觉地沉浸在这一高雅的气氛中。

"听说你结过婚。"她突然双眼直逼着他，冒出一句。

"呃……"

"以后又离了。"

"是啊！"

"离了就算一刀两断，和过去拜拜了。"她理解地说，整个身子都偎贴在他的身上。

他没有推开她，他第一次感到她的身上有着股灼人的、妖媚的魅力。仿佛直到此时，他才察觉她今晚的打扮特别醒目招人。

当晚他送她回家，这是男士应有的风度和必尽的义务。她没有反对，他一直送她到家门口，不无愕然地发现她家住在花园式别墅小楼里。

这以后他们的接触频繁起来，他也开始留心到同事们对她的一些议论。人们说她倚仗着父亲是局里的干部、家庭条件优越，有点目空一切；人们说她脾气怪僻、骄横，不知交过多少男友，都给她"弹"掉了；人们说如今报应来了，她挑来挑去挑花了眼，闹僵了，可供选择的理想男性越来越少，而风闻她个性的人都对她敬而远之。

吴观潮正好趁隙而入。他从云南回沪，吃够了没有房子的苦头，尝尽了没有栖身之地的酸甜苦辣，为此他和杨绍荃几欲复婚都不成。而当他俩分别考入大学，住进学生宿舍之后，学习生活的紧张和校园生活的多彩都使他俩暂时忘却了没有住房的苦恼。只在家人或亲戚朋友家有暂时的空当之时，他俩才匆匆苟合一番。大学毕业，各自刚分配进新单位，房子的幻影离他们还十分遥远。

就在这时，他结识了漠苹，开始了频繁的接触交往。他那感情的天平，在舞会之后送漠苹回家门口那一晚，发生了显著的倾斜。

以后的一切，似乎只是顺理成章的事。他与杨绍荃离了婚，他是自由的。而儿子吴永辉，早被他忘到爪哇国去了。

那是上海酷暑炎夏中的一个夜晚，他俩看完电影，照例由他送她回家。在有空调设备的影院里坐了两个多小时，走出来反觉得炎热难耐。送她到家门口时，他像往常一样告辞。她扑哧一笑说：

"进去坐坐，喝杯冷饮吧。"

他迟疑了一下，她已打开小铁门，背脊挺得直直的，带头走了进去。他鼓足勇气，第一次跨进了她家的门槛。他要征服的，不正是她和这幢房子吗？

喝着可乐，漠苹仍感到热得难受。她开了盏紫色的灯，把客厅的门窗全都敞开，还是喊热。她放了一盘柔缓悠然的舞曲。他道不出是什么曲名，只感到曲子很美很雅。紫色的壁灯犹如水似的月光，把个客厅映照得高雅迷蒙。

"来！"漠苹把易拉罐一扔，向他拍拍巴掌，"跳一个。"

他犹豫地站了起来。她不是喊热吗，还跳舞？但他不敢拒绝她，也不想扫她的兴。他搂住了她。漠苹梦幻般轻叹一声，双臂搭上他的肩膀，整个儿贴上来，几乎是紧偎着他。吴观潮有些惶惑不安，万一她的父母看见，会得出什么印象？音乐美得让人心醉。他的担心其实是多余的，他们几乎不用跳，只是随着音乐的节奏慢摇慢晃。这感觉真让人心旷神怡、迷恋不已。漠苹稍有点烦躁，她一会儿把脸埋在他肩膀上，一会儿又昂着头，双眼脉脉含情地瞅着他，嘴唇似有所求地微微嚅动。吴观潮是结过婚的男人，岂能不懂得她的心思？趁着她再次微仰起脸来，他俯身吻了她。他带着一点试探，一点惶恐。当他的嘴挨近她的脸时，她幸福地轻吟了一声。当他亲着她的两片嘴唇时，她搭在他肩上的双手陡地张开，紧紧拥抱着他，继而以一个旋风般的动作，热烈、贪婪而长久地回吻着他。噢，杨绍荃从来不曾这样炽热疯狂地吻过他。他俩分不清你我地拥抱着、亲吻着、呻吟般惊叹着，默默无言地在小夜曲的微波中荡漾，活似那波平如镜的湖水中的两朵莲花。

漠苹陡地抬起头来，灼灼放光的两眼盯着他冷不防问："和你的前妻，还有接触吗？"

"噢，没、没有。"吴观潮连忙表白。其实他和绍荃仍时常通话，并相约在他家或她家无人时团聚的。那纯粹是满足对方的欲望，匆匆而居，慌慌而散，没一点儿诗情画意。但吴观潮也不算说谎，当他发现自己和漠苹的关系飞速发展时，他已做出冷淡绍荃的决定。从他来说，至少有几个星期没主动地给她挂电话了。

"你敢！"漠苹恫吓般地哼了一声，威胁道，"我就饶不了你。"

说着她哧哧一笑，又狠狠地咬人般吻了他一下，把披散的长发埋在他的胸前。

他们哪是在跳舞，完全是紧紧拥抱着在发泄感情。

吴观潮吻着她的长发，漠苹埋着脸哼哼唧唧地说："今晚你别走了。家里没人，爸爸妈妈到莫干山避暑去了。我一个人待着，怕。"一边说一边伸直两条手臂，紧紧地紧紧地箍着他。

吴观潮激动地一使劲儿，把她抱离地面旋转起来。漠苹咯咯咯放声笑着，连连张扬地惊呼着……

结婚之后，漠苹岂止给他带来了高档舒适的住房。漠苹的父亲在局里面还有余威，还有培养的接班人和下属。吴观潮很快在强调文凭热时提了局技校行政科副科长，遂而又在大办公司的热潮中调出让人讥为"吃粉笔灰"的学校，出来创办联谊经贸开发公司。靠着老丈人的牌子，靠着创办初期局里面拨下的几十万元，当然也靠着吴观潮八面玲珑、善于应酬、果断拍板的魄力，公司很快还清了局里的拨款，年年还能净收利润少则几十万，多则几百万。局机关连续几年额外的奖金，局里面五六位局长、书记、副局长高规格宴请不能报销的单据，全由公司包了。自然，公司本身所属职工的工资、奖金、福利，公费过年、过节所发的实物，也是令人垂涎三尺的。什么人不想到联谊经贸开发公司来谋一美差呢？正副局长书记让照顾安排的人，吴观潮安排了；各处室托他帮忙照顾收下的人，吴观潮收下了。一时间，吴观潮在局领导、局本部机关、局级所属各公司及大中厂矿的形象树立起来了。明确联谊经贸开发公司为副处级部门时，连个嗝都没打就通过了。谁会对他有意见？连局机关大楼门房间的收发和保安警察，每月都能从开发公司名下得到一份奖金，谁又吃饱了撑的给他提意见！

就连脾气乖戾、一贯刁蛮的漠苹，这几年来也对他另眼相看，不像新婚时那样时时提醒他、敲打他了。是的，吴观潮是倚仗了漠家的权势冒出头来的，但他能混到今天这样一个局面，是同他自己的聪明才智分不开的。要不，她的三个哥哥，怎么混不出头呢？这一点局里面的人清楚，吴观潮更是心中有数。漠苹在家里偶一发作，说出些刻薄刺人的话，吴观潮总是隐忍着心中的不满，让着她。况且作为妻子，漠苹除了自小养成的秉性难改之外，对他还是挺体贴关心的。她的相貌比不上杨绍荃，但她的感情热烈奔放，对他时常显示出股无拘无束的放纵，在性事上她顺其自然，毫不掩饰自己的喜恶甚至贪婪。这一点恰恰是比杨绍荃更吸引人的地方。多年来，吴观潮不仅逐渐适应和习惯了漠苹反复无常的个性，他还慢慢摸透了她的脾气，有了控制和应付她的一套手腕和办法。

听说了安永辉寻访的事，她暴跳如雷地发作起来，吴观潮没同她硬顶硬吵，他沉默着。俟她冷静下来却又烦恼得没有入睡时，他歉疚而自责地说："我知道说出来你要生气，这是我最对不起你的一件事了。我十分抱歉！但如我瞒着你，自己去找杨绍荃商量，不更惹你心烦吗……"

"你还想去找那个混账女人！"漠苹果然又提高了嗓门，朝他转过脸来。

吴观潮没理会她的醋意，顾自往下说："我也认为安永辉不能到这里来，事实上他也不会住进我们家来。但他已经到了上海，从血缘上说，他又是我的儿子。这是客观事实。我怕我若做得太绝情，伤了孩子的心，他又不懂事，找到公司或局里面，胡搅蛮缠，乱说一通，那我这面子不就……"

漠苹的两眼睁大了，看得出她让他的话说动了，也开始进行思考忖度了。她眨眨眼问："你是说他会找到局里去？"

"他今天已经找到公司大楼去了。"

"这小孩真鬼！"

"轻点。燕燕睡熟了。"吴观潮不失时机地把手指竖在嘴跟前，他不但怕这事儿让燕燕听见，他更怕为此惊动两位老人。其实燕燕还小，才六岁。

漠苹的声音果然压下来了："那你准备怎么办？"

"尽可能处理得好一些吧。"吴观潮沉吟着说，"你是知道的，现在生意不好做，长期在总经理这位置上混，不是久远之计。况且，我这几年赚的钱不少，够我们小家庭花的了。眼下趁清理整顿公司，正好急流勇退，体面下台。局领导给我透了风，准备调我去局党委办公室当主任，正处级。局里长期管行政、后勤的副局长，到明年四月就满六十，得退了。而我们的局领导班子，平均年龄偏高，要补选一位副局级干部，首要条件就是年轻。这里面不言而喻的意思，我全懂，你也懂，局机关上上下下的人都懂。局房产科长，几年来只晓得捞我们公司的奖金，从来不对我们表示点意思。上个星期，他给我来了电话，说早几年就考虑给我分房子了，主要是地段不好，路又远，就拖下来了。现在有套房，在市里，三室一厅，不论是地段、交通、环境，各方面条件还可以，让我先去看看……"

"真的？"漠苹兴奋地扬起了两条细眉。

吴观潮仿佛没注意她的表情，哼了声道："哼，他还不是风闻我即将调任，不管是当办公室主任，还是以后当分管行政、后勤的副局长，都是他的顶头上司。"

"人都是这样的呀，观潮。"漠苹以此表示理解，"爸爸刚退那几年，不是还能发挥点'余热'吗？这几年，局里头头坐稳了交椅，对爸爸就冷淡多了。哎，我们什么时候去看房子啊？"

看漠苹神情，听她的口气，吴观潮晓得她已消了气。他远兜远转地虽然是在讲局里面的事情，向她说明利害关系，实际上也是在暗示，现如今他已不再依赖她家的权势和关系了。他有了自己的局面，甚至在上海滩提起既苦涩又热门的住房，他也都快解决了。她父母亲的住房条件再好，那也是她父母亲的，他住在这里总有一种寄人篱下的感觉。真正搬了家，他在小家庭里的地位还要进一步起变化哩。看来漠苹是听懂他的意思了。

"总要候你有空我有空，房管科陪同去看的人都有空的时候，一起去看喽。"嘴巴里在说住房的事，心里他还在想着永辉这缠人的难题，他把话题拽了回来，"而在目前，最主要的是将安永辉到上海这件头痛的事，烟消火熄、风平浪静地解决掉。"

"我不管。"漠苹的语气仍很生硬粗暴，几乎和开头一样不容商量，但说出的话，已不是那么咄咄逼人了，想必她更明了他的升迁调任的重要性，"不管你用什么法子处理，眼不见为净。只要我不看见他，你陪他玩玩，吃几顿饭，买点东西，花些钱，甚至带他来这里坐坐，都不是不可以。只要你别过分，别同杨绍荃拎不清爽就行了。"

"谢谢，谢谢你，漠苹。"吴观潮听她放出这样的口风，连声道谢，真有点感动了，"你比我想象的还要通情达理。"

3

俞乐吟心急慌忙走进娘家门时，只想快点见到儿子。她正想直接冲到后面小平房里去，在自家搭出的小厨房里忙碌的娘跑了出来，湿漉漉的淘米手没往围裙上擦一下，一把逮住了俞乐吟高档面料裁剪的春秋衫，在她的袖管上留下五个淘米水渍印。

"阿吟，来，我跟你说句话。"娘的脸上有几分神秘。

俞乐吟瞥了一眼袖管上的水渍印，不易觉察地蹙蹙眉头，随娘走到一边。

"你那宝贝儿子，偷偷摸摸躲在房间抽烟呢！"娘像发现重大秘密般说。

俞乐吟的眉头皱起来了。看样子，天华不像是规规矩矩的孩子。十六岁就学起了抽烟，他的书读得怎么样呢？

娘叮嘱着："你要劝劝他呀。"

"阿妈，带我出去玩吗？"正歪在床上翻看连环画的盛天华见了她，一面跳起来一面叫，"一天到晚闷在屋头，憋死我了。"

俞乐吟鼻子嗅了嗅，小小的平房里，果然有股浓烈的烟味。此刻她没工夫教训儿子，她得抓紧时间。她挥挥手说："把你那件外衣脱掉，穿里面那件薄毛衣就够了。天不冷。听着，你不是要去我的住处看看吗，现在就走。看完之后，在那里洗个澡，我再陪你出去理发，买点衣裳。你这副样儿，让人一看就晓得是乡下人，在上海要吃亏的。"

"要得！"盛天华欢天喜地地拍着巴掌。

俞乐吟是临时做出这一决定的。马超俊早上九十点钟出门，不到夜里是不归家的。即使他要带个"煤饼模子"也得等天黑之后。马玉敏在读书，老太婆到外面去搓麻将了。这一老一少，不到吃晚饭时间是不会回来的。老太婆按钟点雇的那个女用人，早晨来忙一上午，下午总要到四五点钟再来烧饭。这午后两三点钟，一幢三层楼房上下，就她一个人，她不趁此机会让儿子来瞅上一眼，开开眼，还等何时？

出门之前，俞乐吟叮嘱儿子，到了街上，不要跟她说话，只管跟在她身后走，有话到屋头再讲，免得惹起街坊邻居的闲言碎语。

进了马家，俞乐吟打开一扇一扇房门，一盏一盏路灯、走廊灯、吸顶灯、壁灯、台灯、落地灯给儿子介绍。这里是客厅、卧室、书房，那儿是厨房、餐厅、卫生间、小会客室。一楼的家具统一地漆成奶白色，给人一股富丽堂皇、豪华醒目的感觉。特别是步入客厅时，那张纯羊毛地毯色泽鲜艳。硕大而令人眼花缭乱的吊灯一开，更有股金碧辉煌之感。儿子不像里弄生产组来访的老阿姨、小姐妹们那样连声惊叹、啧啧称道，羡慕得眼睛泛光，而是显出一副目瞪口呆的模样，露出一脸傻相。

二楼是清一色的捷克式进口家具，色调是古色古香的，客厅、卧室和会客室的布置，和一楼又截然不同，给人一种凝重、典雅、舒适的感觉。

三楼陈放的是一套巴西香红木家具，俞乐吟环指着纯粹作为摆设的十四件家具说，光这一套家具，就花了一万六千元。

盛天华伸伸舌头，说了一句："阿妈，你像住在皇帝的宫殿里。"

"哈哈哈！"俞乐吟笑得合不拢嘴，这同盛加伟仿着傣族盖的竹楼茅草顶房屋，自然是天壤之别。但若称作宫殿，却又形容得过分了。这不正证实了天华少见多怪吗？搭着扶手下楼时，她说："下去吃点东西。我给你放水洗澡。"

下到一楼的客厅，天华坐在沙发上一弹一跳地试着软硬，把圆圆的软靠垫丢得老高又伸手接住。俞乐吟从冰箱里取出蜜饯、水果、糖、巧克力、橘子水、鸡心蛋糕招待儿子。她的背朝着门，没看到门口有人。当马超俊那令人心惊胆战的嗓门响起来时，她整个儿都呆了。

"喵，来了什么贵客，能给我介绍介绍吗？"

马超俊说他名誉、地位啥都没有，他有的就是钱。他得靠赚来的钱，充分地享受后半辈子的人生。盖起马氏西班牙式别墅楼，就是他这番理论的一个充分例证。

别墅小楼盖起来了，他还有二三十万元。本来他想买辆轿车，豪华型皇冠和地老鼠似的桑塔纳太贵，五六万的"拉达"总买得起。但他居处地段太不作美，每次喊出租车回来，那些司机没一个不在嘴里不干不净咒骂这七弯八拐的路的。再说，买来小轿车，晚上停到哪儿去？要说他那别墅小楼的小家败气处，也在这里，院墙一围，楼和院墙之间，只剩点窄窄的过道了，根本不能停车。他只能把一辆"铃木50"换成辆"本田200"，算解决了交通问题。其余的钱，就让它存在那里吧。

他经营过水果、水产两宗贩卖，两宗贩卖都赚了钱。最终他选的是贩服装，实践证明那更来钱，且无须顾忌旺季淡季，一年四季无论刮风下雨、下雪下冰雹都能经营。混到这个地步，他不需要亲自坐镇做买卖了。他有一个铺面，有四五个摊点，靠转租和雇看摊女，一个月坐收六七千块净利润。

晚上有丰富多彩的夜生活，他每天起得迟，不是十点总也九点过了。家里用人或母亲备有可口的早点，他吃一点；若没好吃的，他骑上"本田200"，去赶快歇市的早茶和实惠的点心。他不认为牛奶、咖啡、茄汁、果珍、可乐等洋饮料和奶油蛋糕、白脱咸酥、泡芙、哈斗、土司、朗姆巴巴面包、软硬牛利、斯多勒水果面包、维纳斯饼干、忌司条、椰蓉球有什么好吃。他喜欢吃的是上海滩的风味点心，凤尾烧卖、虾肉小笼、南翔馒头、开洋葱油面、扬州煨面、重油酥饼、鸡鸭血汤、面筋百叶、素菜包、素面、擂沙圆、猫耳朵、三鲜碧子团、宁波汤圆、酒酿圆子、虾仁馄饨、鸡肉生煎、虾蟹面、蟹粉面、青鱼甩水面、肚膛面、红烧羊肉面、三虾面、排骨年糕、小绍兴鸡粥、维扬汤包、四喜饺子、豆腐花、八卦汤、牛肉煨汤……嗬哟，上海的风味点心囊括江、浙、京、广各地特色。一个圈子吃下来，几个月过去了回过来再吃，一点也不倒胃口。况且这些风味点心实在便宜，花上十几块钱，吃得他常常不想食午餐了。

享尽口福，来了精神，马超俊要工作了。转租出去的铺面不消他费心，反正每月的四千元租金到时会送上门来。他要转的是几个摊点，昨日卖出去多少，收入多少现金，出差错了吗，什么货好卖，什么货还要进，什么货得适当降降价。与其说他是工作，不如讲他在巡视，"吃看摊女豆腐"。马超俊的看摊女，全是江、浙、鲁、皖等地乡村来上海寻工作赚钱的，月工资从一百二百到三百不等。这些姑娘大都是黄花闺女，人地生疏，跑进上海不少只想做做小保姆。马超俊故意把开价定得比保姆的月工资高，首先有了竞争力。他的首要条件是姑娘要出具所在县乡的详细地址和证明；其次是五官端正，让人看去不讨厌，当然第一是他看得上眼；再则他雇用看摊女的时间都比较短暂，短的仅三五个月，最长也不过两三年。他说上海的生意场是个染缸，纯洁老实的乡下姑娘，混上个一年半载，全学奸了，他不能长久地雇她们。但是在他雇用期间，他负责帮她们解决宿处，负责每月给她们往上涨工资。干得一般涨个十块二十块，干得好的，他一家伙给人家涨五十元。由于他的这些经营之道，最合乎初涉足商品经济河流的看摊女胃口，他总能找到源源不断的看摊女后备军。试想，一个初来乍到、人生地疏的农村姑娘，踏上让人晕头转向的上海滩，听到他开出这样的条件，谁不愿在他这里找个栖身之地？况且，马超俊吃得高档，心情舒畅，睡得充足，精神饱满，衣着清一色的名牌货。若着西装，从下到上则是意大利"老头牌"皮鞋，标价七百左右；"苹果牌"西服，普通点的标价也在五六百；系的是二百元左右的"金利来"领带；肚皮上的"鳄鱼牌"腰带，绝对是正宗名牌。如为方便骑"本田200"驰骋，他更常穿的是便装。那也不便宜，"阿迪达斯"旅游鞋，三百出头；"梦特娇"T恤，三百二十元上下；"保龄王"西裤，一百一十元。在他们这一档次中，这叫不管价格多高，关键在于名牌。人长得神气年轻，腰缠万贯，马超俊又善于不露声色地张扬，派头十足，求上门来的看摊女都不计其数，得在他目测之后排排队。

实事求是地说，从他这儿离去的看摊女，没一个不曾被他玩过。这一点只有他心里清楚，看摊女自己心里明白。人们从旁能看出点迹象，却谁都没有证据。稀奇的是没有一个看摊女离去后控告过他。从看摊女那头讲，多半是碍于面子和自己的声誉，而从马超俊这头说呢，他决不搞强硬逼奸那一套，用他的话来说："我们完全是两厢情愿，刑法套不到我头上。"一个新雇的看摊女，摊头上必备着几本风行街头的杂志和畅销书。马超俊说，这是让她们在生意清淡时"解解闲气"的。干上一两个月，马超俊和她厮混熟了，会送她一套服装，带她出去"开开眼"，华亭宾馆舞厅，豪华型碧丽宫，建于1900年的清朝李鸿章别墅丁香花园，时髦轻松、幽雅安宁的各式个体酒吧，可去之处太多了。当着姑娘的面花出几十上百元钱，不仅在于"台型"，更在于此举对看摊女产生的看得见摸不着的心理作用。这以后，马超俊就会请姑娘"看录像"了。先是暴力、武打、言情，随后便是情仇、情杀、情意浓浓的片子了，再后面就是外面不易看到的淫秽录像了。到这份上下手，马超俊回回都是水到渠成、手到擒来，不费啥大力气了。他喝醉了酒，得意忘形地吹嘘：

"这叫'三部曲'。看黄书腐蚀她的灵魂，带出去开眼震颤她的心灵，看录像嘛，哈哈，就是引得她想亲自尝试尝试喽……"

不是每一位看摊女都那么俯首帖耳的。马超俊岂是等闲之辈，他一旦察觉，便"挺分"①出去"烫平"②，用钱去封姑娘的嘴。那便是他们中的一句盛行的行话了："'分'来'分'去，大事化小，小事化了；'分'来'分'去，逢凶化吉，烟消火熄。"

迫于生计，或出于无奈，半推半就和一时糊涂落水的看摊女，顾及自己的面子，拿到了钱，谁又死命地非要去告发呢？

马超俊的巡视并非都是和看摊女打情骂俏、暗定幽会时间，一旦看摊女向他报告，某种面料和式样的女子内衣畅销不衰，某种服装抢手，他就会当机立断，"本田200"突突突一阵响，半天时间他就能完成购料、加工、交货时间的一系列谈判。他并没一个固定的加工厂，但他有多家里弄生产组老阿姨、小姐妹的关系。一有活，他便让她们退出生产组，连轴干几天，按件计价，工资要高出生产组好几倍。这比固定的加工厂还灵，他定下三天交货时间，从来不曾遇到拖晚半天的事儿。上海滩的大小弄堂里，有无数手脚灵巧、聪明伶俐、做工地道的女子，有组织能力的老阿姨、小姐妹，晚饭后串串门聊个天，几天工夫再多的货都有办法赶出来。

时近中午，马超俊宣告一天的工作就此结束，掏出随身携带的"大哥大"③哇哇呼叫了一通，"阿四""黄鱼""老豹""小生梨"……他自有一帮贩水果、贩水产、做服装生意的"狐群狗党"。但他们这一帮，统统是上山下乡回沪的，和从"山上"④下来的一点不搭界、不沾边。"山上"帮心太黑，什么生意都做，翻脸不认人，偷逃起税

---

① 挺分——上海切口。分，指钱。挺分，花钱的意思。
② 烫平——切口。意指将事态平息，花钱出去掩饰事实真相。
③ 大哥大——指移动电话。
④ 山上——指劳改、劳教农场，也指监狱。

款来让人心惊肉跳。他们这些农场或是插队回沪的，首先文化程度就比"山上"帮高，共同的经历和命运使得他们有共同语言，哪位兄弟翻了船，赔了本，几个人一凑，又是一笔本钱，扶那失脚的兄弟重新站起来。

和伙伴们联系上，确定在哪家宾馆或饭店聚餐，"本田200"一阵风般赶过去，以猜扑克的点数确定今天这餐饭由谁"做东"。

这顿饭往往吃得文雅而有气派。既不酗酒，也不豪饮，连名贵的菜肴都不急于夹动。他们称为"精神会餐"。在饭桌上交换的，是政治动向，是经济信息，是生意场上新的诀窍和骗术，还有女人经。当然也少不了荤段子，还有社会上流行的顺口溜。谈到兴头上，一顿饭总要吃个两三个钟点。

马超俊的知识由此而来，观点由此而来，经营上的新点子、歪点子由此而来，玩女人的手腕也由此而来，对当前政治经济的嗅觉由此而来。他不看报，连电视都很少看，要看就看刺激人的录像。他要在自己这一行当中游刃有余，他少不了天天和弟兄们会餐。

整个下午和晚上，是马超俊放手玩的时间。下午的娱乐离不开一个"赌"字，打扑克、搓麻将、玩台球……不过马超俊对赌博有自我限制，输赢决不允许超越五百。输过五百，他拍拍衣兜说钱已输光，改日奉陪。赢来五百，他把钱往桌上一甩，豪爽地说声："明天的午餐我抽小二，就拿它做东。"

伙伴们说他赌风高尚，他也不无自信。他决不狂饮滥赌，一掷千金。这是他能在几年间聚敛起巨额财产的根本原因。

晚饭后他的时间绝大多数花在看摊女身上，他不去个体酒吧、咖啡厅、舞厅、茶座，搭识"煤饼模子"和"伴舞女郎"。他认为这些涂脂抹粉的女人早已"油"了。他宁愿和看摊女厮混、调情。他雇来的看摊女清白，单纯，羞涩胆怯，不无含媚带娇的情态，时常还能惹得他怦然心动。

今天他在午后放弃玩乐闯回家来，目的是为了见见俞乐吟的儿子。俞乐吟自认为瞒得挺好，真是傻得可笑。他马超俊在这一带是何等样人物，还能没人给通风报信？

瞅着俞乐吟听到他声音吓得魂不附体的模样，他又发出一串爽朗的大笑："哈哈，哈哈哈哈！不要慌，不要紧张。我回来拿'大哥大'，正巧碰上。给我介绍介绍啊，乐吟，这个是……"

俞乐吟惊慌得脸一阵红一阵白，她两只手里的东西不知往何处放地转了转，结结巴巴地道："噢，超俊，这是盛天华，是……"

"是你亲戚？"

"哦不。是我在云南生的儿子……"

"好啊！不过，乐吟，你从来没对我讲起过啊。"马超俊眼一斜道。

"是啊是啊，我、我……我总不好意思。天华，快喊人，这是……是你继父，喊阿爸。"后半截话，她改成纯粹的云南口音，让马超俊听来颇觉好玩。

他俩说话时，马超俊注意到，盛天华的双眼骨碌骨碌转动，一会儿瞅瞅他，一会儿又瞥瞥乐吟，听到他妈招呼，他手脚麻利地站起来，毕恭毕敬地叫马超俊："阿爸。"

"嗯。咱们就算认识了。"马超俊不会讲云南话，脱口而出的是带东北口音的普通话，他对这小子还满意，个头高高的，人很机灵乖巧，"坐，坐下吃东西啊！头一回见面，很突然，一点准备都没有。来，这两百块钱，算我当继父的一点见面礼！"

马超俊说话间，从衣兜里捻出两张百元钞，递了过去。

俞乐吟提醒般喊："快道谢啊！天华，谢谢你继父。"

天华又是感激涕零地一躬腰说："多承阿爸。"

俞乐吟解释一般对马超俊道："就是谢谢的意思。"

马超俊点点头，连连摆手说："别客气、别客气，一回生两回熟嘛！乐吟，让天华在这里坐坐。我们到隔壁房里聊聊怎么样？"

俞乐吟答应下来，又用云南话关照儿子，在这里挑喜欢的东西吃，她同阿爸说几句话就过来给他安排洗澡。

看到马超俊一见面就掏出两百元给天华，开初惊得魂飞魄散的俞乐吟稍稍安了点心。看这架势，马超俊不会逮住这件事和她吵翻天样闹起来。但她心头仍是七上八下忐忑不安的。她不知马超俊要和她单独谈些什么，会开出啥令人难堪的条件来。

进入隔壁小会客室，马超俊仰靠在沙发上跷起二郎腿。俞乐吟坐在他斜对面，好仔细看清他脸上表情的细微变化。结婚几年了，马超俊是什么样的人，她多少知道一点。他常常是脸上声色不露，肚子里盘算得凶。她只有通过他的眼神脸色猜测他的心思。

"超俊，这件事……我承认这件事做得不上路，不地道。真的。"俞乐吟开口首先向他道歉，"不过我瞒着这事，真的是怕你当初嫌弃我……"

"哈哈，不要解释了，不要解释了。"马超俊豁达大度，"我们都是脚碰脚。那男孩不来嘛眼不见为净，来了嘛终归是你儿子。你把他关在娘家，不是个事。邻居们传开去，还会讲我这继父不地道，连你和前夫生的儿子来了都不让进门。我看，他来了，就让他住在这里吧，省得你心挂两头，神思恍惚，左也不是右也不是。"

俞乐吟的泪涌了上来，她睁着泪眼望定丈夫。马超俊这一番通情达理之话，一下把她打动了。马超俊生活奢侈，喜欢勾搭女人，做生意精明至极，但在处理这件事时，还是充满人情味的。

马超俊的脸在她泪花花的眼里瞅着模模糊糊的。她哽咽着说："那我这个做娘的，真该向你道一声谢！"

"那就把我当外人了。乐吟，你想想，平时我花钱都要雇帮手呢！天外来客送上门一个儿子，我还能不以礼相待？"

对她的儿子尚且如此，对她自然也不会撇在一边、喜新厌旧喽。俞乐吟伸手抹抹泪说："那天华不知该怎样感激你。"

"我还不是看在你面上。"马超俊的声音放低、放沉了，他掏出支希尔顿烟，用无焰打火机点燃，喷出两口烟道，"昨天夜里，你做得上路，给我面子。我哪能善恶不分？"

俞乐吟的脸色唰一下变了，她没料到，马超俊眉头不皱，直截了当就把话题转了过来，一针见血戳到关键问题上了。昨晚她是迫于无奈，打碎了牙往肚里咽，忍气吞声地吞噬着苦涩的酸水。没想到正是这一举动，引来了马超俊的宽容恩待。她不知他当面讲这种话是何用意，只是痴痴地盯住他道：

"你是说……"

"姆妈今早上都给我讲了，我心中有数。你做得如此上路，我不能不仁义。今天早回来，就是想打开天窗和你说亮话。"

俞乐吟心一紧，他要摊牌了。她眼里闪过慌乱的光，低声下气地问："你想……"

"女人嘛我是要玩的，像昨晚上的丽娟啊，还有摊头上其他那些看摊女，她们吃我的饭，拿我的钱，靠我的牌子在上海滩立足，混出个人样来。我和她们玩玩，不算占便宜。其实我不说你也清楚，我们这伙发了财的，都有这点污迹。"马超俊大言不惭地说，徐徐地吐出了一串烟圈。他眯起眼斜了她一眼。

俞乐吟微启着嘴，尽量掩饰自己的愕然和鄙视，她的双眼却怎么也抑制不住地瞪得很大。真没想到，马超俊无耻到这一地步，当着她这个妻子的面，讲起了女人经。

马超俊并没在乎她的神情，掸掸烟灰接着说："不过我向你申明，那不过都是逢场作戏。玩过了，付钱就算完。我决不允许哪个小女人像湿面粉样黏在手上甩不脱，我也不会贪恋哪个年轻美貌。这种女人，现在多了。我的意思是说，我决不会同你离婚，把你甩了另找一个。我们毕竟是同命运的人，互相能够理解。就像我妈说的，你勤快、正派，对男人忠实，对老人尊重，是个好女人。"

"这么说，我还有资格上光荣榜了。"俞乐吟嘴角挤出一缕苦笑，自言自语一般说。她明白了，马超俊是抓住了天华到上海这一短处，来给她打招呼，不要以妻子身份干涉打搅他寻欢作乐。只要他们井水不犯河水，夫妻名分仍可维持。这比她原先忖度的最坏的设想似乎好一点，可这算个啥啊？她处在这一夹缝中，还算个人吗？这不成了一片乌烟瘴气！心里这么想，嘴里却不敢说出来，只是劝慰道："你没听说，卫生部门统计，上海性病患者的比例，第一位就是个体户。你乱找女人，捡进篮里就是菜，万一染上……"

"哈哈哈，呵呵呵！"俞乐吟试探性的劝告被马超俊一串放肆的笑声打断了。她惊愕地瞪着丈夫，马超俊把烟蒂往烟灰缸里一扔："亏你也想到这一点了。乐吟，我之所以只找看摊女，不去大宾馆、酒吧、咖啡厅找那些伴舞女郎、'煤饼模子'，防的就是这一点。那些看摊女都从乡下来，土是土一点，可绝大多数是处女。有的虽已破了身，也没病。你放心吧，哈哈！"

俞乐吟瞠目结舌地瞪着恬不知耻的丈夫，她真感到他变陌生了。

开门出来走进客厅时，另一幕景象更使她惊疑：放学回来的马玉敏和她的儿子盛天华相对坐在沙发上，聊得已经无甚拘束了。

4

杉杉的服装厂今天停电调休半日，午后两点钟才上班，做到上半夜十点钟下班。往常也有这种情况，睡个懒觉起来后，跑一趟菜场，买回菜来给曼诚把晚饭吃的都煮好，她落心地上班去。

今天照理也该如此，但她却提不起精神来。是昨天加班累了，还是昨夜失眠所致？都是，却又似乎都不是。她有些躁动不安，有点紧张。为曼诚即将带回家来的儿子，为她做出的这一宽容待人的决定。她明白只要自己不同意、不点头，梁曼诚就是吃了豹子胆，也不敢将他和前妻的儿子带回家来。但这样不等于是在折磨曼诚吗？她又于心不忍。

在梁曼诚道出这件事的那一瞬间，她已敏锐地看穿了这件事的实质：她还愿不愿与梁曼诚过下去。不愿过，那就大吵大闹、离婚。不是她带着云云离开亭子间，就是把梁曼诚赶出去。要在一起继续过下去，维持他们之间的感情和婚姻，她就得忍受，再难堪她也得忍受。她选择了后者，不但在于她带着云云离家出走无处可去，不但在于梁曼诚被赶出去之后只能到单位借宿，关键是她还爱着他。当年她之所以在淘汰了不少的追求者之后，选定曾经结过婚的梁曼诚，就因为她爱他，她得享受一次人世间实实在在的爱情。

现在她的忍受已经开始了。向梁曼诚表态是一回事儿，理智地判断也是一回事儿，真正地要她和那个孩子见面、相处又是一回事儿。

梁曼诚离去之后，她竟啥都没有做，也做不成。失了魂一般在小小的亭子间打着来回，一再扪心自问，我这样做出决定是对的吗、对的吗？楼梯上响起脚步声，传来梁曼诚用陌生的云南口音叮嘱孩子上楼时小心别碰着煤炉，杉杉用了极大的毅力才克制住自己的烦恼和厌弃。她的心像乱鼓一样击打着几乎站立不稳，她坐到了床沿上。

父子俩进了亭子间。

"杉杉，这是梁思凡。"曼诚赔着谦卑可怜的笑容，她宁愿他不笑还好受一些。梁曼诚又转向儿子："思凡，这是阿妈。"

孩子用呆滞的目光望着她。

杉杉浮起笑脸说："你好。早饭吃了吗？"她只去过崇明农场，没离开过上海。当年在学校念课本时才使用的普通话，说起来很不顺口了。

"吃过了。阿妈。"孩子既回答了她的问候，又喊了她。杉杉连四肢都感觉到那种震颤心灵的紧张。这孩子像他的妈，但杉杉一眼就从他的眉眼举止中，认出了他和曼诚的那些相像之处。天哪，这是曼诚和另一女人的儿子，现在却要骚扰她的生活，刺激她的灵魂了！

"多大了？"她好不容易镇定住自己波动的情绪，问出一句。

"十四岁。"

"那可以当云云的哥哥了。"杉杉明知自己是在没话找话说，但还得说啊。她不能显得太冷淡，她多少还有些理智，知道这怪不得孩子。他是无辜的，不是他要作这样的孽，"你读中学了吧？"

"初二。"

"学校放假了？"

"没得。"

"那你怎么……到上海来了？那不耽误学习？"杉杉话讲出口，才觉察有审讯的口吻，连忙关切地补上一句，"学习跟得上吗？"

"我，呃……"孩子畏怯地瞅她一眼，又翻起眼皮，可怜巴巴地望了梁曼诚一眼。

梁曼诚站立不安地垂手瞅着儿子。杉杉看到泪水在孩子眼里滚动，心中有些不忍。正要岔开话题，亭子间门口人影一闪，传来一声浓厚的浦东口音："哎哟哟，来客啦！我看看，来的是啥大客人。啊呀，是个小囡。是外地来的吧？杉杉，是你的侄儿还是外甥啊？"

梁曼诚一脸尴尬地望着杉杉，急忙招呼："浦东阿婆，你买菜回来了？"

杉杉随手从墙壁挂钉上取下一只竹篮，站起身迎出去，说："是曼诚面上的小客人。浦东阿婆，我跟你说，走，到上头你家去说。"

说着，她直朝浦东阿婆眨眼睛。浦东阿婆是机灵人，瞅一眼便看明白了，连忙答应："好，好！到我屋里去讲，我屋里没外人。"

脚步声响到三楼客堂间去了。梁曼诚一屁股坐在凳上，两只眼睛直勾勾的。

浦东阿婆和他们一家的关系处得不错，杉杉去给她讲明事情真相，争取她的同情，还不知这位老人怎么对杉杉讲呢。

"阿爸。"思凡怯怯地站在桌子角望着他。

"嗯。"他连忙答应，随手推过一张凳子，"坐，你坐呀，怎么进了屋一直不坐。"

思凡坐下了，梁曼诚从冰箱里取出一瓶"幸福可乐"，打开倒了一杯,递给儿子。思凡喝一口,顿时给那股味儿呛着了。他喝不惯,把杯子推过来说:"还是你喝吧,阿爸。"

梁曼诚明白他闻不得那股味儿,淡淡一笑,又另给他倒了一杯橘子水。

思凡没喝,双手捧着杯子,双肘支在桌面上轻声问:"阿爸,这就是你的家?"

"是啊。"

"这么小,咋个住人啊?"

梁曼诚苦笑了一下说:"上海很多人家的住房都这样狭小拥挤。我们家的房子,是紧一些,但比我家困难的,还大有人在。"

"啊!和我原先想象的,完全不一样。"

"是吗?你原先咋个想呢?"

"我想、我想……总之我想象中,要比这里好得多。"思凡显然不想形容他那五光十色的想象。其实他不说,曼诚都知道儿子怎样想象。思凡将小嘴噘起来,带点不屑的语气:"这里,比曼雀都不如。"

曼雀是梁曼诚插队落户的寨子。"曼"是傣语村寨的意思,但他们插队知青都习惯了,总还要画蛇添足地称之曼雀寨。罗秀竹就在曼雀生活,思凡就在曼雀长大。那些插队落户的日子,那些青春岁月,那条百万大象繁衍的河流——澜沧江①,那满山遍野都让绿色覆盖的西双版纳,一切都不可能忘记,一切都埋藏在他的记忆深处。梁曼诚很想进一步问问罗秀竹的近况,但他克制着自己这一欲望,杉杉就在楼上,万一让她无意间听到,她是会勃然大怒的。还是另择时间吧。

他机械地点头道:"是的。住的不如曼雀宽。"

"曼雀的竹楼,有多宽敞啊!"思凡带点自豪地说,拧起了眉毛,"阿爸,你为啥要同阿妈离婚呢?是阿妈待你不好?"

梁曼诚能管住自己的嘴,却封不住儿子的嘴。他慌张地朝门口斜

---

① 澜沧江——傣语河名。古称"南兰章"。意即百万大象繁衍的河流。由于兰章与澜沧谐音,汉族的文人墨客就将其改写成澜沧江。

了一眼，说话前又侧耳倾听了一下，确信杉杉没从三楼上下来，这才放低声音说："不是。你阿妈待我是好的……"

"那你为啥偏要离婚呢？就为回到这间屋头来？"思凡双眼环顾了一下小小的、挤作一团的亭子间，一脸不解的神情。

这问题太尖锐了，可他回避不了，他得回答："是的，可以这么说。"尽管他回沪时，还不认识杉杉，还不知自己将有这么一小间房子。

"不懂，阿爸，我真不懂！"思凡抹着眼角溢出的泪，忽然哭了起来。

梁曼诚慌乱了，把可乐杯子移开一点，伸过一条手臂去，手搭在儿子肩上说："怎么哭了？思凡，有话你就说吧！"

梁思凡双肩一阵耸动，哭哭啼啼地抱怨道："你就不晓得，我和阿妈两个人，孤儿寡母的，在曼雀有多可怜。我、我在学校……还、还时常遭人骂，呜呜呜呜！"

思凡放肆哭泣起来，愤愤地把自己跟前的橘子水往旁边一推。那杯子倒了，一杯橘子水全洒在桌子上，滴滴答答往下淌。

梁曼诚手足无措地瞅了儿子一眼。儿子说到的这些情况，他一点也不晓得，他从来没深入细致地设想一下，或者说他根本不愿去想。现在，儿子来责备他了。他离座挨近儿子，伸出双臂去紧搂着儿子，歉疚而低沉地说：

"别哭了，思凡，别哭了！阿爸不是在你身边嘛。"

这一亲昵的举止，愈发刺激了思凡的情绪，儿子张开臂膀，紧紧地抱住了他，索性放声大哭起来。梁曼诚大惊失色地垂脸望着儿子。

亭子间门口有动静，他转脸一看，杉杉不知啥时从三楼浦东阿婆家下来了，她一脸煞白地伫立在煤炉旁边。

"哎呀呀，你发痴了，杉杉，你一答应他住进来，这个家里是不会有太平了。事先你怎么不同我商量一下啊？"浦东阿婆听她简单地讲清了小男孩的来历，一迭连声地责怪她太老实、太好说话，头脑太简单，太没社会经验，"你想想，住进来了，小囡赖着不走怎么办？你这样吙轻头 ①，真是呀呀糊 ② 啊！"

杉杉眨动着一对眼睛，询问道："不让他住进来，叫孩子住哪儿去呢？"

"让梁曼诚想办法啊！"

"他有啥办法。他父母家里，一只三层阁，住着他父母，还有妹妹、妹夫、小外甥一家三代五口人，挤都无法挤！"

"你的心还是太好了，杉杉。"浦东阿婆感叹着，"梁曼诚娶到你，真是福气。要叫我说，这件事就是要他为难，尽快让他把小囡送回云南去。上海人，哪个真正看得起乡下人？在实际利益面前，只有把良心啊、人情道义啊看得淡薄些。我是怕你到头来收不了场啊！"

杉杉感激浦东阿婆的关照，但要让她对梁曼诚板面孔 ③ 掉抢花 ④，她做不出来。她向阿婆道过谢，仍照自己打定的主意，准备去菜场多买几个菜，招待一下远道而来的小客人。

走下楼来时，她并没有特意要去偷听梁曼诚父子的对话，事实上她也没听到啥。她只听见那个云南来的孩子在哭，曼诚在劝慰他。她走近亭子间门口，看到父子俩亲密无间地紧紧拥抱在一起。

杉杉的心仿佛被人撞击了一下，脸色控制不住地变了。她顿时觉得这个突然冒出来的孩子要把梁曼诚从自己身旁夺走。不，不是夺他身躯，而是从心灵上、感情上夺走。杉杉感到小腿肚子在发颤。

梁曼诚转过脸来了。她连忙把脸转开，目光移到别处去，说："你劝劝他。我……我到菜场去。"

全部问题的实质还是一个，她到目前为止爱不爱梁曼诚，她的

---

① 吙轻头——沪语，不知轻重。
② 呀呀糊——沪语，非常糊涂。
③ 板面孔——沪语，气恼、翻脸，怒目相视。
④ 掉抢花——沪语，用空言搪塞做掩饰手段或是故设疑阵迷惑他人。

丈夫？

拎着菜篮没精打采走出弄堂去的时候，杉杉又回到这一敏感的抉择上来。

秋阳明丽爽亮，秋风轻拂轻扬。杉杉眼睛望出去，却是白花花、白花花的一片。

容貌如同她一般俏丽动人的姑娘，是不乏追求者的。从崇明农场回归市区，有了区服装厂的正式工作，热心人介绍见一面就决定不谈的不算，杉杉少说有长有短地谈过不止十几个对象了，什么样的男性她都见识交往过。有位据介绍人称家庭条件好得上天的男子，和她一逛马路就肆意吹嘘，变着法子都要让她明白他家多么有钱，住房有多宽，还有什么海外关系；有位什么报纸的记者，听说笔头很来得，还时有短文在报纸杂志上发表，杉杉甚至找来读过几篇，觉得此人很聪明，一件小事都能娓娓道出点名堂，可接触三回杉杉就认定此人夸夸其谈太浮滑；有位是外语教师，说不出话时杉杉问一句他答一句，而一旦打开话匣子，三句话里总要夹两个外语单词，杉杉不懂外语，嫌他中国话都说不通顺还炫耀般放洋屁；有位仪表堂堂、相貌英俊的司机，谈前头几次还颇斯文，相处熟了竟口吐秽语，说什么都带上脏词儿；最让杉杉震惊的是位外表文雅的助理工程师，第二次逛公园就妄图强吻她……杉杉是在淘汰了比一班还多的男子以后选定梁曼诚的。曼诚虽然结过婚，但他尊重她，关怀她，体贴她，他们没庸俗地掂量过对方地位、经济条件和父母双亲的身份，他们只是感到互相吸引，有一股冲动的欲望。最令杉杉感动的是，自从杉杉告诉他，服装厂旁边弄堂里，有个比她小的男青年，经常在她上中班或是加班后的回家路上拦截、纠缠她，有时甚至想动手动脚以后，梁曼诚一直来等她下班，然后陪伴着她吃点夜宵，送她回家。刮风下雨、严冬酷暑，从不间断。杉杉心里明白，就是自己亲生父亲，也不可能如此周到精心地保护她。否则，区服装厂怎会几乎每个女工都认识他呢？她们曾经多少次怀着羡慕的、眼红的、妒忌的、善意嘲讽的语气调侃过杉杉啊，有几位活泼爽朗开放得大胆的姑娘，曾经直率地对杉杉说：

"杉杉，你要不要他啊？你若不愿和他谈下去，我可要夺啦！不能让这么好的男人从眼皮底下滑过去。"

语气是半真半假的。但杉杉心里明白，说话的人不是做不出来。

哦，她是爱他的，这个冤家！她可没充沛的精力离婚，带着云云单过，而后再四处扫描，寻觅一位男人。她这一辈子死也要吊死在梁曼诚这棵树上。

况且事态还没严重到这一程度。

儿子扑倒在他的怀里失声恸哭，梁曼诚的双手紧紧地搂抱着思凡。他分明感觉到思凡心灵的跃动，感觉到儿子尚未发育成熟的躯体的温热和颤动。

哦，他是对不起这个儿子的，他是对不起儿子的母亲罗秀竹的。儿子的埋怨和责备，头一次使他想到罗秀竹带着思凡在曼雀生活得并不那么如意，更谈不上幸福。以往他只是凭着自己的想象，凭着一厢情愿感觉到他们该生活得安宁、平静、和睦、自在。而事实却不是这样。

梁曼诚的双手抚摸着思凡单薄瘦弱的双肩，儿子的肩膀在颤动。十多年来，他一直生活在没有父亲的日子里。他需要父亲，他渴望着有一个"阿爸"。

梁曼诚又一次搂住了思凡，思凡的哭声低微一些了，他那波动的情绪慢慢平静下来。梁曼诚又把胸膛俯向儿子，尽可能多地使得父与子的躯体相挨相亲。

他垂下了微颤微悸的眼睑，仿佛感受到自己的血脉在奔涌。儿子思凡的体温和生命的气息，使他不由自主地思念起眼下还远在西双版纳的前妻罗秀竹，小巧、洁白、芬芳四溢的素馨花环醉人的清香仿佛在一阵一阵地袭来。

是湿季六月里的清晨。满山遍野的绿色都还笼罩在乳白色的雾气中。椰林、竹丛、河流、坝子，还有那朦胧可见的寨子，像一轴清雅幽远的水墨画般沉浸在拂晓时分的静寂里。诺晓雀儿在鸣啭，听那欢快的声气，今天上午可能晴一阵子。

雾是从昨天擦黑时分升腾起来的。黑尽后蒙松雨直下到梁曼诚接班的下半夜。忽雨忽晴的西双版纳湿季，若是上半天朗不开来，浓雾总要到挨近中午时才会消散。雾露浓重，清静安寂。树叶上的雨球露水，时时滴落下来，那轻微的滴答声，清晰可闻。

垭口那边有脚步声传来，地上潮湿，脚步声踢踢踏踏听得格外分明。

梁曼诚隐身在一棵凤凰花树后面，留神着垭口上的动静。

通垭口的小路从浓荫蔽日的雨林中延伸出来，从神秘的大树林那边夹带些拖鞋、珠宝、尼龙伞和尼龙衣裳、香烟、外国化妆品乃至轻薄透明的女衬裤、新颖别致而又硬挺的乳罩，或是花花绿绿的半裸体、裸体画片，轻盈得如同蝉翼的蚊帐、闪闪放光式样大小不一的手表过来的人，非得通过这里，才能步入西双版纳腹地。上头组织民兵在这里设卡站岗，堵塞经商做买卖的资本主义道路。在傣族汉子中间不好吃人，任务便摊到外来的插队知青脑壳上。梁曼诚是下半夜到天亮这段时间值班的，只盼天亮透，江河边坝子里响起欢声笑语，或者屁股上吊一把竹壳刀的傣家汉子牧牛走出寨来，他就可以回家睡大觉了。他真不愿在自己值班的时间内，遇到远近团转村寨上的傣家女子。赶街子天，围着那些各式化妆品和女内衣瞧得最起劲的，往往就是上海女知青，他去堵人家干啥？只因是政治任务，考核知青表现时是一条主要项目，他不能不来装个样子。

垭口上先露出来的，是一顶翡翠色的尼龙花布伞，伞面上点缀着红、白、黄三色的黑点，夜里很隐蔽，白天却又很醒目、好看。随而是伞沿下一条齐脚背的长筒裙，清澄碧绿得像江河流水。只因赶林间的路，膝盖下的半截连同那双球鞋都打湿了。伞面遮住了她上半截身子和脸庞，看不出是个姑娘还是媳妇。筒裙本就刚好裹住双腿，下半截又让露珠雨水打湿了，傣家女子走不快，只是迈动着急促细碎的步伐，更给梁曼诚一种修长、俊俏的感觉。

既没见她提着大包小包的东西，又不见她背着背篓，不像是走私、经商模样。梁曼诚几乎无动于衷不声不响地放她过去了。何必为难人家呢！

转念一想，听介绍情况时说的，表面上不带任何东西的人，很可能会夹带贵重的黄黑货哩。黄金、鸦片体积不是都不大吗？

"停一下。"梁曼诚的身子从凤凰树身后闪出来，"龙英，请停一下。"

"哎呀，是曼诚龙宰啊！"翡翠尼龙伞迅疾地移开，闪出曼雀姑娘罗秀竹红润得泛光的脸庞。只见她发髻上披着条鹅黄色的纱巾，贴身简洁的圆领窄袖短衫又紧又严实裹着丰满的上身，天蓝色的衣料崭新崭新的，细长的袖管几乎没点空隙地紧紧套着胳膊，前后衣襟刚刚齐腰，用一条银腰带系着上身的短袖衫和下身的筒裙口。整个形象不但给人一种修长、俊俏的感觉，还让人觉得飘逸自如、挺拔苗条。罗秀竹笑吟吟地瞅着他略显木呆的脸说："我是在想啊，今天咋不见设卡站岗的人呢。原来你躲起来了，呵呵呵！"

梁曼诚确是让她的美貌和清新吸引住了，在她刚把伞移开的那一瞬间，他只觉得眼前一亮，真有股仙境中的美女恍然出现在跟前的惊心动魄感。他按捺着自己波动的情绪，淡淡一笑问："你从哪里回来？"

"要检查吗？查呗，曼诚龙宰。"罗秀竹的身子一摇一晃，半带羞怯半含嗔怒地答道。

梁曼诚又傻了眼。一个相识的对他明显抱有好感的同寨姑娘，一口一声地喊着他大哥，声气娇甜娇甜的，他又咋好意思抹下脸来查人家？再说，查又从何查起？前几天，另一个知青设卡，遇到一个大肚子孕妇，话来话去之间，产生了怀疑，硬要检查。他要那年轻孕妇解开腰带，年轻孕妇不解，喊他自己动手。他吓慌了，一个未婚男子怎好去解人腰带？不想那孕妇恼了，逼上前来让他查。他恼羞成怒，横起枪把孕妇押到公社，让妇女干部动手检查。一查就把孕妇的真面目揭穿了。原来她不是孕妇，她用一床尼龙蚊帐把乳罩、女内衣内裤等轻柔的衣裳裹成一大包，中间还夹着几张性感女明星着三点泳衣的画片，扮成个临产的孕妇，试图瞒过检查。结果，半裸画片没收，乳罩和女内衣没收一半，放那女子走了。知青回来谈起此事，梁曼诚心头还不以为然地说，兴师动众，又没查获啥重要东西，何必呢？人家傣家女子，还不是为赚点儿小钱。

这会儿，轮到他了，他能查吗？莫说让他解罗秀竹的腰带，就是罗秀竹自己解，他也不好意思啊！他假装困意未消地揉揉眼睛，眼角瞥向四周，平心静气地问："你夹带啥东西了吗？"

"你看呢？曼诚龙宰。"不料罗秀竹俏皮地一噘嘴反问。

"若是带了不该带的东西，你就自家拿出来。"梁曼诚瞧着她如此修长苗条的身材，随身又只带一把张开的尼龙伞，料定她不会带啥东西，心中已经想放她走了。但他确实又犯疑，不夹带东西，她为啥要冒险走这一趟呢？

谁知罗秀竹并没领他的情，反而嘻嘻笑着道："让你查，你便查。查不着，我就走。"

听她话的意思，她夹带东西是真的。可让他查，咋个查啊？他摆着手说："你个姑娘家，我咋个查啊？算了吧，罗秀竹，天都要朗开了，你赶紧回曼雀去吧。"

罗秀竹一点没有感激的意思，她收了伞，主动往那棵凤凰花树走过去，还向他招手说："你来。"

梁曼诚跟她隐身在凤凰花树后面。她把翡翠尼龙花伞往他手上一递说："拿着。"

伞接手后，梁曼诚才觉察这把伞的分量和一般轻便灵巧的尼龙伞大不同，要重得多。他低头细瞅，看出蹊跷来了。这把伞的竹竿弯柄略显大些，伞柄也粗，重量就由此而来。罗秀竹有这种改制的伞，想必夹带东西不会只是一回两回。可他此时此刻，又怎么沉下脸，扭开她的伞柄检查呢？

正在犯难，罗秀竹却灵巧地一扭身子，已主动解下了银腰带，把它向着梁曼诚摊开。

"龙宰你看！"

哎呀！梁曼诚面前眼花缭乱的金光、银光一片闪烁。他定睛望去，原来这条宽宽的银腰带内侧镶着块绒布，绒布上缀满了红宝石、绿宝石、猫儿眼、翡翠、六分心、坠子、戒面、戒指、玉石，熠熠闪光，令人目不暇接。嗬哟，他平生还没见过一个人手上有这么多的金银珠宝呢！

"这么多！要几千几万块钱吧？"

"哪里，嘻嘻。"罗秀竹讪笑道，"我有那么多钱，还费这脚劲？这是假的，憨包！"

"假的？"

"是喽！戒指戒面是镀的金，缅甸宝石，都是人工做的，便宜。拿到街子上，太阳光一照，星星点点亮晶晶白闪闪，看去很安逸。凑齐几百块跑一趟，也能赚到个几百。"

"翻一倍？"

"差不多吧。你要吗？选个一两件。"

这不是要贿赂他嘛。梁曼诚连忙摇头摆手说："我要这干啥？不要不要！"

"送给和你耍得好的姑娘嘛！"罗秀竹双眼瞪得大大地说。

"我没得人好送，没得人好送。"

"真的？"罗秀竹眨动着双眼，那微微凹陷的眼睛里含情脉脉。

梁曼诚连忙移开眼睛。他的心怦怦跳，他想起了那回赶早市骑自行车带她回寨，她那有力的双臂环抱着他腰际的事儿。他声气低低地说："我不哄你。"

"我相信，曼诚龙宰。"她像唱歌一样对他道。

梁曼诚举起伞，递还给她说："这伞柄里头也是……"

"是喽！还要看吗？"她的两眼忽闪忽闪，紧盯着他。

"不看了，不看了。"

"要看也行。只是我怕旋开后，失落在地上不好捡。"罗秀竹的双眼仍征询地瞅着他。

梁曼诚摆摆手说："不消看了！"

罗秀竹把伞倚着凤凰花树放下，双手展开腰带，重新系到腰上去。她挺起胸，仰起脸，微踮着脚跟，正把两手探到后腰上，不料脚底下一滑，全身失去平衡，她惊叫着倒下去。梁曼诚手疾眼快，扔了枪展开双臂扶住了她。她的脸色吓得煞白，整个身子跌倒在梁曼诚的怀抱里。她惊吓时闭上的眼睛悠悠地蝉翼般抖动着张开来，感激而又情意绵绵地呼唤着：

"曼诚龙宰……"

梁曼诚的心像擂鼓般骤跳着。活到二十多岁，他还从未这么近、这么贴身地挨过一个姑娘。罗秀竹圆领短衫紧裹着的胸脯在他眼前波动起伏，罗秀竹光彩照人的脸在他眼前掠来晃去，罗秀竹含羞带娇的轻唤直落在他的心田上，他的浑身腾起了一股汹涌的热浪。他悍然不顾地垂下头去，俯下脸去，把自己的吻，印在罗秀竹那两片花瓣般娇美鲜艳的嘴唇上……

空中的云彩飘来悠去，树林和坝子的上空，下起了当地人叫的分龙雨①。

黄昏，弄堂里和楼房上下，重又开始喧嚣热闹起来。孩子们的叫喊声、自行车的铃声、过路人互相亮着嗓门的招呼声、自来水龙头的

---

① 分龙雨——东边日出西边落雨，山这边出太阳山那边落雨，皆称分龙雨，是版纳湿季常有的现象。

冲刷声、寻相骂^①的恶语诅咒声，全从亭子间窗户里逼进来。住在二楼、三楼上的邻居们，冲锋打仗一样在楼梯上上下下，走过亭子间门口，总免不了有意无意往里面瞅一眼。

平时，梁曼诚总是敞着门，谁从门口过都要搭讪几句聊一聊，谈谈各自单位近日里的一些趣闻逸事。今天梁曼诚早早掩上了门，惟恐经楼梯上下的邻居看见了屋里的梁思凡。

放学回家正在做作业的思云，咬着铅笔杆上的橡皮头，歪着脑袋问他："爸爸，上次老师在班级里问，哪个小朋友家有兄弟姐妹的，给老师讲一声。我回家来问你，你不是说，我是独生子女吗？今天，家里怎么多出一个哥哥来了呢？"思云的两眼一眨一眨地紧盯着他。想必这个问题她想了足有半天了。

梁曼诚斜眼瞅了一眼思凡，他的脸转过来了，正望着思云。梁曼诚立刻想起了"埃及白脸"提醒他的，思凡听得懂上海话。现在看来，果然如此，这真有点神。

"爸爸，你说啊！"思云又不耐烦地催了。

"是这样。哥哥原来在外地，不住在我们家里。"梁曼诚只能这样答非所问，然后连忙把话题扯开，"云云，快做作业吧。你没看我们在等你吃晚饭。"

"这道题我不会！"思云撒娇道。

"我来教你。"思凡主动挨近思云身边。

思云很高兴地说："好的。你一教我就做得快了。"

"哪一道题？"

"就这道。"

梁曼诚感到惊疑，兄妹俩竟比他想象的还要快地熟悉起来了。若在往常，他是会坚持让思云独立思考，把题目做完的。但此刻他丝毫没想到要去干涉他俩。他愿意看到两人亲亲热热，和和睦睦。唉，他

---

① 寻相骂——吵架。

们俩是多么不相同啊：一个出生在西双版纳，有着傣家血统，一个出生在上海，除了倚傍着父母撒娇过日子，啥都不懂。而这会儿，他俩竟肩挨肩、头靠头地坐在了一起。

让人提心吊胆的一天总算快过去了。梁曼诚并不像往常在电影院工作间或是在外面帮忙干活一样做过多少事儿，但他却觉得比干了整整一天粗活还累。不是体力累，而是绷紧了的神经使得情绪非常紧张。他留神了，杉杉去买菜回家，选菜、洗菜、切菜，淘米煮饭炒菜，直忙到上桌吃午饭，一刻也没闲过。但她脸上也没出现过温柔的微笑。尽管在招呼思凡入座吃饭时，她说话的语气很客气、很温和，但梁曼诚仍然看得出，她的心里不平静，她很少主动和他讲话。

起了油锅刚把菜倒进去时，她陡然又喊起梁曼诚来，让他接过勺炒一下。他一时猜不透她急急地往楼下跑去干啥，直到把菜炒熟了她匆匆回家来，他才想起她是方便去了。弄堂里的三层楼房全是解放前盖的，档次低，都没配备卫生间。平时，需要方便时都是将就解在亭子间痰盂里，然后随手合上盖，端到后弄堂口化粪池去倒掉刷净。而现在梁思凡这么个十四岁的男孩在家，杉杉感觉不方便了。想到这，梁曼诚从内心深处透出不安，公共厕所离家有一段距离，走快点都得五六分钟。白天杉杉可以委曲求全地克服一下，多走几步路；晚上呢？下半夜呢？思凡也睡在这间小小的亭子间里，杉杉该多么为难啊。

杉杉没责备他，连提也没提。午饭后她倚着床栏打了一小会儿瞌睡，一点半便匆匆上班去了。临走之前，她还耐心地关照梁曼诚，晚饭菜全炒好了，他只要烧一锅饭，煮个汤，把菜热一下就可以吃。梁曼诚歉疚地提出要送送她，她执意不要，努努嘴示意他让思凡睡一会儿，孩子也够累的。

从窗口探头望着杉杉跃上自行车骑出弄堂去的背影，梁曼诚眼里糊上了泪，是感激也是深为自责的泪。除了替自己当年插队落户时造下的孽感到内疚忏悔之外，更多的是为了自己的碌碌无为和渺小而伤心。要是他的住房稍稍宽敞一点，哪怕仅仅只有两小间屋子呢，他此刻的感觉都会宽慰一些。

楼梯上又响起脚步声了，是那种探索的、陌生的脚步。他们这幢楼里的楼梯陡一些，光线也淡弱晦暗，一到黄昏，更是黝黑黝黑的不好走。没走惯的人，只得慢吞吞地抓住扶手往上摸。

踢踢笃笃的脚步声竟然在亭子间门口停下了，一个陌生女子的嗓音在问："是这家吗？"

"是，就是亭子间这家。"楼梯下后门口弄堂里，一个熟悉的常州口音回答。

梁曼诚警觉起来，刚抬起头，掩上的门被轻叩了几下。他跳起来迎到门边去，一边问找谁一边拉开了门。

门口站着一位和杉杉年龄相仿的女子，笑吟吟问道："这是到云南去插过队的梁曼诚家吗？"

"是啊……"

梁曼诚刚答一声，女子身侧跳起个十五六岁的男孩，冲着屋里的儿子兴奋地嚷嚷："思凡，梁思凡！"

正在教云云做算术的思凡扔下铅笔，也朝这孩子扑了过去喊："晓峰，晓峰！"

两个孩子紧紧地拥抱在一起，热烈地把脑壳挨着脑壳，脸贴着脸。那亲热劲儿，把梁曼诚和来访女子都惊呆了。

连云云也把小指头塞在嘴里，目瞪口呆地瞅着这一幕。

5

邮筒就在马路拐弯的地方，昨天晓峰给阿妈寄信的时候，留神过好一阵了，看到有人往里面投信，他才把信投进去。邮筒上还用塑料片子卡着一张白纸，上面清楚地标明，一天取五回信呢：上午两回，下午两回，天黑之前还有一回。这比勐拜附近街子上的邮电所可是强多了，那只挂在邮电所门口的信箱，一天才取一回信。

晓峰把信投入邮筒的时候，再次细细地瞅了两眼。想到这封信关系重大，想到这封信要给阿妈捎去可怕的消息，他心头好难受。但是这些话不对阿妈讲，他又去对哪个说呢？

晓峰的直觉和怀疑没有错，梁思凡确切地告诉他，"老盖"就是"牢监"，就是监狱、班房的意思。晓峰听了大惊失色，这么说阿爸是给抓进班房里去了。怪不得老爹一家子都瞒着他哩，怪不得他们骗他哄他说阿爸去东北出差，要好久好久才回来呢。晓峰的神情一下子蔫了。原先想好的要问思凡的话，一句都没得问。

回家路上，他逼问玉琪姑妈，姑妈不得不承认了。阿爸是犯了罪，被关进了监狱。

到了老爹家里，晓峰啥子话也不问，什么话也不说，晚饭只吃了半碗，就吃不下去了。想到阿爸给关在班房里，他事先一点不晓得，他若晓得，他不会跑这么远的路，到上海来了。老爹、阿婆、叔叔、姑妈都没告诉他阿爸犯了啥子罪，只是说阿爸犯的罪不重，给判了三年，关进牢里快一年了。

晓峰当夜就给阿妈写好了信，把这件事儿对阿妈说了。还问阿妈，她来不来上海探望阿爸。她若来，晓峰待在上海等她。她若不愿来，晓峰也想回家了。上海再好再热闹繁华，老爹一家人对他再亲，他都不愿待了。他想阿妈。

晓峰把信投进邮筒，想着这事儿真有点奇。就这个邮筒，会把他在上海写的信，一直送到千里万里之外的西双版纳勐拜寨。阿妈会从他写的信上，晓得上海发生的一切。

信落进邮筒去了，发出扑落一声轻响。晓峰的心稍稍安定下来。现在他只消安心等待阿妈的回信就行了，玩是没得兴致了，缕缕忧伤缠绕着他。结伴往上海来的时候，他是五个娃娃中最欢乐最安心的一个，他有阿爸家的地址，惟独他的阿爸和阿妈没离婚。沈美霞、盛天华、梁思凡的父母都是离了婚的，安永辉是被父母送了人的。除了沈美霞之外，那三个男娃儿都是偷偷跑出来的。和他们相比，他的境遇最好、最幸福。而这会儿呢，他成了最差最糟的一个。那些父母离了婚的娃崽们，都见着了自家的父亲、母亲，亲生的父母，他却连阿爸的面也见不着。

阿爸，唉，阿爸。在阿妈嘴里说来是那么好的一个阿爸，咋个会犯罪坐班房呢？

夜已深沉，监房的铁窗映出一方闪烁点点星光的夜空。有几张梧桐树叶，不时在这方夜空的一角随风飘动。

秋天了，吹的该是秋风。弟弟加琪今天来探监时，给他捎来了绒线衫、羊毛衫，还说下个月来探访时，给他带棉袄来。他感觉到家庭关怀的温暖，歉疚自责的同时，他只有羞愧。爸爸和弟弟一起来过，妈妈和弟弟一起来过，玉琪也和弟弟一起来过。他们来过一次后都不曾再来，惟有弟弟，每逢到了探监的日子，总会来。他知道正在热恋中的小弟并不喜欢到这种丢脸的地方来，小弟也出于无奈，给他捎来东西，带来家庭的问候和一些信息，小弟毕竟和他相差十来岁，他们兄弟之间，没有更多的话可谈，没有什么共同语言。但是小弟今天带来的消息，震惊了他的心灵。小弟说晓峰来了，他的儿子卢晓峰从遥远的西双版纳找到上海家里来了！他很乖，很懂事，只是为找不到阿爸伤心。

泪水糊满了卢正琪的眼眶。都说他是条汉子，轻易不掉泪的。连被捕那天，手铐戴上手腕那一刻，连宣判他三年徒刑那一瞬间，他都没哭。可提到晓峰，提到他的骨肉，他多年已没去关心的儿子，他哭了。

哦，江水长流、花开四季、果结终年的西双版纳，那广阔的勐拜坝子，那被人称作孔雀之乡、大象之国的地方，那灿烂阳光辉耀下的冬天温暖、夏季凉爽的"干栏"式竹楼……那是干季里一个闷热的黄昏，晚饭后，勐拜寨的姑娘们纷纷来到河边洗衣衫、冲凉、游泳。站在河岸上，只见悠然地在河水里畅游的傣家姑娘，头顶上都缩着荔枝红、荷叶绿、鹅黄、茄紫色的筒裙，像朵朵鲜花般在河面上飘悠、晃动，金色的余晖把她们同绿树、竹楼、江河、坝子那么和谐地涂抹在一起。卢正琪早想跃身到河水里去游一游了。他的水性很好，在这条不宽的河上，游几个来回都不算回事，但他仍不习惯和那么多裸身的姑娘同游，她们爱笑爱逗，还爱开玩笑，说那些无伤大雅的话，直说得他脸红起来。他沿着河岸走远一点，直到寨子看去已是影影绰绰，河道拐过一道弯之后，他才放心脱去衣衫，穿着早在竹楼上已穿上的泳裤，飞身跃进闪烁金光的河水里去。

让太阳晒了一天的河水是温暖的，令人心旷神怡的。卢正琪仰身躺在河面上，合上了眼脸，舒舒服服地仰游着。汗腻的身躯让洁净的河水轻拂轻抚着，那感觉真是凉爽宜人。

"嘻嘻，岩龙[①]，你这办法真好，真妙！"

卢正琪享受着这难得的惬意时刻，不提防河面上传来个姑娘唱歌般的嗓音。他连忙翻身转脸，只见勐拜寨上的依荷姑娘，头顶一条蛋黄底大花图案的筒裙，笑吟吟地向他游过来，额头、脸颊上晶亮晶亮的水珠儿清晰可见。

他惊慌道："你……你咋个在这里？"

"那你咋个在这里呀？岩龙，教我一下你的那种游法吧，好安逸！"

"这……这咋个教啊！不好教。"卢正琪慌慌张张直想逃。脑壳上顶着筒裙的裸身女子学仰泳咋个可以嘛！

"哈哈哈，呵呵呵，看你吓的，我也不会学，只是逗你一下子！"依荷愈加笑得欢了，那脆脆的嗓音随着水波传过来，震动着他的耳

---

① 岩龙——傣语，哥哥。

膜，"岩龙，不怕你游得好，我们来比一下，看哪个游得快，好啵？"

"比就比，我还怕你！"卢正琪的性子也给她逗上来了，他伸出一条水淋淋的手臂，"你莫动了，让你待在我前头一些。我喊一二三，就开始。"

"慢着！"依荷也举起一只手，"输了的，要认罚！"

"一言为定！"

"要得！"

"开始。一二……"

卢正琪的"三"字还没喊出口，依荷抢先喊出一个"三"，然后鱼似的朝水中游去。

卢正琪顾不得责备她耍赖，展开健壮的双臂奋力前游。他没把依荷那点儿水性放在眼里，也不是真心同她比赛，只是怕扫了她的兴。在勐拜寨上，依荷是同他接触最多的傣家姑娘。有回他随口说了句，想尝尝傣家口味的菜，没想到，依荷家做马鹿肉剁生①，特意来请他去一饱口福。吃完了，依荷去凉台上纺线，卢正琪坐在她身旁的小板凳上，伴着嗡嗡嘤嘤的纺车声，陪她说了好一阵子话，直说到月亮上中天，钻进了云彩里。事后勐拜寨上传开了上海小伙卢正琪和傣家姑娘依荷"约骚"的话。卢正琪急了，他知道"约骚"就是当地汉族小伙说的"串姑娘"，也就是谈恋爱。他连忙辟谣，矢口否认。但人们只是嬉笑着起哄，并不理睬他的申辩，弄得他以后见了傣家女就避得远远的。倒是依荷没事人似的，见了他，每回照旧是乐呵呵、喜滋滋的。那一次正逢"桑勘比迈"，也就是傣历的六月新年节②，勐拜寨的男女青年正穿着崭新漂亮的衣服在晒谷坪上丢包。卢正琪去看热闹，没提防一只菱形的布包腾空飞来，准确地抛到他的怀里。他正想

① 马鹿肉剁生——傣家口味的上等菜，一般用来招待贵宾。做法是用新鲜马鹿肉切片剁细，拌以切细的葱、蒜、芫荽、大芫荽、花椒、辣椒面、盐巴，放少量柠檬水调匀，然后将生猪皮刮洗干净，烤熟切片伴食。
② 傣历六月新年节——在阳历的四月中旬。泼水节就是傣历新年中的一项重要活动。其他活动还有划龙舟、放高升、丢包等。

随手乱掷回去，不料姑娘小伙们哄笑围拢来，把依荷姑娘推到他跟前，连声喊：

"是她掷的，是她抛的。"

依荷羞得伸手捂住绯红的脸庞，直晃身子。不知哪个小伙叫了一声："卢正琪，纳她当婆娘吧！好安逸的一个姑娘。"

人们又嘻嘻哈哈哄笑起来。

卢正琪尴尬地赔着笑脸，背脊上直冒汗，脸颊上热辣辣地发烫。他手足无措地瞥了依荷一眼，依荷正张开捂住脸的手指，在偷偷地睨他呢！他把布包儿往依荷身上一丢，撇开众人，狼狈地跑了，身后又是阵阵善意的哄笑。

光顾着沉吟，依荷脑壳上蛋黄色大花图案的筒裙，已离他老大一截了，再不加把劲，他真要被她罚了。卢正琪一个猛子扎下水去，舒展开四肢，朝依荷追了上去。

太阳擦了擦山尖，落坡了。滑爽柔润的河水变得温静可爱。

依荷的脸从水波中冒出来喊着："岩龙，你追不上我喽！哈哈。"

尖而脆的嗓音和甜笑声，在河面上久久地回响。

这么个小姑娘，他还能给她耍了！卢正琪并不回话，憋足了一口气，悠着身子，奋力地划着双臂，踢腾着两腿，急速地向她游去。

莫看依荷平时袅袅婷婷的，没多大劲儿，这会儿像条美人鱼似的，在前头蹿得飞快。卢正琪耍出了浑身的本事，才只挨近了她一点儿。而他陡然察觉，她并不是在朝对岸游，而是逆着水流向着河中央游。

太阳一落坡，河两岸的村寨田坝不知不觉笼上了灰淡的暮霭。有人在树林旁长声吆喝地唤着娃儿。田埂上蹒跚地低头吃草的水牛，只能依稀看到模糊的剪影。刚才还是清澄澄闪烁万千金光银光的河水，这会儿变得似一片巨大无边的绿绸。汩汩的水声在擦黑时分的静寂中显得格外分明。

依荷光洁如玉、活泼灵敏的身躯，不时从水面上露出来，有时还朝卢正琪扬扬手喊："来呀，呵呵呵，来呀！"

听得出她游得有点累了，说话声音喘吁吁的。卢正琪加了把劲，连续几个有力的踢腾展臂，一会儿工夫就离得她很近了。隐隐约约地看见了她那诱人的胴体，他不由自主又放慢了速度，心怦怦直跳，心底深处却有股强烈的想要挨近她去的欲望。

依荷姑娘转过脸，陡地发现他忽然出现在身边，眼里顿时掠过一道愕然之色，继而又爆发出一串大笑声，她双手拍打着水，直向他泼过来。

"追不上，岩龙你追不上。"

她一边泼水一边嬉笑。卢正琪趁她不备，一个扑腾游到她的身侧，伸出双手，一把逮住了她光裸的双肩问："还说逮不住吗？"

依荷慌得一缩身子就想溜。卢正琪伸展长臂，一把揽住了她。她的滑润爽净的肌肤给了他一种从未有过的战栗感、舒适感。他的喘气顿时紧张得粗短急促起来。依荷似还不甘心地试图要挣脱，卢正琪松了下手，她却更紧地挨近了他，爽脆的笑声变得惶惑，变得有所期待。卢正琪的双手仿佛只是随着水波的浮力搂住了她隆起的胸部。

河面上似是升腾起缕缕雾纱。卢正琪敛声屏息地体验着这个美妙幸福的时刻。依荷缩着筒裙的脑壳挨近他的脸，他的手轻柔地托住了她的乳房。依荷呻吟般地轻叹了一声，陶醉地闭上了眼，喃喃地说："岩龙，吃马鹿肉剁生那天，你坐到了我纺车边的小凳子上，记得吗？"

"嗯。"

"依照我们傣家风俗，那是向我求爱，是接受了爱的表示。"

"呃……"

"丢包那天的事，你还记得？"

"咋个可能忘啊！"卢正琪记起了人们的哄笑和询问。

"那你……要我吗？"依荷姑娘昂起脑壳，脸半仰地倚靠在他的肩上，陡然睁大一对充满期待的羞怯的双眼，柔声问。

卢正琪的全身都随着水波浮了起来。他紧紧地搂抱着她，承诺一般把自己的嘴亲到她的脸上去。不料依荷双手捧住了他的脸庞，轻喊着："你说、你说呀！"

"要！要你，我爱你，依荷。"卢正琪张开双臂，激动得嗓音发颤地表白。依荷欢喜地尖叫了一声，扑倒在他的怀里。

弯弯的月亮从山后边悄没声息地探出了脸，把清净如梦的光华洒遍了江河两岸……

久远的往事和不很久远的往事，全都交织纠缠在一起，啃噬着卢正琪的心灵，折磨得他静夜中不能入睡、白日里不得安宁。他还记得上门入赘从妻居住的那幢凤尾竹丛里的竹楼，他还记得儿子晓峰甜睡中那对眼睑翕动的聪颖的眼睛，还记得依荷的百般温顺体贴和昼夜的辛勤劳作。曾几何时，有了回沪顶替父亲工作的机会，他把竹楼把妻儿把往事一股脑儿全都忘了。表面上他对依荷说政策只允许他一个人归去，待他回去之后站稳脚跟，一定选择合适时机把妻儿一起带去。暂时，得让他们受点委屈。卢正琪心灵上受不了的是，他这不无漏洞的伎俩和谎话，依荷全信。她用那信赖的目光痴迷而近乎崇拜地望着他，相信他真有一天，会像接喃木诺娜[①]一样，来到千瓣莲花盛开的西双版纳，把她和儿子接到一个新奇、繁华的大都市去。而事实上他回到上海，对远在天边的妻儿的感情就在逐渐淡漠。只是因为没有离异，只是因为有过许诺和未曾彻底泯灭的良心，他对家人才说要多赚钱，"有钱能使鬼推磨"，赚足了钱把依荷和晓峰接来。但连他自己都很难相信，他真能有本事把依荷和晓峰弄来上海。他的心就在这样的矛盾中煎熬，他的生活就在这样破损不全的感情中流逝。他在这纷繁多彩的世界上拼命赚钱。由于他的脑子活络，他的强健体魄和能言善辩，顶替父亲不久他就干上了采购兼推销。他很快如鱼得水在这

---

① 喃木诺娜——傣族古代叙事长诗《召树屯》中女主角孔雀国勐东板国王七公主的名字，是傣家人梦寐以求的美人。

一般人视为畏途的行当中崭露头角并摸出了道道。他信息灵通触角伸向四面八方，他出入高档豪华酒吧、宾馆和弄堂深处的低档旅馆甚至地下室旅店，他知道什么地方什么人迫切需要自己厂里的产品，他明了哪些地方哪些人正想推销自己厂里急需的原材料。他的任务完成得出色，工作干得让领导满意。他坐超标准舱位、软卧，住高级宾馆套房，领导照样签字报销；不仅如此，还发给他奖金。他又在有求于自己的对方那儿收取红包和回扣。他在时机合宜、十拿九稳的情况下，也做点儿转手生意，那就纯粹不通过自己的单位而是过个手，找个什么公司什么部门转个账，他的钱是赚得多了，却不知他的心也在这一笔笔的交易中变得麻木，变得铁硬了；他的世面是见得多了，却不知他的情感也在见多识广中变得冷漠变得崇尚起奢侈享乐来。原先对妻儿的质朴深沉的感情，回想起竟有些幼稚可笑了。只在夜深人静，只在闲暇得无所事事总想发泄、总想干些什么的时候，他才会掏出离开西双版纳前和妻儿一起亲昵地偎依着拍下的那张照片瞅上几眼。而望到终了，总是以既有点甜蜜又有点苦涩的一笑结束。这些年他不是没有时间和金钱回西双版纳，有一回出差都到了四川，他还是没有去。他的心头已觉得过去的婚姻早晚要解体，他多少了解一点版纳婚姻的习俗，但愿依荷率先带着儿子改嫁，那他就不仅在感情上没有责任，就连在道义上也没有任何责任了。

这当儿他认识了"迷你发廊"的雅妮。雅妮很年轻才十九岁，她高中毕业后考不上大学，混不到自己满意的职业。父母亲都是理发师，她无师自通，也会理个发做一点新式发型。父母亲逼着她申请个执照在弄堂里开了家"迷你发廊"。起初生意尚好，每月赚的钱尽够她吃喝花销，还买了不少新式服装。不料好景不长，有人在弄堂口把一家烟纸店的铺面整个儿翻修 新，门面装潢得富丽堂皇，室内安上了空调，配备了一整套理发、烫发、做发焗油的设备，取名"梦娜丝发廊"。虽然这么个鬼名字究竟是啥意思谁都讲不清楚，但"梦娜丝"把雅妮"迷你发廊"的生意都抢过去了。雅妮本来就对理发这行当瞧不起，现在乐得清闲，只是碍于父母亲的意志才没把发廊关掉。卢正琪常到这条弄堂的小旅社来，早就风闻"迷你"和"梦娜丝"之争。从两家门面前路过，他一下就明白了"迷你"败在"梦娜丝"手下的缘由。"梦娜丝"不但占据弄堂口的有利地形、市口，店堂装潢得豪华气派，而且还雇有两个妖娆的美貌女郎和一个奶油小生般的小伙子。光这一招，就能把所有的男士女士们吸引过去。而雅妮相貌平平，算不上难看，但也无甚诱人之处。没生意时她穿得随随便便，来了客人她把一件白大褂往身上一套，整个人看去没一点儿线条感。这样子开店早晚得把整个铺面赔进去。那天卢正琪去"迷你发廊"斜对门的小旅社访一位合肥客人，不巧那位客人出门了，在小黑板上留了话："来客请稍候，一小时内回来。"卢正琪不想退回去再费时赶来，摸摸头发长了，干脆走进"迷你发廊"，一边理发，一边从大镜子中留神斜对面的小旅社门口。

卢正琪在理发椅上坐下，雅妮套上沾了点水渍的白大褂走近来，一只手往他额头上一摸，揪住他的额发揉了揉问："理个什么式样？"

"随你。"到了他这个年龄，早就不讲究，"只要走得出去就行。"

"我帮你剃得清清爽爽，两鬓理得短些，上面多留一点，再烫一烫，喷上定型胶，你看好吗？"雅妮踮起脚跟，凑到他面前，轻柔地问。

女理发师正在嚼口香糖，问话时挨得近些，一股橘子香味儿喷到卢正琪脸前。卢正琪起初让她白嫩的小手在额头上一摸，已经有些不自在。这么一来，他不由瞥了雅妮一眼，雅妮正睁大双眼，探究地瞅着他。他头一次察觉，雅妮的眼睛虽然不大，但她的眼珠黑溜溜的，仿佛两颗浸在清水里的葡萄。卢正琪点头说：

"就照你说的办。"

"我会让你满意的。"雅妮欣悦地嫣然一笑。

卢正琪知道自己要被她"斩"了。照理，在她提议之后，他该问一声多少钱，这才是上海人的本色。但他在这个姑娘和蔼亲切的服务面前，实在开不出这个口。

雅妮把理发座椅放低了，殷勤地服务起来。卢正琪听着理发钳在头顶上咔嚓咔嚓轻响，眼睛瞅着镜子里映出的自己的脸，是呵，岂止头发长了，胡子都黑漆漆的一片，几乎盖住嘴了，看这脸貌，人家会误认为四十朝上哩，和身旁的雅妮一比，更显老了。雅妮的动作利索轻盈，浑身散发着一股青春的气息。她穿的这件白大褂，虽说沾了水渍，却是雪白的。白大褂散发出一股被太阳晒过的干燥香味，每次她踮起脚时，她那笼在白大褂里头的胸部和肚皮，都贴到他身上来。几次，卢正琪都想伸过手臂去搂她。雅妮一点看不出他的心思，光顾专心致志地理着发。她的皮肤白净细腻，是太阳晒得少的缘故吧，脸颊上一片彩霞般的红润，就连低微的呼吸，都令卢正琪陶醉。

"生意好吗？"他随便同雅妮搭讪着。

"好到天上去了。你今天是第一个！"

卢正琪不由被她揶揄的口气逗笑道："那你也不怕，前几个月，'梦娜丝'开张之前，你赚足了。"

"哎呀你别开我玩笑了。那几个钱早被我花光了。唉，我这种小理发的，哪能同你比！"

"我？"卢正琪惊异道，"我怎么啦？"

"喝的是洋酒，抽的是高级烟，几百块一套的西装，随随便便套在身上，钞票莫佬佬，还想瞒我？"

卢正琪笑了，被一个姑娘衷心恭维，总是快乐的。"没想到，你开着理发店，还留神对门小旅社进出的人呢！"

"我留神个鬼！"雅妮斥道，"我是听旅社主人说的，别看你在这小旅社钻进钻出，谈的都是大生意。"

"大生意！我都是为公家谈的。"

"算了吧。现在哪个为公家办事，不捞一票？"

"哈哈！"卢正琪笑了，手伸过去，在雅妮腰部轻拍了两下，"你小小年纪，眼光真厉害。"

雅妮既没有避让，又没有斥责或是咒骂他。他体味着手上隔着白大褂接触异性的感觉，心怦怦跳。这些年里，卢正琪只是出差到外地时，在确保不会出事的情况下，才花钱和那种卖笑的女人睡个觉。虽然那些女人也有酥软的肉体和娇滴滴的温顺媚笑，但他很少感觉幸福欢乐。对他来说，那只是寻求一时的发泄和满足。而在上海，他连这一时的满足和宣泄也得不到。一来他住在家里，父母兄弟姐妹的眼光都看着他，他做不出来；二来他怕在上海惹出麻烦，在单位上无脸见人。弄堂深处有个肥硕的女人，相貌极一般，流里流气的姑娘小伙子给她起个绰号"扁塌夜壶"。她有一张宽宽的瘪嘴，一只大大的鼻头，一双不安分的风骚的眼睛。她的丈夫在安庆工作，一年里最多回来两三次。她瞄上了卢正琪，饥渴迫切地盼着他摸到她家阁楼上去。那年夏天正是上海的酷暑恶热气候，到了夜间气温都在 30℃左右徘徊。弄堂里轮到卢家收水电费，卢正琪摸到"扁塌夜壶"家时，屋里黑黝黝的，开着电风扇，不见人影子。卢正琪推开半敞的门喊着收水电费，铺在地板的席子上跃起一个白色的人影，从那臃肿肥胖的身材卢正琪认出她是女主人。她走过来，先关上了门，才拉开一盏紫色的小灯。紫色的光影里映出一个雪白的人体。卢正琪看呆了。她只穿了一条紧绷绷的三角裤戴了一只乳罩，手上摇着一把蒲扇。她的肥硕在弄堂里是出了名的，但陡然看了她的乳罩都遮不全的一对奇大的乳房，卢正琪仍是惊疑，不禁目瞪口呆。她说难为他这么热的天还爬上楼来，她拉过一张凳子让他坐，给他倒了一杯可乐。卢正琪喝可乐时，她给他扇着大蒲扇。卢正琪搁下杯子时，她挨近了他。卢正琪鬼使神差地在她悬吊的乳罩上轻轻摸了一下，她风骚的眼睛含情脉脉鼓励地望着他，瘪瘪的大嘴舔了舔轻声说："扯了吧。"说着她把蒲扇一扔先撩起了他的圆领汗衫，她像要撕烂汗衫般把它从他头上扯去扔得远远的，随而她扑通一声跪下，双手牢牢箍住他的腰部。她的脸在他健壮的胸膛上来回摩挲，她的嘴贪婪地在他胸大肌上亲吻着、舔着。电扇在嗡鸣，紫色的光影在闪掠。卢正琪浑身惊颤燥热，圆珠笔和本子早已失落在地。她的乳罩让他扯断了，他的两手揉搓着她的乳房。她哼哼唧唧始终在发出声音："哦，舒服、快活，我就要你这样。哦……我喜欢你，我爱你，我要你。上次我在排队买带鱼时要你来，你为啥不来？我一直在等，刚才睡在那里我都想你，我的小心肝、小宝贝……"她出其不意地捯下了他的平脚裤，又发出一声惊喜的欢呼。卢正琪和她一起滚落在席子上，像两团火焰般在呻吟、惊叹、呢喃、喘息中燃烧在一起。卢正琪忘记了她的形象是多么肥硕丑陋，忘记了她足足比他大了四五岁，忘记了一切。奇怪的是，在他这第一次背叛依荷的举止中，他竟然从"扁塌夜壶"贪婪的不知餍足的情态中得到了满足和欢乐。直到连续六七次他偷偷摸到她的阁楼上去之后，他才如梦初醒地意识到，她是在玩弄他，她是在把他当作一个泄欲的工具。每次去她都是那么疯狂激烈，那么迫不及待，那么贪婪地纵欲。她说他给她带去了安慰，送去了幸福和欢乐。每次离去之前，她都要张开双臂抱住他，哀求他答应下回一定再来。卢正琪对她丝毫也没有感情，每次完事之后，他都不想张开眼睛望她那一身的赘肉。他只觉得厌恶和烦躁，既厌恶自己又厌恶这个女人。白天在弄堂里遇见她，她毫不掩饰对他好感地凑过来讲话时，他真想扇她的耳光。他扪心问自己，他怎会和这样一个厚颜无耻的女人搅到一处去的。从小摊头上买回的那些花花绿绿的杂志中，他看到一个词"性压抑"。他找到了答案，自己之所以为她吸引，是因为性压抑。这个女人不安分的双眼望着他时燃烧着欲望，也是因为性压抑。他终于从那一个多月的浑浑噩噩之中摆脱出来。但是他已经迈出了第一步，以后出差到外地他总存着那种心思，一有机会就找卖笑的女人。完事他付钱，离开以后他心安理得，毫无负疚感。他觉得这比同"扁塌夜壶"不明不白地鬼混要白在得多，而且一点不用担忧名誉遭到损害。

雅妮的不动声色和佯作镇静使得他蠢蠢欲动。趁她再次俯身向前给他剪前额的发梢时，他的手探到她隆起的胸部摸了一下。

"老实点！"雅妮呵斥道，"外面看得见。"

他缩回了手，心里乐滋滋的。这举动比刚才拍她两下大胆多了，她也仅是轻轻责备了他一声。况且她说的是"外面看得见"。要是外面看不见呢？卢正琪心痒痒的，跃跃欲试。

雅妮给他抹了洗头膏使劲地搔着头皮，搔得他血脉偾张浑身舒服。没想到这姑娘还会按摩。她在搔完头皮后，按住了他的穴位，轻悠悠地在他脑门上点着穴道。卢正琪从来没理过这么舒适的发。他不由得赞道：

"你真了不起，让我感到舒适极了。"

雅妮笑道："我是凭本事赚钱，不是骗钱。"

按摩的时间比理发的时间都长，卢正琪离座去洗头时瞅了一眼墙上的价目表，理发按摩全套收费六元。若生意好的话，雅妮的收入是很可观的。

洗头时，雅妮一手按住他的后颈窝耳朵下侧，一手不时地抹着他的头发，冲洗的时候她一次又一次把纤长的手指抹到他脸庞上来，最后一次还捏住了他的鼻子嗔笑道：

"滑头鬼！"

卢正琪见她如此轻佻，认定她是两种生意都做的人。在她拿起热毛巾替他擦脸时，他拦腰抱住她。她用毛巾抽他甩他，他没避让反而凑上去吻了她一下。

她尖厉地轻叫一声："不！"

他申辩似的说："这里外头看不见。"

洗头池在里侧，门前路过的人，不往里探头是看不见的。

雅妮没有唾他，也没抽他耳光，更没朝外头喊叫。给他刮脸时，她刮得特别细致，没有使刀的左手频频地在他脸上、嘴巴上、下巴上摩挲，她的手摩挲到他嘴前时，他总是把嘴努一努似欲吻她的手。她的嘴角挂着一丝嘲讽的笑，并没有其他表示。他心里说，理完之后为这些小小的调情多扔下几块钱就完事儿。他还有正事要办，得去拜访合肥客人。他的两眼目不转睛地盯着垂脸俯身替他刮胡子的雅妮，灼灼的目光瞅得雅妮不自在了，她拿起揩脸的毛巾一下盖住了他的双眼。他笑了，雅妮也扑哧一声笑了。

上烫发药水时，雅妮让他坐到里侧低矮一些的板凳上，她一只一只给他上卷发筒，他几乎是双臂搂住她做完一切的。雅妮非但没拒绝，还把身子紧紧挨着他。

上完卷发筒，他站起身来又要吻她。她双手按住他肩膀不让他站起来，主动把脸俯到他跟前由他亲吻。他吻了她的脸颊又吻她的嘴，她的嘴起先紧闭着，让他吻得微微启开樱唇，轻声呻吟着叹息了一声。

烫完发梳理整齐吹干喷上定型胶，他顿时显得容光焕发，年轻了好几岁。对着镜子满意地轻按了一下两鬓，他连声由衷地道谢。发式年轻了，使他整个儿都有股神清气爽之感。他还想吻雅妮，雅妮回避了。她当着他的面脱去了白大褂。卢正琪刚才进门时竟然没发现她穿着一身时髦明快、潇洒轻盈的齐胸裙。他心甘情愿地掏出十块钱递了过去，雅妮接过去往他兜里一塞说：

"都这样子你还付钱啊！真是小瞧人。"

"雅妮！"他动情地喊着，愣怔地盯着她。

雅妮一撇嘴说："你若真喜欢我，就在晚上来。别在营业时间来缠人。我一天到夜守着这个小店，憋死了。"

当天晚上，他踅进她打烊后还亮着一盏灯的小理发店。她正在心神不宁地翻看杂志，一见他她就扑进了他的怀里。她去关严了门熄了灯，把他带进里面。原来小门后面还有半间屋还有张床，原来这地方竟然如此雅静无人打扰。她说这原来是舅舅的小天地，舅舅自费去日本当"就读生"打工赚钱，父母就把临弄堂的窗户改成了门，逼她领了执照开"迷你发廊"。生意清淡下来，她早不想干了，可父母逼着她守住这摊子，说要玩过一两年再玩，过一两年父母先后退休下来，就可全力来经营"迷你发廊"，和"梦娜丝"拼个上下高低。所以她日夜都得待在这小窝里，她闷死了憋死了，她真盼有个人来爱。

卢正琪没想到她外表上看去平平凡凡，骨子里却是如此热情奔放，满脑子都是罗曼蒂克的梦想。瞧她这样情真意切，他只得告诉她，一整个下午他谈生意都没心思，只想天早点黑。他还编造说，前几次来对门小旅社，他就注意到她的美貌她的倩影了。她笑了，说："我也是。旅社主人早告诉我了，你是插队回来的，年纪虽然大一点，还没成家呢！吃晚饭时，我过去看到你还在客人房里，就估计你夜里会来。"

他们没开灯，坐在一片黝黑中倾心交谈。他没费多大工夫哀求，她便答应了他。半夜起来开灯准备离去，他陡然察觉她是个道道地地的处女。衣服穿戴整齐，他没犹豫就掏出了一百块钱。没想到她把钱猛地甩到他的脸上怒斥道："你把我看成什么了？你再做出这种事来就永远别来。"

她哭了。

卢正琪赶紧坐过去道歉求饶，心里警觉到这回遇上的是个痴情的姑娘，她是认认真真要同他好。

他们的爱情神速发展，她为他去堕过一次胎。他是不可能结婚而故意不提，她是年轻还不到婚龄无法提。但他俩随着时间的流逝真心相爱了。只怪那回出差归来卢正琪直接赶她这里来，只怪他手提包里揣了一万两千块现金，还有……还有那张他和依荷、和晓峰的合家欢。第二天拂晓，他还在酣睡。她轻手轻脚起床，拉开了他的手提包，想瞅瞅他昨夜说的身揣巨款顾不得回家是不是真的。她看到了巨款，也看到了那张照片。全副身心爱着他的雅妮接受不了这一现实，她以百倍的疯狂施行了报复。她告他先是强奸继而又持续不断诱奸她，她告他是个流氓。卢正琪不想背这么难听的罪名，他依稀记得雅妮给自己写过信。但那满能说明他们关系的信却是怎么也找不到了。调查时，卢正琪拿不出他俩是两厢情愿相爱的证据，虽然他不是强奸她，但他始终瞒着她欺骗她那是真的。再说他和雅妮虽没去办手续，但他俩偷偷同居，也能让人安个事实婚姻的帽子。他没犯强奸、诱奸罪，他也犯了事实上的重婚罪。总而言之，关键在于他觉得对不住雅妮，也对不住依荷、晓峰，他是有罪，他愿意认罚。起先他还以为雅妮是见财起意，是想独吞那一万两千块钱，但听家人说雅妮并没要那钱，也没提出任何索赔要求。他认定衷心爱着自己的雅妮是气疯了，是发现爱情的梦破灭了，才报复他的。他伤害了痴心爱着自己的雅妮，他丝毫不想为自己辩护。他那骚动的欲望和不安宁的灵魂都需要忏悔。

他给判了三年徒刑。

对卢正琪来说，这一切似乎都很清楚，都有来龙去脉。可他又怎样把自己的罪孽向儿子晓峰讲清楚呢？他记忆里的晓峰始终是个娃崽，是牙牙学语的晓峰，是蹒跚学步的晓峰，是个不晓事的晓峰。这些年里，他感受到了命运的变化，感受到了社会的发展，感受到了很多新的气象和价值观念。惟独没有意识到，随着岁月的流逝，晓峰也在成长，他在西双版纳亚热带雨林的滋润哺育下，已经长成了个翩翩少年。加琪探监时，给他比划了一下，儿子竟然已经齐叔叔的耳朵那么高了。

哦，他是多么想见一眼儿子，见一见他的亲骨肉。可他明白无误地告诉加琪，不能让晓峰来探监，千万不能让他来，也别告诉晓峰他在坐牢。加琪听完他的话，无可奈何地一笑说，晓峰太聪明啦，根本瞒不住，他来上海才两三天，就连猜带想地听得懂上海话了，他已经知道爸爸在什么地方。

儿子知道他犯了罪，那么依荷肯定也会知道。身居西双版纳的依荷，会怎样看待这件事、怎样对待他呢？

卢正琪最不能想的就是朴素的依荷和他的青春。那勐拜寨子里什么也替代不了的初恋，那掺杂着傣家风情的爱和泪。如今他感到最对不起的，就是对他近乎崇拜地信赖和爱着的依荷。是啊，他回到了上海，进入了大都市，他满足了回归的愿望，得到了金钱。他是不是在这过程中也失去了些什么呢？他失去的难道不是人生中最该珍视最该宝贵的真挚感情与那些权势、地位、金钱无法取代的圣洁的灵魂吗？不是也有没回归的上海知青在版纳的街子上开起了店铺经商致富了吗？不是也有在上海、云南两头跑动过得很自在的伙伴吗？

他，卢正琪当初为何非要选择回到上海这条路呢？

他无法回答自己的儿子晓峰，他也无法回答自己。

第四章

1

上海有各式各样的点心小吃，让美霞吃点什么呢？西双版纳的傣家口味是酸、辣、香，而一般上海人的口味则是不重刺激，却讲究清淡鲜嫩、酥脆适口、保持色香形的原味。在早餐的花式点心上，似乎体现得更为鲜明。

斟酌再三，沈若尘给美霞买回来的是双酿团、蟹壳黄和小馄饨。

包着一层甜豆沙、一层黑洋酥的双酿团，甜而不腻，咀嚼起来有滋有味；酥脆喷香的蟹壳黄，同傣家酸辣进出的香味相比，又是别有一番风味；而滑爽新鲜的小馄饨，汤清味鲜，肉馅少而精，也是很好上口的。

瞅着女儿吃得津津有味，沈若尘心头颇感欣慰。连续问了好几次好吃啵，美霞都点头道："好吃，香。"

他和美霞对坐着，在吃小馄饨时，把妻子梅云清马上要回家来的情形，给女儿说了："美霞，一会儿，嗯，就是昨天问起的，照片上的那两个人，要回家来了。那个男孩，他叫炀炀，是你的弟弟……"

沈若尘觉得说这几句话特别费劲，他舀了一匙馄饨汤咽下喉咙，掩饰着自己的窘迫，同时留意着美霞的神情。

美霞的匙儿停着不动，睁大一双眼睛，眨也不眨盯着他。她的眼睫毛长得往外翻翘。

沈若尘接着道："另外那个人，她……她是……嗯，这个……"

"我晓得的。"美霞轻轻地接口说。

"对，对。"沈若尘连忙点头（不知他说的"对"是指什么而言），接着他又补充道，"你喊她阿妈就可以了。"

"要得。"美霞回答得更轻了。

沈若尘觉得有必要添加几句："她是阿爸回上海之后才认识的。就是说，像你不认识她一样，她原先也不认识你，不晓得你的存在……"

美霞脸上红润泛光的彩霞仿佛被一片乌云遮住了。她那晶亮的目光黯暗下来。沈若尘惶惑得不便再说下去，他听到了门外楼梯上的脚步声，凝神细听片刻，是下楼去的，不是妻子的脚步。他自言自语说："我看看，她回来没有。"说着离座走到窗户边，往下面楼梯口的甬道望去。甬道上有不少推着自行车去上班的邻居，没有梅云清的身影。沈若尘站着不动，借此平息一下自己波动的情绪。他是多么衷心地希望，云清和美霞从见面的那一瞬间开始，互相之间就有一个良好、和睦、亲切的印象啊。可看来事情远比他想象的要啰嗦得多。别说孤傲、自尊、敏感的云清了，就是美霞一个仅十三四岁的小姑娘，她的心灵又是多么丰富、复杂得令人难测啊。

云清回来以后家里会是什么气氛、什么局面啊？她昨晚回娘家去，把这事儿给娘家人说了吗？是他们把她劝冷静了，还是她自己把事情想通的呢？

云清娘家是旧社会的老板，亦即解放后多少年里名声不好的资本家家庭。八十年代以来报上逐渐改称工商业者，也有追逐时髦叫成实业家、老企业家等等称谓的。但万变不离其宗，就是那么一回事。大多数人仍称他们资本家，以示与八十年代中后期飞速崛起的个体万元户之间的差别。

他们家不是那种声名赫赫的大老板。这从她娘家居住的住房看得出来。她家所在的那条弄堂名叫平安别墅。这是继旧社会上海的弄堂一度风行单名之后，又一种流行的叫法。老上海大都知道，这种叫法的弄堂档次属中上，在外形上参照西式洋房，不用石库门式高墙，而改为矮墙、小铁门，老式天井改为小花园。二楼辟出赏心悦目的阳台，三层的阁楼变成和二楼格式相同的正房，自然也配备煤卫。上海人习惯称之新式里弄。照理居住是比较舒适的，但在经历了"文革"的动荡之后，资本家家庭往往被迫交出被人认为是多余的住房。云清娘家现在仅存二楼的两间正房，居住条件也显得紧绷绷的了。好在阳台独用，在二楼上新配了卫生间、厨房，虽然把原来宽敞的过道一下子挤窄了，一家老小拥塞地住将下来，也算聊可自慰了。

云清是一气之下愤而离家的。步入平安别墅时，她就意识到了，娘家并无她和炀炀的立足之地。两间正房，爸爸妈妈住着一间小的，哥哥云涛和妹妹云涓将大房间一分为二，也像若尘和观尘一样，各自住着半间建立了小家庭。不是另一个妹妹云淑和弟弟云鸿结婚时在外解决了房子，他们家五兄妹都挤在父母身边，同样是住房困难户。云清现在这样忽然回到娘家去，只能在爸爸妈妈的小房间内搭铺睡，仍是极为不便的。

"云清，回娘家来了。"和炀炀一起走近娘家后门口，路灯光影里，隔壁邻居李爽微笑着和她打招呼。

云清浮起笑脸来，勉强敷衍道："是啊，回来看看外公外婆。"

"你现在是稀客了。"李爽白皙的脸上露出揶揄的笑，"听说分到了一套住房？"

"是啊！马马虎虎的，还可以吧。"

"我晓得你的日子会越过越好的。"李爽的手伸进衣兜掏钥匙，掏半天也没掏出来，因此也就一直站着和她说话，他的声音突然放低了，显得极不自然，脸色沮丧得好像要哭，"不像我……唉……"

这个人，又来了。梅云清眉心掠过一丝尴尬。若在平时，她会冷冷地戳他几句；可今天，不知为啥，她心头涌起股莫名的同情，她用劝慰的语气道："都是过去的事了，你别放在心上。再说，维维对你不是很体贴嘛。"

"你别讽刺我了！"李爽蹙起眉头，一脸的痛苦，"她对我是好，好，好到天上去了。"

他终于把钥匙掏出来了。梅云清吁了口气，总算可以结束这令人难堪的谈话了。李爽在转身的一刹那间，又把脸转回来了，说："噢，有件事要告诉你一下，你们厂的产品，外商认为式样陈旧了，变化太少。弄得不好，要退货。"

"是吗？"这本来是件大事。但在此时此刻，梅云清自己小家庭都陷入深深的烦恼之中，她哪有闲心去顾及？她淡淡地应一声说："我给厂里汇报一下。"

李爽仿佛直到此时才察觉她的神态异样，他的两道长眉一扬，关切地问："云清，你遇到啥不愉快的事了吗？"

"哪里。"梅云清苦笑了一下，"只是有点不舒服。炀炀，来，我们上楼去。"

后门打开，有位三楼上的住户走出来，和云清打声招呼；云清向儿子招招手，连忙走进门里去。她不能同李爽聊得太久，聊久了她把握不住自己会露出破绽来。婚前李爽是追求过她的，他俩是小学里的同学，年龄相仿，互相之间非常了解。但他不如沈若尘那样吸引她，她嫁给了沈若尘之后三年，李爽才与漂亮妖媚的维维结婚。平安别墅的人都知道，李爽和维维好的时候，进出弄堂也偎偎相依搂搂抱抱，而闹的时候吵得天翻地覆，连成套的玻璃杯、热水瓶都会朝窗外摔。梅云清所在的厂子是专门生产外销产品的，李爽恰恰在进出口公司当外销员，直接与外商打交道。厂里了解到梅云清过去和李爽是同学，又是隔壁邻居，特意把她从工艺科调进外销科，为的是打通公司这道关。业务接触中，李爽不时向梅云清流露对婚姻的失望情绪。遇到这种话题，云清以往总是冷冷地责怪他当年光图维维时髦风流，不注重她的个性人品，懊悔药吃多了又来向人诉苦，不值得同情。今天撞鬼了，李爽显出那一脸苦恼颓丧的神色，云清往常的厌烦情绪大大减弱，心头反而奇怪地浮起缕缕莫名其妙的感觉。是怜悯，是烦躁，是亢奋，她也说不大清楚。直到穿过楼道踏上楼梯，她才意识到情绪的变化仍然同沈若尘的女儿找上门来有关。

　　冲动的那一瞬间，云清是有股发泄和倾诉的欲望的。她恨不得急急忙忙奔回娘家来，把家里遇到的这件事对爸爸妈妈痛痛快快讲出来，把她的委屈、她的愤懑、她的不安和痛苦向亲人诉说一番。可走到半路上，她就在反问自己，要讲吗？对爸爸妈妈讲了是不要紧，哥哥、弟弟、两个妹妹听到了，又会怎么看待这件事？嫂子、弟媳、妹夫们又能给她出些什么主意？即使他们随口给她出些不痛不痒的点子，事情反倒在亲戚朋友中纷纷扬扬传开去了。这对沈若尘的面子、对她自己的面子，岂不都有损害？她迟疑了，犹豫了。当步上楼梯的时候，她已拿定了主意，暂不对家里人说出事实真相。父母问起来，她随便找个理由搪塞几句，先在娘家住过一夜再说。

　　她这办法几乎奏效了，不料炀炀给她说漏了嘴。

　　搭钢丝床的时候，在大床边替爸爸铺床的妈妈问："是若尘家乡来了亲戚，还是他有一帮朋友在你家聚会啊？云清。"

　　"是他家来了亲戚。"刚上楼时，云清对爸爸说过一遍了，妈妈那时正在厨房里，没听见。她只好又含糊其词回答一句。

　　"不，外婆，是妈妈和爸爸吵架啦！"正在翻彩色连环画的炀炀冷不防冒出一句。

　　云清刚想呵斥儿子，守在电视机前的爸爸把旋转座椅呼的一下转过来，手扶住眼镜腿，缓缓地问出一句："为啥吵啊？云清。"

　　云清失神地跌坐在刚搭起的钢丝床沿上，胸脯微起微伏地波动着。

　　妈妈顾不得铺床了，身子转过来，慢慢走近女儿，俯下身来问：

"出了啥事？你们两口子可是从来没争吵过啊。"

云清低垂着头，浑圆的双肩因极力抑制不啜泣出声而耸动着。爸爸在擦火柴点烟了，他只在烦恼时才抽一支烟。云清觉得喉咙口哽咽住了，对自己的爸爸妈妈，这件事都是如此难以启口。一旦传开去，她还有什么脸面见人？她和若尘美满姻缘声誉就此完结，也将成为弄堂里、同事间茶余饭后的笑料。

炀炀扔了彩色连环画，慢吞吞挨近云清身边来了。云清透过眼泪瞅了他一眼，儿子长这么大，从来没见过妈妈垂泪哭泣呢。

"是为家务事，还是……"妈妈拉过一张方凳，在云清面前坐下，"沈若尘做出啥对不起你的事了？"

"他……"云清只吐出一个字，就抽泣出声了。

"你冷静一点，总该给我们讲啊！不讲出来，我们又怎能帮你？"爸爸喷出满嘴烟，既像劝慰又像催促地说。

云清掏出一块手绢，拭拭两个眼角，手扶住炀炀，说："他在同我结婚前有个孩子，小姑娘……"想到这小姑娘已经找上门来了，梅云清又是泪如雨下。

"啥？"妈妈大惊失色地坐直了身子。

爸爸坐的转椅嘎嘎作响："你讲清楚一点。"

"这才是真正作孽啦！"门口响起妹妹云涓的嗓音，她刚走进来，恰巧听见云清的话，"大姐，这么说沈若尘插队时，生下了这个私生女？"

"不。他结过婚，大返城回上海时离了。"云清呜咽着说，"本来小姑娘跟着她妈妈。最近小姑娘的妈妈死了，小姑娘找到上海来了。"

"这下子热闹了。"妈妈双手在膝盖上重重地拍了两下。

云涓挨近大姐坐下说："小姑娘在你家了？"

"还没有。"

爸爸叹了口气说："看不出，沈若尘是这么样个人，真是知人知面难知心。多少年了，他从没漏过口风。"

"和云清恋爱时，他还说没谈过恋爱。"妈妈重重地叹息一声。

"想不到，真想不到，沈若尘是个这么样的两面派。"云涓跟着抱怨，"大姐，你准备怎么办呢？"

"我……我心里乱极了。刚听说这件事，一气之下我就跑来了。"

"对。就在这里住下去。"云涓伸臂搂着大姐，"等着他来求饶赔罪，我们再问他，是要你，还是要那个小姑娘？"

云清没接嘴，爸爸妈妈也没表态，房间里静下来。云清陡地意识到，问题的实质就在这里。她该怎么办？她将采取什么措施？嘭咚一声轰响从隔壁李爽家传来，跟着是维维尖厉刺耳的哭叫声："打，你若敢打我就跑出去不回家！"

"你这个骚女人，你就只晓得跳舞、跳舞，连家也不顾。"李爽的咆哮愤怒至极。

"又吵起来了。"妈妈自言自语道，"现在年轻人的小家庭真不太平。"

"云清，碰上了这件事，你是否对沈若尘非常厌恶，一见他就觉得恶心？"哥哥云涛不知什么时候出现在屋里，妻子也倚靠着门框，两人从不同的角度望着她。

云清带些茫然地仰起脸来望着哥哥。她对沈若尘只是气愤，还没讨厌到哥哥说的程度。嫂子补充道："这件事全部取决于你的感情。旁人……包括爸爸妈妈，是很难替你做主的。你如已恨他恨到见不得他的程度，那是一种解决办法。你如只是气得六神无主，考虑到多种因素，还愿意和他过下去，又是一种解决办法。伤心也好，痛苦也好，事情已经客观存在，而且早就发生在沈若尘和你认识之前。你要决定的，就是一个取和舍的问题。"

砰的一下拳头捶击桌子的声音传过来。李爽暴跳如雷地咒骂道："你这个狐狸精，妖怪精！这日子过不下去了。离婚，我跟你离婚！"

"离就离！"维维的嗓音吊得老高，"你怕我离了就嫁不出去？"

"我上次等你一道去法院，你为啥迟迟不来？"

"……"

"不要像这一对，"嫂子待隔壁的吵骂平息一点，接着鄙夷地说，"一吵就闹着离，离又离不掉，让人笑话，经常闹得邻居们睡不着觉。"

"这件事为啥要叫大姐拿主意呢？"云涓对此有异议，"要叫我说，事情全是沈若尘惹出来的，该让他有个态度。我们完全可以逼他一逼，给他下个最后通牒。问他，是要大姐和炀炀，还是要过去同乡下女人生的小姑娘，二者必居其一，不要同他客气！"

"那他如果要小姑娘呢？"云涛问小妹。

云涓不屑地一仰脸说："那还同他客气什么！离婚。大姐这么漂亮，还怕找不到个称心如意的？我的容貌比不上大姐，进了舞场还不断有人献殷勤主动搭讪呢！"

"我开始讲的，也是这意思。"云涛征询地瞅妻子一眼，妻子微一颔首，他接着道，"如果精神上对这现实忍受不了，只有离了，真要离，暂时可以住回家来。我和你嫂子，很快要分到新房子了。但我认为，事情都是多方面的，云清和若尘十多年来一直是和和睦睦的，况且，况且还有……"

云涛欲言又止地瞥了一下炀炀。这孩子，在大人们讲话时，一直瞪大两只眼睛倾听着，目光从这个人的脸上移到那个人的脸上。

"云涓是在瞎三话四！"妈妈表态了，"这种事，哪能像谈判做生意，总要考虑周全一些。"

爸爸把烟蒂捻灭了，说："我赞同你哥哥和嫂子的看法。云清，这事看去很简单，实际很复杂。处理起来，要慎之又慎。现在离婚虽然比较普遍，耳朵里听的也多了，但这桩事情毕竟不应鼓励。夫妻子女，说来没几个人，处起关系来，不比国王与大臣之间轻松。今天，你刚遇到这件事，气昏了头，难免有各种偏激的念头。我看这样吧，先睡觉，消消气，冷静下来再打主意。不管你拿什么主意，采取啥措施，事前跟你妈妈和我讲一下，家里总好有个思想准备嘛。"

一夜失眠，直到天亮前三五牌闹钟敲过凌晨四点了，云清才迷迷糊糊稍睡了片刻。天没亮透，她轻手轻脚摸摸索索地就起床了。她再无睡意，她要赶在若尘上班前回家去，她怕去晚了他已离家。进卫生间漱口洗脸出来，便在楼道上拨了个电话回去，让若尘在家里等着她。昨夜和炀炀挤在钢丝床上睡下之后，由于心烦意乱，由于隔壁李爽和维维的争吵不时传过来，她无法入睡。脑子里盘旋着种种念头，云涓那么轻易地道出"离婚"两字，她给骇住了。她是生若尘的气，是十分恼恨，但她从未起过这一念头。还是云涛说得全面客观一些，她得考虑能不能在感情上承认那个西双版纳小姑娘的存在，其实她就是不承认小姑娘照样存在着，她和若尘的血缘关系任什么人也斩不断。云清必须面对这一现实。再说，再说婚后十来年，她和若尘的的确确还是处得幸福和睦的，岂能随随便便将这一切全置之脑后而不顾？她辗转难寝。都快十二点了，小心翼翼地翻身时，炀炀竟然也跟着她翻身了。她俯脸望去，炀炀的两眼睁得大大的，根本没睡着。她惊讶地凑近儿子耳畔问他怎么了，炀炀陡地张开双手紧紧抱住她，哭泣着低语："我要爸爸，要爸爸。"

云清搂紧了儿子哭了。就连炀炀也离不开爸爸。是啊，那十几岁的西双版纳姑娘都知道要不远千里万里地来找爸爸，炀炀怎能够失去他的父亲，亲生父亲？是在这一瞬间云清打定主意的，为了她和若尘十来年间的同舟共济、相亲相爱，为了她和若尘的儿子炀炀，她必须忍受。她再要强、再受不了也得忍受。忍受也是她的要强。别看炀炀还小，他什么都听懂了。云清产生了一股歉疚自责的心理，她真不该当着炀炀的面，和娘家人讨论这一问题。

炀炀醒来以后，揉着惺忪的双眼，第一句话就问："妈妈，我们今天回家吧？"

"回家，回家。"云清以肯定的口吻回答。

正在泡茶的爸爸说："回去以后，凡事冷静一点，不要像隔壁，吵得让人笑话。"

吃早点时，拿着圆镜、梳子到阳台上梳头回进屋来的云涓讪笑道："你们说好笑吧，隔壁这一对宝货，昨夜还吵得天要坍下来，今天一早，又吊着臂膀，有说有笑地走出弄堂去了。几家阳台的人，都在掩嘴笑。"

云清眨眨眼，也觉得实在难以理解。

从娘家出来，炀炀仍不忘他的电子游戏机，一定要妈妈替他带回家。云清送他到校门口之后，便踅回家来了。

到家了，这是她的家，自己的家。远远看到那幢新公房的四层楼阳台，云清不由得感慨系之。她和若尘筑起这个小窝，可真不容易。回到娘家去，虽然能搭起一个铺，虽然还有她的一席之地，但和炀炀挤睡在狭窄的钢丝床上，毕竟不舒服，毕竟不自在。她能设想带着炀炀重新住回娘家去吗？是啊，她已三十五六岁，朋友同事们都恭维她风韵犹存，俊俏美貌，但她能保证二婚选择的丈夫必定是十全十美吗？哦，还是自己的家好，还是熟悉的沈若尘亲切。

她快走近楼道口了，沈若尘脸上堆满谦恭赔罪的笑，急急地跑下楼梯迎上来。他一定是在楼上窗户后守着，见她远远走来，就飞跑下来迎她。云清的自尊稍稍得到点儿宽慰，但她仍沉着脸，嗔怒地盯着他。

"哎呀，你果真回来了，云清。我……嘿嘿。"沈若尘的神情还有点儿不自然，"我知道你宰相肚里能撑船，会对我宽大处理的。"

云清紧抿着嘴，才没露出那一缕笑纹来，他主动告罪，几乎等于在赔礼了。她在思忖着进屋后怎么开口谈那小女孩的事。她把炀炀的电子游戏机盒递给他，沈若尘接过装盒的塑料马甲袋，吞吞吐吐地道："是这样，云清你上楼，你回家会……会这个，是……"

"什么？"她眉头一蹙。

他垂下了头，像挨训的罪人，嗫嚅着："沈美霞，她在家里。"

"你说什么？"云清提高了嗓音，厉声问道。这么说昨晚她和炀炀一走，他就把女儿去给接来了，他根本不顾她受到的伤害，根本不顾及她的自尊，迫不及待地和女儿亲热起来了。他心目中哪里还有她和炀炀的地位啊！怪不得他慌慌忙忙地从上面赶下来迎她，怪不得他一脸的鬼鬼祟祟。云清陡然收住了脚步，怒不可遏地瞪着丈夫。

沈若尘手足无措地说："她……沈美霞她、她在我父母家，受、受沈艺的气，被沈艺呵斥咒骂，我……我……"

"你就只知她受气，你怎不想想我受的气？"云清嘴里在这么发泄，心头也已软下来了。那个小女孩，真够可怜的。

沈若尘连忙点头说："是的、是的，事先我该给你通个电话，征求你的同意。"

事已至此，云清还能说什么呢？既然小姑娘到了上海，她早晚是要来家里的，她阻挡不住这个来自西双版纳的孩子。忖度着，云清不由往四楼上望了一眼。

沈美霞站在窗户边，隔着玻璃窗，把楼下的一切看得清清楚楚。她只是听不见阿爸和那女的说些什么，看不很分明两人的脸。

吃早饭时，阿爸结结巴巴地说出这女人要回来时，美霞就看出来了，阿爸有点惧怕这个女的。他一直心神不宁地站在窗边，和她说话都没心思，丝毫也不掩饰他的忐忑不安。

她会是个什么样的人呢？美霞本能地对她产生一种畏怯的心理，她还有股隐隐的气恼，是这个女人，把阿爸从阿妈身旁夺了过去，让阿爸忘记阿妈，忘记了她。

在阿爸匆匆说了句"她来了"，然后头也不回地开了门迎下去之后，美霞就站到了阿爸刚才待的窗户边。阿爸为啥要迎下去呢，是有什么话要背着她同那女的说吗？那女的上楼之后会怎么对待她呢？看，说过几句话，他俩上楼来了。来了！

虽然有思想准备，尽可能在外表上显出亲切自然的神情，梅云清一眼看到两间屋子之间站着的这个女孩，还是惊愕得有点发愣。

天啊！这个女孩给她的第一印象就是美，一种来自乡间田野的、天然的、逼人的美。云清的脸本来是紧绷着的，但在看到女孩子毫无修饰的朴素的美丽脸庞时，她脸部的肌肉松弛下来了。她不可能对这么可爱的孩子露出严厉的脸相。

都说漂亮的人对美特别敏感。梅云清这一时刻总算真正体会到了。噢，她早该对此有所准备的，谢家雨的信上不是提到一笔姑娘的美丽吗？自从云清知道这件事后，她一直在本能地抗拒和抑制着这个孩子，她几乎把谢家雨的话忘了。怪不得沈若尘昨晚急不可待地去把她接回家来了，他爱她，一旦见过她他就忘不了自己有个如此美貌的女儿了。怪不得沈若尘当年会在西双版纳结婚，生下这样俏丽姑娘的女人一定也美得惊人。非常美。

什么东西烧灼着梅云清的心？是的，自从十五六岁起个头蹿起来，长成个亭亭玉立的大姑娘，梅云清总是遭到其他姑娘的妒忌。她自己几乎还没真正嫉妒过哪个女人，这当儿她隐约地尝到那种针扎般的刺激滋味了。她尽力在女孩面前保持镇静。她得承认，美霞仅仅是个孩子，而美霞的母亲，那个足以同她竞争的女人，已经离开了人世。

"这是沈美霞。"沈若尘在她身后关上门，走上前来指着女孩介绍，随而又对美霞道，"这是我给你说过的，美霞，你喊阿妈呀。"他的语调中带着催促的意味。

"阿妈。"女孩喊她了。姑娘不仅美丽，连嗓音也十分动听。她的母亲一定能歌善舞。电影电视中不都是这么说的吗？云清心里说，沈若尘事前不叮嘱，她会喊自己吗？

云清朝姑娘点点头，操起上海口音十分浓重的普通话说："你好！美霞，你真像一朵远方飘来的美丽的云霞。坐呀，进屋坐呀，怎么总站着？"说着她以主人的姿态领头走进屋去。

见面的第一关算是过去了。

沈若尘暗中总算吁了口气。云清和美霞之间虽没显出过大的热情和亲昵，却也相安无事地见过了面。谁料想中午炀炀放学回家，险些节外生枝地闹出别扭来。

坐到桌前吃饭时，云清给炀炀介绍："炀炀，这是你美霞姐姐，你喊她来吃饭喽！"

炀炀把身子愤愤地一扭，瞪起一对极不友好的眼睛，朝美霞坐的地方噘起了嘴，不吭一声。

美霞在沈若尘招呼下走近饭桌边来了。云清从桌肚里抽出方凳，拍拍凳面说："来，美霞，你坐这里，和炀炀坐一起。"

美霞刚入座，炀炀朝她狠狠地一挤说："我不同她坐，我要一个人坐。"

美霞被挤得往墙角落缩。沈若尘责备道："炀炀，你怎能这样？"

炀炀毫不示弱地斜了沈若尘一眼，把美霞坐过的方凳拽过来，一屁股坐下来，抗议般说："我要一个人坐。"

云清颇有深意地盯了若尘一眼。沈若尘感觉到了，没对儿子发脾气，他对美霞招手说："你来，坐在我身边。"

美霞低垂着头，走到他跟前，在他和云清之间的桌角的位置坐了下来。炀炀几乎独占了半边桌面。

沈若尘端起碗的时候，对美霞道："他是你弟弟，你要让着他一点。"

美霞吃着白饭，默默地点头。炀炀却在桌子对面做了个鬼脸，表示不满地哼了一声。

云清给美霞夹了一小碟子菜，全是荤的，雪白的鱼肉、鸡翅膀、煎排骨、半只扒开的梭子蟹。炀炀举着筷子大叫："我要吃这碟菜。"

沈若尘严厉地瞪了他一眼，他眼皮闪了闪，只做没看见。

云清给他解释："我再给你夹一碟……"

"我不要！"炀炀哇哇大叫，"我就要这一碟，就要这碟！"

美霞把碟子端到炀炀跟前，说："弟弟，这个给你吃……"

话刚落音，炀炀的胳膊粗暴地一扬，碟子打飞了，失落在地，炀炀轻蔑地吼着："我不要吃你端的菜！"

美霞看着打碎的碟子和散落满地的菜，泪汪汪地像做错了事一般喃喃自语："这下咋个办，这下咋个办？我，我……"泪水从她两边眼角溢了出来。她抬起手，用手背去抹泪。

啪地沈若尘把筷子重重地往桌面上一放，刚要发怒，云清朝炀炀厉声呵斥道："炀炀，你今天是发什么疯？走，有话到隔壁跟妈妈说。"

说完不由他申辩地一挥手，炀炀跟着她往隔壁屋里走去，一副恣意妄为的神情。母子俩一进隔壁房间，门就砰的一声关上了。

美霞嘤嘤地抽泣起来，泪水直流。

沈若尘刚要安慰几句，电话响了。他在美霞的肩头抚慰般轻轻拍了两下，走过去接电话。

电话是妹妹洁尘打来的，她劈头就问："哥，事情我都听说了，月芳和沈艺的所作所为太不像话了，你别往心里去了。我对大哥说了，她母女俩不道歉，我就给她们脸色看。什么东西！如此骄傲。哎，爸爸妈妈都让我问一下，你带美霞回去后，云清态度怎么样？"

沈若尘先瞥了关紧的房门一眼，又用眼角瞅了瞅女儿，声色不露地说："一切都还正常。再说吧，嗯！"

"好！"洁尘听出弦外之音来了，快言快语道，"有了难处，你赶紧给我打电话，我助你一臂之力！"

"谢谢了，洁尘。"

沈若尘放下电话，美霞走过来了，她已抹去了泪水，指指电话机，支支吾吾道："阿爸，给卢晓峰家老爹打个电话吧。"

沈若尘瞅她一眼说："怎么啦？"

"离开他家前，我们几个来的娃崽说定了的，找到自家亲人住下来，我们约齐了去他家玩。"美霞的泪痕没抹净，长长的睫毛扑闪扑闪一眨，睫毛尖上晶晶亮地悬着一颗泪珠。

沈若尘俯下身，亲切地抚着她背脊说："阿爸记住了，一定打电话。你去卢家时，我陪你一起去，好吗？"

180

美霞又眨动着眼睛，睫毛上的那颗泪珠无声地滴落下来。但她的目光中，透出一片欣悦的灵光。

"我们吃饭吧。"沈若尘又说。

父女俩走回饭桌边来。关紧的屋门内，炀炀也平静下来，只听云清在嘀嘀咕咕劝着些什么。

饭后，炀炀背上书包去上学了。美霞在炀炀住的屋子里休息，沈若尘掩上了两扇门，和云清躺在双人床上午睡。昨夜他俩都没睡好。今晨双方起得早，忙碌到这阵儿，已感到阵阵困倦疲乏，想合眼小睡片刻。

舒展四肢躺下来，闭上眼睛却又睡不着。头挨上松软的枕头，脑神经随着心的怦然跳荡而毕剥毕剥骤跳着，似乎比在琐碎家务的忙碌中更为亢奋。

梅云清拿背脊对着他，浑圆的肩胛随着呼吸舒缓地起落，沈若尘仍能感觉到，她并没睡着。他翻了个身，不由得叹了口气。

"我特意给厂里请假留在家里，怕的就是炀炀要闹。"云清似自言自语又像给他听般低语着哀叹道，"谁知要防也防不住。你看他吃饭时的表现，多反常。"

"是啊。"沈若尘还能说什么呢？

"孩子大了，猜得出是怎么个事。"云清接着说，"昨晚我在对爸爸妈妈讲这事的时候，他始终在旁边听着。"

怪不得。沈若尘几乎就要脱口出声了，但他终于没讲出来。他还能为此责备云清不留神吗？

"美霞长得不像你。你看出来了吗？"云清突然换了话题，"像她的妈，是吗？"

"嗯。"沈若尘含含糊糊回答着。他一时还没明白云清话里的意思，只感到她心烦意乱、神思恍惚不安。他试图安慰她，把手轻轻地轻轻地搁到她的肩上，还没摩挲着抚慰一下，她的整个背脊战栗般地陡然一颤，随后缩了缩身躯，往床边沿避去。

她厌恶。

沈若尘没趣地待在那儿，幸好她没转过身来，要不她的脸色一定很难看。恰在这一时刻，他意识到她讲美霞容貌的意思，美霞的美是显而易见的，美霞像她妈，那她妈妈的容貌肯定是出众超群的。云清在忍受的是她心中说不出的烦恼和痛苦。

沈若尘呆痴痴地望着妻子弓起的背脊，真想朝着什么人喊："我怎么办？让我又怎么办呢？"

2

颈项里有些莫名的痒痒，肩膀上有双手在轻柔地抚摸，遂而嘴唇温热温热地被压住了，呼吸显得不舒畅。杨绍荃张大了嘴，感觉到了异性灼热的气息。她醒过来了，双脚收缩了一下，又伸展开去，深深吸了口气，徐徐地吐了出去。嘴里不由得娇嗔般哼了几声。刚才在她肩膀上的异性的手，移到她由于深呼吸而波动的胸脯上来，无所顾忌地伸进了她柔软的白绸睡衣里面，在她乳房上揉着。

她微眯着眼，黎明的曙色里，屈显亮俯身向着她，雪亮灼人的双眼充满情欲地盯着她。她掩饰着自己嘴角几乎就要显露的笑纹，佯装不知地合上眼。心里说，昨晚上他如此放纵尽兴，她也忘乎所以地甩脱了一切羞怯的负担，和他滚扭在一起，直搞到精疲力竭。睡过一觉，他的精神又来了？他怎会变得如此贪婪？

他嘴里呼出的气息不好闻，她把头转过去，避开他急促的喘息。他的手轻抚轻揉却使她感觉惬意和舒适。她带着享受一番的心思放松四肢任凭他抚慰着。反正她今天是不去上班了，上午要去会安永辉，她的儿子，晚起一点没关系。再说，即使起早了，屈显亮也出不去，总得等八点过后，弄堂口马路上人流稀少些，他才能离去。随他吧。

自从程锦泉去了日本，她每天拂晓醒过来，都是孤零零的一个人，很久没有男人伴她在清晨欢悦嬉戏了。

屈显亮的手带着磁电般让她歇息了一夜的躯体感觉舒畅和荡遍全身的刺激。他的嘴也探索般吻着她身体裸露的部分。这小子，他该去漱个口再来吻她的。她的头摇来晃去不让他亲自己的嘴。她毫不掩饰地轻哼轻叹着表示自己感觉到的快意，时而伸出纤指长长的手触碰一下他的身体。他很快亢奋激动得狂热起来，得到了她的鼓励默许，他肆无忌惮地加快了节奏，在他全身浸透欢悦的那一时刻，他疯狂地手舞足蹈起来。杨绍荃从没见过男人如此无拘无束地表示自己的快乐，她也不能示弱，她被他逗起了兴致，放浪地曲起身子去迎合他。她全身感觉到了微微的战栗，非常令人满足的战栗。她也不能沉默了，她呻吟地嘶喊着，伸出四肢去抱住他，勾紧他，贪婪地张大嘴主动去吻他那呼呼喘息的嘴。她也顾不得羞耻和自尊了，她的呼吸粗重急促，她的臀部在床上猛烈扭动，她要把他吞噬，要他留在自己身上。她觉得太阳白晃晃的光芒直刺双眼，她全身都像烧着了，她终于锐声叫起来。她哀叹般吐出一口长气，没用的家伙！他诱引起了她的兴致，却不曾完全地满足她。杨绍荃又闻到了随着他出气而呼出的难闻味儿，她真想踹他几脚……

阿妈来得比他想象的早，阿妈也比他想象的更年轻漂亮。她走进屋来的时候，安永辉在心头疑惑，这是他的阿妈吗？他的目光随着她的体态移动，却忘了喊她。

"你是永辉？"

"嗯。"永辉眼睛不眨地盯着这个一进屋满身飘着香水味儿的女人，他一下子喜欢上了她，她比永辉在曼龙附近街上遇到的那个到西双版纳找儿子的北京知青还要迷人，"你找哪个？"

"我就找你。永辉。"她笑了，她笑起来也很亲切动人，"我是你阿妈。你不是对你阿爸说，想见我吗？"

"是的。"永辉点着头，心怦怦直跳。阿妈终于来了，让他找着了，见着了，她不是他想象中的阿妈，却又似乎更好。"我做梦都想……"

"我知道了。"阿妈截住他的话，"你吃早饭了吗？"

"吃了。阿爸买了餐券，我在下头小食堂吃的。"永辉回答，心里很想问，阿妈，你想我吗？但他没问出口。看样子，阿妈不像很想他，不像那个想儿子都快想疯了的北京知青，那个永辉怎么也忘不了的女人。

"那好，我们先聊聊。"阿妈神态优雅地在阿爸昨晚坐过的沙发上坐下来，她把过膝的呢裙轻轻一撩，遮盖在她穿着长丝袜的腿膝上，"然后我带你出去玩。"

"要得！"阿妈要带他出去玩，他还是高兴。

"永辉，这十多年，安文江、陈笑莲夫妇，你在版纳的阿爸、阿妈，待你好吗？"没想阿妈劈头就问这么个问题。

"好，他们待我好够完！"永辉以肯定的语气道，"阿爸仍在供销社当副主任，见天忙着收购茶叶——普洱茶。又把茶往外头发。阿妈呢，一天到黑忙家务。"

阿妈仰起了脸，若有所思地眯缝起一对漂亮眼睛说："他们一直没……嗯，你一直没得弟弟妹妹？"

"没得。"

"噢。"阿妈拖长声应着，明白了什么似的点点头，"那么，你咋想起到上海来呢？"

"我……我想阿爸阿妈。"安永辉迟迟疑疑地回答。这是实话，但他此刻说出来，不那么坚定响亮了。他见到了自己的亲生父母，但他有着股莫名的失望和委屈情绪。

阿妈好像并没留神他的语气，又简捷地问："你到上海来，阿爸阿妈都晓得吗？"

"他们不晓得。"

"这就不好了。你想想，永辉，他俩辛辛苦苦把你抚养大，你来上海找我们，咋能一声不吭呢？他们发现你不在了，会急的，会四处去找的，甚至、甚至可能还会怀疑我和你吴观潮阿爸的。"

永辉承认她这点说得对，事实上他也醒悟到了。但他奇怪，为啥眼前这个阿妈，讲到这番话时，就像在讲别人的事儿一样呢？她为啥不想想他是多么迫切地巴望见一眼自己的亲生父母呢？他眨起双眼，老实不客气地盯着这个容貌漂亮迷人的阿妈。

"既是这样，我看这样吧。"阿妈的目光和他的眼神一碰，就移到别处去了，"你来都来了，我和你阿爸就陪你尽情地玩一玩、耍一耍，到处看看，你有些啥要求，也可以提出来，我们尽量满足你。玩够了，还是回云南去，免得耽误读书，免得让那里的阿爸阿妈焦急、担忧，你看好吗？"阿妈的眼睛征询地望着他。

永辉全身心地感到了那种失望，他乍一见到阿妈时的欢喜、欣悦全然消失了。仿佛被阿妈劈脸泼了一瓢水，他完全愣住了。他又一次证实了自己的猜测，上海的阿爸阿妈都不想收留他，他们都把他的到来当成麻烦、累赘。是的，他们当年已把他送了人，现在他们仍想把他推向云南的阿爸阿妈。只是因为他憨乎乎地到上海找上了门，他们出于无奈才来见他。要不，他们是一辈子也不会想到找他的。他好憨好傻哟，偶然碰见了一个去西双版纳找儿子的北京女知青，就以为普天下满世界的父母都会像这个女人一样思念自己的骨肉。不，他早不是上海父母的骨肉了。

泪水情不自禁涌了上来，这不但是伤心的泪，伤心中还含着他的怨愤，含着他的气恼。他控制不住泪水，但他控制得住自己的哽咽，他不哭，不能当着这个陌生人一般的阿妈哭。他含泪点头道："要得。"

不是他彻底地失望了，而是他见过了上海的父母，确确实实也想念西双版纳的阿爸阿妈了。

阿妈的脸色开朗起来，两只美丽的眼睛流溢着光彩："这样说定，你阿爸和我都会高兴的，我们也不用为你操心了。"

"那我……能去你住的地方吗？"

"这个……可以的，当然可以去的。"

"那……这个房间要不要退呢？"永辉又问，"吃早饭时我听说，住一晚上，要二十多元哩。"

阿妈的眉头皱起来了。这会儿，永辉看清楚阿妈并不年轻了，她的额颅上一叠皱纹，眼角边的鱼尾纹，也隐约可辨。永辉晓得，阿妈都快四十岁了。

阿妈说："暂时不退吧。这是你阿爸联系的，由他出面和人算账。房租费，我会出一半的。不过，这不妨碍你去我那里住。"

平心而论，除了乍一见面的那场谈话让永辉感觉扫兴和不悦之外，这一天，他是玩得很舒服很兴奋的。

阿妈带他去玩的地方叫老城隍庙，上半天是在豫园里头耍，爬武康石叠起的假山，观湖水中肥胖的大金鱼，一处一处亭台楼阁堂榭，阿妈都带他看了，还指点他欣赏砖砌成的美丽图案，盘根错节的古树，既别致又古朴的建筑特色。步入点春堂时，阿妈给他讲了小刀会起义的历史。最吸引永辉的是环龙桥北空地上突兀地立起的三座石峰。一丈多高的"玉玲珑"，光润如青玉，上头竟有大小通透的洞穴数以千计，秀媚奇特，玲珑剔透。水从上头灌入，每个洞内都流出了涓涓细流。在石头上燃香，个个小孔内都会冒出袅袅的轻烟，随风徐徐飘散，妙极了！

小小的一个豫园，荷池曲径，小桥流水，绿树成荫，假山异石，阿妈领着他边讲解边游玩，竟玩了大半天。

午饭在九曲桥旁的小食店吃的点心，尝了小笼馒头，又吃鸽蛋圆子。阿妈还不厌其烦带他走进第三家店子吃面筋百叶、鸡鸭血汤，永辉吃得肚子都胀了。阿妈还说，这只吃了三家，这有名的点心，有十几家几十道哩。永辉不由惊吓得伸伸舌条，光吃这三家，排队等候都费去了两个多小时，吃遍十几家，不是要在这地方排一天的队吗？

吃够了，阿妈便带着他逛老城隍庙的商场街。那街子上的铺面商店一家挨着一家，啥子都有。永辉喜欢看的是花鸟商店、动物商店、紫砂陶瓷店的茶壶和工艺品。阿妈给他买的却是五香豆、梨膏糖，说这是城隍庙的特产。永辉看中了一对精致小巧的铜铸偃月刀，阿妈没等他开口就替他买下了。

逛出城隍庙，找了家饮食店吃完晚饭，阿妈又领他进了街上的商店，给他从里到外地选购了一大堆衣裳。光是那套运动衫一样的衣裳，就花了五十多元。阿妈每付一次钱，永辉都从旁瞅着。他用心算，玩这一整天，阿妈在他身上花去了两百多元。

到了阿妈家里，他才发现阿妈原来是一个人住着。看到墙上那张阿妈和一个男人拍的涂了颜色的大照片，他晓得是咋个回事了。休息了片刻，阿妈放热水让他洗澡，陪他走进卫生间，告诉他毛巾在哪儿，肥皂在哪儿，如何开关。永辉默然听着，其实昨晚在招待所房间里，他独个儿闲着无聊，都摸索着把这套玩意儿搞熟了。阿妈说，洗完澡，上床休息吧，今天玩得够累了。永辉没听她提照片上的那个男人，他也不问。但他心头暗忖，若是那男人来了，咋个办呢？

玩了一整天，洗个澡冲下凉真舒服。永辉爬出浴缸时，听到屋里有人来了，他估摸着是这照片上的男人。见了这男人他该说啥呢？他咋个喊这男人呢？他有些不安，抹干身子，穿上阿妈今天刚买给他的新崭崭的衣裳，踮起脚小心翼翼走近卫生间门边。

刚才阿妈走出去时，没把门关严，留着一条窄窄的缝。他听到阿妈的声音有些生气，似乎在和那男人争着什么，他听到那男人的嗓门也不甚客气。但他听不懂上海话，不知他俩在讲些啥。总是在讲自己吧。

顷刻工大，两人又都不说话了。永辉凑近门缝望出去，不望则已，一望永辉大吃一惊。阿妈同那男人搂在一起，正在撕咬一般亲嘴！而那男人的脸，正对着浴室的门。永辉瞅得清清楚楚，这男人不是照片上的那个，也不是他爸爸，是张完全陌生的脸。

永辉一屁股坐倒在地上，地上有水，他刚换穿上的裤子都打湿了。

这个讨厌的屈显亮真是胆大妄为，无法无天了。昨晚允许他住了一夜，今晨又由着他性子嬉戏了一番，上午偷偷溜出门去之前，杨绍荃跟他说清了，她想他了，会给他打电话的。没想到这家伙今晚上又没经她同意馋猫一样踅来了，且不说如此频繁的幽会让她厌倦，就是从安全计，也不可取。特别让人震怒的是，她告诉他自己的小姐妹来了，正在浴室里洗澡，他都明明听到了水声，还扑上来放肆地摸她强行吻她。不是她克制着性子，阴沉着脸呵斥他滚，他还死乞白赖地想动歪脑子呢！瞅着他那副脸相，绍荃真想放手抡他几个耳光。

这家伙灰溜溜地退出去，绍荃走去愤愤地关上门，落了锁。

颓然退回到沙发边来，她瘫了一般倒在长沙发上。昨晚和今晨穷凶极恶地贪欲，一整天又陪着儿子玩老城隍庙，她都是强撑着精神。这会儿，她几乎要累垮了。屈显亮这个无耻之徒，平时待他是太随和太客气了点。经过这一回，她得狠狠惩罚他一下，冷他个一两个月时间。

她勉强支起身子，从冰箱里取一罐啤酒，嘭的一声拉开，张嘴对着冒泡的小口子就是一大口。把易拉罐搁在茶几上，一抬头，她惊疑地看到儿子呆若木鸡般站在跟前。

"咋个啦，永辉？"和儿子讲了一整天云南话，她稍稍讲得流利些了。

"阿妈，"儿子的脸上落了层霜，和刚进家门时轻松的样子判若两人，"我，我……我还是去住那招待所吧。"

"为啥？"杨绍荃尖厉地提高了嗓门，眼前迸起一片金星。她脑子里掠过一个念头，刚才屈显亮强行吻她那一幕，让儿子无意间撞见了。她的胸腔里陡地升起一团无名火："为啥要去住招待所？"

"你不是说，"儿子的声音仍是怯怯的，但眼神却明显地对她是鄙视的，"招待所的房间不消退嘛。我想……我还是去那边睡好……"

"不！"杨绍荃声嘶力竭地吼着，她的高跟鞋重重地踩着地板，她受不了儿子鄙夷怯懦却又蔑视她的目光，她悍然不顾地大声嚷嚷道，"我不同意！明天你要去那儿住，你就去！今天你非得住在这儿，住在我这儿！"

她不停地踩脚，她愤怒地舞着双手。当她一眼看清儿子瞪着她的骇然目光时，她又陡地收起了狂挥乱舞的双臂。她的头猛地埋进自己的双掌，双手紧捂着脸，呜呜咽咽地当着儿子的面失声哭了起来。

3

吃过晚饭，俞乐吟见马玉敏坐在梳妆台大镜子前，噘起嘴细心地给她那两片上薄下厚的嘴唇画人工唇线，就认定她夜里又要野出去了。一个小姑娘，竟然不怕人欺负，时常还戴着各式真假难辨的首饰，打扮得珠光宝气去玩，胆子真够大的。

俞乐吟瞥一眼马玉敏撒在梳妆台面上的大把耳饰、首饰、颈饰、头饰、胸饰，暗中摇了摇头，走出房去，步下楼来。马玉敏小小年纪，早懂得一套如何佩戴首饰，如何利用首饰的魅力，如何化妆来掩盖容貌上的缺陷等方法了，她专心于此，还能读得好书吗？

下得楼来，看到儿子盛天华双手插在牛仔裤紧绷绷的兜里，上身套件编织出时髦花样的绒线衫，俞乐吟心里多少得点安慰。看大华这身打扮，不听他说话，谁知他是个来自云南乡下的少年呢？冷不丁瞧着，还是个仪表堂堂的小伙哩。马超俊允许天华住进西班牙别墅楼，虽说是给她丌山了苛刻的不许她干涉他玩弄女人的条件，总算还是让俞乐吟心定下来了。无可奈何之中，俞乐吟暗自忖度着，平时管着马超俊，他照样要偷偷摸摸玩女人，不如撒手不管，由他的性子去玩，只要他不做得太过分、太丢她面子就行了。反正他向她保证过，他仅是玩玩而已，并不当真，更不会和她一刀两断，她乐得少操点心。惟一让她苦恼的是，马超俊肆无忌惮地玩惯了年轻轻的黄花闺女，对她这块到手的肉，连闻一闻的兴致都没有了。要晓得她还不足四十，也有同样的需求和欲望啊。特别是夜来闲着无事，看够了那些让人心惊肉跳的录像，熄了灯躺在床上，她眼前不停地掠过那些画面，神经毕剥毕剥骤跳，脸涨得红通通的，翻来覆去不能入睡，只是恨那苦夜太长。

天华吹起口哨来了，百无聊赖地在客厅里兜起了圈子，时不时地朝楼梯口那儿瞅一眼。俞乐吟用欣赏的目光望着儿子，他才来多久啊，住进这幢楼，竟然优哉游哉地好像天生就是这里的主人。到底还是有钱、有条件好啊！若是还让他闷在娘家那间小平房里，他会这么愉快吗？

马玉敏的高跟皮鞋踩得楼梯橐橐响，扭着动人的身姿下楼来了。小姑娘化妆打扮一番，确实与原先不一样。她朝天华微微笑着一点头，道："走吧。"

俞乐吟看到儿子脸上露出了殷勤的笑容。怎么，他俩约好了，要在这夜间一起出去？俞乐吟愕然地望着他俩并肩走向大门的身影，忍不住大步赶上去，喊着：

"天华，你们要出去？"

"是啊！"天华转脸自然平静地道。

马玉敏一偏脑袋，解释道："继娘，我带天华去逛逛马路。你放心，不会丢失的。走吧。"

两人不待俞乐吟说出话来，相视一笑，一先一后走出门去。

俞乐吟茫然若失地瞅着他俩的背影在门外消失，泥塑木雕般站在原地动也不动。

"看清了哦！"阿婆不知什么时候来到了她身后，凑近她耳畔道，"这两个小鬼头，一认识就像亲兄妹似的，很谈得拢呢！"

俞乐吟没搭理她，发了疯一样往楼梯上冲去。上了二楼，她撞开了阳台门，扑到阳台栏杆上，向四处张望，寻觅刚出门不久的天华和马玉敏。

她看到他们了，昏蒙蒙的路灯光影下，弯弯曲曲的小巷般的马路上，马玉敏正把她的手，挽进儿子的臂弯里。盛天华不习惯地甩脱了，马玉敏又挽了上去。

“这个小骚货！”俞乐吟几乎不相信自己的眼睛一般，揉了揉眼，又定睛望去。不错，走远了即将拐弯的两个，就是他俩。

马玉敏站在电线杆子后面，兴奋得又跺脚又拍手，连声喊着给天华鼓劲儿：“好啊！打得好，打得妙！天华，给我好好教训教训他，看还敢来纠缠我、刁难我！娘皮，也不看看小娘我的身价，欺负到我头上来啦！”她连喊带骂还嫌不过瘾，两个手指伸进嘴里，嘘嘘嘘地连声吹起了刺激人的长哨。

对方来的是三个人，刚交手就被盛天华全打倒在地上，啊哼噢哼地哀叫着。其中为首那个，倚着墙还想爬起来反抗，天华跳上前去就是两脚，踢在对方的膝盖上，那臭流氓惨叫着又倒了下去。

马玉敏从电线杆阴影里冲了过去，对准那家伙的肩膀，踢了两脚道：“还敢在我放学路上拦截吗？还敢邀我陪你们看电影吗？还敢伸手敲我竹杠吗？还敢摸你娘我的下巴和胸脯吗？说呀说呀说呀！平时的威风都到哪儿去了？”

马玉敏疯狂地对着倒地的三个家伙背脊上一阵乱踢乱踹，天华在一旁配合她动作，但每一脚都是有力而又凶狠。直到这三个家伙哭哭啼啼告了饶，并指天赌咒说再不敢欺辱马玉敏了，马玉敏才让天华饶了他们，让他们摸着腰、抚着膝盖一跛一歪地走了。

“我们也走吧！”总算泄了恨报了仇的马玉敏，仰起泛着红光的脸庞，亲昵地挽起天华的臂膀，眼睛里闪烁着近乎崇拜的光芒，“天华，你真勇敢，是条真正的英雄好汉。”

盛天华仅是淡淡地一笑，显出副若无其事的模样。

马玉敏就欣赏他这副神态。三个臭流氓经常凌辱她，近来已发展到要她掏钱，陪他们去看通宵电影的嚣张程度。她去找自己交上的高中部男友求救，哪知这小子平时趾高气扬、滔滔不绝、夸夸其谈地吹嘘个没完没了，到了关键时刻，却是脚底板上抹油，溜得找都找不到，害得马玉敏万般无奈，只得硬着头皮陪三个家伙看电影。这哪是看电影啊，简直是活受罪！三个浑蛋轮流硬捺着她接吻，摸她的胸部，要不是巡夜的查票员打着电筒走过来，她借机尖声大叫着逃脱了，那个晚上她的嘴唇都要让三条狗咬烂。忍受他们的欺凌一两个钟头，她的乳房都胀鼓鼓地疼了好几天呢。这下好了，天华给她出了气，消了恨，她再也不用提心吊胆过日子了。迟疑着结结巴巴地把这事儿用普通话对天华说的时候，马玉敏直瞅天华的脸色和眼神，生怕他没这个胆量，生怕他婉言谢绝，生怕他去给俞乐吟讲。没想到天华就如答应陪她去逛一趟百货公司样轻飘飘地答应了下来。直到今晚出门到了街上，马玉敏仍有些怀疑，天华这副不显山不露水的"温吞水"模样，能打架吗？哪晓得到了三个流氓约她见面的地方，精彩场面出现了，平时凶神恶煞的三条狼狗，遇上了天华，全成了癞皮狗。哈哈！

马玉敏真想放声大笑。天华还是啥事没发生过一样慢吞吞懒散地走着。

"天华，我真不晓得怎么感激你。"马玉敏向天华胸前倾过身去，两眼火辣辣地盯住他的胸，"明天上午，我请你喝早茶去。你喝过早茶吗？"

"没得。"他如实答道。

"那就更该去了。"马玉敏摇着他的臂膀道。就连天华答话时这副土相，马玉敏都喜欢。

音乐在轻柔地奏响，灯光在悠然地不易觉察地变幻，华丽的装饰使得茶室大厅的气氛令人心旷神怡。

盛天华的目光由焕然一新的天棚，移到铺着大花地毯的厅堂，又由软垫沙发的座位，转到围桌而坐的千姿百态的茶客脸上。服务员推着银光锃亮的小车供人们选择点心，娓娓谈心的茶客们一边品茗，一边尝着各类点心。说实在话，盛天华这辈子还是头一回走进如此有趣的地方来。

马玉敏昨晚上随口说一句喝早茶，盛天华并没当回事儿。喝茶算个什么大事呢！西双版纳的普洱茶算得闻名于天下了，各种香型都有，阿爸说，其实也不过如此。上海都是柏油马路，能有多好的茶呢？当马玉敏一清早涂脂抹粉擦得香喷喷地跑进他屋里时，他还蜷在被窝里睡觉呢，早把喝茶的事儿忘了。不是马玉敏的香水刺激得他醒过来，她又双手拽着他钻出被窝，他真不想来呢。

到这地方坐下来一看，他才觉察来得不冤枉。

"傻呵呵地尽看个啥呀，快吃吧。一边吃我一边给你介绍。"马玉敏满面春风地说。看她的举止神态，她是这儿的常客。她拍了拍天华的手背，要他收回神来。

天华转回脸来，呵，眨个眼的工夫，桌面上摆满了小盘盘小碟碟，里面全是一口就能吞下一个的小点心，好像娃儿闹着玩似的，做得真好看。天华夹了一个尝尝，嗨，虽没有酸味辣味，却是满嘴香，蜜甜蜜甜的。

"你慢慢尝，喝点茶助消化。这些点心一样一个味儿，都挺好吃的。"马玉敏俨然是位小主人似的，坐得端端正正，文文静静，秀气地一边吃着，一边给他介绍，"瞧，那几个穿得花枝招展的老太婆，看见了吗？对，那是来旅游的港澳客人，近来也有台湾来的了。她们老了，怕给男人扔掉，比年轻姑娘还讲究化妆打扮。听说外国都这样，女人越老穿得越花哨。她们旁边那张桌子上，几个不怎么吃东西的人，看清了吗？那都是和我爹一样的个体户，几乎天天都来泡的。他们喝早茶只是形式，交换点信息，谈生意经倒是真的。噢，还有那一整排四张桌子，桌面上热热闹闹嘻嘻哈哈的。看到了？对，这全是吃公家的，就是拿公款请客的。不信你等一会儿走过去看，他们桌子上的点心可丰盛了，只要这店里有的，全端上来了，反正是公费嘛！不吃白不吃。看到我们对面火车厢座里的一对男女和一个小姑娘了吗？这是小家庭出来换换口味的，一年中恐怕也只到这种地方来个两三回。他们可怜，靠工资过日子，一年到头在家的早饭就是大饼油条、馒头包子、光面条，最多的是泡饭酱菜……"

盛天华佩服马玉敏了，别看她年龄比他都小一点，但她走进这地方坐下来，却像个相面算命的，光是瞅人家两眼，就能讲出人家的身份、地位甚至家里的情形，真是神奇极了。

马玉敏肯定从他目光里发现了他的惊异，扬扬得意地一笑，啜了口茶，兴致勃勃地继续说："喏，那边角落里，穿一身笔挺西装、悠闲自在地叼着烟的那个男人，看到了？他是做生意的，对，坐在那里就是做生意。不是来洽谈生意，洽谈生意是有对象的。傻瓜，嘻嘻，他茶壶旁边竖着放一包'箭牌'香烟，外国烟，烟盒边上有只烫金的打火机，那就暗示他是贩外烟的。"

"这么公开啊！"盛天华惊叹道，"比我们街子上做黄黑生意的还凶。"

马玉敏淡淡一笑说："你抓不住把柄啊！你做早茶生意，还能管人家客人在桌子上怎么放烟放打火机？这就叫'外行看热闹，内行看门道'了。呵，还有那张桌子，声音特别吵的那张，男男女女都有。他们是一帮搓了一晚上麻将，赢了大钱的一方做东请客的。在这种地方，天华我告诉你，三教九流、乱七八糟的什么人都有，轧姘头的，偷东西的，甚至还有犯了罪的……这就是上海社会嘛……"

马玉敏还在喋喋不休地给天华介绍着。天华斟茶的当儿，已经发现了他感兴趣的对象。在他们斜对面的火车厢雅座里，一对比他和马玉敏年岁大不了许多的男女，正缩在一起，趁人不注意雀儿啄食般接吻呢！

"你看啊看啊。"天华轻声急促地招呼马玉敏，手指往那里点去，眉飞色舞地要马玉敏快望。

马玉敏不露声色地斜了一眼，顺势坐到天华身旁，抓住他指指戳戳的手，低声嗔怒地劝阻道："说话管说话，千万别指手画脚、点点戳戳。上海人都不管闲事，你只当没看见就行了。"

"可他们……"盛天华的眼睛仍死死盯住斜对面，还想申辩。他真的没见过，当人暴众地男女搂着接吻。他觉得新奇而刺激。

马玉敏的手一扳他的脑壳，连声说："快把头转过来，我的傻瓜。两只眼睛尽盯着人看，也是不礼貌的。"

4

"埃及白脸"问话的语气完全是关切是善意的，梁曼诚的脸还是阴沉下来了，弄得"埃及白脸"也十分尴尬。其实梁曼诚并不是要给"埃及白脸"脸色看，他心中对"埃及白脸"多少有些感激之情。近几天里，梁曼诚格外留心电影院同事们对他的眼神和态度，没有人向他旁敲侧击地打听什么，没有人话里有话戳他心境，没有人趁他不留神时从旁偷觑，总之看种种迹象没有人知道思凡从西双版纳来找他了。这证实了知情的"埃及白脸"是上路的讲朋友义气的。"埃及白脸"若是把思凡来找他的事儿在同事之间传开来，他也无法去责备人家，他只能忍受同事们的揶揄、讥诮、嘲弄或是表示同情的询问，那他梁曼诚在单位上的人平日子，就算结束了。

说实话，这些天他一到家神经就处于高度紧张状态，特别是杉杉、思凡、云云三个人一起在家的时候，他得注意他们的眼神，倾听他们说的话，留神他们的举止，随时准备扮演一位调停人的角色，把一切可能产生的矛盾消灭在萌芽状态中，把一切他能做能办的事情揽过来，绝不让三个人中的任何一位受委屈。他太累了，一到电影院来上班，就仿佛是来休息的。该干什么干什么，他不需要担惊受怕，不需要眼观六路、耳听八方地惟恐出事。若是电影院同事之间，也把他的事儿传得沸沸扬扬，那他还有眼下这份清静吗？

像是表示自己的歉意，梁曼诚扔了支烟给"埃及白脸"，还主动掏出打火机，给"埃及白脸"把烟点着了。打火机和香烟都是他新买的，不知不觉地，他在这些天里烟抽多了。只要坐定下来，就会情不自禁地把手伸进衣兜摸烟，一口一口地抽，真把烟都咽进了肚子里再吐出来，如同在插队落户岁月里苦闷时一个样。

"看你脸色，我就知道，""埃及白脸"抽了口烟，随而手指夹在烟中间，细看烟的牌子，一字一顿地说，"你的日子过得不顺心。"

岂止是他的日子过得不顺心啊！杉杉、云云的日子同样过得不顺心。特别令梁曼诚伤心的是，他们仨的不顺心丝毫不曾换来梁思凡的一点愉快和欢悦，远道而来的儿子，整天度日如年的愁眉苦脸相，瞅他模样儿真比关禁闭坐牢还痛苦。

梁曼诚深深地叹了口气，吸进去的烟随之喷了出来，说："唉，别提了！这都是我当年作下的孽啊！"

温柔清凉的月色，给曼雀寨外的江河罩了一层神秘的袅袅娜娜的薄纱，椰林、菩提树、花丛、竹楼以及弯弯的凤尾竹，都在这宛如梦境般朦胧的夜色里显出多情的娇态。篱笆外婆娑的树影里，有傣家姑娘悠悠的歌声传来：

> 花朵盛开要人采，
> 姑娘长大要人爱。
> 凤尾竹下河西岸，
> 阿哥为何还不来？

梁曼诚晓得这清朗美丽的月夜，一定又是傣家青年男女"约搔"的好时光，心也随着隐约可辨的歌声和笛声作怪般不安分起来。他早不是初来插队落户时对民族风情充满好奇的知青了，几年间他看够了曼雀团转青年男女们各类"约骚"的方式和场合，他甚至还能哼哼地唱几句傣家小伙串姑娘的情歌哩。可自从那个雨季里的清晨隐在凤凰花树身后醉了般吻过罗秀竹之后，他听不得铓锣和象脚鼓的咚哐声，听不得小伙子们弹奏的琴和悠扬的笛声。罗秀竹的倩影时常在他眼前晃来掠去，头一次亲吻她的那股甜美陶醉的感觉，强烈地诱惑着他、吸引着他，使得他坐也不是，站也不是。他晓得自己已被情思缠绕，他的头脑里怎么也抹不去罗秀竹的形象。可他又深知，他是个知青，他做梦都在想着上调，想着回归，而秀竹是个傣家女，她的根在西双版纳，她不会离开这里。他若和她好上了，就得准备一辈子生活在这里。那是他不情愿的。但他又确确实实地想着见罗秀竹，想与她相偎相依，想再次和她像上回那样甜甜蜜蜜地亲吻。他在多少次夜深人静的时分，怀着深情、怀着温馨回味品咂着初吻的滋味。哦，他的心如同在油锅里受着煎熬，他真不知自己该咋个办了。

竹笛、琴音、歌声里，传来嗡嗡嗡的纺车声和姑娘们的嬉笑声。看来，晒坝上又燃起了篝火，期待着小伙子们到来的姑娘们带上纺车、小凳，在那里会齐了。秀竹姑娘会不会去呢？她身边的小板凳上，会坐着一位什么样的傣家小伙呢？

梁曼诚在竹楼上再也坐不住了。他走到阳台上，朝晒坝那面望去。哟！篝火的火焰离得这么远还看得清清楚楚呢。不晓得哪个包头帕、披花毡的小伙子坐在罗秀竹的身旁！她的纺车若是一如既往地嗡嗡嗡响下去，大胆的小伙子就能挨近她，把大而宽敞的花毡抖开，披到秀竹的身上去……梁曼诚闭上了眼，不敢往深处去想。他的双脚早移到楼梯旁，往竹楼下走去。打开竹笆门时，他仍在自我宽慰地忖度，我不是去找秀竹，我只是去看个热闹、消磨消磨光阴，反正待在竹楼上也睡不着嘛。

晒坝上热闹极了。不甘寂寞的小伙子伴随着动人的赞哈调，翩翩起舞，不时地朝着纺棉线或是羞怯地在一旁观望的姑娘们飞着媚眼，努嘴示意。篝火红亮的火焰里，梁曼诚一眼看到体态颀长、苗条窈窕的罗秀竹正在轻松自如地纺着棉线。她的身旁小板凳上，坐着一位傣家小伙，正堆满笑容对她献殷勤，讨好地说着什么。不错，小伙子扎着崭新的头帕，披着宽大的花毡，纯粹是向罗秀竹倾吐爱慕之情。

歌声琴声说笑声，梁曼诚全然听不到了。火光笑脸和人群，梁曼诚全都看不见了。他的两眼目不转睛地盯着垂脸纺线的罗秀竹，她是听了小伙子热烈的情话害羞哩。纺车在转，棉纱变成线，她是在默许小伙的倾慕呢。梁曼诚的血直往脑壳上涌，随着夜渐渐地深沉，随着狂舞酣歌的热潮慢慢平息，随着篝火的光焰逐渐燃尽，小伙子只消把花毡往罗秀竹背脊上披去，罗秀竹就算接受了小伙子的追求。不，他不能让这事儿发生，他爱秀竹，他忘不了那天清晨的吻。

梁曼诚从晒坝边上绕了过去，他来到离开罗秀竹很近的地方，隐身在一株菠萝蜜树的阴影里。他晓得，此时此刻他不能莽撞地闯过去，他的命运完全掌握在罗秀竹手中。如果罗秀竹喜欢这个小伙子，或是接受小伙子向她的表白，他是无权去干涉的。借着篝火忽闪忽闪的光焰，梁曼诚一眼看清了，这小伙圆脸、圆鼻、厚唇、微微下凹的大眼睛，眨动时双眼皮看得清清楚楚。

是个傣家英俊小伙子。

梁曼诚觉得自己的心在急遽地沉落。他感到正在失去什么最珍贵的东西。

陡地，他像听到福音般仰起了脸，罗秀竹的纺车发出一连串劈劈啪啪的噪音，一点儿合不上晒坝上琴声笛声的节奏。那扎头帕、披毛毡的小伙子惶恐地双手扶住小板凳。

梁曼诚笑了，纺车故意发出不合节奏的噪音，表明秀竹不喜欢追求她的小伙子，她在请他快走开。

果然，小伙子狼狈地咕噜了一句什么，知趣地离座而去。

笑声歌声如潮般灌进梁曼诚的耳管。陡地他看到罗秀竹在向一个姑娘招手示意，那姑娘利索地走过去，接过了罗秀竹手里的纺车。罗秀竹似不经意地朝梁曼诚这边望了一眼，离座走出了喧嚣热闹的晒坝。梁曼诚不知她看见了自己没得，悄没声息地尾随而去，心头又敲起了不安的小鼓。会不会是她已同那小伙子约好，故意把纺车一阵乱摇，让小伙子先离开，然后她再去同小伙子幽会？

罗秀竹是往幽会的蕉园方向去的，瞧，她的步态轻盈利索，心头还有点急呢。

梁曼诚决心要看个究竟，尾随着跟了过去。晒坝上的声浪被他抛置在脑后，而蕉园深处，在南疆月夜的轻风拂动下，显得分外幽静柔美。梁曼诚注视着罗秀竹的背影，不时环顾着左右，看是否能发现那个小伙子。只顾着东张西望，他脚底下让啥东西绊了一下，连人带脑壳一起撞在一棵蕉树上，发出哗啦哗啦的声响。他正陷入惊慌失措之中，前头罗秀竹的歌声轻柔地传了过来：

> 你看天上那朵云，
> 又像落雨又像晴；
> 你看身后那个哥，
> 又想恋妹又怕人。

这……这是在催促那位小伙子，还是……还是故意讥诮他呢？梁曼诚茫然，侧耳听听，并没小伙子回答罗秀竹的歌声。这么说秀竹是在唱歌逗他呢。他壮壮胆，清一清嗓子，也压低嗓音唱了四句：

> 走路不知路远近，
> 过河不知水浅深；
> 和妹相逢难开口，
> 交妹不知妹的心。

在曼雀住的，再不会唱歌的人，都能哼出几句。梁曼诚只会唱这么一个调。

唱完了，前头早没了秀竹的身影。这姑娘，她跑哪儿去了呢？

冷不防，罗秀竹的声音在他身后响了起来："哼！你还不知我的心事吗？"

梁曼诚猛地一个转身，罗秀竹嗔怒地站在他跟前，亭亭玉立，月亮的清辉透过阔长的蕉叶，倾泻在她的身前身后。梁曼诚又一次感觉到，眼前的秀竹，活脱像个仙女。他张口结舌地瞪着她，木呆呆地讲不出一句话来。

"说话呀！"秀竹不饶人地催促着，"你不晓得我的心事，那天清晨为啥啃我？"

"啃你？"

扑哧一声，秀竹忍不住笑了，双手掩着脸，扭了扭身子："你忘了？"

"咋个忘得了！"

"那……那你为啥不来我家竹楼？"

"我……我……"梁曼诚吞吞吐吐，不晓得咋个表白自己的心迹，"我不会唱歌，我只有说，说……"

"说呀！"

"秀竹，你是一朵金子银子比不上的莲花，我……我真想变作一只蜜蜂，在你的花瓣上采蜜。但、但我怕……有顾虑……我不晓得有没有别的蜜蜂飞来先……先……采了。"

"你呀！"罗秀竹的脸在月色里荡开了甜蜜的微笑，她伸手一点梁曼诚，"曼诚龙宰，你听着。"她稍一顿，又唱起来：

> 我不是啥金子银子比不上的莲花，
> 我只是路边山脚的一株小草。
> 硬要说我是朵花，
> 那只是含苞欲放的花，

200

从来没一只蜜蜂来赏脸。

……

"不、不不！"梁曼诚急促地打断了她的歌声，连连摆手道，"你唱歪了。曼雀团转，追你的小伙子怕要排队呢！"

罗秀竹一歪脑壳，嘴角努了努说："你看见了？"

"刚才还见着一个！"

"你不高兴了？"

"不高兴。"

"那你为啥不抢先？"

"我……呃……"

"曼诚龙宰，"罗秀竹走近他身前，咕哝一般道，"你道个实情呀。"

说着，她朝他仰起了脸，噘起了嘴，眼睑垂落下来，身子摇摇欲坠地似要跌倒。梁曼诚双臂一展，把她紧紧地搂在怀里，俯下脸去，寻找着她的脸颊，寻找着那两瓣他梦里都在回味的嘴唇。他嗅到了那袭人的香气，他闻着了象征傣家姑娘纯洁美好的素馨花儿那熟悉的气息，醉人的气息。他眼前幻化出片片皎雪般的素馨花儿，他仿佛看到花瓣在伸展，在恣情地盛开。

蕉园深处，传来一阵低柔、亲切、优美的歌声：

> 月亮出来亮堂堂，
> 对直照进妹的房；
> 妹的房中样样有，
> 多个枕头少个郎。

梁曼诚惟恐怕人撞见似的，朝蕉树的阴影里挪动着脚步。罗秀竹的身子轻轻移动了一下，更熨帖更紧地偎依在他的怀抱里，嘴里梦呓般轻轻哼了一声，又素雅又娇美。她凑近了他的耳畔说："这下，你该去我家竹楼耍了吧？"

"去，要去，一定去！"他丝毫没一点犹豫地回答。

罗秀竹笑了。梁曼诚感觉到她的整个身子都笑得在他的怀抱里颤动。

住在阿爸叫做亭子间的屋头，梁思凡怕黑夜怕晚上的到来。他觉得日子别扭得让人透不过气来。白天稍好受一些，阿爸、云云、云云的阿妈都不在家。他一个人，虽嫌房子小，转不开，但终究是一个人啊，他可以自由自在地待着，想坐就坐，想躺就躺，想喝水就自己倒。到了晚上，一家人回到亭子间里，那就是坐着不动也感到憋闷。阿爸和杉杉阿妈要做事，云云要做作业，做完作业要看电视。好不容易把所有琐碎的事儿都干完，临上床睡觉之前，阿爸总是喊他：

"思凡，我们一道上厕所去。"

梁思凡最怕的就是睡觉。亭子间，门一关，气闷得很。睡觉前总要敞开窗户，透透空气。随而窗门上留一条透气的缝，弄堂里一切声音都从这条透气的缝里灌进梁思凡的耳朵，脚步声、自行车轮声和铃声、说话声、吵架声、打骂声，甚至半夜三更跑出后门贴着墙屙尿的声，还有弄堂里特有的各式各样的气味，香的、臭的、恶浊的、腐败的、酸酸的、芬芳的、焦脆的、怪诞的……有几次，梁思凡嗅到从来不曾闻到过的味儿，恶心得直想呕吐。他多想一躺上阿爸特意为给他睡觉搭的钢丝床，就能睡着啊，可他睡不着，蒙起被子想做个梦也不成。一会儿，云云坐起身子要喝牛奶，阿爸就得离床为她调奶粉，放糖，冲牛奶，腿不是碰着板凳，就是撞着桌腿；一会儿，云云又要屙尿了，起床来坐上痰盂，屙完了连盖子也不盖，还得阿爸起床给她盖好；好不容易云云睡着了，熄了灯，阿爸和杉杉阿妈悄悄说起了话，一会儿讲服装厂，一会儿讲电影院，有时也讲商店来了便宜布料，讲物价……梁思凡若是听不懂上海话也罢了，他偏偏能听懂。而且，阿爸和杉杉阿妈说话，他特别敏感，一字一句都不想漏掉。他真想晓得他们是如何讲自己的。连续几天来，他连一次都没听到过。他相信，他们不会不谈到他，假如他总是听不到，那说明他们是背着他在讲。

今晚的情形要好一些，电视没放完，天就落雨了。风卷雨直扑玻璃窗，临睡之前把窗户关严了。弄堂里七七八八的声音听不见，气味也闻不着，惟有淅淅沥沥的雨声依稀可辨。云云睡得比往天早，一躺下就睡熟了。梁思凡庆幸着，今晚可以睡个好觉了。他暗自忖度，也许日子长一些，慢慢习惯了，他总可以睡上像在曼雀一样的好觉。

心安定下来，入睡也快。没多少工夫，他合上了眼，觉得自己好困啊。迷迷糊糊之中，他听到了啥子声音，起先他以为自己是在梦中，让梦接着做下去，但他清晰地听到了杉杉阿妈轻柔的说话声：

"慢一点。云云夹在当中，我把她移到里边去。"

云云移到里边去了，梁思凡从声音上听得出来。

亭子间里复又归于平静。雨好像还在下，听不很分明，是下大了还是小了？梁思凡又合上了眼。

他又听到了声音，还是杉杉阿妈在说话："思凡睡着了吗？我真怕。"

她怕啥子呢？思凡心里说，是背后说我坏话怕我听见？他蜷紧了身子，一动也不敢动地倾听着。

"睡着了。小孩子，头碰着床就能睡着。"这是阿爸在说话。

思凡想，这下杉杉阿妈该讲出心里话了吧！但他敛声屏息地听了半天，也没听到一句说话声。他心想这是他们随口说两句，大约翻了个身又睡着了。

他无声地打了个呵欠，也想睡了。他太困了。刚合眼，他听到声音了，不是说话声，是大床的吱嘎声，像被啥东西撞着了。思凡睁大了眼，想听明白是啥声音，他听到了杉杉阿妈的哼哼声，似是在梦中哼，细听又不像，倒像是粗重的喘息，是低低的呻吟，是急促慌乱，既带着渴求又带着迫切的呢喃，是欲望的呼号……仿佛眼前扯过一道炫目的火闪，思凡陡然明白杉杉阿妈和阿爸在干啥了。他悄悄地伸手扯住了被沿，用被子紧紧地捂住了自己的耳朵，但大床的吱嘎吱嘎声仍隐约可闻。

梁思凡感到一阵窒息，一阵恶心，比闻到了最难闻的恶浊怪诞气息还难受。他眼前晃过一把雪亮的利剑，剑刃无情地挑起了厚实沉重的帷幕，他不但觉得听到的声息熟悉，他还看到过这是咋个回事。就是闭紧了眼睛他都记得那一幕，这辈子都难以忘怀的一幕。没让他撞见这一幕，他可能就不会千里迢迢地来寻找亲生的阿爸了。噢、噢……那是阿妈罗秀竹和生意客滕庭栋，他们躲在竹楼上干这种事儿。可那时思凡不懂事啊，那时候他才只十二岁啊。他只感到滕庭栋这龟儿子在欺负阿妈，他趴在阿妈身上，张手舞脚。阿妈的四肢在抽动，在哀怜地哼吟，张嘴咬人般去咬滕庭栋，手还在滕庭栋肩膀上捶击。梁思凡急昏了头，他早仇视这个汉族的生意客了，曼雀的人，说起他时没一句好话。阿妈跟他好，只因为他钱多，时常可以帮助接济他们家。梁思凡不稀罕他的钱，他早想赶这生意客走了。心急慌乱之中，他操起了一个粗实的竹筒，飞步跃过去，朝着滕庭栋一拱一拱的脑壳，就是狠狠地一击。滕庭栋哀叫一声，脑壳歪了歪，倒在阿妈身上。阿妈尖声凄厉地叫了起来。这当儿梁思凡才陡然意识到自己闯了大祸，他扔下竹筒反身就逃。从那以后滕庭栋没给他一个好脸色，不管在什么时候，只要滕庭栋一眼瞥见了他，脸马上板起来，仿佛思凡欠了他什么账似的。而阿妈呢，和他之间的关系也明显地疏远了。只要思凡仰起脸抬起头来看阿妈，阿妈总是惶惶地把目光移开，脸上是一副悒然不乐、忧郁寡欢的神情。思凡晓得阿妈的心巴到滕庭栋这男人的身上去了，他在阿妈心目中再不是最亲最宝贝的人了。他开始思念远在上海的亲生父亲，开始萌生了非要见一见亲生阿爸的欲望。他哪里晓得，上海阿爸这里，同样让他失望，他感觉到憋闷和痛苦呢！人活着干啥呀？梁思凡想不明白这一问题，他只有蒙紧了被子，拼命闭紧眼睛，不去想，更不去听……

亭子间太小了，他不愿听的各种声音照样往耳朵里钻。杉杉阿妈起床了，她起床还有个习惯，非要打开床头那盏柠檬色的小灯，随而揭开痰盂，坐在痰盂上屙尿，尿声长长的。头一晚，思凡听到揭痰盂的响声，猛然间睁开眼，一眼看到杉杉阿妈露出雪白的屁股，吓得他赶紧闭上眼，心怦怦跳了半天。自那以后，听到杉杉阿妈起床开小灯，他的眼睛总是闭得紧紧的，直把脑壳往被窝里缩。

今晚他不敢动，生怕让她觉察他还没睡着。杉杉阿妈退回到床上去了，小灯熄了，她在对阿爸讲话："哎，几天了，你问他没有，他要在上海住多久？"

思凡的神经一下子紧张起来，他当然明白，杉杉阿妈说的这个"他"，就是指自己，他用手指捅开一点捂紧的被沿，听阿爸咋个回答。

"现在不要讲，"阿爸的声音压得特别低，显得很神秘，"思凡听得懂上海话。"

"可他这会儿睡熟了呀。"

"万一呢……"

"我只要你答一句，问他没有？"

"还……嗯，还没有……"

"为什么不同他说？"

"唉……"

阿爸的这声叹息，听来特别可怜。杉杉阿妈没再逼问阿爸，阿爸更没吭气。不晓得他们是惟恐他醒着呢，还是在互相生气。但是就从这简短的几句对话中，思凡也听出来了，杉杉阿妈不愿他住在家里，她想赶他走，让他离开亲生阿爸回西双版纳去。而阿爸……阿爸他不知是个啥心思，反正阿爸没问过自己，思凡这点是清楚的。从阿爸的那声深重哀怜的叹息中，思凡听出来了，阿爸十分为难。他该咋个办呢？亲生的阿爸和杉杉阿妈家里小，人家嫌他碍眼，讨厌他；而亲生的阿妈和滕庭栋，又不喜欢他。

梁思凡想到这里，直想哭一场。他再也睡不着了。门窗关得严严的，他觉得气闷、觉得胸口堵得难受。你们不是嫌我碍事，嫌我在屋头不便讲话吗，我让你们讲，尽情地讲，讲个够。

梁思凡赌着气从床上爬起来了，他轻轻地趿上鞋，随手逮到一件衣裳披在身上，摸摸索索踅到门边，打开门，走出去又掩上门，在楼梯上走下两步，遂而颓然地一屁股坐在楼梯上，脑壳埋进膝盖之间，无声地啜泣起来。

梁思凡一出房门，杉杉就受惊地坐了起来，失声在梁曼诚耳畔道："他出去了吧！"

"是啊！"梁曼诚答话的语气闷闷的。

"会出事儿吗？"

"不会吧。大约是下楼小便去。我关照他的，临睡之前尽量把大小便解干净，半夜起来小便，可以下楼走出后门，就解在墙角阴沟里。"

"外头在落雨啊。"

"一小会儿，没关系的。"

"曼诚，我、我……真怕，刚才，我们……他都听见了……"杉杉说话的声气像要哭，"这日子，让人怎么过啊？"

话音刚落，楼梯上惊天动地一阵响，什么东西滚落下去了，梁思凡的惨叫声刺耳地传进屋来。楼上浦东阿婆儿子嗓门惊慌失措地嚷嚷着："哎呀呀，夜半三更，黑咕隆咚的，楼梯上怎么坐了个人啊？我看都没看见……"

梁曼诚和杉杉手忙脚乱地往身上穿着衣服，杉杉的嗓音全变了："快，曼诚，快啊！我真怕这孩子出事，快点去看看。"

睡梦中的云云被惊醒了，也像凑热闹一般哇啦哇啦放声大哭起来。

楼上楼下全被惊动了……

5

卢品山笑容可掬地招呼几位孩子的家长："来来来，我们几位家长，来客堂间去坐一坐。只因我答应了孙子晓峰的要求，让他们几个小囡关起门来讲悄悄话。都在电话上通过话，有过神交，不必客气。请吧，请吧。"

"卢老伯，正琪呢？"陪同美霞来的沈若尘，环顾着同来的几位家长，边步入客堂间边询问，"怎不见他露面？"

"我敢于邀你们来，就不想瞒你们。来，坐坐坐，随便坐。茶都泡好了，自己端。"卢品山请众人在沙发上、椅子上坐定，自己腰脊笔挺地坐在床沿上，坦率地皱紧眉头说，"唉，说来不怕难为情，我那不争气的儿子，当初没有同云南的老婆办离婚手续。回到上海重新搭上一个女人，被女人一状告下，判了三年。这几天，我正头痛要不要带晓峰去探监呢！看这小囡整天茶饭不思、愁眉不展的样子，我也心痛啊！他提出要会会同来的小伙伴们，我当然只能满足他，给你们打电话，约你们来聚聚。想想这办法也好，我们都认识认识，以后碰到啥麻烦事，好有个商量。"

"是啊，看来家家都有本难念的经。"杨绍荃接过卢老伯的话说，"我和永辉十多年不在一起了，说得难听点，在马路上对面碰见，都不一定认识。他忽然找了来，我除了心烦之外，没其他感情。当年我们把他送了人，离婚之后回到上海双双又有了新的家庭、新的生活，多出他一个人来，你们说说怎么办？好在永辉心灵，轧出点苗头来了，想玩一玩就回云南去。我当然只有好吃、好喝、好玩地敬他喽。哎，说来也怪，和我一起住了几天，我倒又莫名其妙喜欢起他来了。"

"这叫啥莫名其妙，完全正常嘛！"卢老伯笑了，"他是你生下的儿子啊！你若对他一味地冷若冰霜，那才是莫名其妙呢。"

客堂里响起一片拘谨的笑。

"卢老伯的话说得对！"俞乐吟接过话道，"我一看见盛天华那又高又壮实的模样，浑身细胞都活跃起来，整个魂灵都贴到他身上了。他是我儿子啊，这辈子我不可能再生了，我能薄待他吗？起先我怕现在的男人见不得他，哪晓得这男人还开通，主动让天华住到家里来了，还说他在外头陌生人都要雇来帮忙呢，自己人难道容不得？所以我们想，如果天华适应上海的生活，就让他住下去。"

"户口呢，怎么办？"梁曼诚插进话来问。

俞乐吟斜他一眼说："要户口什么用？领粮票领配给的票证罢了。我们不在乎。查起户口来，我就实话实说，他是我插队落户生的儿子，户口在云南，照理儿子该随母亲，他们承认就给我上户口，不承认也别来干涉我。作下这样的孽，又不是我一个人的责任。当初我们在上海好好的，谁愿意去插队落户？除了一小撮猪头三好出风头外，可以讲所有去农村的人都是随大流，或者说是出于无奈。"

话说得很难听，还捎带着点火药味，但客堂间里有着共同经历的男男女女，听了都觉解气。

沈若尘接着道："我的女儿最可怜了。离婚后她随着在橡胶农场的妈过日子，现在她妈死了，她在这人世间只有我一个亲人。我是收留她她得住下，不收留她她仍得住下。唉，但愿我的妻子像俞乐吟的丈夫一样，早点想通……"

"她会想通的。"卢品山呷了口茶，重重地盖上杯子道，"你那女儿美得惊人，谁看谁喜欢。长大了当个演员没问题。"

俞乐吟剥开一只橘子，橘香味顿时弥漫了整间客堂，她边啜着橘子，边笑道："你老婆想不通也没关系。跟你开句玩笑，知识分子，上海滩有些婚后不孕的夫妻，做梦都在想要个孩子，你可以送给他们，时常又可以见到女儿……"

"不！"沈若尘断然地摇摇头，眼神都随之黯暗下来，"我不能这么做。那样太对不起她的阿妈了。是她临终前让孩子来找我的，这说明她信任我。"

208

"哟，看你这神情，对那死去的女人，还有感情呢！"杨绍荃扬起眉毛惊讶地道，"真怪，都分手十多年了。"

沈若尘使劲地眨着眼睛，掩饰着自己波动的情绪，感慨地道："也没什么怪的。不是有大返城，我们会相亲相爱一辈子。人的命啊！"

"嗬，你这番话，让今天的老婆听见了，可要打翻醋坛子！"俞乐吟嚷嚷道。

众人又一阵笑。梁曼诚的笑容最勉强。他蹙着眉道："在座的要数我最无能了。一家三口住在亭子间里，已经够挤的了。思凡一来，硬塞进一个大活人。唉，你们住房不困难，是体会不到那种苦恼的呀！你们都看到了，思凡头上缠着绷带，那是他从楼梯上跌下去，摔伤的。幸好只是点伤，没落下残疾。我老婆的心算好的了，但是这样子相处下去，终究别扭啊！"

"那你准备怎么办？"杨绍荃问。

梁曼诚一个劲儿摇头说："我也不知道。让我开口赶儿子走，我做不出来。让儿子住下去，日长天久的如何应付？"

"别叹苦经了，孩子嘛，有麻烦处，总还有可爱处。"卢品山老伯劝慰道，"比来比去，你们的孩子都比晓峰福气……"

话没说完，卢加琪推开客堂门走进来，扬着手里一份电报说："爹爹，电报，是拍给晓峰的。晓峰妈说要来。"

聚在卢家厢房里喝橘子水，吃水果、糕饼、糖果的五个娃娃，听说晓峰妈要来了，顿时哑了场。

沉寂了片刻，安永辉把手里的玻璃杯往桌上一放，猜测着问："晓峰，你家妈来，是来接你回西双版纳吗？"

"不晓得。"

"要是来接你回去，你告诉我一声好吗？"

"要得。"

"你想回去吗？永辉。"梁思凡凑过来问。

安永辉点点脑壳说："玩够了我就走。刚才都说了，阿爸有了阿爸的家，阿妈有了阿妈的家，他们都嫌我是多余的。你走吗，思凡？"

"我……想回，可回去，我阿妈在曼雀，也跟了另外一个男人。我都没想好。"梁思凡脑壳上的绷带还没拆，像个小伤兵，样子特别可怜，他的脸转向沈美霞，"你呢，沈美霞，你咋个办？"

"她回去都没个住处，去干啥！"盛天华不等沈美霞回答，直通通地道，"想回去的人，才是憨包哩！挤，也要在上海挤到个位置。你们没听说这句话吗？哼，就是我阿爸和他娶的龙桂枝来上海接我，我都不回去。我跟你们说，老家那破竹楼，哪能同我阿妈上海的家比啊！阿妈现今的男人，人家都喊马老板，莫说钱多得数不清，就是婆娘也有好几个。"

他的话遭到娃崽们的一片起哄讥诮。他还满不在乎，眈起一对眼睛说："是真的嘛！我都亲眼见了。"

沈美霞仿佛没听到他的话，双眼睁得大大的，瞪得直直的，待屋内吵吵嚷嚷平息下来，才轻声慢气地道："阿爸是喜欢我的，我看得出来；可我走进他的家，家中就不安宁了，真的。"

"我心头感觉到的差不多跟你一样。"梁思凡觉得找到了知音，"那个杉杉阿妈，其实并不喜欢我，可她对我说话比对哪个都客气。"

"硬是鬼扯筋多。"盛天华盛气凌人地以不屑的语气道，"我家就没那么多事，连家中那个姑娘马玉敏都对我好。"

"那是你妈嫁了个万元户，财大气粗。"晓峰不无讥讽地刺了他一句。

安永辉道："反正，我是想通了。这回来上海，只当玩一盘，像人家去西双版纳旅游一样，我也算旅游了。不过，走之前，我是要把心里的话，好好地给生下我来的阿爸阿妈说道说道的！沈美霞，你肚皮里头憋着话吗，好多好多想说也说不出的话？"

沈美霞一对水晶宝石般的眼睛眨巴眨巴，众人都望着她，她有点不好意思了，把脸偏过去一点，两眼望到窗户外边说："是啊，我心里也有好多好多想说的话。可我不晓得跟哪个人说、咋个说；临到要说了，又好像一句也说不出来了。"

窗户外头，是对面楼房的阳台；阳台上晾衣杆横七竖八地悬得高高的，晾着花布被面、衬衣、夹克衫，还有一件淡黄颜色的棉毛衫，上面点缀着一颗又一颗黑点点，格外醒目。

秋风吹来，把所有的晾着的衣裳都扬了起来，飘拂得拢在一起，露出了秋日里高蓝的晴空。

天空上，蓝莹莹、白茫茫的，除了飘悠的云彩，啥也不见。

第五章

1

现在，家里是暂且太平一些了，四口之家刚呈现一股相安无事的气氛。做完作业，炀炀主动邀美霞玩电子游戏机，游戏机舒缓的音乐机械而重复地传过来，沈若尘觉得这音乐比世上任何动听的歌声都要美。这说明炀炀小小的心灵容得下美霞的存在了。云清在小厨房里炒菜，脱排油烟机开到最大一挡，但仍然还有油烟味弥散进室内来。沈若尘嗅了一下，云清在炒肉丝，味儿挺香的，只是没有那种放了辣椒的刺激食欲的香味。这怪不得她，她不晓得来自西双版纳的美霞吃上海菜是不习惯的。沈若尘几次想到该提醒她一下，可他话到嘴边又咽下去了，他觉得还没到说这种话的时候。云清心里究竟允不允许美霞在这个家庭里待下去，他还没底儿。一切都得等云清的态度明朗之后才能进行，诸如安排美霞的转学，买进一些酸辣可口的调料，给美霞适当添置几样小家具，还有和炀炀严肃认真地谈一次话，让他意识到美霞将要在他的生活和命运中永远存在下去……

沈若尘坐在椅子上，双手捧着本杂志，时而还翻过一页，杂志上写了些什么，他一句都没看进去。他脑子里转的全是关于美霞的念头。

"若尘，来帮个忙。"云清在厨房里喊他了。

他连忙丢了杂志，离座跑进小厨房里。云清支使着他："洗几棵葱，切成葱花，我来不及了……"

话未落音，炀炀在屋里厉声吼起来了："笨蛋！快走，快开枪、开枪，开呀！哎呀，不要你打了，你个笨蛋，滚！滚出去！"随即一个耳光声传出来，美霞哇的一声哭了。听得出她随即意识到了什么，哭声渐渐小了下去，哭得很压抑。

沈若尘手里的葱往水槽里一扔，反身跑进屋里。炀炀一手拿游戏机摇杆，一手抡起来，朝着缩到屋角落里的美霞又要打过去。

沈若尘嚷了一声："你敢！"

炀炀气呼呼转身瞪了他一眼，又把手指向美霞说："她是臭笨蛋！"

美霞缩在墙角落里，恐惧地瞅了沈若尘一眼，低低的呜咽变成了啜泣。

望着她那可怜兮兮的模样，沈若尘心头真是不忍，若照他脾气，他真想揍炀炀几下，这小家伙太霸道了。没等他吭气，云清的声音在他身后响了起来："怎么啦，炀炀，好好地玩着，又吵起来了。"

"我让她打游戏机，可她不是光走不开枪，就是光开枪不走，你说她笨不笨嘛！"炀炀理直气壮地说，"还老拖我的后腿，把我的'命'也都丧在她手里了。"

"那你不会教教她！"沈若尘好不容易插进一句话来。

炀炀委屈地噘起嘴说："我给她讲了呀，她还是不会，笨蛋！"

"你就一个人玩呗。"云清息事宁人地说，"美霞，你出来，让炀炀一个人玩吧。"

"是他要我陪着玩的。"美霞抹着眼泪，支支吾吾地申辩着，还用眼角瞥了沈若尘一眼。

"我晓得了，你出来吧。"云清湿漉漉的手又朝美霞招了招，"以后我再说他。"

美霞随着妻子的招呼走出了小屋。沈若尘心里说，这也太偏袒炀炀了。

夜里，确信两个孩子都已分别入睡，沈若尘悄声把这层意思对云清说了。他是想以此挑起话题，摸一摸妻子的心思。

"那你说怎么办？"云清没好气地瞪了他一眼，"炀炀打了美霞，你再把炀炀打一顿，是不是？"

沈若尘觉得云清变得不好说话了，他否认说："我不是这个意思。我是说，总要设法让他俩和和睦睦相处……"

"你别梦想了！"云清又抢白他，"哪家独生子女不是小皇帝？炀炀眼看来了个陌生人要夺去他的父爱，他心里会不恼？小孩子不会伪装，心里怎么想，脸面上就显出来！"

你心里的真实想法又是什么呢？沈若尘几乎就要脱口而出地问她了。他揣摸着云清的意图，暗忖着正因为当母亲的是这种态度，炀炀才会如此蛮不讲理。他吁了一口气，不无烦恼地道：

"哎，我搞不懂了，人家个体户马超俊都能容忍俞乐吟和前夫生的儿子，你为什么……"

"你当初为啥不娶个体户，反而要来追我？"云清不待他说完，就把整个身子朝他转了过来，一本正经地道，"我是不能容忍，我气量狭窄！实话跟你说清楚，从理智上和感情上我都不能接受她的存在。这些天来，我都不知道自己是在怎样打发日子，我从来没有过得这样窝囊过，想笑不能爽爽快快地笑，想哭也不知到哪里去哭。想和人商量嘛，这种事你叫我怎么开得了口？我真恨你，若尘，恨不得咬你几口。一想到家里有一个叫你爸爸而不是我亲生的女儿，我简直想发疯想醉酒。你以为我很平静是不是？你以为随着时间的流逝我会接受她是不是？告诉你，不，我做不到。你让她在上海、在我们家里待几天可以，长久地待下去可不行！你总要想法把她安顿出去，懂了吗？这就是我的态度。"

由于激动，由于她说话时头颅的颤动，除下别针的发束蓬散着垂落下来，使她的脸庞显得难看极了。

沈若尘目瞪口呆地瞅着妻子，仿佛不认识她似的。他看得出她很痛苦很恼怒，他想安慰她却又不能，甚至陡然转过脸去把背脊朝着她他都不敢，他怕自己的一时不慎又惹出她更猛烈更火爆的发泄。他只是望着她，露出一脸甘受她斥责和诅咒的模样，直到她把被子一卷横着躺下去。

接到李爽的电话，梅云清陡觉近几天来家庭的烦恼把她折磨得昏头昏脑，这么大的事儿都给忘了。记得带着炀炀负气回娘家时，在后门口碰到李爽，他是提醒过自己的，可她转眼就忘了，谁知没隔多少天，情况变得对他们厂愈发不利了。外商已通知进出口公司停发他们厂的货，并准备另辟渠道，订购人家乡镇企业的产品。李爽还算上路，及时把信息捅了过来，说乡镇企业和农场工厂的外销员听到这一意向，都已赶来上海，要抢这笔生意。

梅云清哪敢耽搁，放下电话就直接跑去找厂长。

厂长和主管生产的副厂长都泡在会议室里，梅云清硬把他俩拽了出来，两个厂长仅听了两句，就把梅云清请到了办公室。

形势是严峻的，两位厂长比梅云清还要清晰地意识到这一点。厂里已生产的货一旦停发，只能按照惯例照出口转内销产品抛售，损失是显而易见的。可怕的是今后怎么办。继续生产出口转内销产品，厂里很快就要戴上亏损的帽子，别说职工福利奖金要受影响，就连银行也不会再给他们贷款，工厂将很快垮下去。

副厂长要梅云清出面请客摸底。既然人家乡镇企业和农场工厂要来抢生意，为什么身居市区的国有厂偏就甘居人后，不能做这笔生意了？是外商嫌我们厂子质量差、要价高，还是另有原因？抑或是乡镇企业和农场工厂又耍出了国有企业耍不出的手腕？

事关工厂的命运前途，梅云清哪敢怠慢？回到自己办公室，就给李爽拨电话。

听说梅云清要请客，李爽的笑声从话筒里咯咯咯传过来，他不客气地说："那我能挑选餐厅吗？"

"当然。"梅云清咬了咬牙，暗忖这家伙吃油了，胃口越来越大，"主随客便嘛！"

他们相约在街心花园碰头。

李爽没有敲她竹杠的意思，碰头后他说随便吃点，到幽静马路找家个体户餐馆，只要吃得舒服，吃得实惠就好。

在街心花园乍一眼看去，李爽身着淡灰格子的薄呢西装，领带系得挺括周正，新理了发。梅云清心头顿时浮起一丝疑惑：他这副打扮，倒像是介绍朋友谈恋爱。在个体户餐馆幽静晦暗的火车厢座内相对坐下来，李爽的手优雅地擎起一杯啤酒，两眼凝定般瞅着她时，她的心怦怦跳，这种感觉更强烈了。

"没想到你还会主动请我吃饭。"李爽的嘴角显出两缕扬扬自得的笑纹，"我曾以为，你永远不会想到这一点呢。"

"有什么办法，"梅云清索性挑明了道，"我们厂被卡住脖子了。我再不出面，好几百名职工的生计成问题了。说实话，科长、厂长早给我打过招呼，指名道姓要我请你吃饭，每次我都推托了。李爽，我们本是老邻居、老同学，又是自小一块长大的好朋友，我觉得我们互通信息，在工作上帮帮忙是正常的。请客吃饭，反而弄得庸庸俗俗，尴尬起来了。你说是吗？"

"那你今天……"

"今天不一样，"梅云清真挚地道，"一来你多年帮我们厂的忙，从未请你吃过饭；二来我也很想出来散散心，畅快地喝两杯。来，喝起来，尝尝这五星冷盆。"

梅云清一口喝下半杯啤酒，带头夹菜。

李爽微抿了一口酒，有点发怔地瞅着她关切地问："云清，是否因外销渠道不畅，你受批评了？"

"所以要请你帮忙啊！"云清狡黠地岔开话头，既不肯定又不否认地瞅了李爽一眼，不无妩媚地朝他一笑，"你吃呀，我可是真饿了。

216

今天中午厂里吃菜底红烧肉，卖给我的那块肉肥得发腻。我哪里咽得下去，看看也够了。"她故意在李爽面前显得无拘无束。

李爽仍有些拘谨，不是受宠若惊的那种呆痴，而是有些窥视的那类拘谨。云清看得出他对自己还是喜欢献殷勤的，她知道婚前他追自己追得很苦很热烈。即使他已婚了，他还是一有机会就在她面前诉苦抱怨。她知道李爽的婚姻实在是失败的婚姻。娘家的邻居不了解情况，只一味地认为这对夫妇有些痴头怪脑。云清是晓得的，他俩晚上吵得天翻地覆，甚至打得尖声锐叫，到了第二天上午，两口子重又挽着臂膀走出弄堂去，那多半是李爽赔了罪或者答应维维的要求，给她买高档的衣物和首饰，才把维维重又逗出笑脸来。李爽家里是有些底子的。维维之所以嫁过来，这是一条主要原因。婚姻的基础建筑在这样的沙砾上面，他们会有什么幸福可言？

"你们厂这次够呛！"不需要云清用话去套，李爽就话入正题了，"西班牙、智利、希腊、意大利的几家老客商，普遍反映你们的产品式样陈旧，多年来就是那么些传统的式样。他们进货之后，积压在仓库里，近年来更是滞销。于是他们决定停止进你们厂的货。带着他们自己的思路和样品，想到上海找其他的厂设计和生产能够在他们国内市场广开销路的产品。人家乡镇企业和农场工厂，早几年就有美国、加拿大的外商带着样品找上门去，让他们生产同样规格、同等质量和式样的产品。记得我前两次跟你说过，比如新颖的雪地靴、轻便鞋、皮拖鞋等等，你们厂没有接受我们的建议，仍照老路子生产工艺鞋。人家认为你们故步自封，没有创新意识和市场观念，落到现在有被淘汰的危险。"

"那你要救救我们。"云清的手伸出去，逮住李爽的袖子摇了摇，"你不是说外商有他们的思路和样品吗，能不能设法弄来我们看看？你知道我们厂是全民企业，有几十年历史了，设计科和技术室里有一批老专家、老工艺师，只要弄清外商的思路，有那么一两只样品看看……"

云清的话戛然而止，伸出去夹虾仁的筷子停在半空中。说话间，她仰起脸来，只见李爽用一种同情、怜悯却又爱莫能助的眼神瞅着自己，他的脸上还显出股莫测高深的淡笑。云清的心往下一沉，猜测般问：

"你的意思是……我们厂这次没生路了？"

"迟了。"李爽喝了一大口啤酒，埋头只顾自己夹菜。

"怎么回事？"

"云清，你应该想得到的。"

"我又不干你这行，怎会想得那么远？"云清噘起嘴，不无撒娇地道。

李爽搁下筷子，手指点点她道："你们外销科，就你一个人吗？"

"我们不止……"

"我们进出口公司，也不止我一个外销员啊。况且我上头还有科长、副科长，科长上头还有主管副经理和总经理。现在是什么年头？人家乡镇企业和农场工厂，眼观六路，耳听八方，触角伸向社会的各种角落，有外商这等好事，他们早抢先做工作了。哪里还需我们找上门去？"

"你是说，"云清心里一阵着急，"早有人捷足先登了？"

李爽声色不露地点了点头。

"那你为什么不早告诉我？"云清不无责备地瞪李爽一眼。

"我早给你豁翎子了，你不接啊！"

云清把啤酒杯和筷子往桌面上重重地一搁。是的，李爽早就对他们厂的产品提出过意见，前几天在娘家后门口还说过，只因为她的感情和心绪全投入在家庭烦恼之中，把这事儿忘了。她能怪罪李爽吗？要怪只能怪自己，怪沈若尘在西双版纳生下的女儿找上门。此时此刻，公事办得不顺心和几天来郁积起来的怨愤烦闷交织在一起，云清不由得伤感起来。她抬起头来，噙着泪问：

"那……那你说还有办法吗？你手上多少还有点权啊，几年来你一直主管我们厂的外销业务，就是科长、经理，也不能甩开你办事啊！"

"问题是这件事确实和你们厂有关啊。"李爽双手一摊道，"公事公办的话，我今天根本没有必要给你打电话。这也叫冤家路窄，鬼使神差，想来想去还是给你拨了号。"

"这个我心中有数。"云清承认李爽讲得有理，她也完全听得出他的弦外之音，"依你说，我们厂这回变成死蟹一只，一点回旋余地都没有了？"

"那我就不打这个电话了！"

"你的意思是…"

"办法还是想得出一点，就是不知你们厂的领导会不会干。"

"你先说说看。"

"在厂里摸摸底，能不能找到和我们公司经理或科长多多少少有点关系的人，然后凭借厂方和我们公司多少年来的老关系，该请客吃饭的请客吃饭，该送礼的还是得送。这年头时兴什么你们就得干什么。你以为人家都和我一样傻，总是无偿地给你提供信息，捅消息？人家下头的关系多着呢！做到这一步，再提出来，总不能看着几百人的一家厂亏下去。你们不是要包接外商的生意，你们只想参加一份竞争，这种要求是公平合理的，无论科里、公司都无法拒绝。只要答应你们参与竞争，你们还怕竞争不过乡镇企业和农场工厂？"

"那你呢？你从中帮些什么忙呢？"云清从李爽的话里感觉到了希望，有一股绝处逢生的喜悦。

李爽拨弄了一下筷子，胸有成竹地道："我也不能白吃你这顿饭嘛！盼了多少年，才盼来这一顿。科里讨论起来，我可以找出一些理由来为你们厂争。一般来说，业务员总是为自己联系多年的工厂争的。在竞争开始之前，我可以把外商提供的样品早点拿给你们，把外商的思路尽可能请翻译译得详尽一些，甚至还可以把公司掌握的一些外文资料，译出来交给你们参考。我还能做些什么呢？"

"你已经做得够多了！"云清感激地举起酒杯，"来，一言为定。"

"一言为定。"李爽喃喃地重复一句，举起啤酒杯，和云清碰了碰，咕嘟咕嘟一饮而尽。

云清又给他斟满。他摆摆手道："够了，够了。你也添点，要喝一起喝。"

"好吧。"云清对付啤酒还行，她身上虽有些烘热感，但为了不拂李爽的兴致，她又给自己斟满了。是的，李爽说的也是实话。多年以来，她躲避李爽的笑脸还来不及，哪里还想着请他吃饭啊！从他的角度想想，为她的工作捅消息出力，他又为的是什么呢？今天既已请他吃饭，那就让他尽兴而归吧。况且，厂领导交给她的任务，她已经圆满甚至超额地完成了。她不仅摸清了底，她还找着了对症下药的办法。她擎起啤酒杯，对李爽道："来，李爽，我敬你一杯！"

李爽端起杯子，却没同她碰，反而诧异地道："云清，我怎么觉得，我把该说的全告诉了你，你还是高兴不起来啊？"

"哪里。"云清的心里怦然一动，是啊，只有观察体贴入微的人，才能看出这一点来，她掩饰着一笑道："我这不是挺高兴吗？来，喝呀！"她主动碰了一下李爽的杯子，又一气喝了半杯啤酒，遂而重重地吁了口气。

李爽目不转睛地盯着她说："不过，你这副忧伤的样子更美。"

"你又来了。"她斜他一眼。话是这么说，却是丝毫没有往常那种严厉斥责的口吻。

"是真的，云清。"李爽正色道："我不是恭维你，完全是出自肺腑的心里话。刚才你泪汪汪的样子动人极了。我……唉，只怪我没福气，讨了个维维那样势利浅薄的老婆。维持下去吧，三天一小吵，五天一大吵；下决心离呢，离了我又能寻觅得到你这样的人吗？想到你和沈若尘相亲相爱，和睦幸福地享尽人间的天伦之乐，我这心里……"

"你胡诌些啥呀！"云清像被人狠狠地刺了一般呵斥道："你怎么

知道我们没有烦恼？你怎么知道我们之间没有矛盾？他原先结过婚，你知道吗？他结婚后还同人生过一个女儿，你知道吗？他的女儿现在千里迢迢从云南乡下找到我家里来认父亲，你知道吗？"

云清自己也不知怎么搞的，借着一股酒劲就把家庭里的隐私发泄般倾倒出来。一旦开了口就收不住，她说她婚前没详细地了解沈若尘；她说她受了骗而且整整被骗了十年之久；她说如今家中多出一个人来家不成家，她只要一踏进家门浑身连皮搭骨头全不舒服；她说她的心头憋闷、懊恼、愤怒、压抑；她说连炀炀都变了态，好端端一个孩子如今整天凶神恶煞；她说早知今日，当初真不该嫁给沈若尘，她的周围不乏追求者的，只怪她被沈若尘外表显示出来的才气和男子汉气概吸引住了；她说那天傍晚在后门口遇见李爽，正是她赌气回娘家；她说她听见了李爽和维维吵架摔东西，但是他们两口子的情况和她相比，她情愿两口子大吵一场，而不愿丈夫另外有个女儿……她涕泪交加，不时抽泣，不时耸动双肩，不时端起杯子喝啤酒。憋了好些天的愁闷一股脑儿倾泻出来。她掏出手帕一边抹泪，一边还不忘对李爽说声对不起，对不起。但是酒力控制了她，她怎么也停不了嘴，仿佛只有这样一刻不停地说说说，她才觉得好受一些。

起先她还能看出来李爽惊愕的脸相和不安的眼神，遂而李爽怎么在听她已经不大在乎，她只要有个人在跟前听就行。她挥舞着双手，有时还抖动手帕。她身子晃动，自认为还端坐着。她有些酒意，但还没醉。她感觉到李爽坐到身边来了，开始李爽替她抹去眼泪，她没有反对，没有推开他。接着李爽扶着她手臂搂住了她的腰肢。这当儿个体户老板来结账，她伸手去掏钱包，李爽按住了她，她依稀记得钱是李爽付的。站起来离去时，她身子有些摇摇晃晃。李爽扶着她，她一把抓住李爽，重重地挽住了他的臂膀。

走出个体户餐馆一阵风迎面吹来。李爽问她是否要叫出租车。她说不，她不要回家，一想到家里那个漂亮的小姑娘，她心里就发毛就妒忌。她想象得到小姑娘的母亲当年有多么美丽，这根针扎在她心里，她委实难受。又一阵风吹来，她有些清醒地意识到和李爽这么相偎相依，太像一对情侣。但她不在乎，最好这当儿沈若尘迎面走来看见。她受够了伤害，她也要重重地伤害沈若尘一下，否则她的心永远不会平静，又不会平衡。

天上下雨了，雨是随风飘落的。梧桐树的叶子遮住了路灯的光影。她脸上挨了几滴雨，便说要躲躲雨。李爽说，这附近太幽静，没躲雨处。说话时，李爽凑近她耳畔，气息直扑她的脸颊。她想避开一点，不知怎么反而靠了上去。李爽吻了她一下，她是清楚的。随他去。既然沈若尘可以和另一个美貌女人生孩子，她为什么非得拒绝追求她多年的李爽的吻？李爽这些年来一直默默地无可奈何地可怜巴巴地爱着她，她冷淡他躲避他，做得也够绝的了。今晚，他要吻就吻吧。李爽再次吻她时，她微启双唇迎了上去。她闻到李爽的酒气，她的手还摸到李爽质地考究的西服。

雨好像下大了，梧桐树叶簌簌发响。李爽问她晚一些回家行吗，她说没关系，什么也别在乎。她模模糊糊记得决定请李爽吃饭时，她给沈若尘打过一个电话，说晚饭不回来吃，让他早点回去。沈若尘在电话里说，哎呀，我们编辑部晚上有活动。她老实不客气地说，她今晚的事更重要，关系到工厂的命运前途，说完她就挂断了电话。当时她脑中忖度着，以往都是我迁就你成全你，这回你也该将就将就我了。好像这样发发脾气，她多少好受一些。她认定沈若尘是会赶回家的，家里有两个孩子要吃晚饭，他不会不知道。

雨点噼里啪啦落下来，她颈脖里冰凉冰凉。她用命令的语气让李爽快找个躲雨之处。她知道只要说出来李爽准会办，自小他就对她毕恭毕敬，言听计从。也正因此，她才觉得他不够男子汉气。李爽说，这附近没躲雨处，沿街都是直立的围墙。前头不远有个小招待所，他是熟悉的，公司是经常介绍乡镇企业和农场工厂的人去住，要不去那儿躲躲雨。

云清一口答应，她知道只要开口，李爽准有办法。她不由得满意地笑了。

躲雨是怎么躲进这客房里来的，云清不甚清楚。她只在总服务台对面的沙发椅上坐了片刻，李爽去和服务台联系，然后他就带她进了五楼这间客房。客房里没人住，两张单人床上都蒙着床罩。进屋后，李爽开了一盏可调节光源的床头灯。云清本能地感到刺眼，连连挥着臂膀说，太亮太亮。李爽赶紧又把灯光调暗调暗，调到那种幽幽的柠檬黄色，他征询地问：

"可以了吗？"

他坐在云清的身旁，大腿和她的紧紧相挨着。云清仿佛没听见他的询问，只是不置可否地瞅着他，眼神里闪烁着谜一般的目光。李爽捧起她的一只手来，在她的手背上摩挲了一下，继而又俯下脸去久久地吻着。云清没把自己的手抽回，她的手背上没什么太强的感觉。她知道李爽在以此示爱。她伸出另一只手，在他的颈脖上抚摸了一下，又抚摸了一下，然后整个儿插进他梳理得整整齐齐的发丛之中。李爽仰起脸来吻了一下她的脖子，她把他推了一下。

窗外的雨稀里哗啦下大了。云清受惊地坐直了些，向李爽指了指窗户。

李爽起身过去拽上了窗帘，窗户却没关严，风把厚实的丝绒窗帘扬起来，雨声随着窗帘的扬起垂落，忽嘈杂忽轻悠地传进来。

回坐到床沿边时，李爽的手似乎不经意地一碰，把悠悠然的灯光也关闭了，客房内变成了乌黑一片。云清的浑身燥热陡地升起一股发泄的欲望，这欲望变得又强烈又汹涌。她低声说："这样也好。"

李爽整个儿扑了上来，他说他爱她。他语无伦次，呢喃着喘息着动作变得神经质而慌乱。他不停地吻她，在她的整张脸上落满了吻。云清的默认和回吻鼓舞了他，他变得兴奋、激动。他说他不爱自己的妻子维维，他是出于无奈出于绝望而同维维结婚的。婚前他就明白维维是看中他家的条件，而不是他这个人。只因为他发现云清已经出嫁，而维维又轻而易举地委身于他，他才同这个女人结婚的。他说早在几年前就觉察到维维有外遇了，只是始终抓不住维维的把柄。他说他的内心深处始终爱着云清，他感激云清今天随自己到了这个地方，能够得到云清的这份爱，是他永生永世难以忘怀的。

云清耳朵里营营扰扰嘤嘤嗡嗡的一片话语，窗帘扬起来时，有风吹进来，雨声更大、更喧闹。她觉得黑暗中有双眼睛在窥视，那是沈若尘的眼睛。她就是要他看见，她冷笑着道，既然你同另一个美丽得妖精一般的女子可以做这种事，我为什么不可以？她沉着地把手搭在李爽肩上，又捧过他的脸来吻。李爽还在支支吾吾，她有些不耐烦地道：

"既然这样，你就快点！"

李爽就像得到了命令，立即闭了嘴。她能感觉到他离开床沿脱去了衣裳，她还能感觉到他边脱边喘息边晃动的身影，随而他光裸着身子笨拙地给她褪去衣服。她没拒绝他，只是缓缓地解着自己衣服的扣子。恍惚蒙眬中，她急切地期待着一位身强力壮的男子将自己抱起来，她张开双臂搂紧了李爽。她需要一位衷心相爱的人，她多少天来的委屈、憋闷都需要在烧灼般的火焰中发泄。她嫁给沈若尘之前，虽然不很年轻，不乏追求者，但她是个纯洁的处女。她相信沈若尘即使在插队时谈过恋爱，那也不过是打打草稿逢场作戏，不会和别的女人有那种令人恶心的肉体关系。哪晓得他岂止谈过恋爱结了婚，还生过一个女儿，活灵活现美丽非凡的女儿。从这女儿的形象，她完全猜得出那个女人曾经彻底征服过沈若尘的心。哦，她受了骗，她遭到从未有过的打击。近些天里，只要一见沈美霞，云清就会联想到若尘和另一个女人的亲昵和肌肤之爱，她酸溜溜的，她愤怒得直想迸发出嚎叫怪吼。

李爽整个身躯贴着她，还在迟迟疑疑地问："可以吗？"

"怎么不可以？你这小傻瓜小笨蛋！"云清热烈地吻着他，把舌头探进他的嘴里。她要忘却，她要沉溺在欢悦之中，她不再像以往那样傻了。她何必为沈若尘这样的男人，而去拒绝李爽这个对她痴情、对她有用的男人。她迎接着他，现在迫切地需要他。李爽认定了云清的态度，沉着多了。他变得坚定起来，四肢也随之显得有力。在他的抚慰亲吻之下，云清第一次感觉到发泄和放纵的欢乐。她在体验另一种滋味，她在一种忘却羞耻的纵乐中感到亢奋。她没想到，李爽会使自己如此地冲动得痛快淋漓。她要吟唱了，她要燃烧了，她要不顾一切了，她已经把以往多少年来的廉耻、自尊、庄严、伦理全置之脑后了。她觉得自己在吟唱中颤动，在燃烧中滚入通红的火焰，在不顾一切的欢腾中升入云天……

在摆手让出租车载着李爽离去，步上楼梯时，云清瞅了一下表，十点五十分，确实不早了。她没有什么歉意，也没有什么悔意。想到重新亮起灯，李爽埋着脸却又不甘心不瞅她几眼的神情，想到李爽目光中透出的猜疑不安之色，云清不由得笑了一下，是李爽电话喊来的出租车。时间晚了些，再说雨还没停，她觉得自己的心里平衡多了，仿佛不再那么怨恨沈若尘，想到沈美霞也不那么讨厌了。为此她感激李爽，离开客房前，她主动吻了他，似乎是为了宽慰他不安的心。

当李爽动情地搂着她询问什么时候再见时，云清既不想拂了他的意，又不想将自己的真实心思告诉他，只说你等我的电话吧。

快到家门口时，她想过该如何解释迟归，但她也没用心去想。一切的一切都是沈若尘惹起，要怪只能怪他。

恰在这时，她听到了炀炀的哭声。她不由自主加快了步伐，炀炀怎会在这个时候哭？他是盼妈妈，还是因妈妈不在受了气？云清扑到门前，一边掏钥匙一边拍门，嘴里叫着："炀炀，炀炀！"

门打开了。两间内室里乌漆墨黑，只有厨房的节能灯开着，炀炀一屁股坐在地砖上，哇哇大哭。哭声比刚才更大了。

家里既不见沈若尘，也不见沈美霞。云清心头一紧，俯身扶起炀炀，嗓音干哑地问："炀炀，你爸爸呢？还有那个沈美霞呢？你说呀，快说呀！"

今天是头一回，屋头只有炀炀和她待着。阿爸回家来烧晚饭给她和炀炀吃的时候就说了，吃完晚饭他要出去，编辑部和另外一个单位协作搞活动，人手少，他不能不去。到底还是阿爸晓得她的心思，他虽然下的是面条，可他给美霞吃的那碗面条，拌了不少辣油，吃起来香多了。炀炀看到了，闹着也要吃。阿爸说他吃不惯。他不信，非吃不可。阿爸给他拌了一小碗。他说少了，要像美霞一样吃大碗。阿爸只好给他同样拌上一大碗辣油面条。可炀炀只吃了一口就哇哇大叫，辣死了辣死了不要吃，一边说一边把碗使劲一推，连面条带碗，从桌面上摔落在地。心疼得美霞直瞪眼。阿爸火了，给了炀炀一巴掌。炀炀拉直了嗓门拼命哭。美霞在一旁全都看在眼里。本来阿爸就料到炀炀吃不下那碗辣油面条的，所以他在下第三碗面条时，并没放辣油，准备炀炀吃不下时和他调换。而这会儿面条打落在地，阿爸只得再下一碗面条。

　　炀炀这男娃儿，一点儿也不晓事。

　　好不容易哄着他吃下一碗面条，阿爸匆匆收拾了一下，就要走。临走前，叮嘱炀炀做作业。炀炀伸出手扯住阿爸的袖子说不会做，要阿爸教。阿爸说你让美霞姐姐教吧，今晚上我有事儿。炀炀乜斜了美霞一眼，噘起了嘴。

　　阿爸走之后，炀炀尽拖尽拖，就是不做作业。他翻着电视周报，一会儿说要看《鼹鼠的故事》，一会儿又说要看恐龙什么东西，把电视机一阵乱按。找到了频道，他看一会儿换个台，看一会儿又换个台。折腾了好半天，大概是想到作业不做好第二天要遭老师罚，总算找出书包做起作业来了。

　　远远地看到炀炀做作业，美霞情不自禁有点羡慕。自从离开版纳她读书的农中，她已经好久没有做作业了。离开的时候，只想着要尽快找到阿爸，只想着死去的阿妈叮嘱的话。那时候，总觉得只要找着了阿爸，所有的事情自然都会解决，转学读书更不会例外。哪晓得事情全然不同于想象，她找到阿爸好些天了，读书的事阿爸只字未提。也不晓得版纳的农中里，语文教到第几课了。数学那些烦人的公式，落下一大截之后，不下功夫补，美霞真担心会补不过来。离开西双版纳时，农场里的伯伯叔叔曾经说，我们要给你争取，小美霞，争取由农场免费供你读书，上高中，进大学，万一你在上海找不到阿爸的话。如今阿爸虽找着了，转学的事却悬起了。美霞莫名其妙地想起橡胶农场来了，那熟悉的胶林气息，那宽敞平整的瓦房，家里有小电表，一度电只收两分钱，农场还给每家人发一只电饭锅。美霞记得吃头一顿电饭锅煮出的饭时，阿妈曾经说，若是农场早就搞得这么好，你阿爸是不会离开西双版纳的。

"哎，你来教我这道应用题。"炀炀趴在桌上做了一阵作业，招着手对她喊起来，"快来！"

他不喊她姐姐，却喊她"哎"。美霞心头仍然觉得欣慰，他毕竟主动招呼她了。她走近他去，炀炀用手点着一道应用题说："这道。"

美霞没念应用题，她一眼就看到炀炀做的演算题错了，她的手指着炀炀的本子说："93 减 46，怎么会是 57 呢？你算错了。"

"没错，我用竖式算的。"

"横式竖式都错了，你重新算过。"

"没错。你给我念应用题。"

"你不把错题改过来，我不念。"

"你不念，给我滚！"

"偏不！"

炀炀冷不防跃身而起，两只小拳头雨点般击打过来。美霞本能地举起手臂来护着自己，往后退却。炀炀愈打愈凶，边打边骂："滚出去，你不是我们家里人！"

"你的阿爸也是我的阿爸。就你霸道。"

炀炀已改用手中的铅笔作为武器戳过来，和铅笔一齐拿在手里的削笔刀刃先划着了美霞的手腕，臂腕上当即出现了一道血痕。美霞刚哎哟一声喊出来，炀炀的削笔刀尖从美霞耳朵下划过，皮划破了，血淌出来。美霞痛得用手去摸，一摸一手血。美霞哇的一声哭起来。炀炀吓得扔下铅笔和削笔刀，跑进自己屋内，砰的一声关上门，落了锁。

　　美霞一面失声大哭，一面透过泪眼瞅着巴掌上的鲜血，臂腕上的血痕一会儿工夫变得更加清晰刺眼。她跑进了卫生间，打开水龙头冲洗手上的血迹。血迹冲干净，她拿起毛巾去捂耳朵根，越捂血淌得越凶，毛巾顷刻涂满了血。美霞不敢再捂了，她只晓得自己又闯了祸，把毛巾捂脏了。她又开起水龙头搓毛巾，使劲地搓细细地搓。龙头里的水冲淡了血迹血痕，瓷盆里又染红了，泪水血水全往瓷盆下淌去。搓干净毛巾洗净了瓷脸盆，美霞朝着镜子瞅瞅，耳朵根那里一道鲜丽的血迹，血却不再淌了。她不敢伸手去抚用毛巾去捂，随它去。在西双版纳的乡间、农场，手上脚上时常划破，算不得一回事。可泪水却怎么也止不住地从她一双晶亮深幽的大眼睛里淌出来，她的稚嫩纯洁的心灵遭到了打击，她真挚热忱的感情受到了伤害。自从来到上海，她一刻也没感到过幸福，总是在忧心，总是在瞅着周围人的眼神和脸色，总是惟恐说错了什么话做错了什么事。吃饭的时候她是紧张的，坐着无事的时候她是紧张的，连睡觉弯起身子的时候她也是紧张的。她的神经紧绷着，肌肉紧绷着，四肢不做啥事儿都觉得累。这样和阿爸在一起有什么意思？这样生活在上海有什么滋味？她的心头不安逸，阿爸一家人心头也不舒服。那还不如回去，回到她熟悉的乡间，回到西双版纳的橡胶农场。那是她随阿妈自小长大的地方，那里有她听来亲切熟悉的乡音，那里有她的伙伴们。在那里，虽然她也免不了孤独，但她不会像在阿爸家里一样遭罪。那里的人待她要亲切真诚得多，一点不像上海人那样总觉得东西要被窃般提防着周围。哦，她已经找到了阿爸，见着了阿爸，晓得自己的阿爸是个什么模样，她心满意足了，她不屑赖在这地方遭人白眼遭人欺遭人打。这样的日子再也过不下去了，她要走。自小她受够了阿妈的疼爱，凭啥非要到上海来让人欺侮？晓峰阿妈不是到上海来了吗？她来了之后，总归要回西双版纳去的，就随晓峰阿妈一道回去，一路上有大人照应，可以不怕。

美霞的哭声渐渐低弱，完全被自己的念头所缠绕。她坐不住了，一刻也待不下去了。在阿爸家里当个受气包，还不如先找晓峰，跟晓峰阿妈把话说清楚说明白，请她回西双版纳的时候一定带上自己。美霞离座起身打开门，怕炀炀一个人在家有坏蛋窜进来，她把门重重地碰上了。

她记得自己是认识去晓峰家的路的，一次是晓峰家叔叔把她送到阿爸工作的地方，一次是阿爸送她去和同来的伙伴们相聚。阿爸陪她去陪她回，坐过一辆电车。那种车她也认识，车身长长的，上头还拖着两条辫子。下了车之后，走不多远拐进一条弄堂，数第四幢房子绕到后门，就是晓峰他老爹的家。

美霞充满信心地沿着人行道一阵走，走出很久了，她都没看到车站。好不容易在路灯的光影里看到车站的牌牌，她待在那里，等了好几辆车，开来的车身上头全都没有辫子，美霞自然也不敢上车。时间久了，她感觉到自己可能找错了车站。于是便又迟迟疑疑没把握地朝前走，走过一个十字路口，她便四处张望寻找，拼命回忆阿爸带她出来时走没走过这地方。越走她心中越无底，越无底她便越慌。她不知晓峰家在东南西北哪一方，她想找不着晓峰家还不如回家，等到白天打听清楚了再去找晓峰。她转回身沿原路走，但是走了半天，她都没找着自己的家。马路上时有行人匆匆走过，她试着想问问路，人家对她吞吞吐吐的外地乡音，对她犹豫不决的神情，不是不屑地哼的一声鼻音，不耐烦听完就抽身离去，就是不客气地道："连路名地名都讲不清，到哪里找去？"美霞心里急得不知咋个办好。她在马路上踯躅着，徘徊着，望着高耸入云的楼房和窗户里的灯光。她头一次感觉，上海真像一个大得无边无际的海。这一条一条相差不多的马路，一幢一幢高高低低的楼房，把人的脑壳转晕了，整个地搞糊涂了。

风刮起来，空气中嗅得出潮润的湿味，自小在西双版纳干湿两季气候中长大的美霞，敏感地意识到要落雨了。

"小阿妹，要到哪里去啊？"随着一声嬉皮笑脸的招呼，一个十七八岁的男子迎面朝着美霞走来。

美霞看他那副模样神情，心里直打怵。她转身便走，刚回过身来，另外两个十六七岁的小伙子向她逼近过来。

美霞的心怦怦跳，呆若木鸡般瞪着这几个陌生人。

"这小姑娘面架子蛮漂亮的。"

"不比电影明星差呢！"

"哎，花功道地一点。"

……

美霞似懂非懂地倾听着他们的对白。来上海一段日子了，她多少懂得一点他们说话的意思。她凭直觉晓得他们不是正派人，其中一个家伙边说话边伸手过来，托起她的下巴眯缝起眼睛来端详。

"小姑娘，你在找啥呀？"

美霞恐惧得浑身颤抖，这句话她全听懂了，但她装作没听懂。她使劲一甩脸说："我……我听不懂……"

她一露出明显的外地乡音，三个家伙不由得齐声大笑起来。美霞不知所以地盯着他们。其中一个人俯下身子，操起生硬的普通话问："喂，愿不愿意跟我们走，有吃有喝，有漂亮时髦的衣裳穿……"

"不！"美霞声气尖脆地道。

"那你想去什么地方？"这家伙的脸勃然变色，一把逮住了美霞细细的手臂，把美霞都抓痛了。

美霞大声说："我要回家！"

"轻点！"另一个嗓门压低了呵斥道。

一辆自行车停靠在马路边，车上一位穿制服的民警在问："你们仨，逼着人家小姑娘干什么？"

抓住美霞的手松开了，围住她的圈子也散开了。美霞趁这当儿撒开双腿蹿出圈子，没头没脑地一阵乱跑。

直跑得脑壳晕了，马路两侧的楼房在打转转，气喘吁吁得几乎站立不稳，她才扶住一棵树干停靠下来。树叶子簌簌响，天下雨了。雨点子噼里啪啦砸下来，声音竟比西双版纳的雨点还要嘈杂喧嚣。美霞泪眼模糊地四顾，周围的马路、楼房、行道树、路灯全是陌生的，连个避雨的地方都没有。她缩了缩脖子，耸耸肩膀，往墙根角贴着身子，抽抽搭搭地哭泣起来。

茫茫雨夜，她该往哪里去啊？

在泪水糊满双眼的这一刻，她看出去的一切都是朦胧恍惚的，雨帘在路灯的光影里显得有点斜，楼房似乎在颤动，而车轮溅着水花飞起来的自行车匆匆忙忙驶过时，又好像东倒西歪的。

陡地，她听到了声声呼唤，一声接一声的呼唤。这呼唤在老远老远的地方时，她就听见了。仿佛心灵真有感应似的，隔着一条马路呼唤就传进了她的耳朵："美霞——沈美霞——美霞——沈美霞——"

她听清楚这是阿爸焦灼而又紧张的呼喊声。当阿爸被淋得透湿，本能地缩着脑壳躲避着肆虐的雨点，蹬着自行车由远而近地沿着马路驶来时，美霞觉得她体内所有的泪水全涌了上来，她拼命抑制着自己不哭出声来，她只是任凭身躯的抖动颤抖，四肢不安地挪动，双肩一阵又一阵地耸动。她晓得阿爸是爱自己的，可阿爸又无奈。他已经在上海又有了一个新的家，新的婆娘和娃崽。那个女人和炀炀在阿爸心上同样占据着一个重要的位置，比她和阿妈的位置还重要，要不他不会把她和阿妈彻底忘却的。当自行车从身前不远的马路上驶过时，她真想从躲雨的墙根角跑出来，她真想举起双臂动情地喊一声阿爸，但说不出是什么缘故，她没有举起手臂，她更没失声呼喊，她反而把啜泣的声气都压低了。

淋得透湿透溽的阿爸骑自行车驶远了，他一边费劲地蹬车，一边呼唤着："美霞——沈美霞——"

美霞猜不透阿爸为啥先喊一声她的名字，而后又连名带姓喊一声。直看到阿爸的自行车去远了，去得连影子都看不见的时候，美霞才从幽暗的墙根角一步一步走了出来。

她哭得好些了，看到阿爸如此失神落魄地在冒雨找她，她受尽了委屈的心灵多少得到了一点安慰。阿爸去远了，去得很远很远了。那个不要紧，不要紧。直到她一声呼唤感觉不到了，直到四周重又只剩下风声雨声时，美霞才陡然感觉到阿爸在满世界找她。他穿过了这条马路，就不会再倒转过来了。她失去了一个随阿爸回去的机会，她今晚上再也碰不到阿爸了。美霞觉得恐怖起来，不由得凄厉地锐叫了一声：

"阿爸——！"

阿爸他能听见吗？

2

安永辉是给电话铃声吵醒的，虽说阿妈家的电话声气轻，没有那种刺耳惊心的效果，响起来嘟嘟嘟的，但安永辉还是醒了。他睁了一下眼，听清阿妈在接电话，于是又把眼皮耷拉上。

不是他要偷听阿妈的电话，是他不想让阿妈晓得，他已经醒了。那样的话，阿妈打电话又要不时地回头怕他听了。

"……哦，是你啊，你还想到打电话来。把永辉甩给我，你就放心了，是吗？"

听到阿妈这句话，永辉顿时意识到这是阿爸打来的电话，否则阿妈绝不可能这么自在自如地和人讲自己。

"……当然，当然，你永远都是大忙人，永远都有理由。少啰嗦，什么事儿，说吧。我听着，嗯，嗯……告诉你，我不在乎这点钱。你心里过不去，就把那个招待所的费用包下吧。永辉住在我这儿，当然由我供他吃、住，陪他玩喽！难道漠苹允许你专门抽空来陪他吗？哎呀，那么说她有了很大的进步……"

永辉听出阿爸和阿妈在电话上讲的是关于花在他身上那些钱的事情。他们离了婚，一切自然也分得清清楚楚了。他们之间已经没有了任何感情，所以说起话来干巴巴的，还假装开玩笑，就像谈生意。他们永远都不可能像安文江阿爸和陈笑莲阿妈那样相亲相爱地过日子了。永辉搞不懂，假离婚假离婚，怎会弄假成了真？阿爸又找了个女人，而阿妈也重新嫁个男人，就是挂在墙上那个男的。明显的，这个照片上的男人和阿妈也不咋个好，要不他为啥好好的日子不过，要跑到日本去？而阿妈趁他不在，背着他又同别的男人乱搞。永辉住在阿妈这里的头一天就撞见了。

阿妈这样算个啥呀？

烂女人。

在西双版纳，人们势必这样在背后说阿妈。到上海来之前，脑壳里头所有的关于阿妈美好的想象和憧憬，在见到阿妈之后，全都击打得粉碎。当逐渐地认清阿妈究竟是个何等样人时，充塞在永辉心头的，是厌恶，是恶心，是失望，是难受和痛苦，是困惑不解，是说不清道不明的一种情感。永辉明知道她是生下自己的亲妈，可又时常感到他的亲生阿妈不该是这样子的。

"……喵，露出狐狸尾巴来了，这才是你打电话的真正目的，对吗？好吧，我告诉你，安心吧，他很懂事。来的第一天他就答应，在上海耍一耍，玩够了就回去。我听出你在笑了，更不用担心漠苹闹了，是吗？什么，给安文江和陈笑莲去封信，可以嘛，我没意见。招待所你就别退房了。堂堂大经理，你还在乎这几个钱？哟，又要高升了啊，恭喜啊！"

阿妈的电话挂断了，永辉听出她最后那句话是言不由衷的，与其说她在恭喜阿爸，不如说她是隐含着讽刺和妒忌。永辉没工夫去理睬他俩之间的关系了，他听到阿爸和阿妈要给西双版纳去信了，他得抢在他俩之前，给西双版纳的阿爸阿妈去封信。他晓得只要写了信，安文江阿爸和陈笑莲阿妈就是请了假也会到上海来接他的。他们爱他，他是那个家庭里不可或缺的一分子。

安永辉闭起了眼睛，西双版纳街子上的景物那么清晰那么鲜明地在他眼前晃过，比电影上还要清楚明白。还有学校，还有赶场天的热闹，还有明丽的阳光和清澈的河流，还有空气中弥散的那醉人的味儿，在上海是永远永远嗅不到闻不着的。

阿妈走进卫生间去了。永辉合上了眼，他真希望自己不要醒，真巴望自己进入梦乡，梦见他回到自小长大的西双版纳，和那里比起来，上海的城隍庙、玉佛寺、植物园、动物园算个啥呀？玩过一次他就不想再去了。

他想家。

属于他自己的感情上的家。

在一起住了几天，永辉这孩子的脾性还是令杨绍荃捉摸不透。头天玩得好好的，说定了住下，他突然又沉下脸说要去住招待所。思来想去，杨绍荃是认定孩子看见了她和屈显亮亲昵的举动。杨绍荃浑身都冰凉了。永辉的心灵深处会怎样看待她这个阿妈啊。在恼恨、惊骇混杂着羞惭的情绪之下，她歇斯底里发泄了一通，硬逼着永辉住了下来。

以后连续几天，她都小心翼翼地对待儿子。在朝夕相处中，不经意地把自己的情况坦率地告诉永辉，除了屈显亮她丝毫不提之外，该讲的她都讲了。她试图取得儿子的谅解。永辉十几年里仅到上海来这一次，他最多住一两个月就要回去。她不愿意自己的形象很糟糕地留在儿子稚嫩幼小的心灵之中，那样这孩子一辈子都将蔑视她。这是她这个当母亲的不愿意发生的事。

说齐天道齐地，她这辈子仅只这一个儿子。如果一切如愿，她将来也许还会生一个孩子，说不准是男是女。而假若命运不济，她以后再不生育了，那也是可能的。也不是没有征兆，程锦泉在日本不是又同一位女子姘上了吗？她如今和程锦泉的关系，除了那一纸婚约，惟一的联系便是书信和国际长途，书信上的那些甜言蜜语和长途电话里面的问候，又能抵什么事？他不是一边给她这个当妻子的写信，一边又同其他女人寻欢作乐吗？

这便是人生。

而人生不可能是十全十美的，总是欠缺，总有得有失。这个道理杨绍荃在同吴观潮分道扬镳的时候就懂得了。她不追求金有足赤，她只巴望往后的日子尽可能美满一些。

永辉随她住过几日，提出要住招待所去。他说要见阿爸，他还说很想打听晓峰的妈来了没得。如若来了，要带晓峰回去，他就想跟他们一起坐火车走。这回杨绍荃没强留他，她给吴观潮挂了电话，打个招呼，永辉就去住招待所了。永辉一住出去，杨绍荃上班时就顿感轻松多了。往常她上班也没多少事，可总想着永辉在家里，回家该给他煮什么好吃的，带什么新鲜玩意儿给他逗他高兴，空闲下来带他到哪儿去玩。总而言之心头挂着事，轻松不起来。即使回了家，她也得时时留神永辉的举止神态，观察他的情绪是否好，心情是否愉快。他一走，她身心都觉得自在安闲。是啊，他们毕竟多少年没在一起了，她对他的感情并不深。她招待他陪伴他，更多的是出于一种道义一种责任和义务，还有一种补偿他的心理。她不像一般母亲那样疼爱永辉。要不永辉离开她，她不会感觉舒适愉快，她会感觉惆怅和悬浮不安，但她确实没有那种烦恼，这点她心头清楚。

有电话打进办公室来，是找她的。她接过话筒"喂"了一声，立刻听出对方是屈显亮。这令人讨厌的家伙，愈来愈胆大了，竟肆无忌惮地把电话打到她办公室来了。

"干什么？"她没好气地问。

"你在办公室，那好，我马上来，有要事相告。"电话里传过来的声音是似笑非笑的，而且挺自信。没待她说同不同意，他就把电话挂断了。

杨绍荃决定不给他个好脸色，他的自我感觉越来越好。虽说此刻办公室里没人，他来了并不碍多少事，但杨绍荃不允许。他算什么？有什么权利说来便来？讲到底他不过是个占便宜揩油的角色而已。如若养成了习惯，以后办公室都是同事，他随随便便打电话来，自由自在走出走进，那她很快就将被同事们嗤之以鼻。

屈显亮来了，显得趾高气扬，脸上还挂着抑制不住的笑容。他倒脚快，说来便来了。

杨绍荃沉着脸，连声坐也不说。都怪他，那天莽撞地闯了来，害得永辉瞧她不起。

屈显亮显得什么都不在乎，他交替地叉开腿站着，用悠然自得的语气道："我是专程来打个招呼，不会占你很长时间。我去澳大利亚的签证批下来了，准备一番，过不多久就要启程。摄影界有几位朋友在那儿已经站稳脚跟，初步有了一点局面。我想我会干得出色的，希望你能谅解。"

"那当然是好事喽！"杨绍荃故意用张扬的语气高声道，想以此来掩饰自己的惊愕和不悦。这个家伙，瞒得可真严，一丝儿风都不透。她脸上浮起点笑容："我得向你祝贺。愿你去了之后鹏程万里，出人头地。坐吧。"

"不坐了。你忙。"屈显亮没有坐的意思，如释重负地吐出一句，转身逃遁一般走了。

这个畜生，揩够了油，拍拍屁股轻轻巧巧说声走就走了，真太便宜了他。

杨绍荃跌坐在椅子上凝然不动。屈显亮离去很久很久了，她还没回过神。以往她总觉得是自己占着主动，支配着他；此时此刻，她却陡地意识到自己又遭了玩弄。哦，人的感觉。

吴观潮没想到儿子会主动打电话来约他去。他这几天正踌躇满志，心情甚好，局党委书记和局长已经正式约他谈了话，让他尽快在联谊经贸开发公司办交接，遂而到局党委办公室走马上任。谈话中另透了一层意思，走马上任之后，局机关党委改选，他还将兼任机关党委书记，一肩挑两个担子，都是正处级的职位。可见领导对他的重视，也隐示着他在未来仕途上的升迁。离市中心很近的那套房子，他和漠苹抽出半天时间，专程去看过了，闹中取静，楼层亦好，周围的环境和生活设施一应俱全，连米店水果店饮食店小百货店都很近。别说他看了满意，连漠苹那么爱挑剔的人，都啧啧称赞，兴奋得满脸挂笑。

吴观潮还有什么不满足的呢？插队落户回归而来的同龄人中，有几个混到他这个份上呢？一切都照着他的意思在实现，一切都朝着更为美好的未来在转动。惟一让他挂着份心事的，就是从千里之遥的西双版纳找到上海来的儿子永辉了。不过永辉并没使他焦头烂额，六神无主。到目前为止，应该说处理得还是妥当的。杨绍荃接受了照顾他的建议，漠苹不曾大闹，孩子在上海该玩的玩了，该看的看了，没任何闹出轩然大波的迹象。他只不过破费了点招待所的住宿费而已，对杨绍荃说招待所从来没退，而事实上永辉一离开招待所他就打电话退了房。这回永辉又提出住进招待所，他一个电话便订好了房。反正招待所是老关系，听说私人订房，总服务台没等他开口就表示，房费优惠。

吴观潮猜测永辉是一个人住在招待所里孤独，特意打电话约他去的。是啊，他和当妈的杨绍荃昼夜相处地住了好几日，他当然也想同自己这个当父亲的在一起多待些时候喽！这件事没必要瞒着漠苹，他打了个电话回家，专门腾出·个晚上，陪儿子来了。为讨儿子的欢喜，半路上他选购了四川的怪味豆、西安的太阳牌锅巴、上海的阿咪奶糖几样可口的零食，拎了满满一塑料袋。

叩门走进招待所客房，吴观潮惊愕地愣住了。

杨绍荃端坐在沙发上，正同永辉有说有笑地聊着。吴观潮警觉起来，几天工夫，母子之间看来已经相当熟悉了，晚上让自己来，是否会钻进母子俩的圈套？

杨绍荃也有点诧异，微微一扬眉毛问："怎么，眼界高得不认识了？"

"进屋来呀，阿爸。"永辉也在向他招手。

吴观潮走近单人沙发，迟疑了一下才入座，顺手把买来的零食搁在茶几上。

杨绍荃把零食从塑料袋里悉数倾倒出来，欢叫着："永辉，瞧你阿爸多大方啊，给你买来一大包零食。"

听她那语调，吴观潮就觉得是装出来的。现在，他同杨绍荃隔一张小茶几坐在两张沙发上，他们的儿子永辉离开两米来远，坐在挨近床头柜的一张椅子上，若是让漠苹看见这情景，她又要吃醋了。

"是我故意让你们在同一时间来的。"永辉吐出的话令吴观潮更为吃惊，瞅孩子的神情脸色，他为这事设计很久了，"我到上海来好些天了，从来没见过我的阿爸阿妈在一起是咋个样的。我要看看，我还有话要说。"

吴观潮最初的担心消失了，看来这只是永辉一个小小的计谋。他架起二郎腿，侧起身拿起袋泡茶，给自己倒一杯茶。

杨绍荃在拆他带来的小米锅巴，拆开了也不让永辉尝，只是往嘴里丢，咀嚼起来声音嚓啦嚓啦响。看她那神态，她也不晓得永辉耍的这一手。

永辉的目光从杨绍荃脸上又移到他身上来了。吴观潮稍稍感到一点不安，从永辉的目光中，他看到了怨愤和蔑视。孩子的眼神不是幼稚无知的了，他有主见。

"你们不会晓得，最早从旁人的嘴里听说，我不是安文江、陈笑莲的亲生儿子时，我心头是个啥滋味。安文江阿爸、陈笑莲阿妈对我好，好够完，这我晓得。可知道了我不是他们的亲生儿，我就是感觉不一样。特别是晓得了我的亲生父母在上海，我的心头更是翻江倒海。我总想有一天我的父母会突然出现在街子上、突然出现在教室讲台上来接我，当着众人把我接去上海。有几回我做梦，都梦见你们来

238

接我了，接我到上海去玩去耍去住电影上见过的金碧辉煌的房子。可是没得，梦终归是梦，梦醒过来，还是啥都没得……”

吴观潮端起的茶杯忘了喝，身旁的杨绍荃也不再咀嚼锅巴了。永辉的一双眼睛里，淌出大颗大颗的泪珠。吴观潮惊骇地望着儿子，浑身颤动不安。

“县城街子上，有些原先的上海人。人家指给我看，说他们就是当初和你的阿爸阿妈一块来的知青。我看见他们就觉得亲，看见他们就主动喊他们。看见男的我叫耶耶，看见女的我喊婶婶。”永辉自顾自往下讲，不时翻起眼皮瞪他们一眼，由于抽泣，他讲得不那么顺畅了，“他们对我也亲也客气，好像他们多多少少晓得我的身世。他们有时给我几角零钱，有时让我去他们家里玩。看到他们，我就想，为啥他们可以在西双版纳住下来，我的阿爸阿妈非要把我送给人家走脱呢？”

永辉哭了。

屋头一片沉寂，杨绍荃掏出餐巾纸来擤鼻涕，头垂落下来。吴观潮面对儿子的询问，无言以答。这样的问题，一两句话讲得清吗？讲出来了，儿子能理解吗？他能对儿子说自己是厌恶了雨季里泥泞满地的山路，是逃避那里物资的匮乏，文化的饥馑，不少时候连肥皂、煤油都脱销，时常还得一家人伴着一盏孤灯，眼睛对鼻子啥话都说不出来、都没情绪说……哦，这些永辉不可能理解。他自小在那里长大，他已经融于那片土地。况且他会立即反驳，现在那里早已不是这样了。最好的办法还是不说话，由他讲，由他发泄。话总是要讲完的。

永辉的双眼让泪水糊满了，他仰起脸来朝着他俩说：“在学校里，和同学拌嘴吵架了，人家总要骂我、咒我是‘烂私儿’。你们也在那里待过，你们晓得骂这一声是多么凶……嗯……”永辉呜咽着，说不下去了。

杨绍荃已不在那里装作擤鼻涕，她掏出手帕来抹着眼泪，头根本不敢抬起来望永辉一眼。吴观潮的两眼虽然瞅着永辉，却是心绪波动。是啊，是有欠妥处，最要命的是当初把永辉送人时，他还不懂事。而如今他已是个半大不小的孩子，他除了会活下去，他还会思索，他还有自己的一份权利，他要询问，他要责备遗弃自己的父母，他小小年纪受够了委屈和凌辱，他是怎么忍受的？

"等你们不来，等你们不来，久等你们都不来，我渐渐地就生了心，要跑去上海找你们。正好有了机会，有伴，我就来了。"永辉拿手背抹了一下眼泪，接着说起来，"坐上火车那一刻，我心头是多么欢啊！我要去找亲生的爹妈了，我想象着阿爸阿妈见到我时会是多么欢喜不尽，会是多么亲热，会是……会是……噢，我有多多少少话要对阿爸阿妈讲啊，我憋了多久了啊！可我见到的你们，是咋个样的呢？"

说到这里永辉的声气陡然变得尖锐起来，他似在嘶喊和控诉："对比之下，我才懂得，安文江阿爸和陈笑莲阿妈对我是多么好；我才晓得，我是做了一桩憨事，大憨事！他们才是我真正的亲爹妈啊。而你们，你们是啥子？为了回上海，为了回老家，你们把亲生儿子卖了比车费钱还多得多的五百块，你们扔下儿子就跑了，以后再不想他再不管他了，死活全都不管了！阿爸你当上了大经理，听说还要升官，你这样的官当得好吗？连亲生儿子都不要的人会当好官吗？稀奇哩！"

吴观潮如同冷不防被人抽了几记耳光，眼前金星飞进乱溅。多少年了，他意得志满，趾高气扬，就是上级领导一个个见了他都客客气气。有谁如此尖酸刻薄地责问过他，咒骂过他？他的怒火在升腾，他的牙关紧紧地咬在一起，可他却耍不出脾气来。他的火是虚的，儿子说的句句都是实话。

"不要以为我怕你们，离了你们我就活不下去。我都打听好了，晓峰他阿妈已经来上海，他们走我就随他们回去。不给车费钱我自己有。你们不管我吃喝，我自己掏钱买。你们若要打我骂我，我就吵到你们单位去，看是你们对还是我对，看是哪个有理！"永辉的话一股脑儿倾倒出来，眼角脸颊上的泪给他抹去了，他一脸天不怕地不怕的神情，"我已经给安文江阿爸陈笑莲阿妈写了信，他们晓得了我在哪里肯定会来接我。莫以为你们就过得好，阿妈你醉生梦死地混日子，我看着都恶心呢！你们说话啊，你们为什么不说话？你们自私，你们只顾自家不管别人，你们活在这世上，脸面往哪里去搁？你们……我算是看透你们了！"最后这几句，永辉几乎是咆哮一般说完的。

面对疾言厉色的责备，吴观潮震惊得四肢颤抖，嘴唇不自觉地嚅动起来，却是一句话都答不出。

杨绍荃终于忍耐不住，双手掩着脸啜泣着哀求道："别……别说了，永辉。阿妈对……对不起你，别说了，别说了呀！"

她的哭声颓丧而又凄厉得令人心惊。

打击为什么要像约好了似的接二连三到来，杨绍荃说不清楚了。她是怎么离开永辉居住的招待所，回到被她称为安乐小窝的家里来的，她也讲不清了。

镜子里映出她的脸，凄楚而哀怜。永辉说出的那些话，充满孩子气的愤激，又充满了最简单的为人之道。她无言回答，就连平时巧言利舌的吴观潮，也张口结舌说不上来。他们能说什么？能对自己的儿子申辩表白吗？能把一切讲圆满吗？不可能。最可怕和可怜的是他们还在极力地试图讨好永辉，博取他的欢心，掩饰他们内心深处真正的冷漠和绝情，而这一切恰恰又被孩子纯正犀利的目光全都看穿了。

不管他们说没说出口，他们对永辉是有罪过的。

痛哭失声也不能减轻杨绍荃心灵上的歉疚。如果说永辉这一次没来上海，那么在她的心灵深处，在她的隐蔽的感情世界偶被掀动的时候，她还会朦朦胧胧地觉得，她曾有一个儿子生活在西双版纳的街子上。而如今，永辉到过上海之后，她却是彻底地从感情上失去了这个儿了。

永辉不是把一切都表白得清清楚楚了吗？

在镜子前凝视了片刻，杨绍荃缓缓地转过身来，她第一次察觉自己的眼泡肿了，那泪囊痕迹即使在灯光下都看得那么分明。她不年轻了。

正想再转回脸去端详一眼，杨绍荃的眼角瞥到门缝边有一封信。她过去捡起了信，一看字迹就晓得是程锦泉写来的。奇怪的是平时信件都丢在楼下过道的信箱里，今天怎么送上来了？也许是邻居代收后随手给她带上来的吧。杨绍荃没情绪读程锦泉的来信，全是假惺惺的甜言蜜语，还不是那一套肮脏的伎俩？写得天花乱坠，做的却是另外一套。

她在沙发上坐稳下来，蹬去了皮鞋，打开了一听易拉罐椰汁啜上几口，才把信封撕开。这回的信倒简短，称呼也直截了当，杨绍荃没费劲读了下去：

绍荃：

　　来信收悉，你的近况大致了解。但你大概逍遥得过于健忘了，最重要的事情却没告诉我。而我呢，远在日本，可怜今今地始终蒙在鼓里。这一回，弄堂里有位邻居到东京来就读，我作为先来者去接了他一下，帮助他安顿下来。从他嘴里，我才晓得你在上海已经又有了中意的男士，且还并不避众人耳目。

　　我还有什么话讲呢？我们善始善终吧。我不会再给你挂电话，这封信也是我写给你的最后一封。如若你觉得还需要履行什么手续，我悉听尊便。

　　愿你好自为之。

3

长这么大，盛天华还没活得如此快活过。不需背着书包上学读书，不消干活路，更不用做那些令人头痛的功课。每天睁开眼，就是敞开肚皮吃好的喝香的，然后便是尽兴地玩。玩够玩累了，歪在沙发上看录像，那些刺激人的录像，看得他脖子都伸长了。

最让他兴奋欢乐的，是他身旁总有个马玉敏陪着。马玉敏的花样多着呢。如若他们说好了到外头去玩，她就背着书包先出门，装着去上学，其实是在说定的街角马路边等他。当盛天华随后赶到时，她就从书包里拿出一只大大的纸塑提包，把书包往里头一放，提着走。看上去他俩就像出去买东西的。如若他们约定偷偷地躲在家里看大人们晚上不让他们看的录像，她照样若无其事地背着书包假装去上学，等家里的大人们走光了，她又悄悄踅回家来，然后他们就躲进小屋，反锁上门，在里头边喝饮料吃点心边看录像。马玉敏看着看着会坐到他身边来，挨着他肩膀。有时候，盛天华转过脸来，就会看到马玉敏一对灼灼放光的眼睛盯着他，盯得他脸红心跳，浑身不自在，恨不得去搂她。

盛天华不是个迟钝和憨实的小伙子，他早看出来了，马玉敏对他有好感。自从帮助她教训了那三个欺侮她的小流氓之后，她就把他视为堂堂的汉子，是个英雄。而自从他随她出入舞厅，出尽风头之后，她几乎是崇拜他了。那一回为舞厅里震耳欲聋的音乐和四面八方腾跃跳荡的彩灯光所惑，看到那些男人们一个个扭得小里小气，盛天华忍不住，一个飞步跃入舞厅中央，淋漓尽致地跳了一出象脚鼓舞。当他充分地运用膝部的柔美起伏，身躯的收腹、挺胸，配合手臂多姿多彩的三道弯造型，再加上小腿的敏捷，头部眼神的巧妙配合，舒缓有致的提气，柔中带刚的动作韵律，一下子吸引了所有人的目光。没待他跳完，舞厅里就爆发出雷鸣般的掌声和呼喊怪叫，赢得了满堂喝彩。经营舞厅的大堂经理，还欢迎盛天华天天光顾，并说要付给他一定的报酬。

那天回家的路上，马玉敏的目光没离开过他的脸。她啧啧称奇，连声赞叹，声气里充满惊喜和欢悦。走过一条幽静的马路，她扯住他避到树木的浓荫里，主动吻了他。吻得天华第二天早晨醒过来，还在体味嘴唇上的感觉。她还说他傻，人家经理邀他去，还要付给他钱，他应该答应下来，不该光是傻笑不吭气。

天华说他不是傣族，他跳得并不精彩，他只不过是在街子上跟着那些傣家小伙子学的，哪里能赚什么钱啊。

马玉敏把细长的手指伸过来，点着他脑壳说："有赚不赚猪头三。"

天华听不懂这话是什么意思，好像是骂人。但他晓得即使是骂，马玉敏也没恶意，相反还是一种好意的表示。

怪得很，天天在一起，天华几乎离不开马玉敏了。难得有一天，马玉敏真上学去了，他站也不是，坐也不是，做什么都不对劲儿。直到马玉敏回家来了，他心头才感觉到踏实，感觉到有滋味。马玉敏本来读书就是三天打鱼两天晒网，如今旷课逃学更成了家常便饭。

她咬着天华的耳朵根说："读书有啥劲儿，同你在一起我才觉得生活多姿多彩呢，够刺激。"

马玉敏的花样又多，一会儿带着天华去酒吧咖啡厅，一会儿又进舞厅茶座，一会儿提议天华教她学西双版纳的舞蹈。当天华给她纠正舞姿，轻托她的腰肢，抓住她的手腕时，她情不自禁地主动挨近他。

天华岂会没有感觉！马玉敏脉脉含情瞅他一眼，或是轻拍他一下，他都能觉察。每当无意间触到马玉敏滑嫩柔和的手背，每当他的视线无意中落到马玉敏隆得同她年龄不相称的胸口，他的心头就会作怪般怦怦乱跳。马玉敏很近地挨着他时，他总要拼命地抑制自己伸出双臂去拥抱她的欲望。而当录像上的那些画面闪现时，他连转脸去瞅马玉敏一眼都怕，他真怕自己会不顾一切地把她按倒在沙发上。

这天早晨天华起得迟，吃过早饭正疑惑咋个不见马玉敏的身影时，马玉敏在她的房间里喊他了。

他环顾了一下楼梯过道，大人们一个都不在家。而马玉敏喊他的声气又是那么迫切："天华，到我这儿来。"

他踅到马玉敏房门前，门虚掩着，露一条缝。他轻轻推开门，迟迟疑疑站住了。马玉敏垫着两三只大枕头，躺在床上。窗帘都没拉开，屋头晦暗昏糊，还有股闷沉憋人的香味。

"进来啊，你呆了？"

"你……咋还不起床？"他一步一步走近她，讪讪地问。

"我生病了。"她声气低柔娇弱地说，"一点气力都没有。"

"吃早饭了吗？"

"喝过一杯牛奶，是你妈拿进来的。你坐啊，坐这里。"

床头只有床边柜，他只得坐在床沿上。她赶紧又往里头挪一挪身子。

他问："我阿妈在家吗？"

"早上班去了。阿婆和我爹爹也走了。我躺在床上，听得清清楚楚。"

天华心安了些，俯身望着她，惊异她虽没起床，脸上却描着眉，还薄施脂粉，连嘴唇都是红嘟嘟的。天华有一句没一句地问："还想吃东西吗？我替你拿。"

"不想吃。"她注意到他的目光，淡淡一笑，"没起床梳洗，难看死了。"

"你不丑。"天华认真道，"美得晃人。"

"真的吗？"她的声气透着惊喜。

"我哄你干啥？"天华更挨近了她一些，他的手无意中隔着被子碰到她的身子，胸口像撞鹿，他关切地问，"你脑壳昏吗？还是发烧？"

"昨晚上有热度，今天醒过来还没量呢，你摸摸。"

他顺从地把手探过去，她的额颅往起昂了昂，似要来迎他。他的手搁到她光洁细嫩的额头上，起先那一瞬间，啥感觉都没有，继而他觉得她并没发烧，额头温凉温凉，摸着真舒服，他不由得轻轻柔柔怕触痛她一般抚摸着。她嘴角挂点笑，微合下眼睑。他摸了一会儿，觉得不过瘾，便又把手移到她的眼角、耳旁、脸颊、下巴。他的手掌抚摸她嘴唇时，她轻微微嘬了他的指尖一下。他的两只手捧住了她粉白娇嫩的脸庞，他的心怦怦乱跳，垂下脑壳去，把嘴凑到她脸上，随而又吻她红艳艳的嘴唇。马玉敏当即有了反应，她的两手从被窝里伸出来，紧紧搂着他脖子回吻他。以往都是她闹着玩一般啄他一口两口，今天是他第一回主动亲她。他觉得真有滋味儿，亲不够。亲久了，他稍稍仰起脸喘口气。马玉敏又带着一股疯劲一把逮住他头发让他贴着她。他吻了她的嘴又亲她鼻尖，亲她的眼角、额颅。她的身上弥散着一股香水香粉好闻的味儿，她整张床上都有股温馨的气息。天华感觉到一种强烈的兴奋，他一腾身让膝盖移上床沿，便于更长久、更热烈地重复亲她。

马玉敏掀开了半边被窝，两只手撕扯一般抓住天华的衣裳。天华在贪婪急切的狂吻中，无意间溜眼看到马玉敏穿着贴身小褂的上身，眼都瞪直了。马玉敏袒露的颈脖、圆溜溜的肩膀和高高隆起的乳房，使得他喘气都急促起来。他一边继续吻她，一边用手去探摸马玉敏的脖子，滑溜溜的肩膀。没遭到阻拦和反抗，他又大着胆子把手探到她胸前，先隔着小白褂轻轻摸了几下。马玉敏双手扳过他的脑壳去吻，他更放肆地把手探进她的小褂摸着了她的乳房。他从没如此激动如此狂喜，他摸了她一把，又摸她一把。马玉敏噢了一声，他赶紧说：

"玉敏，马玉敏，我……我爱你我喜欢你，我的亲亲，我的宝贝，我脑壳晕了，我头昏了，我从没，从没……"

他的手从这个乳房移到那个乳房。马玉敏像喘气又像娇吟般哼哼说："天华、天华，我做梦时我们就这样。你，噢，哎哟、哎哟！你让我喜欢、我喜欢……"

天华歪着身子姿势极不谐调自然，他摸着她就不能倾心吻她，他贪婪地吻她就无法抚摸，可他两者都不想放弃。马玉敏把他使劲一推，心急地叫了一声："上来吧，你干脆到床上来。哎呀，门，你快把门关好到床上来。"

天华如梦初醒，离床下地扑向门口。他的手刚抓住门把时，整个人浑身一震，遂而泥塑木雕般站住了。他的阿妈俞乐吟站在门口，惊惧恼恨百感交集地盯着他。

马玉敏躺在床上不曾察觉，还在扯着嗓门嗲声嗲气唤："快来呀，快关门呀，戆大，木呆呆站着干什么啊！"

不是屠英德有求于她，俞乐吟今天是不会回家来的。而屠英德和她之间的关系，又是非同一般，难以言尽。

上班时，大组长安排俞乐吟随踏黄鱼车的三十岁老小伙子屠英德去运编织横机，俞乐吟二话没说坐上黄鱼车就走。谁料屠英德没将黄鱼车直接踏往百货批发站，却穿弄堂到他家里去了。

俞乐吟扯扯他的衣襟后摆说："你昏头了！方向踏错了！"

"先到我家弯一弯。我顺道把两匹水洗布运到百货批发站旁的弄堂里去。"屠英德头也不回道。他是里弄生产组专门踏黄鱼车的，连生产大组长平时都奈何不了他。

"公私兼顾，你倒会打算盘！"

"这年头，不学会打算盘，就只能过吃不好饿不死的生活。"

俞乐吟不能反驳他。这家伙因为家里穷，三十好几了还讨不上老婆。里弄生产组的老阿姨小姐妹们给他起了个绰号"三十岁的老小伙子"，叫得他哭笑不得。她若顶他两句，准会引得他连讽带刺一大套牢骚怪话。再说，俞乐吟心头也不忍。初回沪，认识马超俊之前，她和他之间多少是有过点意思的。弄得他后来和一个安徽来的卖蛋女住在一起，也不办手续，就那么凑合着。

黄鱼车踏进屠英德家里所在的弄堂，他刹好车子，挨墙锁上链条锁，转过身来对她道："上去坐坐吧。"

"我跟你上去，不要惹得卖蛋女吃醋吗？"

屠英德脸色一沉说："哪辈子的事了，那女人早走啦！不辞而别，还卷走我五百块钱。真的，两匹水洗布，还想请你帮忙搭个手。"

弄堂里出出进进的人很多，他满不在乎。

俞乐吟随他走去说："原来你是要我当劳动力。"

屠英德住的是二楼厢房，一长间，二十八平方米，用木屑板一隔为二，煤气和卫生间都同客堂、亭子间的邻居合用。他这地方的路段弄堂比起俞乐吟娘家和别墅楼附近七凹八凸的房子强。可惜这小子命不好，刚生下来父亲被打成右派，被整到湖州去工作。母亲把他往婆婆处一扔，离婚改嫁后再不露面。屠英德自小随在街道服务站修套鞋、雨伞的婆婆长大。"文革"结束前相当长一段时间，婆婆每月仅二十四块工资。七十年代末父亲平反了，可他早在湖州又成了家，有了新的儿女，哪里还顾得上和前妻生下的屠英德？屠英德偏偏没一点运气，中学毕业勉强可以找个工作时，他又害了肺结核。病好后，他只有进里弄生产组，比为他操劳而终的婆婆还差。生产组姐妹们当面都骂他一代不如一代。为此尽管他长得高高大大，仪表堂堂，脸貌有几分令人怦然心动之处，在偌大的上海滩就是讨不着一个老婆。

"来，喝杯咖啡，我早上吃点心时煮的。"屠英德倒了一杯咖啡递过来，"还没凉呢。"

这年头谁还喝煮咖啡？麦氏、雀巢都是买回家即冲即饮。俞乐吟笑笑，没揶揄他，接过咖啡，在他外间的沙发上坐下来。起初回沪时，她来过这里，那时他婆婆还健在，房间里寒碜得令人想掉泪。晃眼几年过去，墙上糊了壁纸，钉了顶角线，添置了沙发、食品柜，蛮像样了。

屠英德从里间扛出两匹水洗布，往椅子上一搁，在俞乐吟对面坐下来，端起给自己倒的咖啡，呷了一口道："现在你是不屑喝这种蹩脚咖啡了。"

"哪里……"

"我晓得。"屠英德摆摆手，"你不用瞒我。马超俊这人大名鼎鼎，路道粗，市面大，少讲一点每月几千块钱是闭上眼睛赚的。对吗？"

"就算这样吧。"早点吃的是鸭块面，俞乐吟倒觉得这会儿的咖啡喝上去有滋有味。

"不过你活得并不自在，也没啥幸福可言。"屠英德话锋一转，直往她自我感觉良好的心头戳来一刀，"是吗？"

她瞠目结舌瞪着他，有些恼怒，又有点委屈和伤心。她不知屠英德为啥偏要在这种时候，挑起令她难堪的话题。

屠英德一点不给她面子地说："像马老板这类人，信奉的是姘头轧得越多越光荣。据说他是时常在调换的，而且找的多数是没开过荤的处女。大家议论起来总是啧啧几声，有的人甚至羡慕。不过我一直在想，作为他妻子，你就苦了。"

不晓得怎么搞的，这家伙几句话，说得俞乐吟心头热烘烘的，眼泪直往上涌，但她还佯作笑颜道："有啥办法呢？随他去，只要他在外头不出事，不，不……"

她想说不抛弃自己，她就眼开眼闭。转念一想，这么说不是显得太低贱了？她就没说下去，只是再笑不出来，掏出手帕，拭拭眼角淌出的泪。

屠英德不失时机地坐到她身边，一只手拍拍她肩膀说："对不起，我没想到你这么脆弱，我……"

本来俞乐吟还能克制，他这样一安慰，她反而嗯唷一声，哭出声来，再也控制不住。平时，她连个哭处都没有，娘家人只以为她嫁了个大富翁，有便宜可占，哪理解她心里的苦衷。

她哭泣起来，屠英德的手停留在她肩膀上，轻轻抚慰着。她浑身颤抖，哭得愈发大声。屠英德有点慌张地起身去关厢房的门，转过身来又去关上窗户。

俞乐吟顿觉自己失态了。是啊，让左邻右舍听去，人家要生疑心的。但她怎么也抑制不住自己，屠英德的手摩挲她肩背时，她差一点头一埋倒进他的怀里。她是个孤凄的女人，她需要关心，需要体贴，需要有人可以倾诉知心话。说不清是从什么时候开始的，每当夜阑人静，独自睡在软绵绵的席梦思大床上，她总是辗转难眠。眼前闪闪烁烁恍恍惚惚，胸中怦怦怪跳如同小鹿，她想安睡却怎么也无法抑制内心勃勃的骚动。她莫名地亢奋，躯体微微震颤到几近难熬的程度，冲动得不能自已时，她会披衣而起直冲马超俊的卧室。哦，她是个中年妇人，她渴望男人的温存和情爱，她需要丈夫。可当她冲到马超俊卧室门前时，想到推开门来她将看到的景象，她又骇然停下脚步，浑身像被人兜头兜脑浇了一桶冰水样寒战着。"饿虎扑羊"般的劲头顿时消失殆尽，遂而又静悄悄无精打采地回到自己屋里。

她奇怪自己怎么变了，过去她不是这个样子的呀。她疑惧自己是否有病。幸好上海开出了女子性功能保健门诊。在那一间间便于说悄悄话隔开的小诊室里，她把内心的疑窦向两位老大姐医师有选择地道了出来。检查后，医师的诊断结论是明确的：没有病。除开了一些镇静药之外，关键是要她学会"兴奋转移"法，学会自我控制，调节和平衡心理，克服性亢进状态。

天天冷眼瞅着马超俊就在离她不远的房间里演出戏文，她又怎么可能平衡和调节自己的心态？有多少回，俞乐吟不由自主产生了破罐子破摔的自暴自弃思想。不是有些个体户万元户的妻子和丈夫来个针锋相对吗，你轧你的，我轧我的，要乌烟瘴气就一起乌烟瘴气。

屠英德拉上窗帘的声音使得她一怔，她猜不透屠英德是以此动作催走呢，还是会重新坐到她身边来。她耸动着双肩，连连抹着眼泪。屠英德没走到放水洗布的椅子那里去，他又退回她身旁来了，他坐下时两只手一齐搭上她肩头。俞乐吟惶惑得竟吭吭吭顿挫地哭出了声，身子都摇晃起来。

"别哭了，乐吟，我晓得你心头的苦。"屠英德凑近她耳畔轻柔地安慰。

她的眼前升起一团浓雾，内心深处涌起阵阵骚动。她边哭边把脸埋进屠英德怀里，屠英德身上男人的气息好诱人。

"我真苦死了……"

屠英德扳过她的脸，先吻了一下她脸颊上的泪，继而把嘴凑到她两片唇上。她已有了准备，微启双唇期待着他。

"嗯。"她记得自己哼了一声，继而全身如同麻醉了一般弥散开阵阵舒适不尽的热流。他的嘴厚实有力温润灼热，他们像胶着般吻了很久很久，直到双方都有点喘不过气来。稍一松开喘了口气，他俩又贪婪地咬在一起。他的手不安分地往她身上探摸抚慰，让她感觉一波又一波袭来的愉悦和欢快。

都是过来人，有什么廉耻可言？

脑际闪过这一念头，俞乐吟的双手也活跃起来。那些看过的录像起作用了，她不由得像那些画面上一样仿照起来。

屠英德和卖蛋女在一起肯定没尝试过，他兴奋得绷紧了浑身肌肉不住地哼哼着、呢喃着说："幸福，幸福，噢，欢乐，欢乐极了。美极了、美……"

俞乐吟恨不能把储积多时的精力全使出来。屠英德食不果腹般和她挨过了贴紧了，直到他粗厚的嗓门和她尖厉的声音一起欢叫起来，两个人才精疲力竭般倒在床上。

俞乐吟只喘息过片刻，便把脸贴到他厚实宽阔的胸膛上，双手又在他颈部抚慰起来："太美了，是吗？"

她从大立柜的镜子上看到自己脸色绯红，两眼闪出炭火样的魔光，一头乌发蓬乱得整个儿披散下来。她只把头抖了抖，根本无心思去捋理一下。

屠英德带着满足的模样，露出无耻的笑脸，随意撩撩她的蓬发，说："邀你上楼，我本意不是这样的……"

"你不满意吗？"俞乐吟呼地坐起来，丝毫没因赤裸的身子有任何羞涩之感，她带点恼意乜斜了他一眼。是的，他们开始时有点逢场作戏，但在几近疯狂的纵乐获得满足和快感之后，俞乐吟产生了要把屠英德抓在手心里的想法。她的命运中有两个男人，云南乡下的盛加伟是不屑说了，她是迫于无奈和生计嫁给他的，所以她撂下他时并不感觉有什么惋惜；和马超俊之间，与其说是感情的结合，不如说当初是互相需要。眼前这个屠英德有点不一样，她第一次就在他这里感觉到了爱的色彩和欢乐。保健门诊大夫说得对啊，她如今生活安定富足，吃得也好多了，生理上的欲望自然会像苏醒般比以往强烈一些。她岂能甘受马超俊的冷落，总是被他撇在一边苦守空房？她活着也要寻欢作乐，她怎能允许屠英德从手心里滑脱？

屠英德瞅她真生气了，赶紧支身坐起来搂她。他的手小心翼翼托住她颤动的乳房，用道歉的语调说："我感激你还来不及呢，怎会不满意？说真的，乐吟，你嫁给马超俊之前，我总觉得我们……"

"少来这套花言巧语，把我当黄毛丫头。"俞乐吟斥责般打断了他的话，内心里却还是高兴的，嘴角不由得露出一缕笑纹。

屠英德一脸正经地说："是真的，乐吟，后来同卖蛋女瞎搭，我就是有点自暴自弃，想瞎混混算了……"

他说话都哽咽了。俞乐吟斜他一眼，这家伙大概是真的，眼里涌出了泪花。她心头一热，柔顺地往他宽阔厚实的胸怀里一靠，扭扭身躯，让背脊摩挲摩挲他的胸膛，遂而双手扳下他的脸，在他嘴唇上重重地吻了两下说：

"我信你，英德，其实我……你看不出，生产组那些老阿姨小姐妹取笑你、讥诮你，我心头总有点隐隐作痛的。"

她往他脸颊上拍了两下。他俯下脸来吻她肩膀。她觉得这一刻真销魂，真难忘。

屠英德搂紧了她道："我心里有数。"

"你说吧，约我上楼，你本想干什么？"

"想……想和你商量件事。"

"什么事？"

"呃……"

"你爽快一点，不要像个女人。"

"是关于钱，想借点当本钱……"

"多少？"

"数目大呢。"

俞乐吟坐直身子，感情从陶醉和温馨中恢复过来，心头掠过一阵不悦，难道他今天的逢场作戏是为了借钱？她神经质地沉下脸，觉得自己又被骗了。强抑住不悦，她淡淡地道："你说详细点。"

上海今秋新出了几种款式别致的夹克衫，水洗布面料，色彩多，男女式都有，一上市就十分畅销，特别是外地来的服装个体户，争着要买。现在中百一店、华联商厦都已脱销，但外地个体户还在拥来。屠英德摸了一下行情，这些服装个体户把夹克衫抢到手运回去，每件要加价三五十元卖给外地人，"斩"得这么凶，还供不应求呢。屠英德手头有几件样品，找到一位在服装厂请长病假躲家里替人裁做衣裳的师傅，这人打包票说，原封原样做出来没问题，设计得比市场上的更新颖怪诞，他都做得出来；而且要多少可以做多少，他周围有一大帮会做衣裳闲坐家里的人；现在欠缺的就是资金购买面料和付工钱，屠英德十几年里的所有积蓄四千多块都拿出来填了进去，但还缺周转资金。

俞乐吟听后心头一怔，屠英德这一手，不是和马超俊摆服装摊头耍的同一套手腕吗？从某种意义上说，他这几乎是在间接地抢马超俊的生意。讲得好听点，就是竞争。马超俊这小子，整天钻女人堆里，是疏忽了还是不屑再这么小打小闹？

她眼珠转了几转，斜白了屠英德一眼说："如果我手头没钱呢？"

屠英德把整个身躯更紧紧地贴着她后背，贴得她痒酥酥的。"那我只配赚点小钱，永远讨不到老婆。你知道，这种时机是很难得的，机不可失，时不再来。上海滩头子活络的人又多，说不定隔个两三天，说不定睡一觉起来，生意就给别人抢去了。"

俞乐吟听他讲得可怜巴巴，心里滚过阵阵怜悯之情。她又伸手勾住他的脖子说："如果我挤得出一点钱，你给我什么好处？"

"赚来的钱我们对半分。"

"就是说，我中有你，你中有我？"

"对。"

"你要多少呢？"

"当然是愈多愈好。你放心，我会写收据的。生意上的事，亲兄弟，明分账，我绝不坑你。不过，这件事不能对马老板说。"

俞乐吟一个转身膝盖抵床和他劈面相对，半真半假地道："是啊！赚足了钱，你把老阿姐我一脚蹬开，又去找个小骚精，相亲相爱过日子。我呢，瞒着马老板借钱给你，弄得两头不是人，还要担风险……"

屠英德一只手掩她的嘴，一只手紧紧搂住她，申辩道："乐吟，绝……绝不会这样。只要你愿意离开大富翁，让我掏阴沟当苦力我都养活你……"

"算了，"俞乐吟觉得话说到此够了，她只想把屠英德当条后路留着，万一马超俊翻脸不认人的时候，她还可以有个倚靠，目前她仅想从他这里得到点乐趣和满足，她不想把话说穿，"别说不吉利的话，我还指望你发呢。你等着，我去取钱。五千够不够？"她的私房钱还不止这个数，她都放在娘家，但钥匙锁在别墅楼里。

"当然，当然。"屠英德的眼睛闪射出贪婪的目光。

"编织横机什么时候运呢？还有你的两匹水洗布。"俞乐吟自觉地为他操起心来。

屠英德笑道："这个好办，晚一点吃午饭，等你拿来钱，我们三桩事合起来办。"

俞乐吟要下床去穿衣裳，屠英德轻轻逮一逮她，两个人又相偎相依地紧紧搂抱在一起，滚倒在床上。

4

二楼休息厅有一盏壁灯不亮，灯泡是好的，外露的线头上却没电，而电线全都埋在护墙板后头。电工无奈，请梁曼诚上去帮忙。凿穿护墙板不但费工夫，而且不可能。电影天天要放，每场电影开场前，都有人进来休息，哪能兴师动众破坏墙壁。

梁曼诚上去之后，抽了一支烟，两个钟头之内解决了难题。当初钉休息厅的护墙板时，他也在帮忙，看到新买的护套线不是一等品，他估计后勤组买线的家伙吃回扣，但又不便明说，于是便建议，护墙板不用钉子，改用木螺丝。旋上去之后，在螺钉位置上挂画，既美观又遮掩了螺丝痕迹。他让电工把画从墙上取下，旋开螺丝，拆卸下护墙板，换了一根新线。灯亮了，一切恢复原样，新来的电工感激不尽。

梁曼诚又抽一支烟，笃悠悠回到地下室来。节气已过，电影院里早就不放冷气，他上班等于休息。

步下转角楼梯时，他听到地下室有点动静，警觉地放轻了脚步。身子转弯时，他俯下脸去瞥一眼，"埃及白脸"正把一长溜紫色的电影票递给一个"黄牛"，从"黄牛"手中接过一沓钱，点也不点往裤兜里塞。

梁曼诚重又直起腰，重重地干咳一声，信步走下来。

"埃及白脸"和"黄牛"若无其事地迎着他走过来，他俩的手脚确实挺快。"埃及白脸"还朝他诚恳地笑，"黄牛"拍拍"埃及白脸"的肩道："老兄，两张票你都没办法解决，我只好另想办法了。"

说着匆匆离去。他的话是说给梁曼诚听的，梁曼诚垂下眼睑，一屁股坐下来跷起脚系鞋带。

"埃及白脸"解释说："越弄越不对头了，我姐夫弟弟的同事，也找上门来要票子，每人四张家属票，我哪里够分。"

三天以后霓虹电影院要放"内部参考"片，电影院上下左右所有的部门都人来人往，门庭若市。这种片子现在冠名"学术资料"片，但社会上什么样的人物都对此感兴趣。他们的兴趣当然不在"学术"和"资料"上，主要是在"少儿不宜"的镜头上。但真正安排放"少儿不宜"的通宵场时，票子又不能全部售出。现在的观众大约是被录像啊、摊头上的书刊啊喂得过饱了，对什么都不在乎。独有这学术资料片，票房价值挺高，总能卖光。梁曼诚的票早送人了，两张送给老同学，两张送到卢晓峰的爷爷家里。人家帮过忙，他记着情。

他系好鞋带，取下嘴上叼着的烟，冷冷地说："他不是你姐夫弟弟的同事，'埃及白脸'，你别骗我，他是票贩子。"

"埃及白脸"的脸勃然变色："梁师傅不要瞎三话四……"

"你老兄病又犯了，犯得还不轻，怪不得天天往票房里钻呢。"梁曼诚话中有话地道，"我搞不懂了，这样转来转去，你在一张票子上究竟能赚几块钱，有什么意思嘛。"

"埃及白脸"的眼珠骨碌碌转，脸色由白泛青，嘴唇也哆嗦了。梁曼诚清楚，他和票房里的人有勾结，否则他得不到这么多票。一揭发，他后头至少牵出一两个人来，非但要吃批评受处分，而且连他额外的财源也断了。

"梁师傅，我算服了你啦！""埃及白脸"叫起来，"不过你帮帮忙，这桩事你千万不能声张，你晓得我'烂污泥'底牌，再出事这辈子算完了。我知道你上路，梁师傅，你看，你云南来的儿子电影院里有人知道吗？我从来没给你漏过半句口风。"

这是真的。为此梁曼诚感激"埃及白脸"，况且思凡来的头一天他还帮过忙。可这是同事之间的友情，和"埃及白脸"转手倒卖紧俏票子是两码事。梁曼诚心里直觉窝囊，"埃及白脸"在这一时刻提及儿子，言下之意就是说，他若去汇报揭发，他也要将梁曼诚的隐私在电影院捅开去。

他点点头，又摇了摇头，连他自己都没搞清是啥意思。他离座走向楼梯说："'埃及白脸'，我把你当人看，但你也要好自为之。"

"埃及白脸"连连点头，一迭连声称是。

梁曼诚别转脸，却一眼也不想瞅他那张漂亮的脸庞。

提及儿子梁思凡，他就一肚皮的烦恼，他哪有闲心去管"埃及白脸"的事情。

黎明前最幽黑最静寂的时辰，梁曼诚让杉杉轻轻拽醒了。他在昏睡迷糊中，听到杉杉在耳畔娇吟地低哼了两声。他晓得杉杉有那种需要，向他发出信号了。

　　梁曼诚也有那种需要。

　　自从那一晚思凡离屋坐在黑洞洞的楼梯上，被浦东阿婆的儿子撞翻下楼梯去之后，他们夫妇之间如同心照不宣般抑制了自己的欲望。有两回梁曼诚在夜深人静时意欲搂过杉杉来，杉杉总要委屈地咕噜几句："你忘啦？上次他都翻下楼去了。"随后拿背脊朝着他，梁曼诚只好无奈地作罢。心灵深处，他也是怕儿子思凡听见动静。房间这么小，能保证没一丁点儿声息吗？

　　以往他们夫妇的性生活一直是和谐甜蜜的，杉杉的主动、灵活、娇美、放松总给他绝大的满足。而他依顺着杉杉的牵引，轻柔地触摸她，和她相偎相依地缱绻良久，最终总能使杉杉掳掠般紧抱着他忘却所有的矜持而哼唱起来。

　　梁曼诚晓得这也是他们夫妻恩爱的一个主要组成部分，而如今这种忘乎所以的欢悦似乎离他们很远很远。梁曼诚时常为此烦恼和忧心，可在偌大的上海，他就只有这一小间亭子间栖身，他能有什么办法呢？

　　思云已给杉衫移到紧挨着墙壁的床边，杉杉畏畏缩缩生怕发出一点响动地偎依着他。梁曼诚闻到杉杉用"飘柔二合一"洗过的发香，梁曼诚伸出有力的臂膀紧搂着妻子。他们互相牵扯着手，双双步入那幽深的空谷。梁曼诚眼前闪现出西双版纳山岭里的峡谷，峡谷里的流水和郁郁葱葱的热带山地雨林，在那奇特的山岭上，水分条件特别优越，逆温生存的平坦的山巅，山地雨林更有典型的发育，形成了季风常绿阔叶树在下而山地雨林在上的植被倒置现象，那些毛荔枝、烟斗石栎林、南酸枣、滇楠木、肉托果、糖胶树、龙果树、葱臭木、暹罗黄叶树、鸡毛松……那些惟独西双版纳才如此丰盛多姿的热带山地雨林里的树木——在梁曼诚的眼前掠过，掠得那么迅疾，那么令人眼花缭乱。没待他看分明，杉杉从他的身上跌落般翻在一边，她颓丧得有点气恼的声音一点也不想掩饰：

"不行不行，太糟糕了！心怦怦跳，脑神经一阵阵抽，哪还有什么情绪。曼诚，我们再不会像原先那样欢悦了！"

梁曼诚也觉得十分歉疚和懊恼。是啊，他的感觉是同样的。杉杉不满了，能够向他发泄和抱怨。而他呢，他感觉不快和恼怒，去对哪个发脾气呢？

一回两回尚能容忍，十回八回也容忍下去吗？永远永远地容忍下去？

梁曼诚晓得，这一切全是因为窄狭得逼人的亭子间里多出了对杉杉来说是外人的梁思凡。

可他如何来扭转这一窘迫尴尬的局面呢？一边是无处可栖身、无路可行的亲生儿子，一边是他亲爱的善解人意的妻子，唉。

杉杉搞不清这一切是如何发生的，她更弄不懂自己家里面的事情怎么就会在服装厂里哄一下传开的，她没给任何人漏过哪怕是一丝口风啊！午饭休息时间，姐妹们又同以往一样嬉戏打闹，取笑逗趣，互相间开起无伤大雅的玩笑来。也不知哪个先朗声问了一句，姐妹们便像约好了似的，呼啦啦围了上来，把坐在那里还没吃完最后几口饭的杉杉围了个水泄不通。

"杉杉，听说你家里来了个你老公和前妻的孩子？"

"是真的吗？"

"事前你晓得吗？"

"是你同意的？"

"看上去挺不错的梁师傅，怎会是这么个人呢？"

"你准备怎么办？这样不伦不类的关系，你就咽得下这口气？"

"碰上我早离婚了。"

"是杉杉心地好，遇上我啊，我就不让那野种进门！"

"把他们父子一脚踢出去。"

"不要瞎三话四，想办法劝那外来小孩子回去，倒是一个办法！"

"啧啧，前世作孽。"

"都说杉杉摊上一个能干多情的男人，到头来原来是花功道地，早就有经验了。"

"世上哪有十全十美的婚姻。"

……

杉杉起先还能分辨姐妹们的一句句话，到后来，工厂间里四面八方此起彼伏争出主意、争发议论、争讲风凉话的嗓门，七嘴八舌、喊喊喳喳、叽叽呱呱吵成了一团，喧闹嘈杂之声，一句都听不分明。杉杉强忍住泪，埋下了头，一句也不想回答，一句话都不愿说。这之后，她嫁的男人原先有过一个儿子的流言将传遍全厂，她家的隐私要被这帮平时相熟的姐妹们翻来覆去地"乱嚼西瓜子"般议论一长段时间，她的面子往哪里搁？她以后走进工厂间如何面对从各个角度投过来的种种目光？她家里那件烦人的事究竟怎么解决？杉杉听得出，大多数人的议论是出自对她的同情；不少人是在那里真心诚意地出主意，想办法，安慰她；但也有一些人明显地露出幸灾乐祸的脸色，躲在一边窃窃私语，巴不得她凌杉杉活得焦头烂额。天哪，这种事怎会传到厂里来的呀？是弄堂里的人无意传给同事听的，是厂里同事到弄堂里朋友家玩时听说的？是……杉杉怎么也想不明白，总而言之，她最不愿意发生的事情，就在她眼前发生了，活灵活现地发生了，她今后怎么做人啊？

杉杉多少天来感觉到的委屈、憋闷、忧虑、烦恼全在这一瞬间涌了上来。她把还没吃尽的饭碗菜盘往边上重重地一推，手臂朝桌面上一撑，头埋进臂弯里，凄声切切地哭了起来。

工厂间里顿时静寂下来。坐在远处凳子上的人站起来张望，大多数姐妹们面面相觑，呈现出同情的、怜悯的、与己无关的、讥诮的种种不同的脸相。

小小的亭子间里阴云密布，酝酿着一场风暴。

时近黄昏，天还没黑，日光灯也没打开。杉杉脸上的泪痕却是显而易见的，她哭过那是肯定的了。为什么哭，受了什么委屈，梁曼诚却猜不出来。反正她哭得很厉害，眼泡都肿了，眼睛都哭红了。梁曼诚瞅着她机械地剁着排骨，从旁插不上手，却也不敢把目光移开，他随时想给她帮上一点忙。思凡肯定也看出杉杉的情绪不悦了，他规规矩矩地坐着，起先还翻一本已不适合他这年龄看的彩色连环画，后来连环画都不看了，他只是缩着身子，双手放在膝上，仰起脸端坐着，眼角注意着杉杉的一举一动，随时准备给杉杉让路，生怕他的存在阻碍了她做事儿。

梁曼诚瞅儿子这副模样，心头实是不忍。可他又能对儿子说啥呢？让他放松些，自由自在些，到外头去玩，去看看橱窗？

要吃晚饭了，平时午后三四点钟放学的思云，不知为啥到这时候还不回来。是给老师留下来了，还是野在外面玩？梁曼诚到楼梯口，朝下望好几次了，始终不见思云的身影。

杉杉煎排骨了，她眼皮不抬地吩咐："你去拎一桶水。"

梁曼诚瞥思凡一眼，提起塑料桶绕过煤炉旁的杉杉就往楼上阳台跑。

拎着满满一桶水下楼来，思云背着书包回家了。

"怎么这样晚回家？"梁曼诚边把水桶放稳了，边问女儿。

"我在小朋友家做作业。"思云说话的语气恹恹的，好像谁欠她礼物没给似的。

"作业做完了，我给你检查一遍好吗？"坐在角落里的思凡伸出一只手，对思云提议。

梁曼诚赞许地点点头。这些天来，两兄妹相处得还可以。思云的作业，都是思凡检查的。

"我不要你检查。"思云陡地尖声说。

"为啥子？"思凡吃惊了，云南口音全露了出来。这些天，他和思云说话，讲的是慢悠悠的普通话。

"就是不要你检查。"思云把书包重重地扔在床上，手臂平举起来指向思凡，"你不是我亲哥哥，我也不要你这个哥哥。"

梁曼诚一惊，瞅着女儿一脸的凶相，再看思凡，目瞪口呆地望着思云，梁曼诚责备道："云云，你怎能这样说话？"

"我偏这么说。"思云噘起了嘴。

杉杉端着一只碗进屋来问："云云，是思凡教你的功课错了吗？"

"没错。"

"那你怎么这样待思凡呢？他对你挺好的，像个小哥哥。"

思云受到爸爸妈妈两头的批评，鼻子一抽，哇哇哭了起来，边哭边扭身子说："我不要、我不嘛……呜呜……就是他教了我，我作业进步了，老师表扬我，呜呜……小朋友们骂我，骂……"

杉杉弯下腰去问："他们骂什么？"

"骂小哥哥是爸爸生的野种，说他不是我的亲哥哥，不是妈妈生的……"思云一股脑儿说了出来，往床沿上一坐，又哭了。

杉杉的身躯陡然直了起来，她乜斜了梁曼诚一眼。梁曼诚装作没觉察，他的眼角留神着思凡。思凡在思云的话落音时，浑身战栗地抖了一下，垂下脑壳，双手捂住了脸。梁曼诚的心莫名地抽紧了，他想吼，想跺脚，他妈的这些小孩子怎么也喜欢管闲事？这事和读书有什么关系？

杉杉把碗往桌上一放，扑倒在床沿边，用手捂住思云的嘴巴，低沉地命令她："别哭了，云云，听，听人家说话。"

亭子间里的人都为她的反常举止感到骇然，不由自主地抬头望她，思云也不哭了，思凡的脑壳昂了起来。她白了诧异的梁曼诚一眼，往窗外努了努嘴。梁曼诚困惑地眨眨眼。窗外楼下弄堂里的说话声传了进来：

"……哪一家，你说哪一家？"

"就是这里，亭子间那家，看见了没有，这几天闹得天翻地覆，有戏文看啦！你们伸长耳朵留神一点好了。"

"到底是啥事啊？"这不是附近邻居的询问。

"嗨，传到外弄堂去了，你还不晓得！"起先说话的嗓门又昂扬顿挫了起来，"这家的男人——就是电影院做事的那个，原来插队落户和乡下人生下的孩子，前些天找来了，要认父亲。女的不让认，醋缸子打翻了，要赶乡下男孩子走。男的左右为难，一家人像烧在火里，浸在水里，碰一碰就吵架……啧啧啧！"

随而是一片高高低低的议论声。

梁曼诚的血液仿佛都在这一瞬间凝固住了。这些靠嚼舌头打发光阴的男女，他真想揍他们一顿。他望着杉杉，杉杉的嘴巴扭歪了，强忍着悲痛，不使自己的抽泣哭出声来。可她那副痛不欲生的样子，使得梁曼诚心如刀绞。他呆若木鸡般站着，失魂落魄一样。思云冷不丁看见妈妈的脸相，害怕得又放声哭了起来。

"听着，戏又开场了！"弄堂里一个嗓门在提醒众人。

梁曼诚一转脸，思凡可怜巴巴地昂着脑壳，一双惊骇的瞪得奇大的眼睛，像受到伤害的小野兽似的，既透出哀伤恐怖，又充满了愤恨。泪光在他眼里一闪一闪。

梁曼诚从未尝过此种百针刺心却又万般无奈的滋味，他掩面一声长叹，往地上一蹲，男子汉的意志在这一瞬间溃散殆尽。

又是一天早晨，思云闹着不愿去学校，她说怕小朋友们再骂人。梁曼诚和杉杉劝了半天都无效，最后只得拉着她的手，由梁曼诚送她到学校去，答应她，遇到老师一定由爸爸给老师说，让小朋友们不要骂人。

到了校门口，思云乖乖地到班上去了。梁曼诚远远地看见了思云的班主任，但他没去给老师打招呼。让他怎么给老师解释呢？

回到家，亭子间里收拾干净了。应该在家的思凡不在；应该去上班的杉杉却倚床站着，上班的包放在桌面上，她两手绞着一块手帕，瞅了梁曼诚一眼，欲言又止。

"思凡呢？"

"是去上厕所了吧。"杉杉又翻起眼皮望他一眼。

"你还不去上班？"平时杉杉要比梁曼诚走得早。

"我有话说。"

"说吧。"梁曼诚从桌肚里抽出一张方凳，坐下时打了个呵欠。昨晚上思绪翻腾，他们都没睡好，杉杉的脸色憔悴，眼睛旁一道黑圈。

"你们单位，有人知道思凡的事了吗？"杉杉问。

谢天谢地，家里折腾得还不够，难道在单位都要遭人奚落？梁曼诚摇摇头说："没有。除了'埃及白脸'，没第二个人晓得。怎么啦？"

杉杉猛地提高了嗓门："可我们单位全知道了！"她的话一出口自己都觉得声音太响，马上又克制自己，却又抑制不住愤愤而来的眼泪，"全知道了！我都不晓得他们是通过什么渠道晓得的。劈头问我时，我周身筋骨像被人抽走了。曼诚，你叫我今后在单位怎么做人？我的面子全坍尽了，被你坍尽了。你总得想个办法呀！"

盯着杉杉泪汪汪的脸，梁曼诚茫然不知所措地说："你说说，有什么办法呢？"

"和他摊明了谈一次。把实情都告诉他，住了这一段日子，我看得出，他懂事。"

"然后呢？"

"只有请他回去。"杉杉说这话时又哭了，"你不要怪我狠心。你看得出，这个家全被他的到来搅乱了，你的精神，我在单位和弄堂里的面子，还有云云，你不会不晓得，拖下去不是个事儿。"

梁曼诚想说让思凡回去，回哪儿去呢？但他知道这当儿不能站在思凡立场上说话，那只会逗得杉杉发火。她这会儿在火头上，他只得点头道："好的，我和他谈一次。"

"你要抓紧。"

"会抓紧，会的。"

"注意，谈的时候态度要好。"

梁曼诚苦笑一下说："我懂。"

"那我上班去了。"

"你不会迟到吧？"

"我和小姐妹打过招呼，迟到就调休一个钟头。"

梁曼诚提上脏水桶，想随杉杉下楼去倒掉。先他一步迈出门槛的杉杉惊叫起来："思凡，你怎么傻站在这里？"

梁曼诚头上像被人击一闷棍，连忙走出门，只见思凡缩在熄了的煤炉旁边，畏畏葸葸地昂脸望着杉杉道："我……我刚回来……"

"回来你该进屋啊！你怎么缩在这里？"

"我……我……"思凡的双眼里闪出惊惧之色，"我听你和阿爸在说话……"

杉杉没再吭声，只是转脸瞅瞅梁曼诚。

梁曼诚明白，刚才他们的话，孩子全听见了。

杉杉说："那我上班去了。"

"好。"梁曼诚提着脏水桶，跟着她往楼下走。

杉杉走出了后门，梁曼诚刚下到楼底，亭子间门口的思凡叫起来了："阿爸！"

听声气异样，梁曼诚连忙回头，柔声问："咋个啦？"

"有什么话，你就直接对我讲呗！"

梁曼诚自下往上瞅着儿子，亭子间门口的楼道上光线不甚亮，但思凡的眼里闪着泪花儿，他感觉到了。他说："要讲的。想好了，我约个时间专门同你讲。"

"要得。"

梁曼诚的眉头皱得紧紧地走出后门。杉杉没走远，她站在后门口低声问："你为什么不可以趁这机会就和他谈？你要八点半才上班啊！"

"我要想想，想想。"梁曼诚一手提脏水桶，另一手去摸自来水龙头："杉杉，我想想还不可以吗？"

他的泪也涌上来了。

杉杉的嘴唇掀了掀，眉尖抑制地闪了一下，没再吭气，倏地一个转身，疾疾地步出弄堂去。

梁曼诚倾倒了脏水，把桶往水槽里一扔，自来水龙头开得大大的，哗啦啦一阵乱冲。

5

小阁楼没怎么腾空打扫，只是换了床单，新装了被套，让晓峰和依荷阿妈住。

阿妈来了，千里迢迢地赶来了，晓峰好兴奋，是他和老爹、叔叔、娘娘去车站接阿妈的。他相信阿妈见了上海的高楼、数不清的橱窗和街上潮水般的人流，也会像他和小伙伴们一样新奇，一样惊讶得啧啧连声的，哪晓得阿妈对这一切都很漠然，只说和省城昆明差不多，只说脑壳眩晕，连话都不多。到了老爹家里，阿妈痴痴地坐着，饭吃得少，动作也显迟钝。老爹一大家子人找话同她说，她似懂不懂地听着，似答非答。老爹说她坐车累了，旅途太遥远，该休息。她又提出要去探监看阿爸，直到老爹和娘娘费了好些口舌，晓峰又从中当"翻译"，阿妈总算懂了，探监是有时间规定的。她赶到正是时辰，但也得等上几天。

起先晓峰以为阿妈同老爹一家人陌生，不好意思多讲话。再说阿妈讲的汉话，带着浓重的傣家口音，怕人家听不懂。到了小阁楼上，阿妈总该多说几句吧，哪知阿妈的话仍旧不多，晓峰给她讲那几个和他一同来上海的小伙伴家中的情形，讲他要把阿妈到的事赶紧转告他们，讲上海人的菜都是清汤寡味，讲上海这城市确实繁华但又实在闹哄哄的一天到黑尽像在赶场，讲他现在多少也能听懂并讲几句上海话了……他以为阿妈喜欢听，哪晓得阿妈还是说脑壳昏，想睡。

晓峰觉得阿妈似乎变了，她大约是真累慌了。于是晓峰便陪阿妈入睡。

一大早，天刚亮，晓峰还是瞌睡迷稀的，阿妈却又催他起了。晓峰睁开眼，阿妈已经穿戴整齐站在床边。她让晓峰起来，她得把小阁楼清扫一遍。她说不知是咋个搞的，小阁楼上有股怪味儿，半夜醒过来，她闻着就睡不着了。

晓峰虽觉阿妈的话有点怪，有啥子味儿嘛！他在这上头睡好些天了，都没觉得。阿妈咋个一来就闻到了呢？但晓峰还是依了阿妈，她是阿妈啊！

穿齐衣裳，老爹在下头喊他了。晓峰连声应着，把楼梯踩得咚咚响。

饭桌上，搁着一堆油条，十几只蟹壳黄，和一锅晓峰曾说好吃的咸豆浆。

"你家阿妈，喜欢吃啥？"老爹压低嗓门，脸呈神秘之色问晓峰。

晓峰眨眨眼，扫了桌上的早点一眼，说："她啥都吃。喜欢嘛，当然喜欢吃香竹饭、黄米饭、毫诺索①喽！你们没得，也做不出来，吃这些也行。"

"那么菜呢？她爱吃哪些？"老爹的眉头皱得好深，悄声问。

"那更多啦！烤竹鼠肉、蒸脑花，是傣家人都爱吃。上海没有竹鼠，蒸脑花也不好整，可以吃腌的菜，腌猪脚啊，腌牛脚筋啊，腌鱼啊，腌竹笋啊，味道都好得很。"晓峰眉飞色舞地道，"还有知了背肉馅，吃起更安逸！"

老爹左瞅右望，和站在一边的叔叔和娘娘交换眼色，脸上显出无奈的神情。看着老爹为难的脸色，晓峰陡地明白了，阿妈昨晚上没吃多少饭，菜更夹得少。老爹犯愁哩！

---

① 毫诺索——年糕，糯米加工而成。

老爹叹口气说："整天劳动干活的人，吃那么点点饭，怎么撑得住呢！晓峰，我们买了辣火酱，你看在咸豆浆里放多少合适？"

"多放点多放点！"晓峰不假思索地道。他原先说咸豆浆还好吃，就是因为那里头有点辣的榨菜末子，能有辣椒，当然是多放点好喽。

"我们先舀一碗，你来放辣椒，好吗？"娘娘俯身问他，"这东西是很辣的。"

晓峰感动了，老爹一家子人，都在为阿妈的吃饭操心哩。他朗声道："要得！我来试试。"

叔叔递过来一只小瓢儿，娘娘舀出了一大碗咸豆浆。晓峰一家伙舀了满满一小瓢辣椒拌进豆浆里，搅了搅，舀起一瓢尝了尝，摇头摆脑说："差点，还差点。"

说着，他又舀了点辣椒加进去，顿时，一碗咸豆浆的面上浮了薄薄的一层红油。众人的眼睛一下子都瞪大了。晓峰满不在乎地舀来再尝，他终于露出了笑容。

"这下差不多了，就是少点酸味。"

"要不要加点醋？"叔叔在一边问。

晓峰摇头说："那东西酸得不纯，只怕阿妈也吃不惯，算了。"

娘娘啧啧连声道："吃这么辣，啥鲜味都品不出来了！"

"放了辣子才叫鲜哩！"晓峰手舞足蹈地道，"阿妈会爱吃的。"

老爹把着晓峰的手道："这一碗就你吃。你再给你阿妈拌一碗，拌好了喊她下来吃早饭，好吗？"

"可以。"晓峰答得好爽快。

正在替阿妈拌咸豆浆，小阁楼上的阿妈大声喊起来了："晓峰，晓峰你快来！"

听阿妈喊的声气有异，一家人都变了脸色。晓峰把小瓢儿往桌上一扔，又噔噔噔跑上小阁楼去。

依荷阿妈的脸色都激动得红了，她劈头问："晓峰，老爹一家子，都起床了吗？"

"起床了，正要喊你下去吃早饭呢。"

"那我们下去。"

晓峰见阿妈手里拿着一封信，不解地问："阿妈，这信是在哪里找到的？"

"垫被的夹缝里。"

"是阿爸的信吗？"

"是人家写给阿爸的。"阿妈的脸色有些不自然，眼角往床上扫了扫。

晓峰这才留神到，他同阿妈昨晚睡的那张床，被阿妈翻得乱七八糟，垫被掀了起来，棉被和枕头被堆在一旁，折都不曾折。在西双版纳的时候，阿妈是爱干净整洁的呀。到了上海，阿妈咋变成了这样子？半天了，连棉被都没整好。他冷眼望了阿妈一眼，阿妈满脸是若有所思的神色，一点没在乎晓峰的诧异。

"阿妈，"晓峰还是忍不住问，"这是哪个写给阿爸的信？"

"走吧，下楼去。"阿妈所答非所问，把手搭上晓峰的肩。

"吃早点吃早点！"看到阿妈下楼来了，老爹嗓门提得高高的，满脸堆着笑招呼，"只怕你还是吃不惯。真对不起！"

叔叔从桌肚里扯出凳子，娘娘给众人舀豆浆，老爹连声招呼阿妈坐。阿妈却像没见到他们的热情相待一般，身板挺得直直的，说："老爹，正琪给判刑，是啥子罪名？"

阿妈问得直通通的。晓峰顿时察觉，一家人都发了怔，脸色很不自然。吃早饭了，阿妈咋个问这话呢？连晓峰对阿妈都有点不满了。她该赶紧去漱口、洗脸，坐到桌旁来边吃边摆嘛！在版纳乡间，晓峰刚发蒙读书时，不是阿妈叮嘱他学会刷牙漱口的吗？阿妈还说，是同阿爸好上之后，她才慢慢养成这习惯的。莫非阿妈昏了头，到了上海，反把习惯忘了。晓峰为提醒阿妈，把一碗拌了辣椒的豆浆，往阿妈面前推过去。

哪晓得阿妈眼角都不瞅，只是目不转睛地盯着老爹。

老爹的脸倏地泛起股红潮。他干咳了两声，不无拘谨地瞥一眼晓峰，叹口气说："说来惭愧，依荷，我们也有责任，没早早把你接来上海。正琪给判的是强……强奸……"

老爹的声气低弱得让人听不分明了。晓峰眼前刹那间升腾起一片迷雾。阿爸他……

"强奸的是不是个叫雅妮的女人？"阿妈仍在紧追不舍地问。

这回轮到老爹愕然了，他睁大一双泪花闪烁、皱纹密布的眼睛说："是……是啊，你、你怎么知道的？"

阿妈没答老爹的话，眼睛扫向两旁的叔叔和娘娘，又问："正琪认了罪？"

"认了。不认又怎么办？"老爹长叹一声，一手捂脸，晃着脑壳说。

"其实不是真的，阿哥主要是拿不出证据。"叔叔加琪插话道，"他同雅妮的事，我听'迷你发廊'那条弄堂里的人说，更像是非法同居。"

"连非法同居都算不上。"娘娘接过话头道，"他俩实际并没在一起过日子、日夜相处。正琪只是在寂寞的晚上摸到雅妮那里去……"

"通奸。"阿妈的目光从他们脸上收回来，咬着牙迸出一声，"充其量算他俩耍玩意儿！"

晓峰感觉到，一家人都为阿妈如此直率地吐出这两个字浑身一颤。

娘娘道："是啊，实际情况就是这样。正琪认了罪。我看他首先是觉得自己理亏，活得窝囊和冤枉，既对不起依荷嫂子和晓峰，也对不起雅妮，他不想辩。其次嘛，雅妮恨死了他，一口咬定了他强奸和诱奸。昏头昏脑的，他拿不出证据来……"

"你们看看这个！"依荷把手中始终捏着的信，往娘娘手中一塞，"这就是证据。"

娘娘惊疑地一扬眉毛说："雅妮写给正琪的信。"

老爹、叔叔、娘娘三个脑壳凑拢过去看信，晓峰想探过脸去望，阿妈把他的脑壳扳过来了。

叔叔第一个喊起来："看了这信，就能证明哥不是强奸了！信上写得再明白没有，快快，快把这信去复印几份！"

老爹和娘娘也把信读完了，父女俩交换一下眼色，老爹道："写得是直露一些，但确实是份对正琪有益的证据。"

"到底是嫂子好。"娘娘快言快语赞道，"把这信交法院，正琪哥就能从狱中放出来了。"

晓峰听到这话，心头咯噔一下，那么说，他就能见到阿爸了！顿时，对依荷阿妈的不解困惑一下子消失殆尽。他的脸上显出了喜色，不由得拽拽老爹衣袖问："是吗？老爹，是真的吗？"

老爹的脸上显出少有的激动，青筋毕露的双手颤抖着拉过晓峰道："若实事求是，那是真的。不过，只怕办起手续来没那么快啊！嗬，对了，对了！上回到我家来聚会的那个漂亮小姑娘的爹，姓沈的……"

"沈若尘。"叔叔提醒道。

"对啊！沈若尘，他在《人生》杂志编辑部工作，社会上接触面广。我们……我们请他来一趟，帮助出点主意。"老爹的声气一下子提高了，手一挥，动作显得利索果断，"也许，他真能帮大忙哩。快，加琪，你现在就去打电话，电话号码上回他们不是都留下了吗？找出来，去打！"

加琪应声而去。一桌子早餐点心放在那里，竟没一个人想到去吃。

第六章

1

雨下着下着小多了，似乎是要停了，忽地又骤然下大起来，风吼啸得凶，雨点顺风扑打着窗户，摇撼得一阵阵响，怪怕人的。敞开的阳台上肯定又是一片湿了，晾衣杆上是否晾着衣裳，梅云清记不分明了。即便上午出门前晾了衣裳，现在想起已经毫无作用，风雨大约把它们打湿过几遍了。

这雨一点不像是上海冬天里的雨。在梅云清的记忆里，入冬以后的上海由于净刮从蒙古来的西北季风，干燥晴朗天多。冷是冷一些，雨天很少。而如今，雨一下就不想停。全乱套了，乱套了！不是吗，气候也是这样，前些年宣告上海将逐渐变冷，近几年来又说上海将一年比一年热。证据便是夏季的炎热已令人难挡，沪上掀起空调热；而暖冬的迹象一年比一年明显。

冬天里雨多，兴许也是暖冬的一个征兆吧。

听着风雨声忽大忽小，感觉到虽已入睡却又不时翻身、咳嗽、怪号的炀炀烦躁的表现，梅云清愈加不能进入梦乡了。

她已经相当困乏疲倦，一整天的忙碌，和李爽在一起度过那两三个小时忘乎所以、尽兴迷乱癫狂的时刻，都使她有股精疲力竭之感。

但她就是睡不着，起先可能是放纵情欲引起的刺激和亢奋，继而也许是终于对沈若尘施行了报复的兴奋和满足，回到家后则是出乎意料地听说沈美霞出逃、沈若尘冒雨追寻而感到震惊，内心深处还有种没使若尘感到她报复的隐隐的失望。到后来，随着时间由上半夜变为下半夜，随着烦人的风雨声一会儿消失一会儿骤起，她的心头越来越烦乱不宁，神经毕剥毕剥跳，却是怎么也睡不着了。而更恼人的是，伴随失眠而感觉到的则是头痛、浑身的酸痛和不适、四肢的僵硬和乏力。

记不清抬起手腕看过几回表了，此时此刻，已是下半夜的三点四十分。如果她有个方向，她有点儿线索，她真想起床披衣、带上雨具去找他们父女俩。与其这样忍受期待和寂寞的煎熬，还不如走到外头去遭风雨淋淋。

梅云清开始失悔，如若她请李爽吃一顿饭后就马上回来，如若她不随李爽到那个招待所去耽搁几个小时，也许家里还不至于出事。即使两个孩子吵架，她若在场也不会让沈美霞离家的。

她感到内疚，和李爽在熄灭了灯光的客房里沉浸在邪恶的疯狂中的场面，像跳动的定格镜头般，在她眼前闪掠，使她的眼皮随之跳荡起来。她扪心自问，这是怎么啦？她不就是要报复沈若尘吗？现在她达到了自己的目的，她还感到了心理上的一阵平衡，她为什么又会后悔，又会产生这种隐隐的自责心理？那一切，不都是沈若尘当年造成的吗？他有一个这样漂亮的女儿，生有如此美貌女儿的母亲，一定也是绝色佳人，比电影上那些演员扮演的少数民族姑娘还要秀美。忏悔、妒忌、忧心、自责各种矛盾的心理交织在一起，啃噬着她的灵魂和感情。

"爸爸，爸爸！我要爸爸——"炀炀在睡梦中又失惊地叫了起来。这叫声在幽黑宁静的卧室里有一股惊心动魄之感。

梅云清俯过身去轻抚轻拍着炀炀的背脊，又替他盖上踢翻的被子。

临睡时，炀炀一遍一遍问她，爸爸什么时候回来？爸爸会回来吗？他是怀着惊恐怀着不安和闯祸的心理熬不过疲倦睡着的。睡梦中孩子都觉得不踏实，证明他也是懂事的。

是啊，炀炀是她和沈若尘的儿子，她在施行对沈若尘的报复之前为什么忽视了儿子的存在？儿子是离不开爸爸的，难道她梅云清就离得开沈若尘这个丈夫吗？她怨他恨他，她委屈她憋闷，全都是因为她的心灵深处还爱着他啊！如若她已对他彻底失望了，情断义绝，她倒在床上就能睡着了，她还需在乎什么呢？睡醒之后，精力充沛地和他一刀两断去离婚，那不就得了。

梅云清忖度到这里不寒而栗，这不是她指望的结局啊。李爽对她是有情，可他真那么称心如意吗？

连她自己都没觉察，眼泪是何时淌出来的。直到感觉脸颊上痒痒的、凉凉的，她才意识到自己哭了。她伸手想去拭掉眼泪，却不料头一倾埋进柔软的枕头里，呜呜地哭起来了。

是她的哭声惊动了炀炀，还是炀炀本来就睡得不沉，听到她哭，孩子也拉开喇叭样的嗓门尖声大哭。

雨夜再漫长天还是在焦虑中渐渐亮了。楼房里有了响动，新村里有了脚步声、说话声。梅云清敞开了窗户，是冬日雨后一个明静的早晨。晾在竹竿上忘了收的衣裳浸透了水，挤拢在一起变得一团糟。阳台上有一层积水，但是空气是清爽的。梅云清若有所思地梳着头发，屋里的电话铃声响了，炀炀叫起来："电话，妈妈电话，爸爸打来的电话。"

炀炀的敏感使梅云清的神情都不自然了。她扑进屋内，抓起话筒说："喂。"

"云清吗？一早打搅你很不好意思，可我忍不住。你睡得好吗？"

梅云清的脸色唰地阴沉下来，是李爽打来的。他盯得真紧，这家伙，有点不管不顾了。若是沈若尘在家，电话是他接的，他该怎么想？

炀炀在一边问话了："爸爸在哪里？他怎么说？"

梅云清拿手盖住话筒，对炀炀道："不是爸爸打来的。"随后她用冷若冰霜的语气问李爽："有什么事吗？"

"哎，是……是这样。我是想问候一声，心里……"

"少来问候。"

"另外我想说，你们单位那事，我……我一定尽力而为。你、你放心。"

"谢谢。再见！"

云清不悦地把电话挂断了，垂脸望着炀炀。在她打电话时，炀炀一直昂起脸蛋，可怜巴巴地眨动双眼盯着她问："妈妈，爸爸不会带着美霞姐姐走掉吧？"

梅云清一怔，苦笑着反问："他能走哪儿去？"

"离开我们。去……去那个西、西……"

"哦，不会。炀炀，你放心吧，爸爸会回家来的。"

"那他怎么一夜没回来呢？"

"也许……"梅云清瞅着炀炀的神情，说不下去了。是啊，这正是她迫切地想知道的。如果说整整一夜在上海的大马路小弄堂找美霞，没机会没地方打个电话回来，那么天亮了，遍布全市所有大街小巷的传呼电话亭随处可见，沈若尘为何不拨个电话回来呢？是不是沈若尘对她昨晚的举止有了预感？会不会小美霞出了什么意外？要是有个三长两短，那……

炀炀又叫起来，声音充满了不安："妈妈，爸爸会在哪儿？"

梅云清蹲了下来，双手搭上儿子的肩膀说："别急，炀炀，爸爸是不会走失的。送你去了学校，妈妈马上去打听。"

"嗯。妈妈，爸爸带着美霞姐姐回家，我、我再也不欺侮她了。"炀炀两眼汪汪地说。

梅云清庄重地点着头，儿子的语气声调，让她觉得又辛酸又感动。

有家企业拿出三万元和《人生》杂志编辑部一道举办联谊活动，这对企业和编辑部都是有利的事：企业可借助杂志的声誉以及其他传播媒介的宣传提高知名度；编辑部能密切和社会的联系并得到经济资助。故而已形成了惯例，一般上下班不那么正规的编辑，到这种时候谁都不会请假，加班加点甚至通宵达旦，大伙儿都不会有怨言。

　　沈若尘自然不能在这样的活动中请假。不过联谊晚会逐渐推向高潮的时候，他的心始终牵挂着家中的两个孩子。

　　活动迟至九点半才结束，料理完善后事宜冒雨蹬着自行车回家时，快十点了。

　　打开家门，见云清还没归来，他先是一阵不悦，吃顿晚宴，再大的排场，八九点钟总该结束了吧。难道酒醉饭饱之后还要谈判？随而他马上发现屋内仅炀炀一人在玩电子游戏，女儿沈美霞不见了！这一惊非同小可，他扑到炀炀跟前，啪嗒一声关了电视机，粗声问："炀炀，美霞呢？"

　　"她……她走了……"

　　"到哪儿去了？"

　　"不晓得。我不和她待在一起，关上门自己在一间屋里。等我开开门，她不见了。"

　　"胡说，一定是你欺侮她，骂她打她，把她吓跑了，是不是？"沈若尘联想到美霞来之后炀炀一系列表现，厉声责问。

　　"不是。是她先同我吵，我才让她滚的。"炀炀害怕地缩缩肩膀辩解着，不敢望他。

　　沈若尘一把揪住儿子的耳朵问："还想赖！你骂她没有，打她没有？"

　　炀炀哭了，张开嘴哇哇大哭，极力否认说："不，不！没有，我没骂她，没打她！是她自己出血的，是她碰上我手里的铅笔刀的，呜，呜呜……"

　　沈若尘气得全身发抖，这家伙竟把美霞的脸划出血来了，这还了得啊！他的火气不打一处来，抢起巴掌，一个耳光打去："说，她到哪里去了？"

炀炀趁机倒在地上，在地板上一阵来回打滚，四肢乱舞乱晃道："我不知道，我没打她，是她自己，她自己，呜呜呜，呜呜……"

沈若尘好容易克制住自己的狂怒，平息了一下情绪，几大步走进隔壁屋里。现在的当务之急是找到美霞。可夜已经深沉，这么大的上海，他一个人，到哪里去找她呢？打电话给父母那里求助吗？父母亲年纪大了，哥哥一家为美霞的到来和他吵过架，只怕幸灾乐祸还来不及呢！能帮他的，只有妹妹一个人，听说了这事，洁尘不是专门给他打过电话吗？

他操起电话，拨了洁尘家的号码。

洁尘在电话里呱嗒呱嗒道："哎呀哎呀哎呀呀，这桩事麻烦了！这样吧，你先在家附近几条马路和弄堂里找找，我马上赶过来，在你家楼底下碰头。碰头商量后再决定怎么办。"

挂断电话，若尘才想到，这种时候把妹妹喊出来，有点不合情理。况且洁尘和她丈夫关系还不怎么好，时常磕磕碰碰的。可不求她，他又能找谁呢？妻子梅云清都不知在哪里呢！

附近几条马路和幽暗的弄堂里都没寻到美霞，算计着洁尘该到了，沈若尘赶回楼底下来等妹妹。雨下大了，心急慌忙中，他雨具都没拿。洁尘在赶过来的路上一定细致地考虑过了，一见面她劈头就问：

"美霞在上海，还有其他去处吗？"

"她怎可能有其他去处……噢，对了，刚到上海，她在卢晓峰的爷爷家住过一夜。"洁尘到底是旁观者清，一下子提醒了若尘，美霞在偌大的上海，惟一可能去的地方就是晓峰的爷爷家。上一回在他们那里聚会回来，她不是还说晓峰的妈要来带晓峰回去吗？如果她受尽了委屈觉得上海待不下去，要回云南只可能去找晓峰的妈。

若尘这么一说，洁尘更觉有门，她出主意说，他们兄妹俩，沿着从这里到卢晓峰家去的可行的几条马路，一前一后寻找过去，若尘骑车在前，边找边喊。她蹬车殿后一两百米。只要依稀听得见若尘的喊声就行。她还说这是寻找孩子的窍门。有些逃学出走的孩子，怕给家长揪住回家去受罚挨打，即使碰见了苦苦寻找的亲属朋友，都会躲起来，等到家长走远了才从隐身处走出来。

若尘觉得妹妹说得有道理，点头道："那就这样。我先走，你随后来。"

雨哗哗地下着，落水管子里像在敲击杂乱的鼓点。

洁尘惊叫着："哎呀，雨下这么大，你怎么连件雨披都不带呢？"

"顾不上了，走吧！"若尘把自行车往马路上推过去，飞身上车，骑不多远，他便拉开嗓门，"美霞沈美霞"地喊起来。雨声嘈杂，水花四溅，他的声音传不多远就给风雨湮没了。

骑出去一二里路，他就拐过车龙头来，迎候着洁尘，互相询问一声，再往旁边的马路和交叉路口寻找。

雨下得大，他的贴身衣裳几乎都淋湿了。雨点砸在头顶上，生疼生疼的。雨水冰凉地钻入他的前胸后背，渗进他的袖管、裤腿，那股滋味儿难受极了。可他似乎浑然不觉，他的脑子里只有一个念头，要找到美霞，找到他的亲生女儿。他不能让她迷了路，不能让她不明不白地从他的生活中消失。美霞已经失去了她那善良美丽的阿妈，他不能让她感觉人世间的薄情和炎凉。是啊，他爱她，她显得谦卑、怯弱，他对她愈是充满了怜爱。她来上海这些天，他竟然没带她出去好好玩过一次，他竟然没给她添置几件漂亮的衣衫。他全因为烦恼，因为要看云清的脸色而委屈了美霞。他真浑啊！眼里的泪水和拂上脸的雨水混合在一起，顺着他的面颊直往下淌。他机械地蹬着自行车，一声长一声短，一声高一声低地喊着女儿的名字。他记不清自己拐弯骑回去过几次了，每回远远地看到洁尘穿着雨披孑然一身骑着车左右探望着赶上来，他的心就要往下沉落一次。

他已经没把握在这风雨之夜找到女儿了。再次拐弯往回骑的时候，他伸手拂去眼眉骨上过多的雨水，心情沉重得双腿都无力蹬车了。

怎么回事儿？

前几次只要他往回骑上那么一两百米，就能看到洁尘骑车的身影，这次为啥骑了好一阵儿，还没见洁尘？

他意识到洁尘可能已经找到了女儿，他的两腿顿时有了劲，他低垂着的头也随之昂了起来，他一阵快蹬，自行车轮把马路上的积水溅得老高。

没错，前头离一根电杆不远的地方，有两个人影。路灯朦胧恍惚闪闪烁烁的光影里，依稀看见有辆自行车。

近了，近了！那是洁尘和美霞，是她俩。沈若尘在离她们二三十步远的地方，就忘情地叫了起来："美霞！"

他跳下自行车，顾不上支车架，车子哐当一声跌落在地，沈若尘根本无暇顾及，他朝着女儿弯下腰去，涕泪交加地嘶声喊着："美霞！"

"阿爸。"美霞呼唤他的声气又低又弱，沈若尘辛酸极了。

他朝女儿点点头道："走，回家吧。"

"哥，让她去我那里吧。"洁尘插话道，"让孩子平静平静，休息休息，情绪上有个缓和。刚才，你在前头骑得太快，她从暗处走出来喊你时，正巧被我听见了。我问过她，为什么私自跑出来。她说她不愿待在家里，不愿受欺侮，不愿成为多余的人……"

不是伤透了心，美霞是绝不会有这种举动和说出这样的话的。沈若尘掏出手帕，给美霞的额颅上抹去雨水，可他的手帕也是湿的。他沉吟着说："到你家去，不会给你们添麻烦吗？"

"我和他都分居了！"洁尘双手撩了撩雨帽道，"我们桥归桥，路归路，一人住着一间屋。谁敢管我的闲事？"

没想到洁尘和丈夫已闹到水火不相容的地步。若在平时，沈若尘肯定要往细处好好问问。可此时此刻，实在没那份闲心了。他撩去一把脸上的雨水，往地上一甩道："那好，暂时在你那儿住几天。走，我送你们一起去。"

时辰已过半夜，一切都是轻手轻脚安顿下来的。

换穿上洁尘睡衣睡裤的美霞，显得有些滑稽。她是确实困倦了，说着说着，慢慢地合上了眼。若尘看到，从她的耳垂下到颈部，有一条十分清晰的血痕。

幸好洁尘家的两间房，是各有一扇门分开进出的，煤气卫生间虽和邻居合用，但时已夜深，卫生间里无旁人，他们擦洗抹拭都挺利索，也留神着不弄出大的声响，没影响什么人。

沈若尘看看表，挨近午夜一时，便向洁尘打个手势告辞。刚出门走到楼梯上，洁尘喊了他一声，追出门来："阿哥！你快来看呀，我把手放在美霞额头上，烫得吓人。"

浑身淋得落汤鸡样湿的沈若尘，只是草草拿洁尘的毛巾擦了擦脸和头发，身上还黏得难受呢！听说这话，他又回进房内，俯身把手轻轻探到女儿的额颅上。

尽管有思想准备了，额颅上滚烫滚烫的热度还是令若尘惊骇。

洁尘在一边耳语般解释："你知道，我没生过小囡，护理上没经验。我怕……你看，是不是送医院去看急诊？"

沈若尘又有多少经验呢？况且又是这么样一个女儿！他当机立断道："我来抱她。"

"别急！"洁尘提醒道，"再用自行车送，吃不消了。我来打电话，叫辆出租车吧。"

下半夜的出租车来得并不及时，电话里说好十分钟车到，十多分钟后沈若尘背着美霞下楼，在过街楼下的弄堂口顶着风又等了十几分钟，车才姗姗而来。

坐上出租车连续跑了几家医院，直到第四家大医院，才把美霞送进去。

诊断很快出来了，是"流感"。但由于美霞的症状比较严重，又听家长说她淋了长时间的雨，值班医生不排除她有患肺炎的可能，让送急诊观察室进一步观察，以便第二天作出准确诊断。

沈若尘颓然坐在医院走廊的条椅上，头脑里嗡的一声响过，眼睛痴痴地瞪直了。

这个晚上，他当然不能回家了。裹着一身湿衣裳坐在这里，再难受他也得等。他是父亲，他有责任，无法逃避的责任。

洁尘从急诊观察室走出来，悄然落座在他的身旁，忧心忡忡地叹了一口气。

"美霞喊脑壳痛，医生给她吃了止痛退烧的药，这会儿平静多了。唉，病情若真转重了，那就讨厌了。"她停顿了片刻，从侧面瞅了若尘一眼，"不过，你也别太急。在上海，一切尽可放心。说真的，这孩子真可爱，一见她，我就喜欢她。"

若尘苦涩地挤出一缕笑纹，有气无力地说："谢谢，洁尘。今天真够麻烦你了，让你大半夜没休息。明天还得上班，你先回去睡一会儿吧。"

"没关系。"洁尘撩着发梢道，"我陪陪你。再说，万一有啥紧急的事，我还可以替你跑跑腿，效点儿力。"

"那你在这坐坐，"沈若尘想起了啥似的，站起身说，"我去找找电话，给云清通一下情况。"

"哎，别去。"洁尘拽住他衣襟，"你不是说，今晚上发生的这一切，她都不知道吗？"

"是啊。很少有的，她昨晚上还有公事。"

"屁事，别那么相信老婆。我也是女人，比你更懂得女人的心理。她不是对美霞的到来极为不满吗？"

"应该说……"

"别为你老婆辩护啦！"洁尘狠狠地拽了拽他，"她的态度若好一点，美霞不会觉得在你家待不下去的。你就是别给她去电话，让她也急一夜，看看她对你究竟是啥态度。你愈是诚惶诚恐去讨好她啊，她愈是会拿脸色给你看。是不是这样？"

沈若尘瞅瞅妹妹，虽觉她说的有几分道理，心中总还有点不踏实。洁尘老用这样的态度处理夫妻关系，怪不得她和丈夫要闹分居呢。

他没有睡意，为排遣烦恼，忍不住问："你和你那位副教授，也为些小事常拌嘴、吵架，互不相让吗？"

"从不为家务琐事吵架斗嘴，他啊，还被社会上某些人夸为模范丈夫、厨房丈夫呢！"

"那不挺好吗？"

"好，好是做给外人看的。关起门来，他是头野兽，是豺狼虎豹，没点儿人性。"

沈若尘意外地发现，洁尘说这些话时，眼角的泪花儿一闪。她结婚几年中，若尘只不时听说他们夫妇间有些小摩擦，没料到她还有如此这般的精神伤痛。他的眉毛一扬说："真有如此严重？平时看他，不是文质彬彬的一个人吗？"

"这正是他令人厌恶至极的一点。从外表上看来，文雅潇洒，礼貌周全，可骨子里，同动物没啥两样。"洁尘不无委屈地说，"不说远的了，就讲结婚那晚吧，他是穷凶极恶地把我推倒在床上的。我那身讲究的内衣，几乎是被他撕碎的。说出来让人不相信，这些年来，我不是每次怀孕都莫名其妙地流产吗？他从没一次温存体贴地安慰过我，相反在做那种事的时候，他还一边下狠劲一边用不堪入耳的下流话来咒骂我。你想想，我怎能忍受……婚后这些年，我总试图麻木机械地忍受忍受算了。但是不行，我一次比一次不能忍受，与其受这样的折磨，我还不如把他'休'了，孤身一人过日子。"说着话，洁尘的泪已经抑制不住，糊满了眼眶。

这真是沈若尘万万没想到的。总以为他们吵吵好好有几年了，即使暂时分居两间屋子，过不多久又会在一个锅里吃饭。哪晓得，妹妹已经愤恨得说出了近年来婚恋生活中的一个流行词汇——"休夫"的话来。看来，他们的婚姻形式只剩下了一个躯壳，没啥感情可言了。

对此，他又能说什么呢？比起洁尘的婚姻悲剧来，他和韦秋月当年的离异，实在是出于迫不得已，出于万般无奈，出于满足他这一方面回归的欲望。哦，秋月，他那温顺柔美的妻，他是舍不得离开她的呀。如今她离开了人世，遗下他们共同的女儿美霞，他却不能好好地照料小美霞。万一美霞有什么不幸，他怎么对得起远离尘世的秋月啊。他和秋月当年的恋情，不是充满了欢欣喜悦，充满了惊险和边陲风采的吗？

麦帕雅晚玛①日子之王，也就是汉族时常说到的年初一，澜沧江沉浸在欢乐的海洋里。江岸两边到处是穿着节日盛装的少数民族，泼水节是傣历新年里一项传统的活动，周围团转的哈尼人、基诺人、布朗人都打扮得花枝招展赶来了。

谁不图个吉祥如意呢？

谁不想来一番热闹欢腾呢？

谁不指望在虔祝风调雨顺、五谷丰登的同时给自己带来好运呢？

沈若尘就是抱着这种心情离开月亮坝寨子，到街上来的。他在花伞簇簇的各族姑娘人堆里走来走去，他在彩旗猎猎的街子和江岸寻找着相熟的知青，并等待用清水给佛像滴水洗尘这一象征泼水开始的仪式。

说真的，来插队几年了，对于傣族的关门节和开门节②，对于流传甚广的泼水节的传说，对于那美貌英俊的英达提拉天神和七个大义灭亲的姑娘的故事，沈若尘早已失去了初来乍到时的好奇和兴趣。他

---

① 麦帕雅晚玛——傣语新年之首、初一的意思，亦即傣家说的"日子之王"。
② 一年中傣族有三个传统节日，除傣历新年（包括泼水节）之外，尚有傣历九月十五日（阳历7月中旬）的关门节和傣历十二月十五日（阳历10月中旬）的开门节。三个月关门时间，不允许外出，不允许结婚。

之所以在傣历新年的这几天里，仍然兴致勃勃地上街子来观赏歌舞，徘徊于岸坡上搭起的花布凉棚之间，照样兴味浓郁地瞅着人们丢包，燃放长达数丈通身火焰腾空而起的高升，并挤在岸边人群里为赛龙舟而高声呐喊助威，无非是为排遣那一份烦闷。躲在寨子上，除了看看熟悉的花丛、竹楼、椰树，又能做些啥子呢？

今天是泼水节，是傣历新年中最为欢腾热闹的一天，就是看着人们尽兴地忘乎所以地你追我泼、你泼我避的场面，也是让人高兴的。

泼水究竟是什么时候开始的，沈若尘都搞不明白了，只听鼓乐轰然奏响起来，一阵阵大呼小叫般的欢笑声弥散开来，只一刹那，西双版纳四月倾泻不尽、辉煌灿烂的阳光之下，犹如千万个喷泉在迸射银珠，无数道水花翻飞着闪烁出点点光斑。笑声串串的欢腾海洋里，汉子和小伙们提着沉甸甸的水桶，袅娜多姿的姑娘们端着脸盆，四处乱窜的娃崽们手中擎着一喷丈多远的竹筒水枪，老人们则多端碗拿钵，纷纷泼往路人们的脑壳上脸颊上和身上。手中泼尽了水或是无水的人们，惊叫嘻哈地四处乱逃乱钻，手中有水的人们则笑吟吟地寻找着目标一路进攻。那些容貌美丽、花枝招展的姑娘，用巴掌，用随身携带的花伞遮挡着随时随地可从任何方向泼过来的水花水点水浪。嬉笑哄笑大笑畅怀淋漓的笑声顿时湮没了起先那咚——哐当，咚——哐当的铓锣和象脚鼓声。

排空的水浪下是借泼水嬉戏、奔跑追逐的青年男女，哗哗的泼水声里传出的一片片欢笑和锐呼，一阵阵水花拨动着缕缕情丝，到处是你来我往、你攻我退的人流，到处是围攻笑骂、水花水珠四散迸溅的人堆，到处是欢声笑语老少男女喜滋滋水淋淋的脸庞。就这样，一浪又一浪，把节日里的欢乐吉祥的气氛推向高潮。

不知怎么搞的，沈若尘捡起哪位姑娘逃窜时失落的脸盆，也加入了泼耍嬉戏的人群。他和众人一同放声大笑，他和陌生的、熟悉的、似曾相识的人们一齐互相指点取笑对方湿透了的衣裳，他和一帮小伙子四处乱窜寻找水源补充"弹药"，他为被几个傣族姑娘泼得浑身水流如注发出阵阵傻笑。他把插队乡居日子里的忧郁和苦闷全都弃之脑后，他把往天和伙伴们时常提及的前途、命运全都忘个一干二净。他要在节日里乐，他要在节日里欢，他要在笑声和象征泼洗净污秽腐臭的水花中祈求一个美好的未来。

气氛是在什么时辰变的，沈若尘是怎么也记不起来了。他只晓得自己醉了酒一般端着只脸盆莽莽撞撞地跑到通卡车的公路上时，傣族姑娘们一拨一拨迎面向他匆匆走来，嘴里纷纷在说出事了出事了。他只晓得当听清是插队的上海知青们和农场的湖南、四川职工泼着水吵起架来时，他毫不犹豫地冲了过去加入上海知青的行列。于是一切便不可收拾地发生了，他没问清缘由就舀起路边沟里的脏水朝农场职工们泼过去。当一辆农场的卡车开来时，车子上下来的职工糊里糊涂就挨了上海知青们的打。那个司机幸好躲得快，否则有可能被知青们捶成残疾。因为人群中不知哪个说了一句，这个司机从来就不肯让上海知青搭他的车子。街子上的车堵了道，道上停满了车。获得一时胜利的上海知青们一点没觉察到危险，他们扬扬自得地高声喧哗，掏钱买东西吃填肚子，为他们在节日里的版纳创造了奇迹兴奋不已。只有沈若尘晓得这是大伙儿的一种发泄方式，他们觉得光是泼泼水实在还不够解脱，还不能让内心的苦闷和烦愁得到宣泄，他们要采取更刺激更解气的方式。正好碰上了同样来凑热闹、平时多少有点摩擦和矛盾的橡胶农场的职工，那么"川耗子"和"湖南佬"们就活该倒霉了。

正当他们兴高采烈、得意忘形之际，橡胶农场的卡车一辆接一辆地驶到了，他们围住了堵在街子中心的这帮肇事的上海"瘪三"，他们采取了突然袭击，他们报复般地冲了进来，打了上海知青们一个措手不及。他们人多势众，他们还带了绳索和棍棒，一顿拳头一顿棍棒齐下。一个小时之前还神气活现得不可一世的上海知青们，纷纷抱头鼠窜，恨不得扒掉自己身上的窄裤腿和时髦衬衣，换穿上傣家小伙的衣裳。

在农场里的四川、湖南职工们当然不会放过他们，赏了老拳揍过棍棒还不算，十几个上海知青还被五花大绑捆了起来，押上回农场去的卡车。沈若尘也成了这十几个人中的一员。

在卡车上，沈若尘不但经历了四月太阳的暴晒，还不时地被人东踢一脚，西揍一拳，口水和唾沫星子不停地溅到他的头上、脸上、身上。他受尽了屈辱，恨透了这帮子家伙。

回到农场，当欢天喜地庆贺傣家泼水节的职工们打过了牙祭，吃饱了晚饭，纷纷聚到场部篮球坪上看电影之前，他们仍不忘抓获的十几个"俘虏"，把这些饿得奄奄一息、垂头丧气的上海知青们一个个押上台去"亮相""批斗"。浑身筋骨酸痛、又饥又渴的沈若尘当然又是少不了挨拳头和受侮辱。他的头发被人揪得生疼生疼已经麻木了，当雪亮的聚光灯把强烈刺人的光柱打到他脸上时，他那垂下的脑壳又一次被人揪昂起来。他不由自主地张开了嘴，那副模样比鬼还难看是无疑的了。

幸好农场里的晚会主要是放电影，而不是斗人取乐。十几个被抓获的上海知青被分别押到附近几个连队去关起来。喇叭里一个嗓门疾言厉声地道，必须要这些知青写出认罪书，供出其他同伙，然后由所在公社所在大队、生产队开出证明，派人来领，农场才能把这帮害群之马放还。

屁股上挨了好几脚，跌跌撞撞走了几里地，被关押进一个农场连队的茅棚子，歪倒在发散出霉味的谷草上时，沈若尘才意识到，今天这个祸是闯大了。

作为接受贫下中农再教育的知识青年，沈若尘在月亮坝生产队，在勐禾大寨及其公社的印象，是彻底地完蛋了。他不是指望上调吗？他不是指望进工厂或是给推荐去上大学吗？出了这样大的事，他不会再有份了。而眼前，更难受的是他像只粽子样给捆了个结结实实，浑身上下酸痛难忍，饥肠辘辘，嗓子眼里干渴得又痒又涩。黑咕隆咚的，关上一夜他怎能支撑得住啊！

可他又有啥办法呢，谁叫他卷进这一事态的呢？除了自认倒霉，他去怪哪个呢？

幽暗中有窸窸窣窣的响动。起先沈若尘以为是自己挪动身躯碰着谷草发出的声音；继而凝神细听，不是，响声是从茅棚子外头传进来的，仿佛是脚步声；屏住呼吸倾听，又无脚步声了，茅棚子上的竹篱墙，似乎有人用刀子在割，又像是豺狗在撕咬啃嚼什么东西。若是蹿进条野兽，哪怕是黄鼠狼，沈若尘被捆着，也是束手无策的。他不由得恐惧起来，屏住气瞪着竹篱墙。

农场职工们大概都看电影去了，押他来的人肯定也没在外边守着。竹篱墙上刀子割断篾条的声息清晰可闻。难道是有人来救他了？沈若尘兴奋起来，他想到橡胶农场里同样也有上海知青，也许是他们中的哪一位同情他，冒险来搭救他了。

割断了篾索的竹篱墙动了起来，几乎朝着沈若尘倾倒下来。随而一个漆黑的身影踅进了茅棚子。

"沈若尘。"

他听到一个女子的嗓音在轻声唤。听声气不是上海知青，明显是个傣族姑娘。他扭动一下身躯，想用谷草的声息告诉她他歪倒在地的位置。

她面朝他走了过来，向着他蹲下了身子。

沈若尘嗅到一股傣族姑娘身上特有的湿润甜美的气息，更令他陶醉的便是在月亮坝村寨上几乎家家户户竹篱围起的院坝、园子里都栽的素馨花儿的香味。他心安了些，这样一位姑娘，是绝不会伤害他的。

"你是哪个？"

"韦秋月。"姑娘回答的声息几乎直扑他的脸颊，同时她手中的电筒稍纵即逝地亮了一下，沈若尘还没看清她的脸庞，灯光就熄灭了。不过他已想了起来，姑娘原先也是月亮坝人。五十年代，她的阿爸主动替进军南疆的农垦战士们当向导、当翻译。橡胶农场正式建立的时候，她的阿爸便成了农场职工。她也随阿爸进了农场。后来，她阿爸死了，她在农场中学读完初中，十五六岁当上了农场工。只因她原是月亮坝人，偶尔回寨子来玩，插队落户在月亮坝的知识青年们都见过她。男知青们私底下还啧啧称道她的美丽。是喽，正因为她美得像飘然而至的天使，见过她一次的人就不会忘记。

沈若尘还没从惊喜中回过神来，她手中刀子已在割着他身上的绳索。她边割边道："割断了绳索，钻出茅棚子，你赶紧逃。"

"哎。"沈若尘涌起满腔的感激之情。冷静一想，漆黑漆黑的山野，东南西北都不能辨清，往哪儿逃啊？他不由得哀叹一声道："我……我逃出去之后，认不得路。"

"出了胶林，要穿过密林，我指你路，你能走回去啵？"

她不说犹可，一听她讲密林，沈若尘就害怕。白天里，他随人进过原始森林，从公路上往里头走个十来米，便能感觉那可怕的气势了，虬枝古树老藤遮断了视线，密叶繁枝把湛蓝湛蓝的天空筛成一个个网点儿，站停下来，就能感觉到密林的幽深、寂静和莫名的恐怖。白日他都不敢往里头多走几步，这乌漆墨黑的夜晚，他孤身一人，就是逃命，他也不敢走啊。万一撞在当地人常说的吐露白浆的箭毒木树上，那不连命都难保吗？

沈若尘思忖一会儿，不好意思地喘着粗气，嗫嚅道："我……我不敢，怕、怕走失……"

"好憨哟！"韦秋月一点没掩饰她的轻蔑，"那你咋办？让人家关押在这里，由农场给公社捎话，叫人来领你回去？"

"呃……"这也是沈若尘不情愿的。

"我还听说，就是公社派人来领你，农场里都要把你们一个连队一个连队游斗一番，才放你们走。说是为教育农场的上海知青，"韦秋月补充说，"其实是杀鸡给猴看。"

沈若尘不寒而栗，真是左右为难。他揉搓着割断了绳索的双手，恳求道："有……有水吗？渴，我渴……"

韦秋月一怔，接着立起身来，低声道："你等着，我去一会儿

287

便来。"

韦秋月从她割开的竹篱墙中钻了出去，约摸过了二十分钟，她又来了，带进了一茶缸水，两包荷叶裹紧的糯米饭。

沈若尘顾不得斯文，咕嘟咕嘟地喝着水，狼吞虎咽地吃着糯米饭，幸好是在黑暗之中，韦秋月看不见他的狼狈相。

在他稍稍放慢了咀嚼的速度时，秋月说："听着，今晚上你就在这茅棚里歇。万一有人开门来察看，你就装着被捆的样子，把断绳子埋在身子下头，装睡。电影快散场了，明早天亮之前，我引你回月亮坝。"说完，不待他道谢，秋月拿起喝尽了水的白茶缸，离去了。

这一夜沈若尘不知是怎么熬过去的，担忧、焦虑、恐惧、惶惑，还有迷迷糊糊的瞌睡，时而提心吊胆倾听着茅棚子附近的脚步声，时而侥幸地喘着气谛听周围的动静。夜深人静之后，他稍稍安了点心，眼皮也沉重得直往下耷拉……

沈若尘被拽醒的时候，感到一阵清凉微带寒意。他缩缩脖子睁开眼，朦胧的晓色里，看见韦秋月一张美得惊人的脸庞。他几乎呆了，人世间真有如此柔美的姑娘！他眨眨眼，意识完全清醒了。他能看清韦秋月的脸，说明时辰不早了，得赶紧行动。随着韦秋月的手势，他跟着她钻出了茅棚子。

黏稠的晓雾伴随夜幕的消隐，在这黎明时分弥漫在天地之间，十几步之外就看不很分明。沈若尘稍稍放心了，这是西双版纳特有的雾露，即使农场里的人发现他跑了，也不知该往哪个方向追捕。

只是，韦秋月识得路吗？

沈若尘紧盯着韦秋月娇美纤柔的背影，跟在她身后，走进了胶林。

穿出农场的胶林时，拂晓时分浓稠的雾露变成乳白色的了。稍远一些路侧参天的槟榔树、高大火红的凤凰树依稀可辨。韦秋月的步子放慢下来，反身等候着沈若尘。

不知是路走急了，还是她同样感到紧张激动，她的脸色变得绯红绯红，一双眼睛瞪得出奇地大。沈若尘为她显示的美惊呆了，双眼目不转睛地盯着她。

她感觉到了他灼热的目光，羞涩地淡淡一笑，道："出农场地界了。"

沈若尘领会了她的意思，这就是说，他已安全了。他充满感激、不无柔情地望着她。她眨眨眼睛，眼皮翻了翻，仰望着浓郁葱茏直插云天的三叶橡胶树，陡然地提出一个问题："你晓得，我一个人要经管多少棵橡胶树吗？"

橡胶树那么高那么挺拔，而她那么纤柔那么娇美，沈若尘随口乱猜道："八十棵。"

她笑着摇头，转身往前走。

"五十。"

"不对。"

"三十。"

"愈猜愈少喽。我那么无能吗？"

"一百五！"他往上翻数目字。

她仍然摇头。

"两百。"

她回过头来，嫣然一笑，道："我看你是猜不着的了。连队规定的是每人分管五百棵。我管六百。"

沈若尘伸了伸舌头，模样一定很可笑；韦秋月笑出声来了。

他们不知不觉走进了郁郁莽莽的原始雨林。林子里的雾露还很浓重，几乎找不着路，茫茫的密林。沈若尘真怕迷路。前些年初来乍到时，曾经风传过几个女知青在密林中迷路而不能生还的骇人事件。韦秋月就那么有把握吗？亏她想得出，昨天夜里让他孑然一身逃跑。他情不自禁地把心事说了出来。

韦秋月听完咯咯笑道："你若是黑心烂肠的坏人，你就走不出去。你是吗？"

"不、不是。"他连声否认。联想到昨天泼水节他的表现，他真怕她把自己视作寻衅闹事之徒。

"那你就安心吧。我在这林子里，穿行过数不清的来回了。"

乳白色的雾纱缭绕着、飘悠着散开了。密林里的一切由隐约可辨逐渐变得清晰起来。韦秋月活泼起来，她指点迷津般给沈若尘解释着，那是版纳青梅，那是石灰山雨林里特有的羊蹄甲，那些是被外来客人惊叹不已的一亿年前繁衍至今的植物"活化石"云南苏铁、桫椤、大花金钱豹。噢，还有几乎是随处可见、俯拾皆是的鸡。

"你们上海来的人，都爱吃这鸡枞，是吗？"韦秋月指点着满地密密簇簇的鸡枞菌，侧转脑壳柔声问。

沈若尘连连点头。她又朗声道："我能让你吃一辈子。"

沈若尘发现，他的这一趟冒险逃亡，由于韦秋月的存在，正在变成一次饶有风情的密林浏览。听到她的这句率直的表白，他眨动双眼，不由得遐思起来。

雾尚未散尽朗开，树梢梢上落下了水点。沈若尘起先还以为是雾露随着气温的升高滴落下来的，哪晓得韦秋月嗔笑着埋怨道："你这个人好没得福分，跟你走着走着，天公落起雨来。"

"这话咋个说呢？"沈若尘有些委屈地道，"天公落雨也怪我？"

"是喽。"韦秋月又是一串笑，"你想嘛，哪年的干季，不拖到五月份？四月里是少见有雨的。同你走在一起，瞧，天公早早就把雨落下来了。哈呀，下大啦，雨下大啦！"

听着她的惊叫，沈若尘不由得手足无措地说："那咋个办呢？"

"莫得事！跟我来吧。"韦秋月柔美的身躯顿时变得敏捷起来，掏出随身带的小刀，疾疾地往林子深处走去。

待沈若尘追到她身后，她已砍下一大片叶子擎了起来："看啊，像不像一把伞？"

当真的，韦秋月举着那叶柄，宽大的叶片横披下来，活脱脱一把天然的大伞啊。

沈若尘又惊又疑地瞅着她问："这是啥子呀？"

"海芋叶。是版纳密林中天然的大伞。来呀，"韦秋月向他招手，"憨包，光顾说话，快过来躲雨呀！"

沈若尘迟疑了一下，迈步走到韦秋月举起的天然雨伞下头。哦，不但光线顿时晦暗下来，而且还透着莹莹的绿色光波。头一回离得这么近挨着一个美若天仙的异族姑娘，沈若尘多少有点紧张。韦秋月利索地旋转一下叶柄，海芋叶舒展得更宽大了。沈若尘仰脸望着转动的大伞，嘴里连声噢噢地叫着，除了惊叹之外，他竟然说不出更多的话来，心却咚咚地敲得有感觉了。

步出裹在山海雾潮细雨中的苍山翠岭，穿过寨子里的竹篱笆巷子，在砰砰砰的舂米声中，沈若尘躲进知青点竹楼，抹洗了身子，擦拭了脸庞，换上一身干净衣裳走出来。随他来的韦秋月已经燃着了火塘，赤红的火焰闪闪烁烁映着她镀了层彩釉般的脸。沈若尘几乎看得呆了，心头作怪般阵阵乱跳。他踮起脚跟，生怕惊动了她似的，蹑手蹑脚走过去。

韦秋月仿佛背后长着眼睛，还没待他走拢，便支身站起，一弯腰钻过屋檐，到凉台上去了。

她是看穿我的心思了吧！

沈若尘正在疑惑地盯着火焰出神，韦秋月又回进了屋子，手里提着平时搁在凉台上的沙土陶罐，高高托在肩旁，喜滋滋地对他道："昨天是泼水节，我没向你祝福。今天，你逢凶化吉，我给你补上祝福，我衷心地祝你幸福、欢乐！"

没待沈若尘回过神来，在韦秋月咯咯咯清朗的笑声里，满满一陶罐清凉的水，兜头兜脑泼了下来。

尽管头顶心、脸庞上、后颈窝和刚换上的衣裳霎时间被浇湿了，沈若尘还是欢欣雀跃地跳起来，张开双臂，悍然不顾地把韦秋月紧紧地、紧紧地搂抱在怀里。吓得韦秋月闭上了眼睛，微仰着脸庞，连声告饶地道：

"小心陶罐，小心砸碎了陶罐。"

2

站在齐胸的冬青树旁，透过镂空的围墙栏栅，杨绍荃看见屈显亮家的窗口通明透亮，半掩的窗户后边，不时有人影在晃动。他家有人那是肯定的了，至于他在不在家，他若在还有哪些家人，杨绍荃一概不知。

她本来就是心血来潮，灵机一动闯来的。

现在她有些懊悔了。当初和屈显亮厮混缠绻、寻欢作乐时，为何不同他聊聊，他是否结了婚，妻子是干什么的，若没成家有无对象，未婚妻还可爱吗，等等。也许她那时太把他们之间的关系看成逢场作戏了，也许她太想要主动和控制权了，也许她过去从心底深处根本没把这个人当一回事儿。而今想来，这种关系竟有点让人不可理解地显得荒唐了。他们在一起睡过觉，除了知道他在单位里是个摄影师，她对他的一切所知甚少。当然临时要打听也不是啥难事儿，但杨绍荃觉得都是多余的。她直接来找他，不就得了。

好在他家的地址她还知道，下了车进入弄堂，没向人打听就找到了。不过她忘了一点，顺着门牌号找到前门来了。前门是小花园的铁门，她一看就明白了。即便是仿花园别墅式的弄堂房子，进出同样得走后门。

朝着日光灯亮得有点耀眼的窗户瞅了几眼，不知怎么杨绍荃的心不自然地跳荡起来。

她的希望全系于这次拜访，成败在此一举。和以往的幽会一样，他们是互相需要，更多的是屈显亮得瞅她的脸色行事。而如今不一样，是她有求于他，依赖于他，可以说她未来的命运得仰仗他了。

接到程锦泉从日本写来表示绝交的信，她恼恨，她颓丧，她像遭受一击般连续几天失眠，闷闷不乐。但她没有那种痛彻肺腑的绝望和难受。程锦泉不忠于她，背着她和其他女子在日本同居，她早已知道。他们的夫妻情分在她了解这一点时已经完结了。他们在这之后的联系纯粹是维系那一纸婚姻关系，是互相利用。程锦泉可能是还指望她守着上海的房子为他留一条后路，而她则梦想着有朝一日他会把自己接到日本去。现在西洋镜拆穿了，或者说程锦泉自认为在日本已混得能立足了，他们就挥手"拜拜"，就像马路上各自东西的熟人漠然地道别。

分手就分手。杨绍荃对程锦泉既没多深的感情，又无什么遗憾。细想想她什么都没少，她怕什么！只不过心头气愤不过，如此简捷明了，如此干脆利落，一封短短的信，就解脱了婚姻关系，她不是显得太无足轻重了吗？她不是又像被吴观潮骗了般遭到一次愚弄吗？

别以为你程锦泉能在日本混得出人头地就了不得。杨绍荃也得出去闯荡闯荡，混出个人样子来。屈显亮不是要去澳大利亚了吗？她得尽快找到他，最好能在近几天内把他们原先暧昧的关系明确起来，由他设法把她也带出去。或者最低限度使他答应下来，到澳大利亚以后一两年内，把她也"办"出去。

是的，他们自从相交以来处得一直很不错，可惜的是最后两次她对他冷漠孤傲了些。这也是她走到屈家门前来时还有点迟疑不决的原因。不过实在并没啥，屈显亮这人脸一向是厚的，多少日子来她第一次主动上门，他还能不接待她？

这么思忖着杨绍荃又增添了几分信心。她由前门绕到后弄堂，找准了漆成咖啡色的后门，摸到了信箱旁边的电铃，按了两下。

楼廊里当即有人应声喊着"来了来了"，随即灯亮了，后门打开来，一位瘦小的妇人精明的脸上挂着几分疑惑问："你……找谁啊？"

"屈显亮。"

"噢。"妇人敷衍般浮起几丝淡笑，脸转过去朝里面喊，"显亮，来客人了！找你的。"

屈显亮喊了一声："谁啊？"从屋内走出来，起先他没有看清楚是她，显得兴冲冲的，待他走到门口来，他脸上的微笑凝固了一般，

"你……噢、噢，是你！"

瞅他吃惊的样子，杨绍荃实在觉得好笑。她一偏头，信步走进去："怎么，不认识了？"

"当然……当然认识，可……"屈显亮身子没动，既想拦住她，又似乎是想压低嗓门对她说啥，他的眼珠骨碌碌转，一副惊慌失措的样子，却又不敢张扬。

"显亮，来的是谁啊？"有个嗲声嗲气的姑娘嗓门传了出来，继而，一个身材颀长、脸庞窄长、打扮得非常时髦的年轻姑娘扭着腰肢走了出来。看清了来者是个女的，她的脸当即沉了下来。

"噢，都都，这是我们单位的同事杨绍荃。"屈显亮镇定下来了，"介绍一下，这是我的未婚妻宋都都。"

屈显亮把走近身旁的宋都都一搂，亲昵地把脸挨近她。宋都都毫不忸怩地侧过脸，嘴几乎凑近了屈显亮的脸颊，纤细的手指往上一跷，点着杨绍荃道："显亮，这位同事，以前从没来过这儿啊！"

"是啊是啊，"屈显亮用哄小孩般的语调道，"是同一大单位，平时上班，我们不在一起，不是一个部门的。"

"那么……"宋都都乜斜了杨绍荃一眼，欲言又止地摇摇屈显亮手臂，"你问问她，有什么事儿啊？你请人家进屋来坐啊！"

屈显亮没请杨绍荃进屋去的意思，杨绍荃早就看出来了。原来这位小有名气的摄影师的未婚妻这么难看，怪不得婚前他就不忠实呢。杨绍荃当即掂量出来了，宋都都除了比自己年轻之外，仅从容貌上说，她哪点儿也比不上自己。她的嘴角露出一缕讥诮的笑纹，道：

"没什么大事儿，我只是来问一下你走的具体的日子，想托你带封信。"

屈显亮不卑不亢地扬扬眉毛说："飞机票还没拿到手呢！"

"待拿到票，带封信，我想总是可以的吧。"宋都都脸朝着屈显亮，眼睛却瞄向杨绍荃道，"你尽管写吧。"

"那就谢谢了。"杨绍荃正欲告辞，陡地又像想起了什么似的问，

"你们是一块儿去吗？"

"哪里，是他先去。"宋都都接嘴道，"他在那里的一切手续，还是我哥哥帮助办的呢。是吗？显亮。"

屈显亮显然是想阻止宋都都的话，但那女人噘着厚厚的嘴唇，叽里呱啦把他们的关系说得够透彻的了。

杨绍荃用明显嘲弄的语气道："恭喜你们啦！待你们双双到了澳洲，小日子一定会过得美满如意的。打扰了，再见！"

"哎，你怎么不进屋坐呢？"宋都都热情地扬着手叫，身子却没有动。

屈显亮跟着走到门口，假惺惺道："拿到飞机票，我会给你个口信的。"

杨绍荃连声道谢的话都懒得说，挺直了背脊，顺着弄堂大步地往外走。

她又碰了个软钉子，撞了一鼻子灰。她还梦想着屈显亮会看在他们关系的面子上，拉她一把呢。原来这家伙自己也是靠一位相貌丑陋的女朋友的哥哥扶持。哦，她的命运中为什么总是遇见这些卑鄙无耻的男人？吴观潮只顾奔自己的前程，程锦泉到日本不久就背着她与女人同居，屈显亮更加奸猾了，一方面依赖宋都都的关系办出国，一方面又来同她偷欢偷情。他们都达到了自己的目的，都把她耍弄一番就丢弃在一边不闻不问。现在她还有什么？男人一个个离她而去，儿子永辉视她醉生梦死，她只有孤零零一个人。

一阵风吹来她打了个寒噤，她情不自禁抱紧了自己的两条臂膀。为了这次拜访，她精心地打扮了自己，为使形象突出显得更美更艳丽，她穿得少了一些，这会儿她觉得寒意袭人直打哆嗦。她仰脸四顾想找公共汽车站，没料她刚才只顾沉浸在气恼愤恨中，早已走过了站头。她不知是退回去，还是继续往前赶到第二个站头去。恰好在这时横掠过来的风里夹杂着雨点，没待她找到一个躲雨之处，雨帘就扑面而来，顷刻工夫竟像阵雨般繁密。原就感到寒冷的她，衣裳被淋湿了，更觉浸透肌肤的难受。这一路上尽是围墙，她只得埋着头往前走。走不多远，衣服淋得透湿。她只想早点赶回家，干脆不躲雨了。

上了公共汽车，不挤的车厢内乘客们见到落汤鸡似的她全往边上避。下了公共汽车，雨点变成了雨丝，但风刮得更凶了，冷得她四肢打着寒战，上下两排牙齿咯咯地打架。

她像疯了一般噔噔噔飞跑上楼。推门进屋，望见镜子里映出一张青紫的嘴唇掀动的颓丧的脸，湿漉漉的头发全走了形，几乎贴着她的额颅。她着实吓了一跳，差点认不出这是自己。她哆哆嗦嗦往下脱着湿淋淋的衣裳，电话不合时宜地响了，她没情绪去接。但电话铃声固执地一遍接一遍地响，她只得无奈地扑了过去。身上凉，屋里冷，她只能不停地转着身子。

"我问你，你想干什么，你这个不要脸的婊子！"电话里传来屈显亮恶狠狠的声音。

杨绍荃气得全身发抖，拉开了嗓门回骂："你这无赖，臭流氓。你快到厕所里对着马桶照照你的脸，看看你是什么货色！"

屈显亮劈头盖脸地咒骂着："别以为你身价高，我已经把你玩够了，浑女人！多少天来，我忍气吞声，受够了你的支使。好不容易熬出头来，你还要来坏我的事吗？告诉你，像你这种女人只配像破揩布一样被人甩，你这无耻的烂货！"

"臭狗屎，穷瘪三，小老婆养的畜生！你靠一个丑女人的关系办出国，不觉得自己像条哈巴狗？"杨绍荃被屈显亮骂得眼前直冒金星，浑身上下像燃着了一团火，而她的周身骨架却冷得瑟瑟发抖，她咬牙切齿地诅咒着，"快坐上飞机走吧，你会跌下来的。"

"我警告你，浪货！"屈显亮显然感到电话里骂下去不会有啥结果，他克制地压低了怒冲冲的嗓门，声音像是从齿缝里进出来的，"你若坏了我的事，我不会饶过你的。"

"哈哈哈哈哈！"杨绍荃发出一串歇斯底里的笑声，没待她笑毕骂出更刻薄的话来，对方的电话挂断了。杨绍荃搁下电话，还在克制不住地狂笑。屈显亮这家伙终于心虚胆怯了，他怕她揭露他的真面目，坏了他的事。他若不打这个电话来，杨绍荃还想不到这一点，只能甘受他的凌辱，把眼泪往肚里吞。他的电话提醒了杨绍荃，她不消费多大的劲儿就能收拾他。宋都都的工作单位和家庭住址是不难打听到的，轻轻松松地写上几行字或者拨个电话，明白无误地告诉她，等待着她的将是什么样的命运，她自会去对付屈显亮这个臭货的。想到这儿杨绍荃又是一阵尖声凄厉的大笑，脸庞上却是一点儿笑容都不显。

她惨笑着倒在沙发上，顿时又像被烫着一般跳了起来。她湿透了的衣裳还没脱下，她冷得全身发抖四肢僵硬麻木，她得快换衣裳快倒一杯热乎乎的饮料喝。她一边往下扒衣裳，一边蹦跳到日式的橱柜旁打开门。她冷死了冷死了冷死了……

夜半三更杨绍荃从噩梦中惊醒过来。在梦里，她浑身汗淋淋的，额头上像顶着团火。可醒过来她只觉得冷、冷，冷得彻骨。临睡时，她不但喝了两杯热得发烫的饮料，她还吃了感冒药，往身上盖了两床被子。怎么还是冷呢？

她睁着眼回想噩梦中的情景。一个男人泰山压顶般卡住她的喉咙，凶神恶煞地试图扼死她。这男人的个头身架明显像屈显亮，可脸貌却是程锦泉，而像钳子般伸过来的双手，又是吴观潮那两只指甲圆溜溜的大手。杨绍荃在睡梦中拼命挣扎，怎么也脱不开身。她窒息得快要晕过去了，张开嘴恐怖地叫了起来。那双手仍不放松，压在她身上的那个男人显得更重了。她号叫着终于翻了个身，醒了。醒过来时，记不得她凄厉的锐叫是否真发出来了，若发出来了，邻居们会误认为是鬼叫的。

她痴呆呆地躺着，两眼睁得老大盯着幽黑中贴着高泡墙纸的天花板。想哭，哭不出声来，想叫，又怕惊动了同楼房的邻居。她难受极了，喉咙里像卡了根鱼骨般痛苦。她的手臂无意中擦着自己的额头，额头上热辣辣地发烫。

她惊骇地愣住了。

她病了。怪不得她浑身难受，心情烦躁得直想朝着那些浑蛋男人吐唾沫。

　　她病得还不轻呢。

　　出了身透汗，杨绍荃依照往常感冒发烧的经验，满以为再在床上躺半天，热度就会退下去，她也便可以支撑着起床整点吃的喝的，把床料理料理，把又湿又脏丢得东一件西一件的衣裳收拾收拾，开开窗户，透透新鲜空气。哪晓得晕晕乎乎地睡了几个小时，热度又上来了。不但额颅上烫，连两边脸颊都虚火上升，热乎乎地直觉难受。由于出汗，打湿的被窝里，黏糊糊的，既潮湿又有股燠热。她想找支体温表量量，平时装药品的小抽屉远在组合柜那头。她想再吃几片药，忽然又想起热水瓶里昨晚上就没水了。她挣扎着想起身，可头刚离开枕头，昏昏乎乎的房子就像倾倒过来了一般。伸手可及的只有电话和半导体收音机。没人给她来电话，没有人需要她，没有人想到她，连她没去上班，单位上也没人打个电话来问问。平时她总觉得自得其乐，待人接物冷漠孤傲，在单位里、社会上没什么知心朋友。打开半导体收音机，里头正在放越剧，越剧本是她喜欢听的，可偏偏在这种时候，正在唱什么"孤身锁幽居，朝夕暗心焦……"，悲凉凉凄切切的，气得杨绍荃一下把它关了。

　　窗帘没拉拢，冬日的阳光照进她的屋里来，平时她收拾得很规整、很引以为自豪的房间，这会儿显得凌乱、邋遢，还有股污浊的味儿。就连她睡的这张四尺半双人床上，被窝都是七拱八翘的，床沿上还耷拉着她昨夜匆匆换下的内衣和袜子。

　　门关着，照例反锁着。杨绍荃远远地望着闪烁暗光的四保险锁，脑子里浮起一个悲哀的念头。她孤零零一个人，就是死在这间屋里，也没任何人会知道的。为这念头所困扰，她自怜自哀地掉了泪。

　　身子本就虚弱，又没吃早点，没喝什么含营养的东西，这会儿已时近中午，头昏，腹饥，浑身乏力，她连支撑着坐起身来的力气都没有，又怎么去厨房烧水干些照料自己的事呢？

电话铃声响了。会是谁打来的呢？谁在这种时候想起她来了呢？

响到第三声的时候，杨绍荃抓过了话筒，轻微微地道了一声："喂……"

"阿妈吗？你在屋头啊！我打电话是要告诉你，我接到电报了！"是永辉打来的电话，他显得出奇地兴奋喜悦，杨绍荃几乎想象得到他那眉飞色舞的神情，"是安文江阿爸和陈笑莲阿妈打来的。他们让我在上海，住在一处莫动。他们要来……要来上海接我，接我！你听到了吗？他们两个一起来接我。"永辉不断地重复着说。

"噢，"杨绍荃乍然涌起的一丝欣慰又冷却下去，她以为永辉的电话是打来问候自己的，哪知道他报告的是这个消息，她有气无力地说，"永辉，我病了。我……"

安永辉的声音顿时变得有些惊慌："你病了吗？阿妈！病了吗？"

"是的。"杨绍荃的嘴唇动了动，虚弱地刚吐出这两个字，永辉的电话就啪嗒一声挂上了。

杨绍荃勉强把话筒搁回去，长长地吁了口气，把头靠在枕芯中央。她又出汗了，是乏力的虚汗。

连亲生的儿子永辉，听到她生了病，都不愿多搭理，匆匆挂了电话，只顾沉浸在他收到电报的喜悦里。

哦，她做人为啥会到这个地步，连惟一的骨肉都瞧她不起呢？杨绍荃又想哭了，可她只是垂泪，并没哭出声来，哭也要力气啊。她觉得窗户射进来的阳光刺眼，把脸一转，又合上了眼。她不要看见任何东西，她不要脑子思想，她需要安静，需要忘却。她最好赶快睡着，睡得什么也不知道……

砰砰砰，急骤的敲门声惊动了她，她在迷糊混沌的瞌睡中醒过来了。正惶惑地诧异，门外传来永辉清晰的呼喊："开门，阿妈，快开门，是我，是永辉，你快开门啊！"

杨绍荃激动得一下子从床上坐了起来，跌跌撞撞、踉踉跄跄地向门口扑过去。她不知自己哪来的气力，哆嗦着扭开四保险锁之后，她站立不稳，只好倚靠在门框边。

永辉一进屋就搀抱住她说："阿妈，你咋个了？来，我扶着你到床上躺下，阿妈，你慢走、慢走。"

杨绍荃扶着儿子的肩膀，歪歪扭扭走向床边。其实永辉一个孩子，并没多大力气，但永辉的出现，给了她安慰，使她陡然间平添了不少力量。

重新在床上躺下，望着焦急的永辉，杨绍荃一点也不想拭去眼角的泪，不想掩饰见到他的欣悦。她舔舔嘴唇说："你怎么来的？"

"听说阿妈病了，我丢下电话就赶来了。我认识路。"永辉不无自豪地道，"阿妈，你病得好重哟！瞧，眼睛也眍进窝儿里了，下巴削尖了，脸色……脸色白得好难看。阿妈，你要去医院吗？我陪你找医生去。"

永辉一口一声阿妈，叫得杨绍荃的心颤颤的。这虽是西双版纳娲崽唤娘的语言，在上海听来有些陌生、有些拗口，可杨绍荃听得都要陶醉了，身上也顿觉好多了。她凝望着永辉关切的双眼，装作满不在乎地说："一点点小病，不用看医生。你来就好了，妈吃点药，很快会好的。"

"那你吃药了吗？"

"还没得。"杨绍荃不知自己是怎么搞的，多年不讲的西双版纳话，随口吐了出来，"还没得顾上……"

"是没得药吗？我替你去买。"

"不消，"杨绍荃摆摆手，又指点着组合柜那边，"打开那只小抽屉，里头有药。"

永辉扑了过去，双手抓了一大把药过来。杨绍荃从中挑出一片，道："吃这个就可以了。"

永辉把药放在床头柜上，回头去拿杯子，用目光寻找热水瓶。

杨绍荃把手中的那片药翻来覆去掂着，不好意思地说："没有热水了。我……"

"我去烧开水。"永辉机灵地截住她的话,"一会儿就烧开了。我会开煤气。"

杨绍荃的眼光追随着永辉的背影闪入厨房,双眼里泪汪汪的一片,啥都看不清晰了。

永辉从厨房里出来了,来到她的床边,惊讶地瞪大双眼,吃惊地问:"阿妈,你痛得恼火吗?"

"噢,"杨绍荃赶紧摇头,一定是儿子看到她垂泪,以为她病得重,他哪晓得她心灵深处歉疚忏悔的感情啊,"不恼火,你不用担心,我很好,会好的……"她说一句话,喘一口气,显得很费劲。

"那你吃过饭了吗?"永辉往前凑凑,两只眼睛直直地盯着她。

"还没得。起先……"

"想吃吗?想吃啥子?我替你去买,离这不远的街角角上,有个铺子啥都有。"永辉的手指着窗户道。

杨绍荃垂泪的脸上绽开了笑容说:"好的。那你替我去买两包袋装牛奶,买一条棍子面包,还有小包装的榨菜,记得住吗?"

她说一样食品,永辉点一下头。她一说完,他就朗声道:"记得住,这还不容易!阿妈,你还要啥?"

"不要了。"

"那我这就去。"

他转身就走。杨绍荃又喊住他:"慢点,永辉,钱在这边抽屉里。"

"我有钱。"永辉头也不回地道。

"那你也该把钥匙带上啊!"杨绍荃嚷了起来。

永辉应了一声,回转身来,拿到门钥匙,打开门,又砰的一声关上,噔噔噔一阵风般下楼去了。

阿妈好多了。

吃了药,随后吃了像棍子那么长的淡咸淡咸的面包,喝了开水冲

301

的饮料，阿妈苍白得骇人的脸色泛起了点红晕。照着阿妈的叮咛，永辉把阿妈随处乱扔的衣裳收拾起来，抱进了卫生间，给阿妈烧了两壶开水灌满了煨瓶，绞了温热的毛巾给阿妈洗脸。太阳光照满一屋子的时候，永辉又把窗子开了条缝，透进点新鲜空气。阿妈合上眼，静静地躺在床上要睡的时候，永辉抱了本书，坐在床边守着阿妈。待阿妈的眼皮蝉翼般一阵抖动，快醒过来的时候，他又走进厨房替阿妈去热牛奶了。

当他用长柄小锅端着煮沸的牛奶走近床边时，阿妈果真醒了，脑壳上蓬乱的头发捋得齐整了。她倚着枕头坐了起来，眼睛里闪烁着喜滋滋的光彩。

永辉从没看到阿妈用这么亲热和善的笑脸对待过自己。他把小锅儿一举，问："阿妈，这会儿你喝吗？"

"喝。"

"那我替你倒在杯杯里。"

"谢谢你。"

"阿妈也要向自家的娃娃道谢吗？"

"要……"

永辉听到阿妈的声气哽咽，忍不住抬起头瞅了阿妈一眼，阿妈正用热辣辣的眼光目不转睛地凝望着他。永辉的心头一热，手中端着的平底小锅颤动起来，有几点牛奶滴到了杯子旁的桌面上。

倒满一杯牛奶，永辉双手捧着杯杯，送到阿妈跟前说："阿妈，你喝。"

阿妈接过杯子，只浅浅地尝了一口，随而把杯子放在床头柜上，拍拍床沿，招呼道："永辉，坐这儿。"

永辉答应一声，坐在阿妈的床沿上。阿妈那只手指纤长纤长的手，轻轻搭上永辉的肩头，声气柔柔地试探一般问："永辉，在你心目中，你一定以为阿妈很坏，是吗？"

永辉愕然望着阿妈，没料到阿妈说出这句话来。他想溜下床去，可阿妈搭在他肩上的手沉沉的，由不得他动。他眨巴眨巴眼睛，点了一下脑壳说："我这么想过。不过，看到阿妈病痛，我又觉得阿妈可怜。"

"阿妈对不起你。"阿妈叹了口气，垂下了脑壳道，"可阿妈对你没有恶意。那个时候阿妈年轻，又一心要回归，政策偏不允许结过婚的知青回上海。而上海不仅是大城市，不仅因它的繁华、热闹、便利吸引人，它还是阿妈的故乡。你太小，没有经历过那个年代，不可能晓得我们在乡间遭受的那些罪。狠着心肠我们把你送了人。是的，你可以骂我们自私，但当初我们也是无法。永辉，我们的本意并不是甩手不管你，我们原先说定的是，回上海后安定下来，复了婚，我们还要抽时间去看你。真的，阿妈不哄你……"

永辉的脸色变了，他的两手撑着床沿，嘴撇了撇问："那……那到后来，咋个变了呢？你们咋个又各自结了婚呢？"

"要怪，得怪你的阿爸，是他的良心先给狗吃了的。"阿妈晃了晃脑壳道，"永辉，这话照理不该由我讲给你听，你长大后自会晓得的。可今天，今天我忍不住……忍不住要说。吴观潮……你阿爸……他、他、他首先变卦、变心，他裹上了现在的那个女人，为的是可以顺当地得到房子，为的是能便利地升官发财，为的是……你阿妈我有什么办法？碰上了这种男人，我只有认命。只有、只有糊里糊涂、醉生梦死，像你说的醉生梦死……"

阿妈羞愧得泣不成声、泪流满面，再也说不出话来。

看着阿妈哆哆嗦嗦的嘴唇和满脸的泪水，永辉的心抽紧了。他同情而又带点陌生地愕然瞪着阿妈，他并没因阿妈的伤心哭泣受到感染，他只是仇恨阿爸。坏事是他先做的，是他带头背叛阿妈，舍弃远方的儿子的。永辉的牙齿咬紧了，眼里灼灼地放射着愤怒的火焰，一张脸绷得紧紧的。

有个主意在他心头萌生了。

3

穿过游蛇般的七弯八拐的巷子，盛天华双手插进裤兜，落心地吁了口气，他又可以优哉游哉地顺街去逛大半天了。

"哎，小子，你停下。"有人在他身后吼了一声，"有话同你讲。"

听着那生硬的普通话，盛天华晓得这是在招呼他无疑了。上海人互相之间打招呼，用的是纯粹的沪语。他转过身去，一个站在弄堂中，用闪光的塑料袋兜着洋烟的汉子满脸堆笑朝他走过来。盛天华认得他，上回在他那里买过一包"箭牌"，尽管是长支的，天华当场抽了一支，便朝地上吐着唾沫说，这烟好臭，没云南烟好抽。这家伙一听他提云南烟，连忙接口问天华，身边有什么云南烟，是"红塔山""阿诗玛"，还是"云烟"？天华答自己是乡下人，只有"春城"烟。这人讥诮地嘲弄天华："我以为你小子有什么好烟呢，原来只有蹩脚'春城'。"天华受不了他那语气，当场掏出烟盒道："我这'春城'是特制的，不信你抽一支，一支抵你一包外烟。"这汉子听说一包外烟换一支"春城"烟，连连摆手说不干。却又憋不住好奇，凑过脸来细细端详。天华当即擦燃火柴，把烟递上去。这家伙拗不过，接烟抽了一口，顷刻工夫陶醉地闭了眼，一支烟没抽完，他便乖乖丢了一包"万宝路"给天华，遂又盯住天华问，"春城"特制烟，多少钱一包？天华漫天开价道，五十元一包。外烟贩子二话没说就递过来一张五十元大钞。天华把那包拆封的"春城"扔了过去，转身便走，心里憋不住好笑。这包烟里，只有四支烟"特制"过的，其余都是一般的"春城"。今天撞上他，倒霉了，这家伙要揭穿自己的伎俩了。

天华待他走近，漫不经心问了一句："吗事？"

"小伙子，上次你那包烟，不是'春城'牌吧。"外烟贩子并无兴师问罪之意，而是压低了嗓门探问。

"是'春城'。"天华一口咬定。

"是特制的'春城'？"

"对头。"

"里头掺了什么东西？"

"我咋个会晓得！我是买来自家抽玩意儿的。"

"你会不晓得？"外烟贩子脸上闪过狡黠的笑纹，"那里头有几支特制过，你都晓得。"

听他说得这么肯定，天华暗暗吃惊，他装作委屈地说："我确实不知。"

"那你说，里头兑了什么？"

"听说是'雪花儿'，抽了飘飘然舒服。痛了抽一支，马上就不痛了，比没病的人还精神。"

"说老实话，小伙子，烟里头是不是有大麻？"

"胡扯！"天华断然否认，"我只晓得，在我们那里，特制过的烟叫4号，也叫阿泼。"

"那就对了。"外烟贩子重又满脸是笑，拍着天华肩膀道，"你还有吗？特制'春城'。"

天华显出不情愿的模样，噘起嘴，摇了摇脑壳说："我只有几包了，是留着自己抽的。"

"嗨，小兄弟，我跟你说，你卖给我，我不会让你吃亏的。"

"不卖。"

"你这就不够朋友了，小兄弟。"

天华犹豫地掏掏自己衣兜，露出副拗不过面子的样儿，外烟贩子的两眼紧盯着他的手，他摸出了随身带出的一包"春城"说："我这里只有一包。"

"一包我也要。不过你得说实话，这里头有几支是特制过的。"

"那我真的不知。"天华懂得，这一点他非得咬紧牙关不说真情，"我们那里，碰得巧，一包里有九支十支4号，碰得不巧嘛，只有一支也可能。上当受骗时，一支都没得也有。"

外烟贩子两眼灼灼放光地盯着天华，冷笑道："你不会让我受骗上当吧！"

"不会，这一包不会比那一包少。"天华不由自主地脱口而出。

"啊，哈哈，好好好，好！我相信你。"外烟贩子放声大笑起来，爽快地递给天华一张五十元钞道，"你若还有，给我送来吧，我绝不会亏待你的。"

天华没有答应，也不曾拒绝。他利索地将递过来的五十元钞揣进裤兜，急匆匆走开去。

刚在街口上拐个弯，马玉敏出其不意地冒了出来，拦住了他的去路说："好啊！你整天躲着我，原来是瞒着人做小生意。你本事不小啊，一小包烟，要值五十块。"

"轻点声。"听她如此声音清脆地张扬，天华心头一紧，连忙提醒她，说着还左右一阵环顾。

马玉敏叉开腿，撅着半爿屁股说："那好，你给我说实话，这些天来，你是不是在故意躲着我？"

"没得啊！"天华一脸冤枉相。

"还没有！"马玉敏撇嘴道，"前些天你有空就来找我玩，最近这么多天，你怎么一次都不到我房间里来了？有好几次，我装着去上学，在外头兜了一圈回家，你连影子都不见了。原来你都是等着我的呀。这些天你跑哪儿去了？说啊，你不是躲着我，又是干什么？做小生意赚大钱，还是又有了其他小姑娘？"

"不，不是的！"天华急忙否认，"是我家阿妈，她……"

"她怎么说？"

"她不让我整天同你在一起……"

马玉敏的脸倏地一沉说："为什么？"

"她、她说，怕我和你在一块儿出事。如果出了啥见不得人的事，那就糟了！"

马玉敏的眉梢一扬，嘴角努了努，示意他往下说。

天华舔舔嘴唇，接着道："阿妈还说，我和你现是自家人了，自家人是不能出丑事的。万一惹出了事情，就是她想留我在上海，你、你的阿爸也不会同意我留下，要赶我走的。阿妈说这些话时，哭了，求我听她的话。我答应她了。"

"所以就躲着我，不同我在一块儿玩了，是吗？"马玉敏眯缝着眼睛，追问道。

"嗯。"

"那你说句心里话，你愿和我待一块儿，在一起玩吗？"

"愿。可……"

"那就行了。我们的事我们自己做主，不要她来管闲事，她也没有权利管我的闲事。你放心吧，她不会再来管我们了。"马玉敏说得那么肯定，让天华感到暗暗吃惊。况且她的神情也令天华愕然，说这些话时，她的双眼瞪得溜圆，脸貌上显出威胁恫吓的厉害之色。马玉敏说着话，一个转身伸手挽住了天华的臂弯："走，她不让我们两个好，我们俩非要亲亲热热在一起。现在你得告诉我了，你卖给那外烟贩子的是什么烟？那么贵！"

天华垂脸瞅着马玉敏擦得雪白雪白可爱的脸蛋，眼睛里一亮，笑着说："哪天我们躲在屋头，你偷偷抽一支就明白了。"

"特别刺激吗？"马玉敏的兴致给逗起来了。

"舒服极了，安逸极了。"

商标缝上去，总是缝不正。不是左边翘了，就是右面歪了，要不干脆皱成团，要拆开重新缝。真是交上"魔窟运"了，这么简单的活，身旁左右的人都做得轻巧利索，惟独俞乐吟笨手笨脚的，几乎做一件返一次工。

这全是怪盛加伟来信了，儿子失踪多时，遍找不到，他猜测天华到上海找娘来了。这个冤家，他竟然还保存着俞乐吟娘家的地址。照理这信并没啥需她操心的地方，盛加伟早与龙桂枝结婚，而儿子天华已在上海相安无事地住定下来。她问心无愧。是盛加伟除了询问之外写到的天华的情况，让她这个当娘的心烦意乱。信上说，天华跑了，临跑之前偷了家里的五百块钱。不知他是否跑来上海找母亲，如若见到他，一定要问问他，为啥要偷家中的钱逃跑，不给屋头人说一声。

这么说天华不像看上去那样老实，这么说天华的手脚不干净。他怀里揣了五百块钱还不嫌多，马超俊见面时给他两百块，他照收不误。他还是个孩子，他要这么多钱干啥？

俞乐吟头脑里始终萦绕着这一问题。看起来，天华来到上海，并不仅仅只是一个安顿他的问题，烦人的操心事儿多着哪。上次无意中撞见了他同马玉敏亲昵得骇人的举动，俞乐吟差点惊叫出声。她是用了极大的毅力克制住，才没有发作。一个晚上没睡好觉，她决定向儿子摊牌，连哄骗带恐吓。她认准了天华是贪恋上海的，他是个大小伙子了，他分得清楚究竟是云南乡下好，还是上海豪华舒适的别墅楼好。俞乐吟决定利用他这点心理，告诫他不准与马玉敏勾勾搭搭，一来她是真怕未成年的天华和马玉敏搞出丑闻来，二来她看见马玉敏心里就不是滋味儿。天华真到了谈恋爱找对象的年龄，她都不要儿子找这么个讨厌的女人。规劝到最后她说了，上海滩这么大，年轻美貌又多情的姑娘四处都有，只要到马路上走两趟就明白这一道理。这次交谈看来是奏效了，天华近几天来已回避着那个小骚精，经常独个儿进出了。谁料到这边的事儿刚刚按下去，盛加伟的信又从那头冒出来了。如若天华真是个手脚不干净的小偷，上海又是这么个花花世界，他没钱用的时候，顺手牵羊般偷起家里的东西或是钱，让马超俊察觉了，将会是个怎样后果！

俞乐吟在忖度着，要不要把盛加伟的来信给马超俊看，由他拿主意作决定。如若他不在乎，不怕偷，她也便省了一份心事。如若他确实担起心来，那就由他出面，让天华回云南去。对这个突然长得偌大的儿子，俞乐吟近来渐渐情淡心冷了，把他安顿在自己身旁的念头慢慢地变成了恐惧担忧。这是不是因为她和屠英德暗中相恋的情火越来越炽热，她都有点说不清楚。

心绪不宁的另一个原因便是屠英德。一早上班，弟弟俞乐升还没给她拿盛加伟的信过来，趁她身旁无人，屠英德就凑近她耳畔，要她下午调休，到他家里去一次。他不无得意地透露道，上回借她钱做周转金的那笔生意，可以还她钱并结账了。

说完话，屠英德转身就走了。俞乐吟却是好一阵子耳热心跳，脸颊都微烫微烫的了。自那一回借钱他俩缠上之后，她稍一得空就想见他，那股欲望强烈得不行，非得用极大的毅力克制才能管住自己两条腿。她晓得屠英德的住处虽然离开这里有一段距离，毕竟还是很近的，去得勤了非露馅不可。这可不是闹着玩的，本来她只想为自己找一条后路，如若早早让马超俊知道了真相，事情就全都颠倒过来了。屠英德也很识相，丝毫不曾猴急猴急地逼她。里弄生产组里的小姐妹、老阿姨为他介绍对象，他总是笑吟吟地一口答应去见面，装着蛮像回事。但只要有了机会，他俩从不错过，有时甚至不消说，互相望一眼，他自会在二十八平方米的厢房间里等她。她呢，手里拿本杂志，或者故意扯段布料、拿件羊毛衫到他那里去。现在她比谁都清楚屠英德紧邻的二楼客堂间是一对中学里的教师夫妇，星期天休息。亭子间里住着一个在马路上挥小旗的退休工人和小孙子，退休工人的轮休日是星期二。至于三层阁上，住的是在酱油店当营业员的中年男子和早出晚归的机械厂女工，营业员的休息日是星期五。底楼客堂、厢房和灶披间旁小屋里的三户人家，和屠英德平时交往甚少，又都是双职工，不碍什么事的。俞乐吟只要避开周日、二、五去他那里，回回都是相安无事，既得到充分的宣泄满足和无穷的乐趣，又获得了心理上的平衡和对马超俊的报复。俞乐吟不无自私地暗忖着，只要屠英德没正式谈上恋爱，她是不会放弃这份享乐的。

今天屠英德如此明确地约她调休，又听说赚了钱，她能不亢奋欢悦得六神无主吗？这样一只一只商标往围巾上缝，缝一百只、一千只才能有多少钱啊！俞乐吟真想把这琐碎枯燥的活儿一扔了事。

熬到吃午饭时，清点缝好商标的围巾数，平时心灵手巧的俞乐吟是最少的。这自然又逗得一帮子老阿姨、小姐妹们说开了风凉话：

"俞乐吟，你就不要来抢我们饭碗了，一早上坐在这里，受罪一样，做出的能有几块钱？"

"人家不在乎这点儿钱。乐吟图的是和我们坐在一起热闹。"

"否则，闷坐在她男人那幢楼里，要发神经病的。"

"你啊，有福不享猪头三！"

"是啊，搓搓麻将，看看录像，逛逛马路，挑挑新式时装，一天到夜还忙不过来呢！"

……

"好好好，下午不来了。"俞乐吟顺水推舟地假惺惺捻起食指道，"指头上破了点皮，做起来真不利索。我就调休吧。"

回到别墅楼里。照例马超俊不回家吃午饭，而马玉敏和天华都没回家来，是有些蹊跷的。

"玉敏带上书包去学校了，倒不用担心。"阿婆道，"你那儿子，是外地人，人生地不熟的，会不会迷路啊？"

俞乐吟并不担心他迷路。她是怀疑，这对宝货双双未归，是到外头去偷偷摸摸相会了。不过，心里头痒痒地盼着和屠英德见面，俞乐吟懒得操这份心了。

午后，她上楼换了身讲究的内衣和羊毛衫，外面仍穿着上班的衣裳，马甲袋里装一段全毛料子，出门走了。屠英德告诉过她，午休时分往往是弄堂、楼房里最清静的辰光。

进入屠英德厢房，俞乐吟欢喜得眼睛都放光了。屠英德讨好地给她算了笔账，借她的现金五千，一圈生意做下来，还她七千五，净赚百分之五十，比她在里弄生产组辛辛苦苦做一年的钱多出近一倍来。

当她蘸着口水清点那一张张百元大钞时，她心花怒放了。这是她自己的钱，私房钱，若照这势头看准了时机投资做生意，只要有几回，她的腰包就会迅疾地鼓起来。钱一多，她就无须惧怕马超俊，她还在乎什么呢？哼，你能赚钱，我也能赚；你在外头拈花惹草玩女人，我也暗中同屠英德相好。你若看不惯，要分手要离婚，我也不在乎。

钱，钱！俞乐吟从轻轻易易赚来的纸币的花纹图案中，似乎陡然意识到了自己的尊严和地位。她忍不住无声地笑了。

屠英德从她身后环抱住她的双肩，迫不及待地对她亲热起来了。她强忍着他的骚扰，镇定着自己点完了钞票。没错，屠英德没欺骗她，他说话是算数的。她把钱塞进牛皮纸信封，又夹进全毛料子当中，放在马甲袋里，然后脱下外衣，罩住了马甲袋。

屠英德的脸朝着她贴过来问："满意吗？"

她用双手勾住了他的脖子说："那还用说吗？我的乖乖，我的好亲亲，我的聪明的大弟弟。"

她的话语和声调鼓励了他，他的动作举止显得急促粗野起来。她则不慌不忙缓缓地扯着他仰面朝天倒在床上。她不是第一次到这里来了，她并不那么急迫和慌张。她要怡然自得地享受和屠英德在一起的时光，她要轻松自在地、嬉戏玩耍般度过这个幸福欢悦的下午。这里没人来干涉、打扰他们，这里的一切都是隐蔽的，除了他俩之外无别人知晓的。屠英德远没有她显得沉着，他一攀上她就弹出了双眼，露出了贪婪的激情和无尽的渴念。他的眼神举止吸引着她，也影响着她。她变得沉不住气，奋不顾身地拿出浑身的力量来迎合他的热切如焚。他已甩弃了所有的羞怯和廉耻，显出放纵不羁的情态。她也亢奋得充满了醉狂和疯痴，她需要爱情，需要这样令人忘却一切的至欢极乐。她真是疯狂了，疯狂了，她绷紧了全身的每一根神经遂之彻底地放松下来，放松下来……

有着时间的约束，她穿戴整齐重新如同一个庄重的中年妇人般拎着揣了七千五百元钱的马甲袋打开厢房，一眼望着晦暗的楼梯口，俞乐吟惊骇得魂飞魄散。

马玉敏嘴角挂着刻薄讥讽的笑伫立在那儿，两只溜溜圆的眼睛闪烁出扬扬得意的目光。

俞乐吟只觉得如同从辉煌无比的天堂里坠跌下深渊一般，全身惊出了一身冷汗，方才还是充盈沸腾的热血顷刻间凝固了。她勉强浮起窘迫尴尬的笑，却憋不住舌头在打战：

"嗯……玉、玉敏，你怎么到这里来了？是……是有同学住在这里？"

"是啊，是有同学住在这条弄堂里，无意中发现你到这里来做客，我就留心了。"马玉敏笑呵呵地道，"很快发现了你的秘密。"

"我不是来做客。"俞乐吟扬起手中的马甲袋道，"我是来请住在这里的裁缝做条裤子。"

"他是裁缝吗？他是专门在里弄、街道踏黄鱼车的，谁不知道。"马玉敏的食指点向厢房间，"你不要来骗我了，我盯住你也不是一次两次了。懂吗？"

完全是教训人和威胁人的语气。俞乐吟平时不是笨嘴拙舌的人，此时此刻面对着马玉敏，脸涨得通红，嘴张了几张，怎么也说不出话来。

屠英德的脸在厢房门口一晃，嗓门压得低低的："进屋里来，有什么事，我们进屋谈好吗？"

俞乐吟被他提醒了，慌张地往楼梯上下左右环顾一眼，退后一步道："对了，到屋里讲吧。"

"少来这一套！"马玉敏一口回绝，"全他妈的是做戏，全他妈的是虚伪。表面上一本正经，骨子里什么都干得出来。还自以为是当娘的呢，你还不是个烂货！"

俞乐吟让她骂得脸色一阵青一阵红，勉强克制着自己，低声下气地问："那么你想干啥呢？"

"少来管我和天华之间的闲事。你再敢不让天华陪我玩，我就把你和这个男人的事情告诉爸爸。"马玉敏的手指几乎点到俞乐吟的鼻尖上来，"听见了吗？嗯！你说啊。"

"听见了，她听见了。"屠英德抢先帮腔道，手指还在背后捅着俞乐吟。

俞乐吟点着头，声调极低地道："听到了。"

"哼！谅你也不敢不答应。"马玉敏扔下这句话，转过身，脚步利索地走下楼梯去。

俞乐吟低垂着头，反身扑进屠英德的房间，倒在床上呜呜地哭开了。

陡然遭受的屈辱和致命的恐惧把她的自尊和意志彻底地摧毁了。

"看到了吧，"马玉敏把她那间屋子的房门砰的一声重重地关上，转过脸不无得意地对随她进屋的盛天华道，"你家阿妈不会管我们两个在一起玩的事。她还要我好好地带着你，别在上海受骗呢。嗨嗨嗨。"

盛天华眨巴眨巴眼睛，不得不佩服马玉敏。晚饭后，马玉敏扔下碗筷，亲热地一扯他衣袖，挽着他手臂，当着阿妈的面，要他随她进屋头去玩。

阿妈不但没阻止她，没用眼睛斜斜她，反而还朝盛天华鼓励般点点脑壳，浮起点笑道："好好玩，不要吵喽。"

盛天华想不明白了，阿妈好像已经忘了她前些天对他讲的话。不过嘛，盛天华也不愿去细想，阿妈赞成他同马玉敏在一块儿玩，那就是叫人高兴的事。

"这会儿，你该把那种香烟拿出来，让我尝尝了吧。"马玉敏两条细细的手指做成剪刀状扬了扬，提醒盛天华。

"要得。"盛天华兴冲冲地掏出盒烟来，挑出一支递给她。

马玉敏先拿到鼻尖前嗅嗅，随而又仔细端详着，用手指转着烟道："看上去，和一般香烟没啥两样嘛，怎么会够刺激呢？"

盛天华神秘地一笑说："你抽一口就晓得了。"说着擦燃了火柴。

马玉敏凑过来点着烟，噘起嘴眯着眼足足地抽了一口，故意装出副老成持重的样儿。

"咋个样？"盛天华紧盯着她的脸，观察她的反应。

马玉敏吸烟不是头一回了，在天华面前自然更得显出副过来人的样子。她把烟吞了下去，准备着呛得咳起来——往常她抽烟往肚里吞，总要被呛得咳出眼泪来的。但是奇怪，这烟吞下肚去，她并没想咳的感觉，相反觉得挺舒服，回肠荡气似的，脚板底下轻悠悠地产生股若有若无的飘浮感，就仿佛她多喝了几口酒似的。她陶醉地又抽了一口，真令人享受，好烟，确实是好烟。

瞅着马玉敏的脑壳轻摇轻晃，眼睛微微翕动，脸上呈现一股心荡神迷之色，盛天华不由得搭上她肩膀，悄声问："要得吗？"

"要得。"马玉敏学着他的口音，嗲声嗲气说了一句，徐徐地吐出口烟的同时，把脸蛋往他下巴上贴了过来，身子也歪倒在他的怀里。

盛天华不止一回地听人说过，大姑娘女娃儿抽了这玩意儿，特别爱同小伙子亲热。他趁热搂住她的腰肢，嗅味儿似的把脸和她挨在一起。

马玉敏又贪婪地吸了口烟，扭了扭腰道："今晚上这屋里怎么有点热呢！热得人痒酥酥的。"她脱掉了外衣，又脱去了厚毛衣，露出贴身穿的一件蛋黄色羊毛衫，胸前的乳房鼓突突地挺出来，把羊毛衫绷得紧紧的。

盛天华两眼盯着她，心跳得快了，脑壳也觉得晕了。他的手试探一般隔着羊毛衫摸了摸马玉敏，马玉敏嗯嗯噫噫地用双手勾住了他脖子。盛天华身上燃着了火似的，双臂一使劲儿，把马玉敏拦腰抱离了地面。

马玉敏发出一连串忍俊不禁的尖笑声。

听着天华和马玉敏呵痒痒般的笑声从房间里传出来，俞乐吟的眼睛都瞪直了，头发根根里全在发痒。一直在担忧马玉敏会不会把她和屠英德的关系告诉马超俊，俞乐吟始终悬着颗心，神情都有些异样，坐立不安地留神着身旁发生的一切。

这当儿，她倒又担心起马玉敏会把那事给天华说了。若是她给儿子说了，她这当阿妈的脸往哪儿搁，往后她又如何面对天华？天哪天哪，在这暴发户的家里，夫妻之间、母子之间的关系，怎么会变到这个地步的呢？

"哎，你发现没有，"马超俊的脸不知什么时候凑到她身边来了，"你那宝贝儿子，和我的女儿，相处得还真像一家人哩。"

从丈夫说话的语气里，俞乐吟听得出他并不知道她和屠英德的那层关系，看来，马玉敏没给他讲过什么。俞乐吟转过半边脸，话中有话地道："你就不怕他俩好起来？"

马超俊一怔，手里的牙签不停地往嘴巴里捅着，他显然还没想到这一层呢。

俞乐吟盯着他，哎了一声。

他嘿嘿轻笑两声道："这有什么，那不是亲上加亲吗？"

俞乐吟憋不住扑哧一声笑了："亏你想得出来，你呀你！"

整日里提心吊胆，担着几层心事，又总是找不着机会，今天好不容易让俞乐吟逮着同天华待一块儿了。

她坦率地把自己的一层心事挑明了："天华，和玉敏在一块儿，你总得留着点神。当真……当真肚皮大起来，总是……总是……唉……"

"哎呀！你放心吧，阿妈，我有这个。"天华从裤兜里掏摸了一阵，摸出一颗扁圆扁圆的药丸，栗壳色的，在俞乐吟脸前扬了扬。

"啥子？"俞乐吟没看清楚，紧张地问。

"麝香。嘿嘿。"天华颇有主见地道，"她不会怀娃娃的。"

俞乐吟倒抽了一口凉气，惊愕骇然地瞪着天华。瞅着儿子厚颜无耻、自以为是的样子，她还有什么可说的呢？也不知这娃儿是从哪儿听说的，有了那玩意儿，马玉敏就能保证不怀孕吗？

4

支部书记刚找他单独谈话，梁曼诚就预料她会说"埃及白脸"的事儿。果不其然，梁曼诚从一开头就装糊涂，决定一装到底了。

女支书一定已从什么渠道听到点反映，或是得到了线索。她找梁曼诚了解，"埃及白脸"最近有没有倒票行为，和一些什么样的人物接触等等。

梁曼诚显出一副听得很专注、很严肃的样子，这样才会让善于察言观色的女支书认为，他是从她的嘴里第一回听到这件事。

他不想揭发"埃及白脸"，他怕"埃及白脸"一阵疯狗乱咬，把思凡来的事儿当众抖搂出来。况且他也不想得罪这小子和隐在这小子身后的人物。梁曼诚不干这种蠢事，小小一个单位，一桩事情就得罪几个人，他以后还要不要混下去！

他说自"埃及白脸"调到冷气间至今，他没见到这小子倒紧俏票子。找他要票的人是有的，但那是正常的。至于"埃及白脸"在外头或是背着他干没干过这类事，他不能替这小子打包票。他没亲眼见过，不便胡乱猜测。

女支书有点失望地走了。她扶扶眼镜，白皙的脸上现出沉思的神情，仍对梁曼诚道："谢谢。以后，还要麻烦你多长一个心眼。要知道，这关系到我们霓虹电影院的声誉。"

梁曼诚瞅着支书的背影离去，心中有股隐隐的不忍。自从云南西双版纳回沪，进电影院干差不多十来年了，他几乎没做过什么亏心事，没有无缘无故地撒谎骗人。而现在，现在他的短处和隐私落在人家手里，他只得这样忍气吞声，明知不对的事不敢说，不得不去替人捂着盖着，帮"埃及白脸"说谎，而且骗的是领导。女支书上任这些年里，一直是很信任他的呀。

不，不！他不能这样混下去了，他得尽快解决思凡这件烦人的事。

冬阳明媚温暖，杉杉在阳台上晾晒被子时，就和梁曼诚说定了，她带思云出去逛马路，他可以和思凡进行那场关于回云南的对话。

梁曼诚不便在阳台上和杉杉多讲，他俩一说话，两边阳台的邻居都朝他们望，有意无意地留神窥测他俩的神情脸色和对话。

回到亭子间，朝东的房子里竟然泻进了一缕阳光，这对梁曼诚来说，似乎是个好兆头。杉杉招呼着思云下楼去了，思凡坐在床沿上，翻着梁曼诚昨晚带回家的一本杂志。

听着杉杉和思云的脚步声下到楼底，梁曼诚打开五斗橱的玻璃门，拿出一瓶果珍，浓浓地给思凡冲了一杯搁在桌子上。咖啡、带奶味的饮料麦乳精、万福达，思凡都喝不惯，惟有这酸晶晶甜蜜蜜的果珍，他还能喝。

"喝吧，思凡。"

思凡合上杂志，一只手去扶住杯子，却并不端起喝，两眼探询地望着他，望得梁曼诚都有些不自在了。他勉强镇定着自己，把果珍瓶子往边上推推，遂又拿到桌子中央，道："我们聊聊，好吗？"

"你是要同我摆回云南去的事，是吗？"思凡直截了当地把梁曼诚觉得很难启口的话说出来了。

梁曼诚点着头，接过话头道："是这样的，思凡。你到上海来了，我很高兴。真的，真的很……高兴。在这里，你也住一段日子了。你知道，白天，我和杉杉阿妈去上班，云云要上学，而你，也正是上学读书的年龄，整天闲在屋头，让光阴白白地浪费了。这很可惜，是吗？"

"是的。阿爸，"思凡听话地点着头，"我听说，我若要在上海读书，要转学，学校也允许转的。"

"嗯……这个，转学……可能吧，要办手续的。"梁曼诚支支吾吾的，嘴里像含了颗不化的糖，"思凡，你也看到了，上海我们的家，就是这个样子。"

梁曼诚从来没感到说话有这么费劲，他停下来，环顾着小小的挤得满满的亭子间，脸上挂了点苦涩的笑。那些别扭的心烦意乱的白天和夜晚，仿佛全在这一瞬间掠到他的眼前，使得他的笑容格外牵强。从大橱的镜子里瞅着自己尴尬的脸，梁曼诚一点都笑不出来了。

"阿爸，你是要我回去吗？"思凡突然仰起脸来，两眼探询地望着他，声气响亮地问，"回云南去？"

"呃……你看，思凡，我们家……我们觉得，我……你……"梁曼诚听到儿子把这句他最难以启齿的话说了出来，顿感轻松了许多。但他想表示肯定的意思，却变得语无伦次起来，话怎么都说不清楚。

"阿爸，我明白了。"思凡又爽快地接过了话头，但他的声音，却是沮丧的，几乎哽咽着说出来的，"我今天就走吗？"

"哦不，不！"梁曼诚急忙摆手，申明一般道，"我今天是跟你商量，我们觉得，这样做，对你的学习、成长，对我们这个可怜的家，可能更好一些。但这样做必须是你心甘情愿，是你乐意的……"

"我乐意。"思凡哭丧着脸重重地点头。

"那很好，那也不是要你今天就走。"梁曼诚硬着心肠装出没听到思凡伤心绝望的语气，"你还可以在这里住几天。我还要补休几天，陪着你在上海好好地玩一玩，认识认识这个城市。上海和西双版纳终究是不一样的，思凡。"

"要得。"思凡显出了一丝兴奋，泪莹莹的眼睛里闪烁出光芒。

梁曼诚觉得自己有了转危为安的信心："要知道，思凡，你应该知道，作为父亲，作为阿爸，我是爱你的。真的，特别是看到你很乖，很懂事儿，很……我这心头……"

像堤坝决口一样，梁曼诚终于还是没有守住。他哭了，啜泣着说不下去了，他一点没觉难为情地当着儿子的面用手背抹着淌出的眼泪，断断续续往下道："你看得出来，阿爸……我……很无能，没啥子本事，没……啥子用处，连个安顿你……安顿亲生儿子的地方都找不着。不过，阿爸是爱你的，阿爸对你是欠了情……欠了债的，阿爸对不起你，也对不起你的阿妈，对不起……"梁曼诚说不下去了，任凭眼泪在脸颊上淌。

"阿爸,你不要说了,我懂,我都懂!"思凡绕过桌子冲到他的身旁,先是伸出双手,一个劲儿地摇晃他的膝盖,继而昂起脑壳,眼巴巴瞪着他,哀求般叫道,"是的,来上海之前,我把上海想象得太好,总以为上海是大城市,是天堂样美的地方,像电影电视中看得到的宫殿、高楼。稍懂点事儿,当我听阿妈说阿爸在上海,是上海人的时候,我就偷着跟人学上海话了,你晓得我是咋个学的吗?"

"咋个学的?"透过泪眼,梁曼诚不由诧异地瞅儿子一眼问。

"街子上有个人,开着家铺子,专卖吃的东西,听说他会讲上海话,我就提出要跟他学。他一口答应了,只是有个要求,让我每天从后门往他的店堂里提水,提一塑料桶,他就教我一句。"思凡的眼睫毛上垂挂着泪花儿,说着说着,晶莹的泪珠就往下垂落一滴,但他显然有点儿得意了,"我去他那里,岂止只提一桶水!他看我憨厚、老实,教得很认真。发现我的口音稍有点不对,他就要提出来。学过好长一段时间啊,尽管我仍然讲不好上海话,可我全能听得懂。阿爸,上火车来的时候,你没看见我们这些娃娃那股高兴的疯样子。哪知到了上海、到了上海……却是这个样子。"

思凡刚闪烁出点光彩的脸刹那间又黯暗下来,嗓音低弱了,他环顾了一下小小的亭子间,充满憋闷地说:"住的这房子,和雀儿笼笼差不多。阿爸,雀儿笼笼还宽敞,还能蹦上跳下呢。可这屋头,挤得……"

梁曼诚把一只手搁在儿子单薄的肩头说:"阿爸说了,这是阿爸没得能耐。"

"不,阿爸,那个白脸叔叔说了,说你是好人,只是太老实。"思凡突然昂起脑壳喊起来,似在跟人争辩,"是的,我嫌弃这房子,阿爸,可我不嫌弃你。上海虽不是我梦想的那个样子,可我见到了你,我还是不悔,我心头高兴。我看到阿爸,我晓得阿爸是个啥样子的人,我知道阿爸是好人。我没得白来上海这一趟……"思凡再也说不下去,最后那句话的尾音,变成一声凄戚戚的呜咽,他扑倒在梁曼诚的怀里，放声大哭起来。

梁曼诚的双臂紧紧地搂着儿子，泪水也从脸颊上淌下，垂落在思凡的发丛里。虽是冬天，从儿子身上散发出来的体温，同样感染着他的胸怀。思凡一耸一动的哭泣，使得梁曼诚全身亦随之寒战般发起抖来。哦，这是他的儿子，亲生的儿子，亲骨肉。梁曼诚从没有像此时此刻那样意识到一个父亲的责任。那一年，恍如隔世的那一年，思凡的阿妈罗秀竹，不也是像这样投入他的怀抱里的吗？

天擦黑那一阵，趁着暮霭垂落，罗秀竹不知从何时来到梁曼诚身旁，追着他问，答应了去她家竹楼上耍，为何迟迟地等他都不见人影。

脚杆上沾的泥巴还没洗净的梁曼诚，瞅了瞅眼看走近的曼雀寨子，悄声恭维而又惶惑地说："秀竹，你是一朵芬芳袭人的千瓣莲花，我当真想在花瓣上把蜜儿采。你先莫笑，可是我拿不定主意，我是远方来的人，不习惯这里的好些风俗。我……我还要问问上海家头，秀竹，是真的，顾虑的罗网缠得我好苦。"

"你不采啊，别人可要抢先啦！"罗秀竹嗔怒地扔下一句话，又像出现时那样，人影一掠，消失在寨子边上的芭蕉叶子后头。

梁曼诚站定了，愣怔片刻才迈步走回知青点竹楼。

吃完晚饭，还没顾上刷洗碗筷，梁曼诚正百无聊赖地放平了身子躺在床上沉吟，歌声又响起来了，是随着远处优美动人的赞哈调唱的：

> 我不是什么千瓣莲花，
> 我只是路边一棵小草。
> 你若硬要说我是朵花，
> 那也是含苞欲放的小花。
> 你这只蜜蜂愿不愿赏脸，
> 请到我家的竹楼来相见。

没等她唱完，梁曼诚就听出这是罗秀竹的歌声。所谓对歌"约搔"时的"见子打子"，她完全是在用动听的歌声回答他擦黑时分说的话，并催促着他前去。如若再不去，那就太失礼了。人家请到了家门前来，况且他真诚地亲过她、拥抱过她，他还能畏畏缩缩、躲躲闪闪地混下去吗？

罗秀竹已退回到家中连接梯子的阳台上等待。看见他踏着梯子上楼，她不由无声地笑了。梁曼诚刚走上去，一张小小的篾凳推了过来，他坐在她的身旁，望着阳台外头，时不时有一对情侣，从幢幢竹楼遮下的阴影里蹒跚步出，向那歌声传来的晒坪走去。这是西双版纳曼雀的月夜，深邃墨蓝的天空中点缀着宝石般的星星，显得既明朗又灿烂，让人充满了遐思冥想。

从罗秀竹身上随风拂过来的素馨花幽香和一股股浓烈的青春气息，使得梁曼诚敏感的心又怦怦怦地骤跳起来。她又梳洗打扮过了，乌黑发亮的长发打着如意髻随意别致地盘在脑壳顶上，发髻里斜插着一把红塑料的梳子，这一来，她那柔软挺拔的脖颈和浑圆的肩膀自然的曲线更为诱人，原本苗条修长的身段显得窈窕而又丰满，薄暗中她的一双眼睛幽波闪闪，嘴边上挂着若隐若现的笑容。她那微带羞涩的天然的情态让人着迷。

哦，她真美，美得勾人的魂。

梁曼诚在心里惊叹着，胸膛里更似撞鹿般跳得乱了。

"没得听说我的事吗？曼诚龙宰。"罗秀竹和他相对坐着，稍显急促地问。

梁曼诚茫然地摇摇头道："吗事？我没得听说啊！"

"我家阿爸阿妈都答应人家族长派来的客了，让他们照规矩来把我娶走。"罗秀竹朝梁曼诚跟前移移，"那边派出的媒人，好会说话，一下子就讨得阿爸阿妈欢心喽！"

梁曼诚想摇头说这是谎话，编来诓他的。但一看罗秀竹泪汪汪的双眼，他知道这事儿玩笑不得。他问："是哪个寨子的小伙？"

"江阿那边，缅甸过来的人。"罗秀竹噘着嘴，顾不得抹去脸上的泪说，"那媒人的话丢下了，一切照规矩办。头一回上门来，除了应带的礼品，另给缅币四万元。"

梁曼诚愕然，粗声说："这咋个要得。这是买卖式的包办婚姻，哪是啥规矩，是资本主义一套鬼把戏，你咋个能去？不能让你去！"

罗秀竹破涕为笑道："不去，阿爸阿妈就说，二天不管我的事了。我靠哪个去？"

梁曼诚一怔。怪不得罗秀竹那么急迫地要来找他，怪不得她一而再再而三地逼着他有个态度。她是到了节骨眼上，不这么做不行了。可他，如此终身大事，一个傣家女子几乎是把自己的一生托付给他了，他就能定下来吗？

罗秀竹的小篾圆凳子一拖，身子往边上一侧，浑圆的散发出浓烈青春气息的背脊倚靠在他的胸前，朝后仰着脸，用梦幻般的声气问："曼诚龙宰，你愿娶我吗？"

"愿。"梁曼诚好似沉思般答，语气不是那么坚定，也没有多少狂喜，但他说出口了。

两条光滑柔润的手臂举了起来，环抱住了他的颈子，充满欢喜地追问道："当真吗？"

"我咋敢胡言乱语！"

"那你告诉我，曼诚龙宰，"罗秀竹手一松，整个身子转过来，闪烁着光泽的脸那么近地挨着他，说话时她嚼过槟榔的嘴里散发出诱人的香气，"你爱版纳吗？"

"爱。"

"嗯，说说，版纳是啥子意思？"

"千亩大田的意思。"梁曼诚笑道，"西双版纳就是十二个千亩大田的意思。这还消考我吗？"

"要。说啊，我咋个姓罗了？"

"罗、陶、邵、周、李、刘、赵、召、朱等等，都不是傣家的本姓。那是你们受了汉族影响的结果。傣家女子的名字，是以'玉'和'依'字当头，表示女性。后面加上自己名字，像依香啊、依岗啊、依腊、依波、依沾啊，说得对不对？"

"算你讲对了，曼诚龙宰。"罗秀竹的两手扳住梁曼诚肩臂，晃了晃道，"再说说，版纳有些啥好东西？"

"那多啦！说得完吗？"梁曼诚不由自主伸出双臂，轻柔地搂住了秀竹。

"那好，饶了你。只是有一样东西，你识得吗？"

"你说。"

"黑心树。"

梁曼诚一惊，别是罗秀竹在用这话含沙射影地骂他，诅咒他啊！他定定神道："你说的是'埋黑里'①？"

"是啰！"

"那不是家家篱笆围起的园子里，寨前屋后，都常见的，砍来当柴烧的树吗？"梁曼诚不解了，西双版纳稀世珍奇的东西多得数不完，罗秀竹为啥单提这黑心树呢？

罗秀竹淡淡一笑说："你只晓得它是傣家的薪柴树，你晓不晓得，正是因为砍了它来烧，傣家人才从来不去山坡上乱砍滥伐，才有西双版纳这一块绿洲宝地，才有那满山满岭的雨林，才有那跳下去就能畅游的河流。你晓不晓得，黑心树发得快，出世之后，一年长高五六尺。待到可以砍之后，长得更多更快，它活一辈子，有三四百年的日子，比人活得还长，比人还靠得住。"

梁曼诚漫不经心地道："这么说，黑心树不该叫这么个名字。它该叫光明树、风格树喽。"

"是喽，黑心树的心并不黑。"罗秀竹吟唱一般，出其不意地张开双臂，环抱住梁曼诚道，"它好呢！让人落心，给人温暖。曼诚龙宰，

_____

① 埋黑里——傣语，黑心树之意。

你就是我的黑心树！"

说着，罗秀竹一头扎进梁曼诚的怀里，嘤嘤的，咯咯咯的，听不清她是哭了还是笑了。梁曼诚凝然不动地搂抱着她，垂下脸来，罗秀竹正从他的怀里偷偷地昂起脑壳瞅他，见他的脸俯下来了，她合上了眼睑，嘴巴往上耸了耸，嘴唇渴念地嚅动着，发出幸福的哼哼声。月光斜斜地照到阳台的栏柱上，罗秀竹的脸仿佛镀了层彩釉。梁曼诚哪里抵挡得住秀竹炽烈的诱惑，整个世界在秀竹仰着的脸庞前面都消隐了。他轻轻地俯下脸去，把自己的嘴噘起来，在罗秀竹不安分的努动的嘴唇上，深深地深深地吻了一下。

轻柔的笛声，叮咚脆响的琴声，浑厚的铓锣声，似要将人带进梦乡的袅袅娜娜的情歌声，一齐从那很近又似很遥远的地方传过来、传过来……

罗秀竹像从沉醉的梦乡里醒过来般呢喃着："进屋头去，进去。"

"屋头有人……"

"不，一家人都出去了。"

梁曼诚把罗秀竹抱了起来，一猫腰踅进了幽黑的清静的竹楼里头。

月色，像给婆娑浓荫里的曼雀寨披上了飘悠柔美的轻纱，让人觉得一切是在现实中，又似在幻梦里。

5

随着狱警的呼唤，囚犯们秩序井然却又疾疾地往前走去，谁都想在短暂的探监时间里和自己的亲人多待上一点时间，哪怕是多一秒。

卢正琪却拖着沉重的步子落在最后，他也有股迫切的愿望，也想早点见到家人，但他却又迟疑着、犹豫着，完全处于不知所措的境地。是的，当上回加琪告诉他，他的儿子晓峰到上海来了的时候，他曾坚决地对弟弟说，不要让晓峰来探监，不能让他在这种地方见到梦寐以求的父亲。可在狱中度过这漫长的又一个月时间里，他无时无刻不在苦苦地想念着晓峰，他的儿子。他悔没细细地向弟弟打听晓峰长得多高了，孩子身体壮实吗，对上海的生活习惯吗，家里准备如何安顿孩子，等等等等。该问的话他都忘了问，该他负责该他经管的一切他全都推给了家人。哦，儿子，像突然从地底下冒出来似的来了，来寻找父亲。可他这个父亲，几乎把儿子给忘了。

今天晓峰会来吗？他多么想见儿子一眼，哪怕只是一眼也好啊！他怕弟弟不把晓峰带来，使他又要焦虑地等待一个月，牵肠挂肚地猜测一个月；而他又真怕加琪把晓峰带来了，儿子在这么一种地方、这样一个时刻见到自己向往已久的父亲，是会遭受到刺激的，是一辈子也不会忘的。这印象将永远永远刻在晓峰的脑海里。这又是卢正琪绝对不愿有的事儿。

离会见室愈近，他矛盾交织的心理压力愈大，脚步也变得愈加缓慢、沉重，仿佛那每一步都踩在自己的心尖上。

但他还是走进了会见室。

晃动的人头，所有的男男女女的脸，窃窃私语声，悔恨的恸哭声，嘈杂的交谈声，诚恳唠叨的嘱咐声，甚至轻笑声，卢正琪全都听而不闻，视而不见。踏进门槛的那一瞬间，他一眼就看见了他们，弟弟加琪，依荷，还有他俩身旁的孩子晓峰，他的儿子！

卢正琪膝盖在打抖，他像被绊了一下似的踉跄着，朝他们扑了过去。他举起手哽咽地叫着："依荷……"他想跟着呼唤一声："我的妻！"可他的声音卡在喉咙里，除了悲恸涌上来的抽泣，他再发不出其他的声音。

加琪惊愕地微显恐惧地盯着他，朝后退了一步。他大概从来没有见过自己的哥哥如此动过感情。

依荷显得出奇地镇静沉着，她的脸上没有嫌恶怨恨的神色，她的目光是平和的专注的，看不出她有多大的忧愤和委屈。她拽过晓峰来，把孩子往前推推，低声叮咛了一句什么。

晓峰仰起脸，两眼充满感情地望着他，声音清亮脆响地喊了一声："阿爸！"

他喊得太响了，引得两旁的人都转过脸来瞅他们。对了，一定是他毫不畏怯的西双版纳口音使人们好奇。

卢正琪要笑，想笑，却没笑出来。他忙不迭地以大动作的点头来表示听到了儿子的呼喊，他还把手举起来招了招。

"你是冤枉的，阿爸，我们要救你出来。"没有人让他说，晓峰又声气朗朗地讲了起来，充满稚气的脸上信心十足。

周围的人们又朝他们望了。不但是这种地方极少见到孩子，不但是晓峰明显的外地口音，还因为孩子吐出的话。这是实情！只有卢正琪清楚晓峰说出的确是实情。这实情仅只他和雅妮清楚。但雅妮一口咬定他是强奸、诱奸，他又拿不出证据，他甚至对自己的父母弟妹都无从解释起，他只有认罪一条路。没想到乍一见面的儿子劈头就对他说了这话，他不愧是儿子，他信赖阿爸。卢正琪噙着泪朝儿子点头说：

"好儿子，阿爸，我……"

晓峰朝前一扑："阿爸，你莫哭，莫……"孩子也哭泣起来。

依荷把晓峰往旁边扳了一下，声气低而清晰地问他："你没有强奸她，是吗？"

"没得。"卢正琪摇着头，由一个妻子来对丈夫提这样的话题，真是令人百感交集。

"我晓得是这样。"依荷信赖地点着脑壳，她毕竟是和卢正琪在那山清水秀的曼拜寨恋爱成婚的，她毕竟是他的妻，她了解他。他怎可能去强奸一个女子？"是这样就好办。你耐心等着吧。"

儿子和妻的话给了卢正琪绝大的安慰，他母子俩充满自信的语气又使卢正琪产生点儿疑惑。他俩啥都不知，又从几千里之遥的西双版纳而来，他俩是咋个晓得此事的呢？光凭信赖、光凭血缘关系，没有证据，仍是白搭啊！也许是他们来探监之前商量好的吧，是故意安慰他，不使他太伤心吧。卢正琪把头抬起来，挥去了泪水，疑惑的目光投到站在母子俩身后的弟弟脸上。加琪正用眼光、用脸色、用比划的手势肯定母子俩的话。卢正琪稍微安心了，也许他们真找到了什么办法呢。他把目光重又移到依荷的脸上，啊，跟前站着的这个穿着汉族服装的中年妇女，和八九年前的傣家姑娘依荷，已是判若两人，除了眉眼依旧，神态个头依旧，依荷老多了。快十年了啊，她含辛茹苦，她怀着忐忑不宁的期待和希望把晓峰拉扯大了，岁月的风霜毫不留情地给她姣好的容貌留下了痕迹，残酷的痕迹。其间有多少痕迹，是由于他卢正琪的原因留下的啊！卢正琪愧对妻子，他歉疚地贪婪地瞅着妻子，以往那些日子，那些由水花、阳光、恩爱和琐琐碎碎的小事组成的日子，那么迅疾那么明快地掠过他的眼前，他怎会落到今天这个地步的？他这些年里究竟都在干些什么？他为何把这么好的妻儿置之脑后？

卢正琪的目光凝固住了，他不由自主地打了个寒噤。

会见是短暂的，结束得比他预料的还要快。卢正琪沉浸在悔之莫及的心境里，晓峰又朝他喊了句什么，依荷的嘴唇在动着说了句什么，他全然没听清。弟弟加琪用吵架一样的声音吼着：

"爸爸妈妈要我问，你还要什么，我们好送来。"

他听见了，他也看到加琪的眼神追随着自己，等待他的答复，但他仍如没有听见一样，无动于衷地转过身子。

他没有回答。

吃过晚饭，电视里在播新闻，美霞的阿爸沈若尘来了。一家老少都把他当成贵客似的招待，团团围住他，问长问短，问的都是关在牢里的阿爸的事。

沈若尘叔叔说，他通过一些熟人和关系去打听了，法院非常重视老爹和依荷阿妈提供的新证据以及他们要求甄别平反的信，已经作了对案子复查的决定，并开始工作，甚至还与那个叫雅妮的女人有了接触。雅妮真可笑，又哭又闹地否认那封给阿爸的信是她写的。她也太看轻法院了，其实在与她接触之前，法院早把信和雅妮当初的控告信及状纸作了比对，她嘴巴上否认是没得用处的。当然她若承认自己是悲愤之余采取的报复行动，事情将更为顺利一些。眼下尽管有她这点儿小插曲，不碍大局的。一切都在顺利进行，耐心地等待听好消息吧。

老爹一迭连声地给他道谢，还要将早几天准备好的两条洋烟送给他。沈若尘叔叔执意不收，他说这谈不上帮忙，都是同命运的人，想想当年一腔热血上山下乡奔赴广阔天地时的情形，能尽力的他一定尽力。这点情谊不讲，那还算个人吗？再说美霞初来上海那晚，若无卢老伯接纳招待一晚，她不是要流落街头吗？老爹只得说那是人之常情，再说美霞姑娘长得实在讨人喜欢，硬要将烟塞进沈若尘叔叔包里。沈若尘叔叔说他还忙，美霞病了，他得照顾。说完匆匆走了。

两条洋烟他又从包里拿出来搁在桌上，还说待卢正琪出来之后，一定聚聚，喝一顿酒。

晓峰没想到他还能讲一口流畅自然的西双版纳话，他用这话讲，主要是为了让依荷阿妈和晓峰都能听懂。

老爹在他走后把两条洋烟相对一拍，感叹说："谁说社会上没好人？这个沈若尘，替我们办这么多事，递状纸，找关系，打听消息，可他饭不吃一顿，两条烟也不收。唉，他们原先都是好青年、好小伙子啊！"

老爹说完，还拿眼睛定定地瞅了依荷阿妈一眼。

晓峰听懂老爹的意思了，那就是说阿爸也同沈若尘叔叔一样，原先是很好的人。

其实这点老爹不说晓峰也知道，见着了阿爸，晓峰更认准这点了。阿妈心里咋个想，晓峰猜不出好多，但是晓峰是兴奋的。他终于见着阿爸了，原先他只是听说阿爸，只是从阿妈精心保存着的照片上见过阿爸，从来不晓得活生生的阿爸是啥样子。今天他见着了，尽管阿爸脸色颓唐，人瘦了些，比照片上苍老，但那是阿爸一点不错。他是遭了冤枉，是让一个女人告了状才坐班房的。他快出来了，阿爸出来之后，就能带上晓峰四处玩，他们一家子人就能在一块儿。阿妈也不用整天牵肠挂肚地想念阿爸了。

躺在小阁楼床上，晓峰大睁双眼，脑壳里头七想八想，怎么也睡不着。但他又不敢吱声，不敢翻身，他怕吵着阿妈。

到了上海，阿妈像变了个人，话比在曼拜寨子时少得多了。阿妈整日锁着眉，她在想啥子呢？阿爸要从那牢房里放出来了，莫非她不高兴？刚才上小阁楼来睡时，玉琪姑妈和阿妈嘀嘀咕咕说了好一阵话。阿妈往上走时，姑妈说："好的，我调休一天，陪你去找。"

阿妈要姑妈陪着到哪里去呢？为啥不让他陪？他比阿妈早来上海好些日子，附近的马路，他都认识好多了。阿妈为啥不要他陪呢？

脑壳里头浮现出一个又一个疑问，晓峰愈加睡不着了。谁知，阿妈也在床上翻了个身，一边翻身还一边唉声叹气。

"阿妈，你也没睡着？"

阿妈长长地叹息道："咋个睡得着啊！娃，思来想去，当年我和你阿爸的婚姻，是个错误。"

"咋是错误？"晓峰一骨碌从床上翻身坐起，有些激动了。他们结婚是错，那生下他来，也是错喽！"阿妈，你说啊。"

"唉，你还小，你不懂啊！"阿妈声气低柔哀切地道，"闹到这个地步，哪个人都不得安生。早知今日，我当年咋会贪图上海小伙温存、勤快，咋会倾慕他有文化、体贴人呢！找个傣家男人，还不是过日子？"

晓峰脑壳里头嗡的一声响，目瞪口呆地盯着阿妈。原来阿妈并不为阿爸即将出狱高兴，原来阿妈沉浸在失悔的心情里，原来……阿妈是这样，他这当儿子的又该咋个办呢？

第七章

1

别说炀炀急，天大亮之后，沈若尘和美霞还杳无音信，梅云清也沉不住气了。

以往送炀炀去了学校，她就直接蹬车到厂里去了。今天估计沈若尘会打电话回家，她又转回家来，一直拖到不能再拖的时候，她才快快不乐地步下楼来，赶到厂里去上班。

进了办公室，草草和人打着招呼，没入座她就给《人生》杂志编辑部打电话。

编辑部接电话的同志说，沈若尘没来上班，不过他刚来过电话，他的孩子病了，在医院，他今天请假；有事明天来电话。

梅云清抓着话筒的手，久久没搁下来。这么说是他女儿沈美霞病了，这么说他昨晚找到沈美霞就把她送进了医院，这么说沈美霞病得还不轻，否则他不可能不往家拨电话，否则他不会直到此时此刻还不给她通话。

梅云清颓然跌坐在自己的椅子上，但她立即又想跳起来，又想做些什么。她是沈若尘的妻子，他们一起朝夕相处快十年了，她多少知道一点沈若尘的脾气个性。他会不会因为昨晚的事生气，会不会因为容貌美丽的女儿生病而责怪她，会不会是故意赌气不给她来电话，会不会……

无数的猜疑涌上脑际，搅得她片刻不得安宁。是啊，凝神回想一下，自从沈美霞要来上海的事儿传进她的耳朵里以来，她表现得确实不够大度，她始终没给他过一个好脸色，她总感到自己委屈、上当、吃了亏。其实沈美霞作为一个孩子是无辜的，就是沈若尘又能责备他什么呢？他和韦秋月的事早在他们婚前发生了，多少年来她一直觉得自己的丈夫不错，颇以为自豪，她的心眼是小了些。

人，谁又能确保自己无过呢？

也不知怎么的，自从昨晚发生了她和李爽之间的事情以后，她看得开些了。此刻她冷静下来，她非常明白，她不会因为和李爽有过一夜风流就同沈若尘离婚，带着炀炀转嫁李爽，那会把事情搅成一团糟，况且也不见得就幸福如意。那么，如果恰恰由于昨夜的放纵而怀了孕（这是可能的，昨晚突然而至的情况和酒后失态，她根本没采取避孕措施），让沈若尘得知，并耿耿于怀地要对她进行报复，她那时又会怎么样呢？谢天谢地，这样的事只有万分之一的可能。即使真发生了，她也很容易去医院处理。她只不过是往这种可能性方面想了想。

人真是奇怪复杂的动物。采取了报复措施，自己也有了过失，她不再那么恼恨沈若尘了。设身处地替他想想，这段日子里他的情绪真够惨的。他毕竟是自己的丈夫啊！隐隐地，梅云清还萌生些许担心，如若真由于此事他们夫妇之间的裂痕愈来愈大，闹得不可开交，那也不是她期待的结局。

她没心思静静地坐在办公室里处理业务，她一行字也看不下去。她想到该把昨晚从李爽那里得到的信息告诉厂领导，她又怕离开时沈若尘会来电话。她想知道美霞住在哪个医院，她要去看看这个可怜的孩子，她该去看看美霞。她犹豫了一会儿，转告办公室同事，有电话来请转到厂长那里去。

她直截了当地向厂长和主管生产的副厂长汇报，他们厂正面临着被人撇在一边的危险，形势相当严峻，得尽快决策并迅速拿出相应的措施，立即行动。这是关系到工厂生死存亡的大事情。

两位厂长表扬她这顿饭吃得值得，同时挽留她坐下一起商量对策。他们知道她与李爽的关系非同一般。

这是梅云清预料到的，她在汇报时，并没把李爽出的点子一股脑儿摊出来，她留了一手，就为等厂长征求她的意见，她可以有话说。

关于工厂的命运、前途和产品销路及其与场办工厂、乡镇企业的话题一直商谈到十点多钟。在两位厂长说话时，梅云清不时地瞅瞅桌上的电话。电话不时响起，全都是找两位厂长的，没一个电话是找她的。梅云清不时因沮丧而显得神情发呆。

回到自己办公室，她第一句话就问同事，有她的电话吗。

同事都摇头。梅云清失神地跌坐在椅子上，一点劲儿都提不起来了。

她认定沈若尘是生气了。他是男子汉，他凭什么事事都得迁就她呢？他所在的《人生》杂志在社会上反响很大，他的接触面也很广，时有罗曼蒂克的女大学生和妙龄少女给他写信，有的含情脉脉，有的向他讨教，还有的干脆在信里夹寄舞票……她们折服的是他的风度、气度，当然更主要的是学识。这些女孩子并非个个都是轻佻放荡的，她们有她们的选择标准，她们甚至不大在乎他是否有过婚史，她们中的某些人热情开放得叫梅云清都害怕……说到底沈若尘并不担心他们之间的婚姻破裂。作为男人他正当年，而她……她当然也没啥可惧怕，但她毕竟是女人，是厂里哪位同事说的，女人进入中年，脸庞上爬上皱纹，那就一落千丈，糟糕得一塌糊涂了。

想着想着，梅云清鼻根处酸溜溜的不好受，泪水不知不觉涌了上来。她赶快掏餐巾纸擤鼻涕，趁机拭拭眼角，她不能在同事面前失态啊。

电话铃响了。

她抢着跳起来去接，是沈若尘打来的，这个冤家。她心头上一块石头落地了，嘴巴里却一点不饶人地训斥起他来："你还想到来电话啊，炀炀都问过一百遍了。你真有良心，家里的事儿不管不顾，一概丢在身后，你就不想想人家心里有多急，做什么都呒心相。你……你……"

梅云清不能诅咒他，不能把关于沈美霞的话在愤怒中漏出嘴来，不能把自己委屈担忧的心情直率地表达出来，她只能朝着话筒拉直嗓门吼一些只有他能领会的话。这毕竟是办公室，同事们听她打电话都把耳朵支着呢！

沈若尘没吱声没辩解，等她发泄够了，他才简短地说，昨晚他和洁尘两人冒雨寻找沈美霞，直到下半夜才找到。他们发现美霞病了，赶紧送她进医院，一连送了几家，好不容易才有一家医院急诊室收了。但值班医生怀疑她可能生肺炎，留她待在急诊室里，等天亮上班之后主治大夫再来诊断……

"你就不能在这期间给家里拨个电话吗？"梅云清好不容易插进一句话去责备他。

"美霞病成这样，我哪里有心思！"他的声音同样是气咻咻的。

梅云清虽觉听来扎耳，但她不想跟他吵架。她只想知道他们现在在哪个医院。"算了，你告诉我，美霞的病诊断出来了吗？你们在哪个医院？"

沈若尘如释重负地道："一场虚惊，美霞只是被雨淋湿得了感冒，热度很高，没其他的病。我估计，她从没来过上海，还有水土方面的不适应等原因。我们这会儿在洁尘家里，你放心。"

他把电话挂断了。梅云清想冲着话筒嚷道："你心里只有女儿，你为她倒想得周到，你为什么把她带到洁尘家去？"但她张了张嘴，一句话也吐不出来。吐出来也没用，他听不到了。

搁下话筒，她波动的心绪平静了，但仍然没心思工作，在领导的具体措施布置下来之前，她干也是白搭。她得到洁尘家去，刚才在电话里她没说，她要让若尘和美霞都感到出其不意。他昨晚上够辛苦的了，先是编辑部的活动，赶回家后又去找女儿，冒着瓢泼大雨，接着发现女儿病了，送医院、焦虑地等待，那滋味儿她能想象；而她呢，借口请李爽吃饭，却出了那么桩事情。她心里有些负疚，觉得有些对不起他们父女，沈若尘是不忠实，他的不忠实发生在他们婚前，是在久远的过去，是命运使然；而她的不忠实，却是发生在眼前，是狭隘的报复心理作怪，是……

梅云清对同事打声招呼，挎上包，匆匆忙忙地赶往丈夫的妹妹洁尘家去了。

出院的时候，美霞的体温已降到 38.4℃，连若尘和洁尘都确信她不碍事了。

回到洁尘家，吃了一小碗面条，美霞在洁尘的床上入睡了，一会儿就睡得很熟。

若尘在床沿端详着女儿因发烧而变得虚红虚红的脸庞，心头涌动着对美霞的怜悯和强烈的爱。

洁尘在拽他的衣袖，示意他随她到门外去。沈若尘跟着妹妹走出房间，洁尘扬起手里的竹篮道："走，陪我上菜场。"

沈若尘迟疑了一下问："你……不上班去了？"

"和你一样，我也请了假。"洁尘兴冲冲道，"怎么，你还有其他事？"

事倒没有，编辑部已请了假，梅云清那儿通过了电话，他不用担心了。不过，若尘想等美霞醒来之后，领她回自己家去。

"不用急。"洁尘像看穿了他的心思说，"你在云清下班之前回家，也不算晚。况且，我还有话跟你说呢！"

望着洁尘眨动的双眼，若尘同意道："行，买菜就买菜。"

他有事的时候，洁尘一招就到。妹妹有话对他说，他不能拂了她的意。

菜场的高潮早已过去，洁尘随便地选购了点小包装排骨、豆制品和蔬菜，还买了几样熟食，便打道回府。若尘知道妹妹已同丈夫分灶开饭，争着要付钱，洁尘不让，若尘只得在路经酱油店时，替美霞买了一瓶辣酱，一瓶海南岛出的野山椒。他等待着洁尘讲些什么。

"哥哥，你爱美霞吗？"

"当然。"

"想把她留在上海吗？"

"呃……这个，洁尘，你知道，这完全不取决于我个人。还有云清，炀炀……"

"我明白，我是问你。"

"我，从感情上说，我当然想把她留在身边。"

"只是还定不下来，是吗？"

沈若尘朝妹妹苦涩地笑了一下。他内心确实充满了矛盾。

洁尘偏偏脑袋，一缕冬天的阳光照射在她脸上，把她脸上的皱纹一览无余地露出来，"我倒有个主意，就是不知你如何想。"

"你说。"

"我的意思是，"洁尘斟酌道，"我很喜欢美霞，她太可爱了，一见着就让人忍不住想爱她。坦白说吧，我想离了婚，让美霞住到我这里来。让她在上海读书，成长，让她……就是不知你……还有云清会怎么想……"

没料到洁尘会提出这么个主意。那当然好喽！若尘真想感激地大声对妹妹这样说。但他克制住自己的兴奋，话到嘴边打住了。这仅仅只是洁尘一个人的想法，她要办离婚手续，她的婚姻看来是完了。可她毕竟还不到四十，她还要成家的。到那时身旁有个美霞，会不会碍她的事？还有爸爸妈妈那儿，他们会怎么说？还有云清的态度。自然，作为当父亲的，作为美霞，其实也只需争取个两三年最多三五年的时间，熬过这几年，美霞就长成个真正美得惊人的大姑娘了，她会有自己的追求，自己的理想，自己的前程。即使洁尘现在开始离婚，离了之后再认识其他男子下决心结婚，其间最少也得有两三年时间哩！可这样想委实是自私的，是只为他自己和美霞考虑。毕竟，洁尘是很冲动地说出这话来的，她没经过深思熟虑，她主要还是想帮助他从困境中解脱出来。她认识美霞仅只一天啊！

"你说一句啊，哥哥。"洁尘双眼凝定地盯着他，逼他表态。

"我很感激，洁尘，你这完全是为了帮助我，替我着想，我心里真是说不出地感激。"若尘道，"不过，这事终究关系重大，我是说，还有你那离婚的决定，都至关重大。你应该和爸爸妈妈和大哥观尘他们商量商量。"

"商量什么呀！"洁尘满不在乎地说，"我自己的事，自己拿主意。你还不了解我的脾性？你是担心我没生过孩子，会对美霞照顾不周吗……"

"哪里。我绝没……"

"你放心。我一定会让你的女儿生活得像公主一样幸福、美满、自在。"洁尘像表决心似的道，"就看你的了。你信任不信任我，你同不同意？"

敲敲一扇门，里面没人答应，梅云清只得改敲另一扇门。门虚掩着，用力敲了几下，露出了一条门缝。一个怯生生的嗓音传出来："进来。"

梅云清听出这是沈美霞的声音，推开门走了进去。令她惊奇的是若尘、洁尘都不在。

"就你一人吗？"她笑吟吟地走近床边，俯身瞅着美霞。美霞的耳朵根下，直拖到颈脖，有一条血痕。

"我也不晓得，"美霞眨着眼道，"醒过来，屋头就没人。起床出门去看，外头也不见人影。我只好又回来躺下。"

"噢，他们是有事出去了，一会儿就回来的。"梅云清安慰道，"瞧，我给你带来了几本书。《哈尔罗杰历险记》，好像还有趣。你喜欢吗？"

"喜欢。"美霞的眼睑垂落下来，目光移到几本书上，显得很拘谨。

梅云清把手伸过去，在她颈脖里的血痕旁轻柔地探摸了一下问："这是怎么回事？"

"是不小心划着的。"美霞的眼睫毛忽闪忽闪地眨动着。有一颗眼泪，沾在睫毛尖上颤悠悠地滚落下来。

天哪，这个小姑娘真美丽得让人怦然心动。梅云清的心头又作怪般涌起股言说不清的滋味。美霞光洁的肌肤，那双透着纯真稚气大而幽深的眼睛，甚至毫无做作的凄然神情，都让人怜爱不已。梅云清觉得自己的呼吸有点急促了，她得用极大的抑制驱赶联想的思绪。她使自己笑得尽量自然一些："美霞，你是一个好孩子。你懂得谦让，懂得克制自己，这是很不容易的。上海的很多小孩，像炀炀，因为从小生活的环境，娇纵惯了，小皇帝似的支使别人，心中只有自己，没有别人。这很不好。你知道，我们……我和你阿爸，是喜欢你的，是欢迎你来上海的。"

"哦不，"美霞摇摇头，说话的声气很轻很柔，"对不起，你们一家的烦恼，都是我惹出来的，对不起。"

美霞没有呜咽，没有啜泣，她的眼泪似从深潭里涌上来一般，顷刻工夫浸透了双眼。梅云清被她的真挚打动了，连声说："你别这样想，你千万别这样想，美霞。你是无辜的，这不能怪你，不能让你承受所有的一切……"

美霞仿佛没有听见她的话似的，仍旧照着自己的思路道："我想家了，想回家……"

"等你阿爸回来，我们接你回家去。"梅云清试图去握她的手。

美霞的手缩回去了，固执地说："我要回云南去，回去……"

梅云清的心战栗了，她真想朝着美霞喊："你怎能回去啊，云南已没有你的亲人。你惟一的亲人在上海，他是你的爸爸。"可她没喊出声来，她看得出，美霞伤透了心。而折磨这孩子精神、伤她心的，恰恰是自己不知不觉间显露的言行举止。在纯洁的美霞跟前，梅云清感到歉疚。她对孩子说："你怎能回去？你要安心养好病，留在上海，和我们一起生活。"

美霞摇头说："你讨厌我，你也恼恨阿爸，是吗？"

梅云清迟疑了片刻，决定说实话："最初听说这件事，我恼恨过你阿爸。可自从看到了你，看到了这么可爱的你，我觉得我很快爱上了你。我们会逐步熟悉起来，互相信任的。"

她又一次去握美霞的手。美霞这次没再缩回去，并且点着头说："谢谢你的书。"

门上一声响，沈若尘和洁尘走了进来。梅云清转过脸，她看到兄妹俩都在发怔。

洁尘坚持说，美霞的热度未退，不便到外头去吹冷风，让她留下。反正他们两家都有电话，随时联系很方便。若尘和云清放心大胆地回去吧，没问题。

沈若尘看见云清在用眼睛瞅他，心里明白了。云清认为可以这样。是啊，他们夫妇之间，也需要有个面对面相谈的机会。

午餐后，回到自己家里。沈若尘匆匆忙忙洗了个澡，倚靠在床上准备午睡。他太疲倦了，整夜未睡，上半天又拼命支撑着，歪在床上合眼时，头都有些晕。但他一时仍不能入睡，他在等待梅云清。云清也在洗澡，她说她昨晚差不多也是一夜没睡，得好好休息一下。

铝塑的百叶窗帘放了下来，室内的光线柔和宜人。云清发梢上沾着晶亮的水珠，裹着毛巾毯踢踢踏踏跑近床边，钻进了被窝。沈若尘还想去端床头柜上的茶杯，云清凉丝丝的手臂拦腰搂住了他，头埋进了被窝道："若尘，昨晚上我真怕，真怕你带上美霞一去不复返了，那我们这个家怎么办啊？"

沈若尘没想到云清会主动向他袒露思想，他的手抚摸了一下她的后背脊，道："快别这么说，云清，一切的一切，都得怪我，怪我插队时的姻缘，怪我……让你和炀炀都受了常人难以忍受的委屈……"

"别说了，若尘。"梅云清陡地叫了一声，打断了他的话头，她翻身而起，整个身子几乎都偎贴着他，"人这一辈子，谁不曾有点过失。况且，况且……你的过失不能全怪罪你……"

"噢，云清，"沈若尘赞叹道，"你变得越来越通情达理，越来越可敬可爱了。"

"我真有这么好吗？"

"这是我的真心话，云清。"沈若尘觉得自己仿佛是十多年前在向梅云清表白的感情，"我爱你，不论这个世界上发生了什么事儿，不论我们的家庭生活中有过什么插曲，我都深情地爱着你。"

"哦，我真幸福！"梅云清张开双臂，热情奔放地拥抱着他。

沈若尘俯下脸去，像在恋爱时节一般，和云清接了一个吻。

"真好。"梅云清陶醉般说，"我们好好睡一觉。其余的一切，等休息过后再讲。"

话刚落音，电话铃声响了。沈若尘想翻身下床，云清抢在他前面，伸过手去接了电话。

沈若尘注意到，云清的脸色倏地变了，只见她听了几句，冷冷地道："明白了。等我向厂领导汇报之后，再和你联系。你不用来电话催，有了回音，我会主动找你的。"

挂断电话，沈若尘不由关切地问："谁的电话？"

"进出口公司的。厂里形势严峻，产品销路差。尽是坏消息。"

即便是坏消息，云清脸色的变化仍让沈若尘感到愕然。她显得那么气恼，嘴唇都在哆嗦，眼神令人畏惧。她这是怎么啦？

他们夫妻之间紧张了多天的关系刚有所缓和，沈若尘不便多问。再说他也累了，头晕眼花，他得睡觉。

是李爽来的电话。

本想守着若尘好好睡一觉的云清，情绪全给这个电话搅了。他怎么竟敢如此放肆，厂里找不到她，就毫无顾忌地把电话打到家里来。昨晚那几个小时偷欢苟合，看来并不像逢场作戏那样容易摆脱，有一条看不见的绳子，正在不知不觉地往她脖子上套来。

梅云清侧着耳朵倾听了一会儿，若尘睡熟了。他平时睡觉不打鼾，可这会儿，入睡不到二十分钟，就轻轻地响起了呼噜声。梅云清睁开眼睛，朝丈夫那头瞅了一眼，仿佛怕他看穿了她的心事。

确信若尘已进入沉沉梦乡，她把身子往床沿挪动一下，小心翼翼地坐起身子，倚靠在床栏上，痴呆呆地坐着，眼睛瞪得直直的。

她得下决心用锋利的刀割断这条看不见的绳子。否则，家无宁日，甚至还将波澜迭起，惹出更大的风暴。

2

在官场、生意场上混了这么久，吴观潮没这点儿敏感，还能混得下去吗？

局党委书记、局长和他正式谈话已有一段日子，期待中的任命，却迟迟没下。而他在联谊经贸开发公司的交接，倒办理得差不多了。接他班的总经理，虽说还未正式任命，但已全面接管了公司业务，并以他自己的作风和方式大刀阔斧地干开了。如若局党委办公室主任的任命书还不下，时间一长，明显地吴观潮就是给晾起来了。

还有一个迹象，也和晴雨表似的颇能说明问题。那套三室一厅的房子，他和漠苹兴致勃勃地去看的时候，局房产科长是当着漠苹的面说的，分房四联单一批下来，马上可以交钥匙给他们，甚至装修事务，也可由房产科找下属的厂或公司装修队联系，保证可以价格优惠。但一段日子过去了，别说新房钥匙，连点信息都不透。

根据经验，吴观潮认定他的任命在哪个关节上卡壳了。

可是在哪个关节呢？吴观潮苦恼地左思右想了很久，思来想去都不知其所以然。想想嘛，这些年来他对凡属顶头上司的所有部门和关键人物，都周到地关照了又关照，逢年过节、大小会议或活动，凡是沾得上边的，那一份不重不轻的礼品，总归是少不了的。还有更多的相互心照不宣的事情，那就不用嘴巴去说了。难道如此精心编织起来的关系中，还有人在背后给他小鞋穿吗？

心中无数，也就无从着手去下功夫。盲目地去行动，时常只可能弄巧成拙。

吴观潮苦恼得失眠了。辗转难寝了几夜，陡地给他想出了一个主意，何不给房产科长去个电话，从他那儿摸摸情况。对了，房产科是局机关信息最为灵通的部门，尤其是关于人事任命变迁方面的。他早该想到这一着了。况且，房产科毕竟是个科，比他的开发公司还小半级，他给房产科长去电询问，算不得搞什么手脚。

"哈，你老兄，我估计你这几天就会来电话的。"房产科长接到他的电话，直截了当地道，"而且很可能会打到家里来，哈哈，果不其然。"

吴观潮的电话也是在家里打的，他压低了嗓门道："你料事如神，我就不转弯抹角了。哎，有啥信息吗？"

"你是问房子方面的，还是其他情况？"

"房子嘛，当然是我们关心的……"

"房子问题好回答，钥匙在我手里，但送上去的四联单，还没批复下来。我不能违反制度，得等。"

"你就不能帮我催催？"

"催过了，老兄。"房产科长的声调在电话里显得意味深长。

话题已经绕到要害上来了，吴观潮笑朗朗地道："我真是心中一点儿都无底。不晓得哪尊菩萨皱了眉头……"

"与此无关。"房产科长斩钉截铁打断了他的话头道，"想想吧，近来你的生活中，发生过一些什么样的大小事情。"

"我的生活中？大小事情？"吴观潮愈发丈二和尚摸不着头脑了，"这一段时间，开发公司各方面，都是风平浪静，没啥波澜，我还嫌太平静了些，生意不好做呢。"

"不是公事，是私事！"房产科长不绕弯子地点穿道，"你家里有过什么事吗？"

"没有啊！"吴观潮心想，他和漠苹之间的关系，都快能评模范夫妇了。永辉来上海，她没大吵大闹，就是一个例证。

"还没有呢，我的吴总经理，都说你八面玲珑，我看你这次，在这件事情上至少是迟钝了，或者说至少是处理草率了。人家的告状信，写到局里面来了。"

"告状信？"

"别在我面前装糊涂了，哈哈。"

吴观潮捧着话筒赌咒发誓："我真的莫名其妙，一点也不明白。骗你不是人。哎，哎，你无论如何要点拨我一下，关键时刻，我会知恩必报、会厚谢的，有数。"

"要不你老兄真以为已把事情烫平了？我问你，你和原来的妻子，有过一个儿子吗？"

"呃……"吴观潮的头发在这一瞬间全竖起来了，难道说是永辉写了告状信，是永辉在坏他的事？"有啊！他……他怎么啦？"

"那就得了，吴总经理。"房产科长的语气完全是启发式的，"人家的信写得有根有据，很有道理。局里面的几位头头都把信读了，他们说，你的工作问题，要缓一缓考虑。你老兄，好自为之啊！"

"谢谢，谢谢你！"吴观潮浑身的怒火一齐升了起来，嘴里却还在一迭连声道谢。

"我可是把知道的底细全告诉你了。听口气，没有什么人想整你，只不过是要缓一缓，看看事态的发展。你老兄自己打主意吧。这种事不能做得太绝情。"房产科长点得再明白不过了，"你若有高招，那就算我的话没说，没说。"

挂断电话，吴观潮像头暴怒的狮子在屋里来回奔走，他怒不可遏，真想冲到招待所去，把永辉揍一顿。这小子心里窝着气，已经让他尽兴地当着自己和绍荃的面发泄过了，他却又给自己来了这一手。

他有什么要求，有什么话尽可以讲嘛，为什么非要写信，暗中捅自己一刀？联想到那天永辉连哭带吼地当着绍荃和他的面说出的那番话，吴观潮猜得出永辉的信上是不会对他有什么客气的。现在怨恨也好，愤怒也好，都是白搭。关键的关键是要挽回影响，是要把事情彻底烫平。否则他那关系命运前程甚至一辈子的任命书，是不会下达的。

想到这儿吴观潮跌坐在沙发上，稍稍冷静了些。他得尽快和永辉接触，问他信上究竟写了些啥，有些什么要求。对，得把有些什么要求和希望放在前面问。不能做得太露骨，孩子毕竟大了。

吴观潮把手伸向电话机时，这才怃然想起，自从那天极为难堪地听过永辉气愤抱怨的倾诉，已有好多日子没跟永辉联系了。心灵深处，他确实从未把永辉当成亲爱的儿子看待，而是把永辉当成了累赘。

这他得承认。

永辉出去了。离家不远的弄堂口书摊上，有本神怪故事吸引了永辉，他想买来看。杨绍荃给了他钱，他欢天喜地去了。临出门时，他又说要去招待所瞅瞅，看看有无信和电报。从招待所退房搬到这里来住时，绍荃找了服务台，若有永辉的电报或是信，务请服务员给她挂个电话过来，他们来取。其实永辉是不必跑这一趟的。但他心有牵挂，杨绍荃也不阻止他。共同生活了几天，特别是在病中得到永辉的悉心照顾，杨绍荃渐渐地对永辉产生了感情。他是自己的儿子，这个人世间惟一的亲人。在她孤独无援寂寞地苦熬病中的时光时，只有他主动跑来照顾她，陪伴她。永辉很可爱，细心得像个姑娘，什么事都想得到，什么话都给她讲。杨绍荃头一次深切地体会到，夫妻之间是可以通过办理手续离婚的，离婚之后的夫妻甚至可能比路人还不好接近。而母子之间的感情，却是任何手续都割裂不断的。瞧瞧那些个男人，哪一个是靠得住的？吴观潮、程锦泉、屈显亮，他们一个比一个卑鄙无耻，一个比一个手腕高明，一个比一个会对付她这种自以为是的女人。她是快四十的人了，她只有永辉这一个儿子，这个儿子在她最需要安慰体贴的时候来到了她的身旁。杨绍荃的心被打动了，她曾经自以为是冷酷的感情受到了感染。身旁有个儿子的感觉委实不一样。她不知不觉间对永辉有了感情，她需要一个可以相依为命的儿子，儿子绝不可能像那些个自私的男人一样背叛她，儿子终究是儿子，是她的骨肉。

　　杨绍荃不是没有犹豫和矛盾，身旁有个儿子，她不会像以往那样自由自在、自得其乐，多少会有点儿牵扯。但那样的日子她并不是没有过过，那到底有多少欢悦呢？到头来她得到了些什么呢？这不是很清楚吗？是的，身旁有了永辉，对她另择男友会有障碍，永辉越大障碍便越大。但就目前而言，她还不想找什么男友，她已经有过三个，三个人都算是社会上有出息有花头的男人，但他们谁都不曾给她带来过幸福，她也厌了。

　　至于逢场作戏，杨绍荃自认还是有尊严有身份的，她还没堕落到那么一个地步。而今后如若真会遇上个倾心相爱的人，绍荃相信这个人会对她身旁的永辉表示理解至少是谅解。但在她的下意识中，她却有种直觉，感到她这辈子永远也不可能遇上个如意郎君了。

　　她想把永辉留在身边。

　　她想要儿子留在上海。

　　正因这念头是逐渐逐渐产生的，现在反而变得根深蒂固，变得不容置疑了。

　　她开始留神打听这方面的信息，她晓得插队落户在外的子女可以报进一名上海户口的政策，她知道不满十六足岁的孩子可以先在上海借读，她听说那些家长尚在外地而上海只有婆婆、外公、叔叔、阿姨的孩子，目前已有几万人报进了上海户口。她心中有了底，她还需要一段时间，还有很多事儿要做，打听转学的事宜，怎么正式跟永辉谈，云南西双版纳的安文江陈笑莲夫妇那头如何交谈。当然吴观潮这边，她也得和他谈判一次，永辉是他的儿子，他应该负一定的责任，哪怕他什么都不管,她也要争取他付一点抚养费。杨绍荃心底深处准备着吴观潮赖得一干二净,连抚养费都不付,即使到了这个地步,杨绍荃还是愿意让永辉留下来。

一切的一切,全得瞒着永辉,一件一件去落实。她不想当永辉的面,把这些实际的、琐碎的操心事儿摊在桌面上,让这似懂非懂的孩子心灵再遭受什么刺激和伤害。

有人叩门,她以为是永辉回来了,这孩子的脚怎么跑得这样快?继而她马上否定了,不会是永辉,永辉拍起门来毫无顾忌,砰砰砰砰响。几天来他都是这样。

杨绍荃去打开门,门外站着一个女人。杨绍荃偏一偏头,凝神端详,她的血液顿时直冲脑门,目光也变得冷漠孤傲了。

她认识这个女人,吴观潮和她彻底断绝关系时她怀着愤恨和妒忌去盯梢过,她一辈子都将仇恨这个叫漠苹的女人。

"永辉这孩子在吗?"漠苹显然晓得她是谁,原先堆在脸上的笑倏地消失之后,又镇定一下,重新浮起淡淡的笑意问。漠苹并不显老,脸庞上新添的那些雀斑,反而把原来那几颗稀疏的麻点遮掩得看不分明了。

"你是……"杨绍荃装作根本不认识漠苹似的咕噜着。她俩从未这么近地照过面。

"哦,我是漠苹。"漠苹像才想起似的,自我介绍着,脸上的笑容自然了一些,"我代吴观潮来看看永辉。"

杨绍荃矜持地一点头,她倒不在乎宣告自己的身份,竟然还敢主动上门来。杨绍荃显出一副大度的模样说:"请进。"

漠苹把手中的提包换了一只手,边环顾着房间边迟疑地走进来,并用居高临下的口吻道:"这住房还可以嘛,装修、布置都很不错,蛮实惠的。哎,永辉呢?"

杨绍荃受不了她颐指气使的语气,冷冷地答道:"他出去了。"

"哎呀,真不巧。"

"有什么事儿吗？坐吧，他出去买本书，一小会儿就回来。"杨绍荃厌恶这个女人，让她坐，也是出于无奈。既然漠苹来了，杨绍荃想把关于永辉留在身旁的考虑告诉她，让她转告吴观潮。若吴观潮愿意出抚养费，漠苹早晚是要知道这件事的。

漠苹往沙发上一坐，顺手把提包往茶几上一放，仍装作在欣赏室内的陈设布置说："那我就等他一会儿。"仿佛她是专门为永辉来的，杨绍荃根本没放在她眼里。

杨绍荃克制着心头的不悦，从冰箱里拿出一罐椰汁，往漠苹跟前一放说："你随便喝点。"

"谢谢。"漠苹眼角都没向椰汁瞥一下。

杨绍荃真想对准她那张白净粉嫩因而雀斑更为显眼的脸庞挥去一记耳光，她那么瘦，一巴掌上去，只怕她坐都坐不稳呢。"你专程来看永辉，有何贵干？"

"没啥。前一阵吴观潮和我都忙得团团转，顾不上照料永辉。这段时间空闲些了，今天又是星期天，我们想接永辉去家里玩玩。"漠苹坦率地道，"你看他愿意吗？"

"那要问他了。这孩子心眼儿深沉，猜不透。"杨绍荃稍显不悦地道。漠苹的不宣而到，已使杨绍荃惊愕不已，两口子还要请永辉去家里，更让杨绍荃捉摸不透了。平时在吴观潮嘴里，漠苹是个任性、专横、刻薄、小心眼儿的女人，这会儿她怎么会变得如此善解人意、通情达理？

"那你帮我一道劝劝他。"这会儿漠苹笑得很真诚。

杨绍荃离开她一段距离坐下来，说："其实，请不请永辉都没关系。"

"这是什么话！吴观潮终究是永辉的父亲嘛。"

"我是说，以后的机会多着哪。"

"机会？"

"实话说吧，我想把永辉留在身边，让他和我一起生活，把他的户口办回上海来。"

"你……改变主意啦？"

"是的。"

"这当然是件好事喽！"漠苹提高嗓音，笑得很响地道。但听得出语气很不自然。

"那就请你转告吴观潮，孩子还没成年，作为生母生父，我们都欠着永辉一份债，我们都是有责任的。"

漠苹的脸拉长了，一丝儿笑意都不见了。她当然听出话中的话，当然懂得所谓"债"和"责任"是什么意思。她只是舔舔嘴唇，抑制地点了一下头："我负责转告。"

房间里出现了难耐的沉默。

漠苹望望关紧的门，又瞥一眼电话机，随手将椰汁往边上推了推，继而干脆拿在手里，转过脸来问："你作出这一决定，不怕你丈夫从日本回来觉得意外吗？"

"那是他的事了。"杨绍荃明白漠苹说此话的用意，故意一撇嘴道，"我只要认自己的儿子。"

又是一阵沉默。

楼梯上有脚步声，接着门上又响起了砰砰的敲门声，还有永辉激动的喊声："阿妈，开门，快开门！"

杨绍荃离座走去开了门，永辉扑了进来，手里举着一份电报说："阿妈，要来了，安文江阿爸和陈笑莲阿妈要到上海来接我了。你看啊，看啊，这是他们拍来的电报，拍到招待所的。昨天就到了，他们忘了通知我们。幸好我去问了，电报上有他们到的日期，还有车次。你快看啊，阿妈。"

杨绍荃瞅着永辉欢天喜地的样子，陡地预感到她很可能将要失去这个活生生的儿子，她的心在往下沉，她简直不敢想象那样的结局。她的双手颤抖着打开电报，一点没错，电报上清清楚楚印着一目了然的仿宋体，上面有到达上海的日期、车次，还让永辉千万不要走开。电报纸上的字迹模糊了，杨绍荃的眼里涌上了抑制不住的泪水。

"那我们更该请永辉去家里玩玩了。"漠苹离座走了过来，她的语气显得如释重负，态度也格外地和蔼可亲，"永辉，随我去你阿爸家吧。"

永辉望了漠苹两眼，又把脸转向杨绍荃说："你……阿妈，她是哪个？"

杨绍荃勉强镇定着自己的情绪说："噢，永辉，你阿爸吴观潮请你去他家耍。她……这位阿姨，是来接你去的。"

漠苹笑容可掬地说："跟我去吧。"

"我不去。"永辉一口回绝道，"阿妈的病刚好，我要陪着阿妈。"

漠苹的脸一阵白一阵青。杨绍荃嘴上在笑，眼里却止不住地淌出泪来。永辉是她的儿子，是她的亲骨肉。

漠苹再没搭理永辉，只简短地说了一句："我用一下电话。"没等杨绍荃有所表示，她径直走到电话机旁，片刻工夫拨通了电话，"观潮吗？还是你直接请他吧。"漠苹向永辉招招手，"你爸爸要和你讲话。"

永辉疑惧地瞪了她一眼，又回眸瞅瞅杨绍荃。杨绍荃朝他鼓励地点点头说："他们真心诚意请你，你就去玩玩吧。"

永辉拿起话筒，没有喊阿爸，也不曾说话，只是倾听着，一面倾听一面眨眼睛。到末了，他淡淡地说了一句："要得。我去。"

阿爸来请他去家里玩，永辉是心虚的。涌上来的第一个念头，便是阿爸要同他算账了。是的，他给阿爸所在的单位写去一封信，狠狠地告了阿爸一状，当年阿爸阿妈为了回上海，把他这个儿子送了人，还收下人家五百块钱；现在他当儿子的找到上海来了，阿爸拒不收留他，更不让他进家门，假惺惺地蒙哄他，要他回云南去。这种歹毒心肠的人，竟然还在当着不大不小的官，听说还要往上升，真不明白是咋个回事。难道你们就看不出，阿爸是个削尖了脑壳想往上爬的人吗？他要假离婚手法，回到上海他又弄假成真，甩了阿妈，重新讨婆娘。这样的人能靠得住吗？会全心全意为人民服务吗？

永辉的信是在气愤至极的情绪下一挥而就的。当时他只觉得满腔愤怒，只觉得要揭露阿爸的嘴脸出口气，反正他是要回云南去的了，他啥子都不怕，他想干啥就能干啥。他一点没把这事儿给阿妈透露。

阿爸在电话里说得很客气，一点也没同他算账的意思。阿爸说他们真心诚意接他去玩，阿爸还解释，他初来时没让他上阿爸的家，是阿爸需要时间和家里人讲，并不是拒绝他上门，现在阿爸已同家里人讲通了，这不是，漠苹主动上门来请你了。

永辉对此将信将疑。他心里忖度，一定是自己的信起了作用，单位头头收到信，批评了阿爸，使得阿爸转变了态度。

去就去呗！怕个啥，永辉本来就想上阿爸家看看。要不回到西双版纳说起来，老远地跑上海一趟，连阿爸家的门槛都没踩过，岂不让娃儿们笑话！就是阿爸真要同他算账，他也不怕，反正安文江阿爸陈笑莲阿妈要来接他的，他在乎啥子。

他是抱着这样的心思随漠苹去的。阿妈称呼漠苹是阿姨，永辉连阿姨都不想喊她。她算啥啊？永辉心头晓得，漠苹是阿爸重新娶的婆娘，他理该也喊她阿妈，但他绝对不喊。他已经有两个阿妈了，他不能要这么多阿妈。

去阿爸家时，永辉把新买的塑料薄膜封面的神怪故事书带在身边。他想好了，如若到了阿爸家无趣无味，他就闷坐着翻这本书，随他们说啥子去。漠苹见他随身带书，问他喜欢书吗，他点头。他们走过一家书店时，漠苹提议进去看看，并问永辉，喜欢什么书，尽管说。这书店好大，好多书都铺在桌面上任人选。永辉对几本书都表示了兴趣，漠苹要他一起拿上，到柜台上算账付钱。

"就算我送你的见面礼吧。"永辉诧异地仰起脸瞅她时，漠苹笑眯眯地对他道。

这举动让永辉捉摸不透了。

到了阿爸家，永辉一眼就看出来，这幢小巧精致的别墅楼要比阿妈的屋子强。他想起了阿妈说过的话，阿爸裹上现在这个女人，为的是有好房子住，有官好当。是这幢房子，使得阿爸阿妈的离婚弄假成真的。走进这幢房子，永辉浑身都不自在。

平心而论，阿爸和漠苹待他是热情客气的。阿爸让他吃这吃那，拿出几种饮料让他挑选喝。漠苹回家后就兜起围裙钻进厨房准备菜肴，午饭时桌子上摆满了盘子和碗，阿爸特意为他买来了辣椒。就连小妹妹燕燕，都亲热地一声接一声叫他"哥哥"。

永辉被宠得脸露喜色，眼露亮光，哪里还顾得上翻那些新买的书啊！他逗着燕燕在别墅楼前的小花园里玩，阿爸拿只照相机，追着他和燕燕啪嗒啪嗒一个劲儿照相。然后漠苹走出来，给他和阿爸合影，给他和阿爸、燕燕三人合影，还让燕燕给他和阿爸、漠苹三个人照。永辉瞅着那么小的燕燕端起照相机，真怀疑她会不会把照片拍坏了。看他好奇，阿爸又让他拿起相机，给他们一家三个人照。拍过两张，永辉坦然了，原来这机子叫"傻瓜"相机，连傻瓜都能拍啊，好简单。永辉长这么大，都没照过今天这样多的相片呢！阿爸还说，这是彩色的，明天就能拿到照片。漠苹看他玩得欢，还说，以后永辉生活在上海，欢迎他常来玩。

在屋头玩够了，阿爸和漠苹换了身衣裳，又提议，到外头去找个地方玩，逛逛马路，顺便给永辉买几套衣裳。

永辉真给闹糊涂了，衣裳他已有好几套，都是阿妈买的；他们又要买，那么多衣裳，来得及穿吗？他愁的还不是衣裳，他犯疑的是，阿爸也和阿妈一样，对待他的态度在变，变得好快。

只是猜不透，阿爸一家是真心还是假意。

家还是原来那个家，收拾得整整齐齐，摆放得井然有序。所有陈设都是仿日式的，那瓦灰色的调子，显示着淡雅悦目，令人心旷神怡。奇怪的是，原先环顾这一房摆设时悠然自得的心境，再也没有了。代之而拥塞在杨绍荃心头的，是孤独、寂寞，是怅然若失的心情，特别是连续在这里住过几天的永辉离去之后，杨绍荃竟然觉得空落落的房间里变得那么凄清。

　　哦，她是多么渴望着有一个人来爱，多么渴望着异性的温暖。这个人要英俊潇洒，这个人要温存体贴，这个人要真诚坦率，这个人对她的关心要达到无微不至的地步……可这个人在哪里？从青春年少、妙龄女郎的时代，她不就在期待着、追求着这样一个白马王子吗？当她和吴观潮在西双版纳的椰林、竹丛中双双坠入情网时，当吴观潮和她相依为命地在曼龙寨的竹楼上筑起一个小小的窝儿时，她自以为找到了这么个人，自以为找到了归宿。那些个插队落户的岁月，那一份不免枯燥干湿两季交替的日子，物质生活虽然贫乏，但他们的感情生活是丰富的，他们互相之间是体贴关怀的，吴观潮对她也是忠实的。曾几何时，大潮涌来又退去，一切都变了样。以后的命运使得她重新回首在西双版纳度过的日子，竟然觉得滑稽可笑、苍白乏味了。和程锦泉的结合不能说没有点儿感情，但那已经是理智的权衡和判断的产物。至于屈显亮，纯粹为满足生理上的需要和报复心理使然，事实证明那更无什么爱和情感而言。她如今已在跑步进入四十，难道还会自欺欺人地盼望着一位梦幻中才存在的男士出现？不，梦幻终究是梦幻。有这种渴望是正常的，而沉湎于这种渴望就是可笑和可怜的了。

　　正因为如此，她才恍然大悟如梦初醒地意识到，出现在她生活里的永辉该是多么重要多么珍贵。她不能再失去他了，他是她的儿子，她的亲生骨肉，她有权利让他生活在自己身旁，他会是她今后岁月里的安慰和依赖，他将是她孤寂的晚年生活中的慰藉。她真懊悔永辉刚来上海时自己的冷漠，她希望永辉会饶恕自己会把那些不痛快的事情忘记。

　　漠苹把永辉带走之后，她忽然想到该趁这机会给吴观潮打个电话，她要留下永辉也需要他的支持，哪怕他抠得连一分钱抚养费都不愿出，她还是需要他道义上的支持。他得承认永辉是他们当年在西双版纳生下的儿子，他得为永辉办户口、转学多少出点儿力，总之他无论如何要负一定的责任。

电话拨过去吴观潮半晌没吭气，她又催问一句，他才纳闷地冒出一句："你考虑成熟了吗？"

"当然。"她毫不犹豫地回答。

"那我没意见。"语气是干巴巴的，无生气无感情的，仿佛说的不是他儿子的事，而是在会议上对一个无关紧要的问题表态。

杨绍荃又对他捉摸不透了。两口子热情得让人几乎不相信地把永辉接去玩，但一涉及实质性的问题，他又是这副腔调了。可能这是他近年来在官场、生意场上混时经常耍的手腕吧。

杨绍荃顾不得去揣摸那两口子的态度了，她还有好多事儿要想要考虑，她还需要找出好多理由来说。首先是永辉。她觉得儿子这方面的问题不会大，永辉跑来上海，其行动本身就是来找父母，父母不愿收留他，他只好回云南去。当母亲愿意收留他时，他如愿以偿，还会不答应吗？杨绍荃感到棘手的是安文江陈笑莲夫妇，他俩赶来上海的目的是明确的，要接永辉回去，事情的真正的威胁在他们这里。永辉的户口在他们手里，永辉在他们身边生活了差不多整整十年，是他们把永辉抚养长大的，他们作为养父养母，是有一份权利的。况且该死的吴观潮当年还收了他们五百元钱。五百块在当时是一大笔钱，现在哪怕让杨绍荃拿出双倍的钱来还他们，杨绍荃也愿意。

总而言之，他们此刻赶来上海对她是个不利的消息。她的有利之处仅仅在于是永辉的生母，另外还有永辉愿意在上海生活。她的精神上思想上都得有所准备，准备和一对云南的夫妇展开争夺儿子之战。

3

这种七弯八拐低层次的住宅区域就是讨厌，哪家出点事儿，横七竖八的支弄岔路上都站满了人，好像他们不跑出来管管闲事，就没尽到责任似的。

俞乐吟从里弄生产组回家，一走进弄堂，看到挤得满满的人群，头都大了。自从她和屠英德之间的关系被小骚精马玉敏撞破，俞乐吟一天到晚绷紧了神经在生活。说不定哪天这妖里妖气的姑娘心血来潮把这事儿告诉马超俊，那么引人注目的别墅楼里准会有一场八级地震等待着她。俞乐吟留了后路，藏了私房钱，并且马超俊除了钱多之外，实在也没啥值得留恋的。不过这类丑闻传开去，终究是"坍台""失面子"的事情。再说马超俊的脾性她多少摸到一点，这家伙嗜钱如命，真要闹离婚，上法庭判起来，分割他的一半财产，他不会舍得的。俞乐吟害怕的是，他既不提出离婚，却又整天在家里寻衅惹事，动手打人。那样的话她就惨了，名声臭了不说，还不能和屠英德达到真正结合的目的。

怪来怪去，要怪马玉敏这个小妖精，害得她寝食不香，心神不宁。

俞乐吟从人堆里挤过，往家里走去。离家越近，人聚得越多。稀奇的是，弄堂认识她的人，见她挤过来，纷纷往两边让开道，好像她成了什么要人。

"就是她家出了事！"

"唉，万元户，真叫前世作孽！"

"听说是里弄街道干部，陪着派出所、公安局的人上门啦！"

"肯定是马老板在外头损人利己、玩弄女性的事被揭发了。"

"啧啧啧，看这家人怎么收场！"

……

起先人们的窃窃私语，俞乐吟一句没听清。而这当儿，指名道姓的议论，使得她顿时警觉起来，留神往两边瞅瞅，那些熟悉的和不甚熟悉的人，有的幸灾乐祸，有的露出怜悯的神情，还有的见她走过，故意提高了嗓门，讲给她听。

俞乐吟的脑子嗡的一声响，脚步放快了，头也低垂下去，马超俊这个"杀千刀"，到底还是出事了！灾祸临头了。

走到别墅小楼门口，俞乐吟几乎是侧着身子横挤进门的，嘴巴里还在不断给人打招呼："让一让，请让一让。"

门外头人声鼎沸，议论纷纷，家里倒是相对安宁平静的。俞乐吟推门走进去时，听到一位里弄干部说："那小囡的娘回来了。"

俞乐吟怀着疑惧和困惑向屋里所有的人点了点头，勉强浮起一点笑问："出了什么事？"

马超俊边抽烟边用恶狠狠的语气抱怨道："都是你那宝贝儿子做的好事！"

俞乐吟这才发觉屋里所有人的目光盯着自己，她认得里弄和街道上陪同来的几个治保干部，认得管这一片的户籍警，另外两位穿制服的公安人员，想必是区公安局来的了。她拉长了脸惶恐地问："出了啥事？盛天华出了什么事？他能出什么事？他还是一个小孩子啊。"

"小孩子，娘皮！"马超俊把半支烟呸的一声吐在地上，"小孩子竟然贩毒。"

"啊！"俞乐吟遭了雷击一般，目瞪口呆扫视着众人，几乎不相信自己的耳朵。

一位戴眼镜的公安人员朝马超俊劝慰般摆摆手，心平气和地道："我们从这附近的外烟贩子那里，查获到含有毒品的香烟，经讯问，外烟贩子供出，这种香烟是你那从云南来沪的儿子高价卖给他的。现在我们想找你儿子了解一下，他带了多少这样的烟，卖给了哪些人，还藏有多少，他又是怎么得到这些烟的……"

天哪，这真是天报应，天报应啊！俞乐吟起先还能听到公安人员说出的话，继而只看见公安人员的嘴唇在掀动，什么话都听不见了。她痛彻肺腑地哀号一声，寒心透顶的悲恸还没哭出声来，眼前一黑，就倒在地上。

一句话，哽在她的喉咙口，没吐出来："这真是有其父必有其子啊。"

天边的云霞涂抹出一片耀眼的嫣红，那是擦着峰巅的太阳快要落坡了，反射出的血红的光芒，遍洒在苍茫的山峦上。曼冗寨子安寂下来，空旷的坝子也安寂下来。有轻柔的雾岚，飘飘悠悠地在坝子水田上浮游着。

都说西双版纳的冬天是温暖、甜蜜且颇富诗意的，都说西双版纳实际上并没冬天的痕迹，油绿的果粒挂在神秘果树上，奔腾的澜沧江两岸常年碧绿，终年开放的鲜花总让人的心头萌动骚扰着希望。

俞乐吟坐在竹楼的晒台上，茫然瞅着暮色里的坝子上空升腾起夜雾，和曼冗寨的炊烟融在一起，轻绡薄绫般洒落下来，有些朦胧，有些神秘。时常袭扰她心头的烦恼又莫名地涌了来，如若不是这么温暖如春，如若曼冗寨的冬天也同上海一样寒冽，也许她的心情相对地会安宁一点，不至于会这样烦乱。

盛加伟的身影在园子里出现了，他又替她砍来了一大捆烤火煮饭都用得着的黑心树。难得有他这样的汉子，时常来帮助她做些累人的活，他把砍齐整烧起来特别肯燃的柴杆，堆在檐廊下，走上竹楼来了。

"吃饭了吗？"盛加伟是时常来的，熟门熟路地在罐子里舀水喝，边喝水边转过脸问她。

俞乐吟有点不好意思了，往常盛加伟替她做了事，她要留他吃顿便饭，是好是坏也是一点心意。一来今天情况不同，和俞乐吟同一知青点的几个男女知青，出门串寨去了。有一对儿，说是串寨，其实可能为避开众人耳目，钻进树林谈情说爱去了，总之竹楼上仅留她一个姑娘家。二来曼冗寨上近来传开一些风言风语，已经刮进了俞乐吟耳朵，说俞乐吟瞧不起傣家小伙，看上了汉族小伙子盛加伟，到底都是汉族，"约骚"方便。这真是冤枉了俞乐吟。普遍镶着金牙，闲来爱往脑壳上抹一层厚厚的发蜡的傣家小普毛，俞乐吟看不上眼。习俗多少使知青感到有些相同的汉族小伙，也不是俞乐吟考虑的对象。不是她不想这件事，正因为闲得发愁，正因为冬日里照旧暖洋洋的气候，使她把这事儿想得比以往更多。每当听到那已相当熟悉的铓锣和象脚鼓的咚喔咚喔声，每当轻风里送来傣族少男少女们谈情说爱时爱吹奏的竹笒、竹笛声，每当伴和着竹芋琴响起清晰可闻的情歌，俞乐吟总要情不自禁地怦然心动。心动之余，免不了又是一番思量忖度：同样是人，为啥世世代代居住在这里的人们那样安于眼前的生活，他们劳动时嘻嘻哈哈，一有空闲便唱歌跳舞，沉浸在歌舞的漩涡中；而当知青的，却总是心有所属，连风光秀美的西双版纳都留不住？俞乐吟思考的结论是，正因为他们世代栖居在这里，他们便想当然地觉得生活和世界的面貌天生就是这个样子；而知青们尤其是来自上海的知青们，完全晓得在这样一种天然质朴的生活形态之外，另外还有一种生活的面貌——上海大都市多姿多彩的生活面貌，他们当然不甘于久留在这块哪怕被人称为孔雀之乡的土地上。不是吗，在那些劳动过后时常半裸着身子在江河里沐浴嬉戏的姑娘们看到了上海知青们的生活方式，从他们嘴里听说了大都市的繁华和五光十色之后，她们不都露出了羡慕好奇的脸色和眼神吗？其中一些大胆的不都很快和春情勃发的知青小伙串上了吗？去看电影时，男知青的身旁走着一位漂亮的傣族姑娘，不无自得地左顾右盼，生怕自己的远近伙伴们没看见；而纯洁可爱的傣家姑娘，则用挑衅般的笑声和充满喜悦的脸庞回望众人，她们一点儿不掩饰自己倾慕着来自远方的有文化且温柔的汉子，她们非常喜爱在众目睽睽之下由心爱的人搂着自己。男知青孤独、寂寞需要安慰时，可以去挑选一位俏丽美貌的边地异族姑娘，女知青呢……冥冥中这么思忖时俞乐吟总憋不住一阵脸红心跳，如若身旁无人而时间又无限地悠长，她便会任凭自己的思绪沉入遐思，放纵梦幻般的想象在虚无的天地里驰骋。尽管如此，听到寨邻乡亲们的嘴里吐出关于她和盛加伟的飞短流长，她还是警觉的。

"哟，今天对不起了。"俞乐吟见盛加伟提到晚饭，便侧转脸道，"没多少事情，我吃得早。饭碗都刷了，以后补你吧。噢，害你又忙活了半天，我那盒盒里，还有点上海寄来的饼干，你尝尝。"

俞乐吟说着起身进屋，跑到床头堆叠的箱子上去拿饼干。她的意思是很明白的，吃几块饼干，就把盛加伟打发走。

当她屈起膝盖在床沿上，伸出双手去支身拿饼干盒的时候，盛加伟跟进来了。天尚未黑尽，竹楼上却是晦暗晦暗的一片，全被暮色吞噬了。

俞乐吟刚意识到盛加伟来到自己身后，离自己太近，顾不得揭开饼干盒便惶悚地一回头时，盛加伟的双臂已有力地从她背后抄过来，搂住了她，两只巴掌准确地抓住了她的乳房。

俞乐吟全身正处于最无防备的状态，连挣扎的力气都使不出来。那一瞬间她是想喊的，但惊慌失措的呼喊还没张嘴吐出来，她旋即想到了寨上传开的那些闲言碎语，慌乱之余，她嘴巴一张，吐出的是又惶惑又无力的话："不要，盛……加伟……你、你不要！"

"我都想死你了。"回答她的是盛加伟一句坚定的干脆利索的低语，没待她稳住身子，他又把她猛力地一扳，一张异性的脸庞便凑了上来，生硬笨拙且又贪婪地吻着她。

俞乐吟毫无还手之力，顿时觉得一阵眩晕。她脑壳里头此时掠过一个念头，和盛加伟来往也不是一天两日了，这样亲昵地缠绵一阵相互抚慰该不至于算啥越轨的。

这当儿，盛加伟的双手不停地揉搓她的胸部，带点粗莽的吻灼热灼热地落在她的脸上。她身上感到一阵酥痒，脸庞上阵阵发热，不再阻挠不再推搡他，只是呈现股慵懒之态，任凭他温存抚慰，嘴里因紧张慌乱而急促不宁地喘息着，双手像要寻找支撑似的搂住了他。

以后的一切是俞乐吟绝没料到的。正当她哼哼唧唧在盛加伟的抚摸亲吻之下感觉到一点滋味时，他一个猛烈的动作把她推倒了。他的本意是要将她压在床上，俞乐吟陡然惊觉挣扎着跳起来仍躲避不及，结果被他压在了竹楼地板上。她使不出大力，知道硬拼逃脱不了，只得改用哀求的语气连连说：

"不行，加伟，不能这样，加伟……"

盛加伟脸朝下，那憋足的情欲全都写在脸上，一双眼睛竟然血红血红有些骇人。俞乐吟使劲推他，甚至想趁凑近他耳畔时张嘴咬他，但她终究竟愈来愈乏力。恐惧、羞愧和慌张使她浑身都瘫软了，当他野蛮地撕扯她的衣裳时，她已绝望地一歪脑壳想着，只有随他去了……

在盛加伟满足了欲望，像狗一样逡下竹楼去以后，俞乐吟扑倒在床上捂着被子失声痛哭起来。她想过连夜赶到公社去告他强奸，想过把自己受的委屈向知青们哭诉，由公家和大伙儿替她出气。但她终究只是想想而已，什么都没做。几天之后，盛加伟连拖带拽请她去他家的竹楼上要时，她没怎么抗拒便服从了他……

喧嚷嘈杂、人声鼎沸的上海新客站候车室里一出现警察制服或类似制服的人，马玉敏的心头都要惊一惊。在椅子上还没坐足一个小时，只要门口那边有大盖帽一晃，马玉敏的心就怦怦跳。

到昆明去的 79 次快车要到下午四点半发车，她和盛天华在候车室里起码还得等上三四个小时，在这三四个小时中，就能保证公安人员不出现在他俩跟前？警察们也不是吃素的，他们在家里找不到天华，马上会想到他会逃回西双版纳去。到云南去的快车就只一次，他们会轻易放过天华不到车站上来查？况且她和天华都没买到票，只是在站前广场售票处外头高价买了两张站台票。凭站台票混进站容易，混上火车也不难，但若遇上态度认真的列车员查票怎么办？那他俩不是马上惹人注意了吗！

马玉敏越想心里越不踏实，瞅瞅身旁的天华，浑身都是副一筹莫展的样子，真是个窝囊废！没用的笨蛋。这么个没出息的家伙，竟然也会逗得警察找上门来。天华也太不会做生意了。

里弄街道的治保干部陪着警察到家里来的时候，马玉敏晓得大事不妙。别看她读书脑子不好使，她很像父亲马超俊，脑子活络得要命。她当场判断不是爸爸生意上出了事，就是盛天华从云南带来的

"春城"牌烟"刮散"了。当听说他们确是来找盛天华的时候,她马上神不知鬼不觉地溜了出来,到天华可能出现的弄堂口去堵他。她风风火火地在几条弄堂口之间来回审,总算把天华堵住了。

盛天华听说此事,脸色吓得煞白。战战兢兢地溜出去一截路,两人站停下来商量对策。天华说他惟一的可去之处就是西双版纳。马玉敏头脑一热挽起他的臂膀道,说走便走,不能回家去拿钱拿东西自投罗网了。坐公共汽车到了新客站,两个人把随身所带的钱统统掏了出来,也凑不齐一张车票钱。马玉敏灵机一动,说买两张站台票先混上车再说。

惊慌失措之中忙忙乱乱,不可能把事情往细处想。况且马玉敏脑子里想到跟着盛天华去风光秀丽的西双版纳旅游玩耍一通肯定够刺激。等到买好站台票,一人吃了一盒快餐,躲进候车室坐定下来,认真地把事情想了一遍,马玉敏才觉得处处不踏实,心头一阵比一阵忐忑不安。

她冷眼瞅瞅盛天华。这小子龟缩着身子,拿着顶在车站附近百货店买的帽子遮住了半边脸,假装候车旅客般打瞌睡。

又有大盖帽在候车室门口晃动了,还不止一个。马玉敏的心一阵狂跳,别是来抓天华的呀。她捅捅天华,悄然道:"天华,我们不在这里等,走吧。"

"去哪里?"天华仰起脸来,眨巴着眼睛问。他那眼神里,一丝儿睡意都没有。

"我要上厕所。"马玉敏想先把他哄出候车室,再详细谈。

"那你去吧。我在这里占着位子。"

哎呀,笨蛋!还不开窍呢。马玉敏对他又努嘴又使眼色,嘴里道:"快跟我出来,有话对你讲。"

天华这才有点不情愿地跟着她往外走。

候车室门口的大盖帽正是警察,不过他们不像是来抓人的,对进出大门的人并不在意。马玉敏边慢吞吞走过去,边将情势看分明了,她只简短地对天华说了句："跟着我。"便埋着头往候车室外疾疾地走去。

离开新客站好远一截路了，马玉敏放慢脚步，喘了一口气道："天华，我真怕。"

"咋个了？"

"你想，若是进车站时，那些在家里没找到你的警察，就守在进站口呢？"

盛天华一下傻了眼："那咋个办？"

"所以我们不能上火车。"

"留在上海？"盛天华完全没了主意，"住到哪里去？"

"由我出面，替你找个不引人注目的个体户小馆子，就说是我家乡下来的亲戚。给多少工钱不在乎，能混口饭吃，晚上有个睡处就行。"马玉敏沉吟着，颇有主见地道，"等这一阵风头过后，不就啥事儿没有了？"

天华点着脑壳说："这样……也要得。可这会儿，我们到哪里去呢？"

"那还不好办！"马玉敏乜斜了他一眼，一扯他的手臂道，"到外面坐公共汽车，在市中心最热闹地段看场电影，或是随便找一家咖啡馆坐在角落里，谁也不会注意。"

"那你呢？"天华噘起嘴问，"我若去馆子当小工，你咋办？"

"我怕什么，傻瓜！警察抓的是你，又不是我。"马玉敏满不在乎地踮着脚尖道，"混到黄昏，打个电话回去。家里没事儿了，我就回去拿点钱出来。一时回不去，喊你妈送钱出来，不也一样。"

盛天华听了，没再吭气，只是哭丧着脸叹息。

马玉敏瞅他那副熊样，憋不住想笑出来。她觉得这不算啥了不起的事，只是够刺激，有点惊险，蛮好玩的。

搁下电话，俞乐吟转身回顾，老太婆和马超俊都不在这间屋里，她稍觉放松地吁了一口气，重又跌坐在沙发上。

她已呆痴痴地坐着足有半天了，坐得两腿都有点儿麻木。脑子里一会儿担心天华被警察逮走，一会儿忧惧天华闻知风声逃离上海四处去流浪；愁肠百结地闷坐着，不时地又由这不争气的儿子联想到她的姻缘她的命。和盛加伟的结合当初纯粹是因为生米煮成了熟饭，出于无奈。也正因为如此，她会在西双版纳那个沾满露水的清晨甩手离去。这一举动可算是对盛加伟当初强行施暴的报复吧。回归上海之后，嫁了马超俊，她的命算是好的了吧。谁知马超俊是个标标准准得钱便猖狂的角色，富起来也跟着"污"起来，害得她也耐不住寂寞自己找起了安慰。哪晓得此事偏又败露在马玉敏手里，使得她整天惶惶然地如同坐在火山口子上一样。一面她得忍受马超俊在外头花天酒地胡作非为，另一面她还得任凭天华和马玉敏的亲昵暧昧关系不断发展，同时她惟恐自己的丑事被捅破，却还不愿下决心斩断和屠英德的关系。这种种情况已经够乌烟瘴气的了，每每想起来她总烦恼得只能长吁短叹，眼开眼闭。而如今，盛天华这孽障使得她这能混且混的日子都过不下去了，这不孝之子干脆触犯了刑律，让她如何是好！

别说马超俊要发怒，邻居们要议论纷纷，就是屠英德听说了，都会对她有看法的。想到恼怒之处，俞乐吟真恨她当初跟盛加伟生下了这个儿子。

马玉敏打电话来了，对她这个后妈用的完全是命令的口气。俞乐吟现在也顾不上同她去计较这些鸡毛蒜皮的事了。要紧的是总算知道了盛天华仍在上海，他身上没钱跑不脱，等着送钱去给他呢。

俞乐吟心头矛盾得委决不下了，是拿上千把块钱塞给儿子，让他溜之大吉呢，还是像警察临走时说的那样，得到天华的消息就去报告？报告之后天华是肯定要被逮走的，逮走之后等待着他的，无非就是进监狱进少管所或者遣返云南，虎毒还不食儿呢！她不能让天华落到这样的下场。可不报告，万一天华在上车之前被抓获了，或是以后又犯罪落网，她这当娘的岂不落个包庇的名声？

俞乐吟拿不定主意，各种思绪缠绕着她，想得她头都痛了。她不再往下想了，她只想哭，拉开嗓门放声大哭。可哭都哭不出声，一哭，邻居们上门七嘴八舌一问，她更不得安宁了。她决定去找屠英德拿主意，至少在眼前，屠英德是她最亲密的人。他是旁观者，又是男人，看事情清楚明白，他说怎么办，她就怎么办。

她打开抽屉揣了一千元在衣兜里，她得做两手准备，是资助儿子逃跑还是去向派出所报告，她都决定在离开屠英德家时直接去行动。

家里没有人，她洗了一把脸，锁上门沿着狭窄的弄堂走出去。

风很大，是冬天黄昏里刮的寒冽的西北风，俞乐吟没走上几步就打了个寒噤。

4

脚踏车穿过幽暗的过街楼进入弄堂，拐弯角上的路灯已经开了。梁曼诚把车子直接骑到后门口，锁上链条，步上楼梯时，杉杉正在亭子间门口的煤炉上炒菜。

听到他的脚步声，思云在亭子间里喊起来："思凡哥哥回家喽！"

梁曼诚正在惊诧，杉杉往他身后望望，也朝他问："思凡呢？"

梁曼诚心头一惊，站定在楼梯上问："怎么，他……不在家？"

"没在家呀！"杉杉一边把菜盛进碗里，一边答，"下班回来就没见他。"

思云走到亭子间门口来，手里捧着一只变形金刚，说："我放学回家，就没见着思凡哥哥，只好到楼上浦东阿婆家玩。"

"奇怪。"梁曼诚自语了一声，"他会到哪儿去呢？"

"你也不知他去了哪儿啊！"杉杉扬起了两道好看的眉毛，端着碗直起腰道，"不是说好，这几天你补休，陪他一起在上海多玩玩的吗？"

"是啊，今天本来也是这么做的，上午带他去龙华公园回来，接到单位一个电话，霓虹电影院后弄堂里搭一只天棚，经理指定要我负责同包工头打交道。人家的泥水匠要开进来了，我马上赶去接头，原定游览浦江的事只好推迟。"梁曼诚边说边往楼梯下后门口望，指望思凡能在这时候回来，但后门口黑洞洞的，啥动静也没有，他接着道，"临去单位时，他问我能不能一个人在街上逛逛，我问他认得路吗，他说认得。我就叮嘱他不要走远了，在附近逛逛是可以的。怎么到了这时候，他还没回家呢？"

"大概马路上花花绿绿的橱窗让他看昏了头。"杉杉快言快语地说着，把盛起的菜碗端进屋，出来时又把炒菜锅取下，换上小汤锅，"你站在楼梯上干啥，还不进屋歇一会儿？反正还得烧只汤才吃晚饭，耐心等等他吧。"

梁曼诚想纠正杉杉的判断，思凡不喜欢看橱窗的，连续几天带他出去玩，走过大百货商店，摆设得再富丽堂皇的橱窗，他都不怎么感兴趣。但他不想同杉杉争论，便快走几步，进了亭子间。

"爸爸，变形金刚的这只轮子掉了下来，我装不上去了。"思云凑到他跟前来，举起变形金刚道，"思凡哥哥会装的。可浦东阿婆说，他在我放学回家前一会儿，到外头去玩了。"

这么说思凡出去的时候已经不早了。梁曼诚一面替女儿安装变形金刚的轮子，一面自我安慰地忖度。

直到杉杉的汤煮开端上桌面，思凡仍没回来。一家三口的脸上都挂了心事。杉杉把菜、汤、饭碗、筷子搁在桌上，解下了围裙，呆坐下来干等。思云眨巴眨巴眼睛，问思凡哥哥会回来吗，她的肚皮饿了。梁曼诚心里七猜八想，极不踏实。和包工头的谈判交涉并不十分顺利，那家伙只想多赚公家的钱，一味地讨好梁曼诚，往他衣袋里塞外烟，还热情地邀他去燕云楼吃烤鸭。梁曼诚费了好大口舌，才使这家伙相信他无意和包工队心照不宣地揩公家的油。谈判开场不和谐，接下去的每一步骤当然都没啥客气，斤斤计较起来。一下午接触，梁曼诚觉得十分疲倦。满指望回家来和杉杉、思凡、思云享受家人团聚的天伦之乐，哪晓得家里又会横生出这一意外的事情来。自从思凡答应了回归，小小亭子间的气氛大为改观，思云和思凡两个小孩子自不待说。就是杉杉，脸上的愁云也散去大半，对待思凡格外客气。梁曼诚心灵深处，相对宽慰不少。这件事虽然解决得不是那么圆满，从长远来说，终究是块心病，但在眼前情况下，也算处理得妥帖的了。可千万别在思凡离沪之前，又惹出什么风波来啊！

梁曼诚对思云招招手，话其实是对妻子说的："吃饭吧，不要让思云饿着。我们边吃边等。"

杉杉立起身来抽凳子说："要是吃完饭，他还没回来呢？"

梁曼诚早估计到这层了，他只是不便说出口罢了。他也不希望是这样。"那只有出去找他了。"

还有一句话他没说出来，他也饿了，就是要到马路上去寻找，他得吃饱了才有精力。茫茫大上海，找个人是那么容易的吗？

说是边吃边等，其实梁曼诚的三碗饭，风卷残云般就草草吃完了。杉杉瞟了他一眼。他抽条毛巾抹抹嘴，道："你和思云慢慢吃，我出去找找。"

杉杉又瞥他一眼，想说什么，没说出口。下楼前，梁曼诚又问了一声楼上的浦东阿婆，浦东阿婆的声音从三楼上传下来："哎呀，这个小囡怎么还不回来啊！他三点多钟走出弄堂时，正巧碰到我，我还喊他当心，不要走太远，上海滩有骗子的！梁曼诚，你快点去找，快点去啊！噢，对了，找以前你先到派出所去问问。有时候小孩子迷路了，人家会打电话给派出所的。"

"谢谢了，浦东阿婆。"梁曼诚道谢一声，脚步重重地下楼去了。

浦东阿婆的话提醒了梁曼诚，他第一个目标就是派出所。可派出所值班民警回答，晚饭前后，没人送迷路小孩来过，也没有其他地方来过电话。

梁曼诚悻悻地退出派出所。思凡会在哪儿呢，他此刻又该如何去寻找这娃娃呢？由派出所他联想到路口的交通警，是的，带着思凡出去玩时，他曾叮嘱过思凡，万一走失迷路了，就向交通警叔叔问路。

家附近有好几个十字路口，都有值班的交通警。梁曼诚上下班都骑自行车，对此了如指掌。他要赶在八点钟警察下班之前，一个一个都问到。

交通民警的回答都是令梁曼诚失望的，没有外地口音的小男孩来问过路，在当班的几小时内，这附近一带没发生任何交通事故。

那么思凡会跑到什么地方去了呢？

梁曼诚只得盲目逐步逐步扩大范围去寻找儿子。胡思乱想时他考虑到一点，上海弄堂里有些不三不四的青少年专门喜欢欺侮陌生小孩，如果思凡撞在这么一帮人手里，挨骂挨打不说，还可能吃更大的亏。

于是梁曼诚又把搜寻的范围转向周围大大小小长长短短的弄堂。

各式各样宽敞的狭窄的弄堂里有聚在一起哼唱流行歌曲抽烟的小伙子，有偷偷摸摸躲在阴暗处接吻拥抱的情侣，惟独不见思凡的踪影。

梁曼诚的龙头拐来转去，自行车从马路上踏进弄堂，又从幽暗的小弄堂弯进宽敞的大弄堂，他的双腿蹬得都有点麻木了。他变得越来越心慌意乱，他想象不出思凡到哪里去了，他无从猜测思凡遭遇到了一些什么，当他自认为把附近所晓得的弄堂都兜了一遍之后，他愈加惶恐不安，方寸全都乱了。回家去吧，回家去等着他只会更加如坐针毡，继续寻找吧，到哪里去找呢？无目标地越来越扩大范围，能把思凡找到吗？

离家时太匆忙，忘了戴手套，光裸着双手抓着自行车龙头，他的双手冻得发僵，伸展手指都不那么自如了。入夜之后，冷风砭骨，骑在自行车上，更觉鼻涕下垂，眼角都让凛凛寒风吹得发痛。梁曼诚绝望得真想哭出声来，真想放声地呼唤思凡，但他克制着自己，他觉得这样未免太失态了些，他还得耐下心肠来寻找，继续寻找。

他机械地蹬着自行车，仰着脸，眼睛向四处环顾搜寻，迎着凛冽朔风，不放过落进视线的每一个和思凡年岁相仿的男孩。

哦，天哪，老天为什么要这样子惩罚人？他就只有这一个儿子，可怜的远方来的儿子，他已经够对不起这个儿子了，如若在上海思凡再有个什么三长两短，发生一些什么意外，他怎么对得起自己的良心，怎么对得起生下思凡并养育他的罗秀竹，他又怎么向世人交代啊？

是的，思凡跑到上海来是自作主张，他是偷跑出来的，他没有得到罗秀竹的允许，罗秀竹什么都不知道。还是在思凡答应玩过一阵便回归西双版纳之后，梁曼诚才给罗秀竹去过一封信，说明情况。关山阻隔，路途遥远。他发出信的日子不长，罗秀竹的回信还没来。可如果在这段日子里，思凡险遭不测，或者是受骗被拐再也找不见了，罗秀竹将受到怎样的刺激和伤害啊！十多年前她不情愿地失去了丈夫，难道十多年后的今天，命运还将给她带来更大的打击不成？

梁曼诚忍受不了这一思绪的重压，他的两腿乏力，再也蹬不动车了，他只能无奈地推着车前行，可奇怪的是推也推不动，他凝神一看，不觉松开了双手十指，原来只顾顺着思路陷入深沉的愁虑之中，他不知不觉间竟然紧紧地捏住了龙头。不怪他动作无知觉，不怪他久寻不见思凡而失态，思凡之所以落到今天这个地步，是得怪他，是他一手造成了思凡可怜的命运。儿子来上海以后的话语之中不无埋怨阿妈的言辞，梁曼诚听来除了辛酸便是无尽的歉疚，他晓得不能责备怪怨罗秀竹，让一个孤苦无依的女子带着思凡生活在曼雀寨，她不找个男人做依赖又能咋个办呢？她当初是不愿同梁曼诚离婚的呀，是极不情愿的呀。

在梁曼诚心头，这一点比谁都更清楚。

梁曼诚是在斟酌迟疑了好长一段时间之后，才硬着头皮决意向罗秀竹提出离婚的。橡胶农场的上海知青们跑得差不多之后，轮到在傣族、哈尼族、布朗族村寨上的插队知青们跑了；孑然一身、无牵无挂的知青们纷纷跑的时候，那些分配了工作、结了婚的知青们也在猫儿找猫儿的路、耗子找耗子的路，钻头觅缝地设法回归了。梁曼诚的心一下子发了毛。起先他以为，来到版纳的上海知青们，跑掉一半算不得了吧。只要还有一半人留下，他也还是稳得住的。他毕竟爱罗秀竹，爱他们的儿子梁思凡。他舍不得抛妻别子，他做不出那样绝情绝义的事。形势的发展，哪里会由着他想象的思路啊，短短的一段时间里，农场跑空了，知青点跑空了，连那些临时抱佛脚打离婚、辞工作的男女知青也都喜气洋洋地跑空了。到了街子上，闲空时走村串寨去耍，再也见不着明显和乡间农民们穿着不同的知识青年了。别说上海知青跑得凶，北京、重庆、成都的知青也全跑了，而本省的昆明知青们，颠得比哪个还快，他们的路途近、手续办起来更简易啊！不跑的才是憨包傻瓜呢，不跑的才真正叫一辈子活受罪呢！

梁曼诚眼睛里是慌乱的神色，心儿像风中的谷穗般颠来晃去。他忍受不了心头空落落的感觉，忍受不了一个人被抛弃在旁的凄凉孤独，他终于看明白了一点，要跑就得趁这时机，过了这个村就没这个店了！眼下的形势就如同当年千军万马锣鼓喧天地上山下乡一样，是一股波涛汹涌的潮头，跟着这潮流滚下乡来，好像闹着玩儿似的方便；随着这股潮流回归，也会像疾风扫落叶似的轻易。错过了这个机会，他就会像河滩地上的沙砾似的再也无人问津了。良心和情分被他置于脑后，回归上海的强烈欲望吞噬了他对妻儿的感情。他要随着潮汐起伏的规律回归，回归，归入同时代人的步伐。他不甘于像沙砾似的让时代的大潮抛弃遗忘。

开初，罗秀竹还想用傣家女子似水的柔情缠缠绵绵地留住他。

"曼诚龙宰，"即使是在婚后，罗秀竹还是怀着对他的崇拜和深情，尊称他为大哥，像在婚前"约骚"时那样甜甜蜜蜜、亲亲热热地称呼他，"你请人上我家说亲时，我家多妈刁难过你吗？"

"没得。"梁曼诚如实回答。他晓得，在傣家风俗中，当媒人上女家说亲时，即使姑娘和父母赞成这门亲事，爹妈也会按惯例对媒人说："鸭蛋鸡抱，我们的女儿，人家的子孙，还要问问家族里各方亲戚呢！你们以后再来问好了。"这样的答复，表示有那么几分意思。媒人回话后，隔开一段时间，男方的族长就会出面托媒前去说亲，这一回女方父母不答言，由族中老人、村寨上的队长代为答话。从是否真诚相爱，预备上门几年，如何筹办婚事宴请远亲近邻等等细节——问来，媒人代表男方对答如流地回复，女方满意以后，才会应允婚事。而梁曼诚托人向罗秀竹提亲时，这些繁文缛节般的俚俗都简化了，理由是梁曼诚从远方来，可以免却、省略。梁曼诚由知青伙伴们送进罗秀竹家竹楼，举行过"拴线礼"便成婚了。

"你再说说，曼诚龙宰，结婚之后，我家按照傣族历来的风习，硬要你实行'三比拜，三比马'了吗？"罗秀竹又问他。

梁曼诚能说啥呢？所谓"三比拜，三比马"，确是傣家的婚俗中不可或缺的一套程式规矩。结婚之后，男方上门入赘，从妻居住。一般是从结婚那天算起，先在女方竹楼里住三年，然后经女方家里人同意，丈夫带妻子回自己盖的竹楼住三年，又得回妻子家住三年。遇到妻子家兄妹多的，上门入赘的女婿更被当作劳动力对待，脏活重活由他做，家庭重担要由他挑。妻子的兄弟们还会取笑道："我们的姐妹由我们抚养长大，现在姑爷来了，该换换班了。"在傣族的俗谚中，还有这么一句："上门的姑爷给人当奴仆。"但是梁曼诚同罗秀竹结婚之后，只是象征性地从妻居住了几个月，待到寨邻乡亲们和爱欢爱闹的知识青年们把知青办专门拨下来鼓励梁曼诚扎根落户的经费盖起新竹楼时，他就带着罗秀竹另立门户了。罗秀竹和她的父母并没用傣族的婚俗来苛求他。

梁曼诚已经估猜到罗秀竹问出这些话的真正含意，他笑道："没得，没得。我们结婚，是依照自己的愿望操办的，你和你家屋头的人，都不曾卡过我。"

罗秀竹莞尔一笑说："那你说说，婚后我有哪点儿对你不起吗？"

"没得，没得啊。秀竹，我已多次跟你讲过，婚后我比当知青时还清闲。你啥活路都不让我干，总怕把我累着苦着了。和你结亲，我干过的大事无非就是上梁，一年到头的农活，仅干犁田一项。思凡生下来，你硬要背着他去做活路，我看不过，说要抱他几天，你收工回家来，总怕把我累着了，委屈了。其实，我闲得骨头都发痒了，闲得只能去河边钓虾子耍。"梁曼诚真心诚意地道，"秀竹，天地良心，你对我是再好没得了。"

罗秀竹的嘴噘起来了："那你为啥还要生出回归上海的心呢？"

一怔之余，梁曼诚只得强词夺理："闲得骨头发痒的生活，你看起来是轻松自在的日子，可我感到这是男子汉大丈夫最没出息的表现。莫非你要我这堂堂汉子一辈子就这样窝窝囊囊活下去？再说，你的爹妈亲属都在这里，曼雀的山、曼雀的水、曼雀这一方天地就是你的世界。可我不同啊，我的爹娘、我的亲朋好友都在上海，守在你这里，让我一辈子难得见他们一面，你不觉得太残酷了吗？秀竹，你对我好，这我承认，我感谢。可你想过我没得，我在得到你的同时，其实也正是一种失去，失去我的本来面貌，失去原先该属于我的一切。秀竹，我求你了，求你理解我。"

秀竹不一定把他这番话全听懂了，但他的话显然打动了她，或者说击中了她的要害。她至少从他的态度、他的决心和表面上振振有词的言语中，感觉到了最直接最实在的东西，那就是他对她的感情淡弱下来了。罗秀竹的脸庞被阴云笼罩，双眼里闪烁的光芒翳暗下去，她不再指望感化他，不再对他倾慕和崇拜，她觉得他是一个负心汉子。只在孤凄伤心得使她忧郁时，她才用歌声来表达自己的失望：

> 山歌不唱不开怀，
> 有情哥哥不再爱；
> 若把哥心说转来，
> 十朵梅花九朵开。

十朵梅花一朵也不开了。梁曼诚再不接她的歌往下唱，那些日子里，他权衡来掂量去，总觉得自己的婚姻使他失去的太多太多，而得到的却是微乎其微。他已狠下了一条心要离去，他只是不想做得太绝情罢了。

是傣族离婚手续的开明简便，还是罗秀竹的高尚自尊，事后梁曼诚怎么也说不清楚了。他总想，可能是两者兼而有之吧。结局是他提出分手时怎么也想不到的，当罗秀竹确信他已不会回心转意时，她主动递给了他一对蜡条。

按照傣俗，女方主动向男方递上表示离婚的蜡条后，男方便可立刻收拾自己的行装离去。

也正是罗秀竹这一深明大义的举止，使得梁曼诚在多少年后想起她来，心头总还是隐隐作痛的。不能单纯地责怪他薄情寡义，不能一味地诅咒他见异思迁、无心无肝。不能啊！人的感情，恰在这一点上是微妙复杂言说不尽的。

他说不出口，但他在心头承认，至今他还是爱着罗秀竹的。

梁思凡这些天来的心情是亢奋的、愉快的，却又是忐忑不安的。阿爸这些天来连续休息，陪着他玩了那么多地方，逛了那么多马路，进了那么多金碧辉煌、五彩缤纷的大商店。说出来阿爸都忍不住笑了，思凡觉得最好玩的不是西郊公园城隍庙，也不是龙华塔和博物馆，思凡觉得最有趣和吸引他的，是坐电梯，那种一站上去就会把人托着送上送下的电梯，他连续坐了十多回觉得还不过瘾。阿爸还带他吃了好多上海的点心和零食，这些东西，有的他觉得好吃，有的觉得难以下咽。阿爸说得再好吃再有滋味的东西，思凡吃来总觉得那滋味还不如在版纳嚼槟榔。虽然那些东西也有酸味、甜味、鲜味、奶味或者说不清道不明的滋味。思凡高兴的是把他没吃完的东西拿回家时，一样一样分给妹妹思云吃，她竟憨乎乎地尖声喊着说好吃，好吃，啥都好吃。于是思凡多半就把自己得的那份零食给了思云。仔细地想想，思凡有时候很替上海人可怜，他们不嚼槟榔不说，他们也不吃红辣子，偶尔尝点芫荽，又是那么一丁点儿，至于知了背肉馅、油煎荷包蛋蛹啥的，他们大概听都不曾听说过。就连在西双版纳山野里随处可摘到的苦葱，他们都没尝过那滋味。可是不同一般的香啊，是人，不尝它一下枉在人世间活一遭嘛。

其实思凡是想家了，想他自小长大的西双版纳的家了。一想到家他就忐忑不宁，就联想到阿妈罗秀竹和那个名叫滕庭栋的男人。他是偷着跑出来的，书也不读了，连阿妈都不要了，突然之间又回去，阿妈和那个男人又会怎么对待他呢？于是他拐弯抹角地向阿爸提出，要同卢晓峰见个面，打听一下晓峰的阿妈来了上海没得。阿爸一眼把他的心思看穿了，他说这些全不消思凡考虑，和卢晓峰家联系，回西双版纳去的车票，具体咋个走，还有给罗秀竹去信说明情况，让她好好地对待思凡，不要责备思凡的这一趟上海之行……阿爸全替思凡考虑周全了，不用担心。思凡眼前要做的惟一的事情，是尽兴地好好地耍。

思凡看得出，阿爸说的是真心话，阿爸对他也是真心的好。阿爸还替他由里到外买了两套崭新崭新的衣裳，让他带回版纳去穿。思凡心头是欢喜的，那衣裳的颜色花样，在西双版纳是见不着的。他穿着走进学校，同学们一定会围住他起哄。阿爸还替阿妈买了一套衣裳和好几块花布，他说那套衣裳是时兴的，阿妈会喜欢，上海的女人都穿这种服装；那几块色彩艳丽花哨的布，阿爸说给阿妈做筒裙。思凡发现阿爸没把替阿妈买花布和衣裳的事儿告诉杉杉阿妈，阿爸也没把这些东西拿回家，只说锁在电影院的柜子里，思凡走的时候，阿爸会让他带走的。思凡回到家，当然也不说。现在他不像小时候那么憨了，他开始懂事了。

今天下午本来阿爸说带他去黄浦江上坐船游览的，阿爸说坐上这船可以看黄浦江两岸的景色，看江岸上造船厂的百吨大吊车，还可以看到大海。在游船拐弯回来的地方，能看到江水、海水、河水汇合在一起的景色——三夹水。可惜中午阿爸接到电影院一个电话，有急事把他召去了。

思凡在铺上睡了一觉，歇够了醒过来闲极无聊，决定一个人出去玩。这些天尽出门玩，他把上海的马路识得差不多了。反正阿爸是同意他一个人出来逛逛的。

他没其他的奢望，他只想还到那个大商场去坐坐电梯。那太有趣味了，回到西双版纳，他再不可能有这种享受。

阿爸带他坐过两种电梯，一种是走进盒盒般的房子里，按着一楼二楼七楼八楼的电钮上下的电梯；另一种是站上那条带子自动上下的电梯。思凡喜欢乘这种电梯。那一回阿爸带他来，上上下下地坐了十多回，他还没觉过瘾。只因阿爸催，他才无奈地随阿爸离开了。今天他得趁阿爸不在身旁，乘一个够。那一天他就留神了，乘这种电梯没人管。没人来的时候，那带子照样在转。

思凡认得那个大商场，阿爸说那里离家有四站路，其实走着去都不远。思凡觉得那比离开曼雀去赶街子近多了。他是走着去的，上海的公共汽车太挤，挤上去了直憋气不说，思凡还闻不惯那股发臭的汽油味，闻着这股味儿思凡就想吐。

思凡沿着马路走去，愈往前走马路两侧商店愈多，行人也愈多。他记得那商场在一座天桥旁边，到了天桥商场便找着了。

他真是把电梯乘了个够。由一楼上二楼，转一个弯弯又由二楼到三楼，一直可以乘上五楼；然后再依次乘下来，下到楼底，他停都不停又随着人流转乘上去。呵，他真是舒服极了，他今天算是尽兴地要了个够。起先他还暗自清点数字，计算一共乘了几回，到后来他数都数不清了。他不晓得上海的商场为啥这么憨，乘这么安逸的电梯上下不收一点钱，就是收一分钱上一层楼，思凡敢保证还是会有这么多人乘的。那一天到黑，商场要多收好些钱哩。随着电梯上楼的时候，思凡有种升上天去的感觉；下楼的时候，居高临下望着商场里的人脸人堆人潮和琳琅满目的商品，思凡真想朝着他们大声嚷嚷些什么。

直到商场里灯火齐明，所有的灯刹那间亮起来的时候，思凡才陡觉时间不早了。他恋恋不舍地最后乘上一回电梯上下，就急急匆匆地往屋头赶。

方向他是记得的，只是人行道、马路上的车辆行人愈加多了。车子都像是爬行，而路人们却又走得很快。华灯初上，上海街头的霓虹灯，看上去都是那么有趣有味的。

前面是一条宽宽的大马路了，大马路上的车辆排成长队在慢吞吞地开，而自行车多得就好似要堆起来。思凡不习惯过这么宽的马路，他记得阿爸叮嘱过，在上海过马路时，一定得走横道线，左右两侧仔细望一下，看到对面马路上的绿灯亮着，灯光里有个表示走动的人影，就可以放心大胆地过，车子不会开过来的。

走到马路边时，思凡看到长长的车队和自行车都停着，对面马路上的绿灯一闪一闪亮着，那个表示可以过马路的人影清晰可见。他似乎记得阿爸还说过，绿灯闪动，就表示得快走，一会儿就要变成红灯了。

他走下人行道，疾疾地往马路上穿过去。身后一阵突突突的摩托车轰响，思凡心头一慌，站停下来，正想转脸左右瞅瞅，一辆疾驰的摩托车拐弯朝着他直冲过来。他惊慌地伸出手去本能地阻挡摩托车，摩托车已经撞了上来，在四面八方一阵惊呼声中，思凡只感到一瞬间的疼痛、剧痛……继而便啥都不晓得了。

梁曼诚疲倦至极，绝望而颓丧地回到弄堂里，用冻得不听使唤的双手锁自行车时，杉杉拉着女儿思云的手，从后门口惊慌失措地跑出来，一见到梁曼诚，她便啜泣着举起一张小字条道："快！曼诚，刚刚接到的传呼电话，思凡被车撞了，在医院里，在……他……生命垂危！"

杉杉泣不成声的叙述和梁曼诚悲恸至极的惨叫声回荡在幽暗宁静的弄堂里，引得好几户人家砰砰砰砰打开窗户探出了脸来。

5

别以为晓峰小，晓峰从玉琪姑妈和阿妈断断续续的对话中，从老爹和叔叔加琪的议论中，终于明白了阿妈想做什么。阿妈要找见那个害得阿爸坐班房的女人。晓峰真不明白，那么坏的女人，阿妈为啥偏要见她一面，咒她打她都还不能解气哩。但晓峰又不敢说，阿妈的脸色这些天来太严峻了，他不敢打扰阿妈的心思。阿爸要出狱了，这是肯定的，只不过是时间问题。老爹一家子人都在这么说。只有晓峰看得出，这消息并没给阿妈带来喜悦。相反，阿妈的眉头皱得更深了，睡在小阁楼上，夜半时分还能听到阿妈的叹息。

晓峰想不明白，原先，在勐拜寨子时，阿妈不是那么地苦苦思念着阿爸吗？只要一对他说及阿爸，阿妈的语调自会变得那么深情、那样温柔、那样真挚。为啥好不容易地在费了这么大劲要和阿爸团聚时，阿妈反而变得长吁短叹、愁眉不展了呢？

今晚上阿妈的脸色稍显缓和一些，饭也比往天多吃了半碗。老爹听说了他们在西双版纳吃惯了糯米，特意托人去买了糯米来，专门为他们母子煮糯米饭吃，桌面上的菜碗里，除了添上辣椒，还有腌菜和酸菜，稍稍对了口味。

晓峰想赶着阿妈情绪好，和阿妈好好地细摆一番，摸摸阿妈的心思。哪晓得，待他看了一阵电视，回到小阁楼上时，阿妈已经睡着了，她的脸色在薄暗中透着几分辛劳，几分安详，随着舒缓起伏的呼吸，阿妈在熟睡中轻微地打着呼噜。

晓峰不忍心叫醒阿妈，让阿妈好好睡一觉吧。连续好些天夜晚，阿妈在床上都翻来覆去地睡不着呢。

在和伙伴们一同来上海的火车上，晓峰听沈美霞讲起过她的阿妈。美霞的阿妈不也是在连天连天地睡不着觉之后，被脑壳痛的病折磨死的吗？

今晚上阿妈安然入睡了，睡得那么香甜，晓峰烦恼的心绪也顿觉宽慰不少。只是，阿妈脑壳里头在想些什么，她为什么总是闷闷不乐，晓峰仍然觉得是个谜。

解不开这个谜，他心头还是不踏实。

没得错，弄堂口里一家叫"梦娜丝"的发廊，走进弄堂去有一家小旅社，小旅社斜对面是那家"迷你发廊"。这发廊除了招牌尚在，早不开了，听说要改建成幽雅的小酒吧，正在讨价还价和人谈出租的价格。

依荷来过一次，对这里还有印象。玉琪头一次陪她到这里来，告诉过她，卢正琪正是在这里理发时，和"迷你发廊"的雅妮缠上的。

这个雅妮可不好找。依荷只来过一次，而玉琪不知往这里跑了多少趟。她先是找小旅社的主人打听雅妮家在哪里，遂而又询问着去找雅妮家。雅妮家里总锁着门，玉琪只好一趟一趟到这里来碰运气。总算给玉琪碰上了雅妮，这女人一听说是卢正琪的妹妹，根本不愿搭理，还无缘无故地摔东西撞门大发脾气。直到玉琪平心静气告诉她，是卢正琪的妻子依荷要来见她，她若不愿见，依荷就要告她个诬陷罪、破坏他人家庭罪，她才勉强答应和依荷在这个不伦不类的发廊里见一面。

依荷晓得这场见面是不轻松的，谈崩的可能性很大。但她还是固执地坚持要来，玉琪、老爹一家人怎么劝她，她都不听。她是有自己的想法的，不仅仅是希望雅妮承认卢正琪并没强奸她、诱奸她，好使卢正琪更顺利地出狱，依荷心灵深处，还存有一股欲望，想见雅妮一面的那种欲望。她要看看和卢正琪又好上的那个女人，是什么样子，她要看看把卢正琪夺去并害得他好惨的女人，是个啥子面貌。她还想，想……总而言之是说不清道不明的因素在支使着她、主宰着她的举止。

玉琪领先推开那扇小门时，依荷在门口迟疑了一下。小屋内的日光灯开了，玉琪在门内招呼："进来呀，嫂子。"

玉琪的称呼一下点明了她的身份。依荷低下头走进小屋时，那张供客人坐的理发椅转了过来，面对着她。理发椅子上坐着一个姑娘，年轻得让依荷大吃一惊，瘦削得也让依荷愕然不已，依荷算计着她俩年龄间的差别，头一回陡然察觉，她几乎可以当这年轻女人的妈了。

雅妮用一种捉摸不透的目光瞪着她，真是瞪着她，仿佛是气恼，又似乎是嫌恶，还含着恐惧和怯懦。

玉琪推过一张椅子来，说："你坐，嫂子。这位就是雅妮。"

玉琪的手指指雅妮，遂而又对雅妮改说上海话："她从西双版纳来。"

雅妮鼻腔里不置可否地哼了一声。

"你写给正琪的表明你们关系的信，是我无意间翻出来后交上去的。"依荷镇定一下自己，把思忖过的话说了出来，"法院的人，也找过你了吧？"

"找过了，你想怎么样？"雅妮充满敌意地反问着。

"你承认诬告了他？"依荷紧逼一句。

"反正他是骗了我。他从来没跟我提起过你，从来没提起过你们还有孩子，他骗我！"雅妮歇斯底里地叫起来，嗓门又尖又脆，还跺着脚，"我恨他，我恨死他了，我恨不得他马上死掉……"

"你就诬告他，是吗？"

"呃……"雅妮瞪起一双眼睛，眼里糊满了泪，怅然若失。

"你不觉得心太狠了吗？欺山还不欺水哩。"依荷心平气和地一字一顿道，"善恶到头终有报。我今日到你这里，不是来同你清算诬陷罪，不是因妒忌来嘲讽你。妹子，我看得出来，你口口声声说恨他，恨他，恨到头来还不是说明你爱他，说明你心头有他？"

雅妮震惊地瞅了依荷一眼，浑身筛糠一样颤抖起来，瘦削白皙的脸霎时间揪成一团，嘴巴一张，哇地拉开嗓门大哭起来。

卢玉琪既惊且惧地望着依荷，满脸是疑惑不解之色。

依荷仍显得出奇地冷静，仿佛一切全在她的预料之中，待雅妮尽情地悲号过几声，稍稍哭泣得轻微一些了，她才接下去说："有心爬坡要爬到头，有心理水我依荷要理到沟底。雅妮妹子，今天得见你一面不易，我得把话全说明白。卢正琪不几天就要回家了，我也要回西双版纳去，那里是我和正琪相恋成婚的地方。不过我不会缠着正琪，逼他随我归去。他是这个地方的人，他一连七八年恋着这地方不归，不想见我们母子一面，说明他的心早已离我们而去。我这一离去，就算把当年和他成婚时行的'拴线礼'割断了，拿你们的话来说，就算是离了婚。你若心头还有他，你若还真爱着他，你可以无牵无挂和他成亲过日子。天地良心，我得说句大实话，卢正琪不是一个坏人。"

她说话时，雅妮的哭声低弱下去，变成了细声细气的呜咽，可以感觉到雅妮是在听。待她的话刚一落音，雅妮的低泣又陡然升高起来变成了声声哀号。她离座跳了起来，泪流满面地跺脚舞手，边哭边吼着："我怎么可能……还……还去爱他，我恨他！我恨不得咬他几口，我……"

她忽然扑向搁板上放置的一只热水瓶，抓起来高高地举过头顶，又狠狠地砸向地面，砰的一声响，空热水瓶在地面炸裂了。她一歪身子倚在墙上，像挨了人一顿毒打般缩着身子连声啜泣，低垂着眼什么都不瞅。

依荷淡漠地瞥她一眼，又把眼睛转向站在一旁惊骇不已的玉琪，随而转过身子，走出窄小的"迷你发廊"。

卢正琪心灵上感受到的跌宕一个接着一个，那突如其来的事变使得他磨炼得铁硬的男子汉的心肠也有点招架不住。

甄别平反得如此之快，是他想象不到的。从一个囚徒到一个自由自在的公民，仅在一扇铁门之隔，这一感受的强烈，也是他从未想到的。出狱之日，来迎候他的除了家人之外，远远地站着的雅妮惶惑而又惊恐地盯着他，更是出乎他的意料。家宴上亲属们的安慰和笑语，让他感动得直想哭。

夜阑人静，当他抱着羞愧和感激之情步上小阁楼时，他只有一个念头，只要依荷对他露出一点怨恨之意，他就朝她跪下恳求饶恕。不论是父母和弟妹，谈及他的出狱时，几乎是异口同声地说，多亏了依荷。是依荷搭救了他，是依荷抹去了强加在他身上的罪名和污点，一辈子感谢她报答她，都嫌不够。三年的刑期确实不算长，但坐满三年出狱，他将永远是一个刑满释放分子。而如今，他不但只坐了一年多的牢，他还获得了平反，这就是说他还能在社会上堂堂正正地做人，理直气壮地立足，他精神上和心理上都无须背上劳改释放犯的包袱。他还是一个顶天立地的男子汉。就凭这他都得留下卢晓峰，想方设法也得将依荷接来上海，户口一时迁不进来，哪怕他奔波劳累地养活她一辈子，他也心甘情愿。

依荷坐在床沿上，手支在三抽桌上托着腮，黄色灯罩的台灯光照射着她那沉思默想的脸，卢正琪走上小阁楼，她像没察觉似的凝然不动，只是眼皮在蝉翼般颤动着。

卢正琪怀着歉疚惭愧的心情目不转睛地盯着妻子，嗓音喑哑沉痛地唤了她一声："依荷。"

依荷的眼睛睁开了，拿眼神询问般望着他。

"这些年，你受苦了。"

"哪有你坐牢房遭的罪多。"依荷淡淡地吐出一句，叹了口气。

"我是说，是说……我的意思是，我对不起你们，对不起你和晓峰，尤其是你，真的。"卢正琪从没觉得说话有这么难，在法院受审时，他都没这么难堪过，"这么长时间了，我总想，总觉得照你们的婚俗……"

"是喽，难为你不枉做过我们傣家的女婿，还记得傣族的婚俗。"依荷稍提高点声气接过了话头说，"这次来上海，倒是我失悔，悔没照傣族的婚俗，早早地带着晓峰另外配个男人，①随后告知你。那样的话，你也不至于会坐牢房了。"

卢正琪骇然望着依荷，他以为妻子是在故意讽刺自己。哪晓得依荷一脸的严肃，没一丁点儿讥诮他的意思。他垂下脑壳道："该怪罪的，是我。依荷，我讲的是真心话，真心向你道歉、赔罪。"

"我说的也不是假话，正琪。这些天来，我想得够多的了。"依荷放缓语气道，"难得你说出道歉、赔罪的话。可我问你，道过歉、赔了罪，你又能怎么样呢？你会随我回勐拜去吗？"

卢正琪一怔，眼神直了直，道："如果你要我去……"

"我要你去，其实你心头并不愿意去，是吗？"依荷目光犀利地问着。

"呃……不去那里，上海可以收留你们的，真的。"卢正琪总算逮着了一个可以说出自己意图的机会，他疾疾地表白，"晓峰的户口可以报进上海，这已经有了政策。你的也可以慢慢办。其实这事也难不着人，一时办不成，你只消住下去就可以，没得人会来干涉你。入狱之前，我赚到一些钱，想必往后照样能赚。真的，依荷，你不要这样瞅着我，瞅得我羞愧难当。我说的全是真心话，我能养活你和晓峰的。你没看出吗？老爹好喜欢晓峰这个孙孙，他也直夸你贤惠、聪明、能干，我们一家子人都会待你和晓峰好的。就是房子挤一点，那怕个啥子呢，只要我们在一起，你说不是吗？"

依荷仄耳倾听着，双眼微微眯起来。她像是听进了他的话，又似乎陷入了沉思。

卢正琪诚惶诚恐地看着她，等待她的宣判一般。

"你出狱时，看见了吗？那个雅妮妹子也在一旁远远地站着。"依荷吐出的，是一句卢正琪万料不到的话，"她年轻哩，也不丑。"

他不知依荷是啥意思，只是用漠然的点头表示自己看到了。

---

① 在傣族婚俗中，男方离家数月不归且杳无音信，女方可以另找配偶。在西双版纳傣族地区，没有重男轻女现象，也不歧视妻子改嫁时带过去的儿女。

"前些天，我让玉琪陪着去见她时，对她说，我是要回版纳勐拜去的，那里是我的故乡我的家。她若还恋着你，她可以来找你。她当时就暴跳如雷，还摔了煨瓶。你莫插言，听我讲完，"依荷摆一摆手，目光显得深沉幽远，"结果，她得到你出狱的消息，还不是来了！"

"那是绝对不可能的，根本不可能的。"卢正琪这才明白雅妮出现的原因，他终于琢磨透了一点依荷的心思，她是想行好行善行到底了，在过去那个岁月里，她就时常说"人善人欺天不欺"，没料想尘世沧桑，变迁那么大，她的一颗心还是这样善良得让人不敢相信。卢正琪断然地摆着脑壳，做出有力的手势道："依荷，你是明白人，我也坦白对你言。在身旁没有晓峰和你的时候，在和雅妮初相识的那些日子，不能说我对她没有感情，我也是爱她的。可在经历了这样的大劫大难和变故之后，那是砍落我的脑壳也不可能的。依荷，我爱晓峰，我更爱你，比原先十倍百倍地爱你。是因为你，我才有可能坐在这里同你讲话。我、我……我咋可能连牛马畜生都不如呢？"说话间卢正琪太激动了，声气都哽咽起来，他哀怜地瞅着依荷。

依荷露出一缕苦涩的笑说："莫说啥爱不爱的憨话了。原先，我们说的还少吗？再说，你没得看见，皱纹都爬上我们脸庞了，我都成老伯妈了，在上海这么大城市里，我能做个啥，我会做点啥？"

"我晓得，现在光听我说你不会相信的。依荷，你给我个机会，给我点时间，看我的行动好不好？"卢正琪结结巴巴表白着，慌不择词，"其他事儿你都莫担心。回上海后，我听说过的，前些年回归时，也有傣女跟着知青丈夫到上海的。初来乍到时也不习惯，可现在人家碰到她，都说她是个活生生的上海人，讲一口流利的上海话。哪个都想不到她是傣族女子。你那么聪慧灵秀，你也会变的，真的，真……"

依荷又在摆手阻止他，卢正琪的话戛然而止，茫然瞪着她。

依荷拿一双巴掌抹抹脸庞，长长地叹口气道："正琪，难得你还有这点良心，我心领了。我们在一幢竹楼上终究住过几年，你晓得我的性子脾气，想定了的事情，我不愿改变。为你也为我自家，我要回西双版纳去，你就只当这个人世间，再没我这个人好了。"

卢正琪哭了，眼泪夺眶而出。他没觉得羞惭，也顾不得抹眼泪，他急道："依荷，我晓得你是被我的作为整寒心了，我是对不起你。但你，你不愿原谅我，你不为我们着想，你也该替晓峰想想啊！你固执地要回去，那……那晓峰咋个办？"

"这个你不要操心。"依荷坦然道，"我自会跟晓峰说的。他不小了，不是个娃娃了……"

话未落音，通向小阁楼的楼梯上有了动静，晓峰的哭声凄厉而又伤心地传了过来。他边哭边在踩脚，楼梯上轰隆隆的响动，让人惊觉到他一脚没站稳，摔下去了。

"不要，我不要！我要阿爸阿妈在一起，我不要你们一个在这里一个在那里，呜呜呜……"

晓峰的哭闹引得全家老少全闻声聚到小阁楼下来了。老爹、玉琪、加琪几个，异口同声地追问着晓峰是咋个回事。晓峰不答言，光是拉开了嗓门使劲地哭。

卢正琪和依荷相对坐着，一声也不吱，只是茫然无措地相望着，眼神光里全都失了主意。

不是尾声

1

下班了，沈若尘从来没像今天这样迫不及待地赶着回家，从来没像此刻这样急着想和梅云清商谈。是的，必须商谈了，他已经拖得太久，关于美霞的去留之事，关于女儿的未来，他拖了一天又一天，有几次他的话都涌到嘴边了，但只要一瞅云清的脸，他又无把握地把话咽下去了。他怕时机不成熟，怕云清还没想通，话一出口，把这事儿谈砸了。那么，他很可能要遗恨终身，要懊悔一辈子。他必须忍耐，必须等待一个最好的机会。

但眼下即使再有耐心和毅力等待，他都等不得了。他接到了韦秋月生前工作的橡胶农场的来信，信上说韦秋月的女儿沈美霞到上海寻找父亲已有几个月时间，农场始终没得到孩子的音信，也没见上海方面来迁移沈美霞的粮油户口关系，不知道这姑娘的近况和未来究竟如何。如果沈若尘作为父亲一方感到收留女儿有难处，国营橡胶农场可以收养她，并负责把她抚养成人。务请回函将情况如实告知。

信的行文虽然颇客气，但字里行间对他为父一方的不信任之感也是显而易见的。

球现在完全踢到他面前来了。这一点沈若尘特别清楚。这就是说美霞还有人在关心着，她的未来也并非像他曾经忧心和想象的那样无依无靠。关键是他，弄得不好就将失去女儿，如此可爱而又美丽非凡的女儿。一想到这点他的心就隐隐作痛。橡胶农场的公函在等待着答复，不管结果是什么样子，他硬着头皮都得和梅云清商量了。

炀炀已经考完试，学校虽还没发成绩册，实际上却是放假了。这孩子第一天整日留在家里，云清怕他又同美霞吵起来，特意调休一天在家，守着这一双同父异母的姐弟。

沈若尘顾不上叩门，掏出钥匙直接开门进屋。

"……好自为之吧，不要以为我什么都不知道。前两天我回娘家去，听说维维已经怀孕，真该向你恭喜呢！你还不该表现表现？至于我们厂的事，你就看着办吧，别把私事和公事混到一起去。我想不需要一再提醒你吧，你现在可不比过去那么诚实啊。再见！"

梅云清正在接电话，不知她又同外面哪位熟人聊上了。沈若尘趁这机会，把两间屋子看了个遍。稀奇，美霞和炀炀都不在家，卫生间他都找了，没有。云清搁下电话，沈若尘发现她的脸色绯红，神情还有点异样的激动，凝神沉吟片刻，沈若尘想不起她刚才那个电话有什么该引起激动的。他也没工夫去细究云清那些婆婆妈妈的事，他连自己的事都顾不过来呢。

"炀炀和美霞呢？"他迎着云清投射过来的探询的目光问。

"嗬，"云清颇有点得意地笑了，她的神情仍有点不自在，"你能相信吗，他们双双看电影去了。是炀炀学校里的票。"

"太好了。"

"是啊。"云清似乎也看出了他欲言又止，"你有事儿？"

沈若尘吸取了头回的教训，从衣兜里取出橡胶农场的来信，递给妻子。他觉得，这样比从他嘴里说出来，要简捷坦然得多。

云清蹙着眉读信，信很短，她显然读完了，却仍垂着脸，抿嘴思忖着什么。

沈若尘注视着她脸庞上每一个细微的表情和变化，他的心跳得很不自然。云清只消朗声说一句"好啊，我们给她多买点儿礼物，送她走吧"，那就一点没商量的余地了。沈若尘实在没勇气再和她挑起一场争端。

云清的脸仰起来了，眼里闪烁着捉摸不透的光芒："你的意思呢？若尘。"

"我……呃……嘿嘿，那主要当然取决于你……"

"我要听的是你的意见。"云清正色道。

"我嘛……记得，我已经给你讲过，洁尘有她的想法，我觉得，我觉得，那也不失……"

"洁尘是洁尘，你是你。你要给我讲实话，心里话，不要有一丝一毫的隐瞒，沈若尘，你想不想把美霞留在身边？"

"当然。云清，你知道，我们最初仿佛约定……"沈若尘完全说得语无伦次，幸好这是冬天，要不他准会一头是汗，狼狈不堪，"要不我们就趁机将她送走？"他终于试探一下。

"这是你发自肺腑之言？"梅云清目光犀利地盯着他。

"我不认为这是最佳方案……"

"那么最佳方案是什么？"

"嗨嗨，云清，你知道，美霞失去了母亲，在这茫茫人世间，她就只有我一个亲人了。她不远数千里找到上海来，当然希望我这个……"沈若尘觉得吐字特别费劲，而梅云清两道目光，又像剑一般朝他刺过来，使他浑身不安，"对我来说，对我们这个家庭来说，这件事犹如不曾预报的地震样突然，炀炀和你不能适应，我也大感吃惊和措手不及。但是云清，她确实是我的女儿，我不能铁硬起心肠来不认她，赶她走。没听说吗，社会上这类事也是有的，发生了之后法律似乎对此也无能为力，最多由报纸披露后引来公众的纷纷议论。即使记者的同情在无辜的孩子一方，但报纸的揭露批评仍是遮遮掩掩，连生母生父的姓名都不敢提。我是说，我的意思是，我们都是知识分子，我们不能干那种……那种事儿……"

"别拐弯抹角了，若尘，"云清不耐烦地打断了他的话，"现在美霞的出路有三条：一是回云南橡胶农场；二是生活在你妹妹洁尘身旁，由她收养；第三条是我们把她留下，让她成为我们家庭的一个成员，成为我们生活的一部分。你别东拉西扯了，说说你的意见，你觉得哪条路最合适？"

她又逼上来了。沈若尘苦涩地一笑说："你知道，云清，我得承认，如果说以往的十多年里，我把美霞忘了的话，这次见到她以后，我很爱她……"

"她是讨人喜欢。"云清干巴巴地道。

"这不仅仅是父女之爱，这种爱有它复杂的成分，真的，云清。"沈若尘又滔滔不绝把话说开去了，不说出来仿佛就如鲠在喉，不舒服似的，"在我心目中，美霞永远是个怀抱在胸前牙牙学语的婴儿，是个蹒跚学步的娃娃。不瞒你说，她幼时两腿还有点儿罗圈。很突然地，她出落成一个亭亭玉立的少女出现在我面前，除了惊喜，同时涌上来的是歉疚，是自责。孩子长这么大，我没尽到一点力，我没尽到为父的责任。我又联想到，从她眼前这个样子，到长成个大姑娘、妙龄少女，其实也是眨个眼的事情。而她找来了，对我来说真是一个机会。如果我再把她推出去，她会记恨我一辈子。而我本人，也将遭受良心的谴责一辈子。是的，云清，如果你要问我心里话，这就是我的心里话。我希望这一次对美霞有所补偿，我希望她留在身边，希望她生活在我们身旁，假若你同意的话。"

"我好像真是不通情理的女人似的。"云清淡淡一笑，笑得极不自然。沈若尘却从她的话里听出了希望的福音，他两眼紧盯着妻子。云清坦然地道："最初知道美霞找来的时候，对我来说确是灾难，我完全乱了套。我觉得你欺骗了我，我恨你把我瞒了那么久，我感到自己遭受了侮辱，你的过去像盆脏水一样泼到我的脸上，真的，若尘，我丝毫没有夸张……"

"我很抱歉。十分……"

云清以一个断然的手势阻止他往下说:"是的,对我们的婚姻这无疑是个不幸。抓破的伤痕需要很长时间才能愈合。若尘,我是花了点时间和代价想通这件事的,不知是哪本书上写的,我们每个人生下来时都伴随着血污,都不那么干净。纯粹十全十美的好人,是找不到的。既然这样,我们活在这人世间,就都得忍受,都得宽容。这些天里我多少次扪心问着自己,我还爱着沈若尘吗?在你有了美霞之后,在你过去的隐私暴露出来之后,我虽然愤懑,但我又不得不无奈地承认,我还需要你,还爱着你,哪怕是付出了代价之后。我要给你说的是,若尘,所有这一切的一切,都和美霞无关。她是无辜的,她还是一个小姑娘,纯洁而且可爱,我们不能自私到把自己的怨恨和委屈统统发泄到她的身上。她是你的女儿,我看得出来,她爱你;而你也同样爱着她,即使是怀着歉疚复杂的心情,你仍然强烈地爱着她。我明白这些,能活活把一对相爱的父女拆散吗?"

云清把头偏了一偏,眼睛眯缝起来。

"哦,你真伟大,云清。"

"别恭维我了。"云清的眼睛又陡然睁大了,"有一天你突然发现我的身上同样存在出生时带来的血污时,也请你对我表示宽容就够了。"

沈若尘惊愕地瞪着妻子,云清的这番话使他陡觉该对她刮目相看了。他感慨道:"云清,我感激你还来不及呢。"

"让美霞留下来吧。我们一起来适应四口之家的生活。"

沈若尘狂喜地望着云清,他真想跳起来欢呼,但他的嘴讷讷地吐出的,还是一句平静的话:"云清,你再认真考虑考虑。"

"再考虑我的头脑就要炸开了。"云清双手做了个夸张的手势,头还不停地摇晃,"什么我都想了。美霞如果走了,你会因思念她而失魂落魄,会因内疚而闷闷不乐,那我们这个家还会有什么乐趣?我瞅着你牵肠挂肚的模样,能高兴得起来吗?"

"云清,我真不知道用什么语言来表示由衷的感激之情。"沈若尘动情地道，"真的，我……"

云清无所谓地耸耸肩膀，转身走到隔壁屋里去了。望着她的背影，沈若尘第一次觉察，云清和过去比仿佛变了一个人。

和美霞谈话是在云清带炀炀开家长会那天晚上进行的。炀炀的老师信奉开放式教育，一反常规，开家长会时，她要求学生陪着爸爸或妈妈一起到校。

屋里走了两个人，顿觉清静许多。沈若尘装作无意地走近坐在沙发上的女儿身旁，瞅瞅她翻看一本服装画册，指着电视机问："你不看电视吗？"

"不看，阿爸。"美霞的目光移开画册，仰起脸来望着他，顺手把画册合上了。

"炀炀去了学校，你觉得无聊吗？"沈若尘又找出话来询问。这几天，姐弟俩相安无事地待在家里，处得很好。

"哦不，弟弟去拿成绩单，一会儿就回来了。"美霞带些忧郁地说，"我若不来上海，学校也该放假了。"

孩子自个儿把话题绕到这上头来了，沈若尘连忙说："是啊，你差不多缺了一学期的课。美霞，我正想和你谈谈转学的事。"

"转学？"女儿感到意外地睁大双眼瞅着他，沈若尘用了点毅力迎接女儿的目光。

"你能适应我们家的生活吗？这些日子来，上海的饭菜吃惯了吗？"沈若尘一面说一面在责怪自己笨嘴拙舌，"留下住在阿爸家，到上海来读书，好吗？"

美霞的眼睑蝉翼般合了下去，脸上呈现惊讶的表情，半晌吐出一句："他们……愿意吗？"美霞的声气虽然很低，却仍充满着不安、怯懦和困惑。

"阿爸和你讲，就是说我们已经细细地商量过了。阿爸、云清阿妈还有炀炀，我们都欢迎你走进这个家庭。现在只等你点一下头，阿爸就设法替你办转学手续。"

美霞没有点头，她那好看的颈脖有点僵直地仰着，嘴唇动了动道："阿爸，我想橡胶农场，想月亮坝那个寨子，想……"

"可那里你啥都没得了呀。"沈若尘为女儿悲恸之情撼动，情不自禁用西双版纳的话对她道，"阿妈不是嘱咐你来上海找阿爸吗？美霞，留下来吧。你不要记着初来上海时那些不痛快的事。你不也看见了吗，云清阿妈和炀炀都喜欢你在家里。大妈妈月芳和沈艺姐姐，前些天不是来这儿探望你了吗？那是她们向你来表示歉意啊！还有洁尘娘娘，她好喜欢你。你不是一个娃娃了，美霞，你以后会逐渐明白，人世间有时免不了会遭受点委屈。不要把受过的委屈记在心上，要想想往后……"

美霞的脸仰了起来，双眼睁得老大，眼睛里噙满了泪水，不吭气儿。她的脸上蒙着层愁雾。

沈若尘被她这副模样弄得都要垂泪了，他几乎是哀求般哽咽道："美霞，阿爸曾对不起你，想起这阿爸心头悔得不行，你总该让阿爸有个改正的机会吧。想想，你好好想想，上海有很好的学校，有很好的教育传统，你会成长得更好一些。想通了，你再答复阿爸，好吗，咹？"

2

期待宣判一般的决定最终是由儿子永辉做出的，这一点杨绍荃事前竟没多作考虑，她不由得把充满希望的目光移到永辉脸上。

是的，为了得到儿子，她先得到了吴观潮支持，至少是口头上的支持，他们还决定将当年收取的五百块钱加倍地归还安文江、陈笑莲夫妇，别说吴观潮现在有的是钱，这点区区小数，杨绍荃都拿得出来。安文江、陈笑莲夫妇比杨绍荃想象得出的模样还要苍老憔悴一些，不知是西双版纳的气候催人，还是旅途的劳累，他俩都有种疲惫之态。初来大上海，这一对老态毕现的夫妇显得拘谨憨厚，自然还带着一身土气。他们似乎根本无意和杨绍荃展开争夺永辉之战，钱不钱的更不在话下，他们是这样说的："钱不钱的话就不要多说了。"这是他们的原话，姿态显然高出一筹。

听杨绍荃充满感情地倾诉了半天，陈笑莲只把脸转向丈夫，好像他才是特命全权大使，话都归他说。而安文江呢，当过街上供销社的副主任，话该是会说的，这当儿也显得安详自若，仿佛在听一件局外人的事情。侧耳倾听时毫不激动，听完之后也不冲动，一切均好似在他们的意料之中，沉默了片刻，轮到该他们表态说话的时候，安文江笑着，和人商谈无关紧要的小事样说：

"既然都是为了永辉好，钱不钱的话就不要多说了。是吗，吴观潮？"

他的目光在吴观潮脸上停留了片刻，直到吴观潮不置可否点了下头，他才又接着道："我看这事儿就让永辉定。他也是个半大不小的人了，我们不要勉强他，让他为难。你们看可好？"

"要得。"陈笑莲完全同意丈夫的办法。

于是乎所有人的目光全集中到永辉的身上，两个父亲，两个阿妈。杨绍荃顿觉呼吸都快窒息了，她懊悔事先没把话给永辉讲清楚，早知决定权在永辉这里，她该趁安文江陈笑莲来上海之前，好好对永辉下些功夫，直到永辉亲口答应她留在上海她才罢休。现在悔之已晚，只得把全部希望寄托在永辉是她亲生的这一点上，而且近来他们确实相处得相当和睦融洽。杨绍荃的双眼一眨不眨地盯着儿子、她的亲骨肉，几乎是要用母性的目光唤起永辉的一声答复。

永辉是不假思索地回答的，杨绍荃认定他是不假思索，没往深处考虑，更没想到未来。永辉说："我随阿爸阿妈回去。他们到上海来，就是来接我走的。我不想留在上海，不想，我一定得走，非要走！到了上海，见到了上海，见到了生下我的爹妈，我算是落心了。我也懂了好多事，明白了好些事情，好像一晚上长大了很多。我走，我要回去……"

永辉的话没讲完，杨绍荃一声痛自肺腑的惨叫打断了他的话。她凄厉地锐呼着，身子一歪倒了下去，什么都不知道了。

<h1 style="text-align:center">3</h1>

这是一条僻静的小马路，惟因幽暗冷寂，门前闪烁着葡萄藤般彩灯的酒吧才显得格外醒目。俞乐吟瞅着那神秘的遮着窗帘的茶色玻璃后面，总觉得儿子要从那里跑出来。她在这"良辰美景"酒吧前的小马路上徘徊了足有十多分钟了，轮番闪亮的"良辰"和"美景"四字，已机械而有节奏地腾跃着出现过多次，但是总不见天华的身影，连马玉敏这小骚精的影子也不见。

俞乐吟明白天华一旦出现将意味着什么，她听从了屠英德的规劝并在他的鼓动怂恿之下走进了派出所。她刚说出马玉敏来过电话，就觉察到派出所的警察已经知道了这回事，接待她的女民警朝她意味深长地笑着并且关照，让她带着钱照马玉敏吩咐的去做。直到此时俞乐吟才算真正地信服了屠英德，他到底是个男人，看待这类问题要比她准比她强，她唯唯诺诺诚惶诚恐一迭连声答应着退了出来。

俞乐吟活了这么一把年纪从来还不曾这样忐忑不安、迟疑不决地做过事，就是当年下决心离开西双版纳时她都没像今天这样犹豫。她晓得在行人看不见的地方屠英德的目光在注视自己，她更明白谁都不知道的暗处有警察在监视。等待着天华的是审讯和牢房。但她只能这样去做，她若不硬起心肠，只能像屠英德说的那样一起给卷进去。想到天华落到今天这个地步，俞乐吟的心头仿佛有把刀子在搅。

凛冽的风拂动着阴沟边一片残叶，从"良辰美景"酒吧里隐隐传出卡拉OK的伴奏音乐。俞乐吟再次转过身来的一瞬间，看到了天华的身影，他是从一株梧桐树粗壮的树干后幽灵般闪出来的，不知为什么他的身边没见马玉敏。俞乐吟朝着儿子扬一扬手，喑哑着嗓门招呼：

"天华！"

"阿妈！"天华东张西望一下，撒着腿朝着她跑来，跑得又急促又凶猛，边跑边唤着，"阿妈！"

俞乐吟迎了上去，她想走得更近一些看看儿子，她惟一的造孽的儿子。

那些警察真像电视里演的戏一样，天兵天将般突然降临，不知他们躲在什么地方，又是如何从隐蔽的暗处跃身而出的。直到眼睁睁瞅着他们把闪着光的手铐铐住儿子，俞乐吟都没明白他们起先藏在何处。

俞乐吟的腿肚在颤抖，心房像闷锤般撞击着轰响，泪水直往上涌，脊梁骨如同被人陡然抽去了似的，浑身瘫软着摇晃起来。

冷风扑面，风声里送来天华的声声惨叫："阿妈，阿妈！你快救我，快救救我啊，阿妈！我再不干坏事了！"

几个警察簇拥着天华走过来，俞乐吟身子一歪往下倒去。屠英德不知啥时已倚立在她身旁，不失时机地搀扶住她。她勉强站着，啜泣着朝儿子喊："天华……"

一阵冷风扑上她的颜面，直透她的咽喉，泪水模糊了她的双眼。

几个人影从她身前闪过去了。有辆车往这边开过来。

4

思凡的头颅包裹在雪白的纱布里，只露出他的一圈脸。他的嘴唇有点歪斜地抿着，透出一条缝隙。他的鼻梁上留着一道抹拭不净的青痕，在灯光下泛着青亮骇人的颜色。他的双目紧闭，眼睑深重地合下来。白色的被单将他瘦削的身子整个儿遮住了。

一声比一声急切尖厉的呼喊多少起了点作用，思凡的眼皮抖动了，他大约是听见了思云的声声哭喊，听见梁曼诚恐慌得泣不成声的呼唤，听见杉杉的啜泣。思凡的眼睛睁开了一条缝，直到此时他们才注意到思凡的脸是肿的，眼泡是肿的。天哪，这孩子咋会被撞成那么可怕的模样！

思凡歪斜的嘴唇更歪了，他是想笑，可脸颊和双唇都不听他的使唤，他把嘴挣扎着张开了，低吟般的微弱声气从他的嘴里吐出来，哭泣声静息下去，思凡费老大劲儿说："好……你们都、都……好，阿爸、杉杉阿妈都、都……好，你们……惟独……"他急喘着气，嘴陡然张得很大，显得气接不上，一张脸憋得通红。

梁曼诚俯身朝他道："思凡，好儿子，留着话以后再说吧。"

杉杉嘤嘤的哭声又清晰起来。

思凡合了一下眼，又张开了两条缝，喘了两口气，接着道："你们好、都好，惟独我、我……我不好，我是多余的……"

他几乎是屏足了所有的力气，呼喊控诉一般叫出了最后一句，眼一闭，脑壳往边上一歪，重又睡过去，惟有嘴还张着，在往外呼气。

杉杉一声凄厉的哭叫响遍了病房，她扑倒在床沿上，使劲抓着床栏摇撼着喊："思凡，我们让你留下，留在上海，我们同意你留下，我们可以在屋里搭只高架床，让你留下。呜呜、呜呜……思凡、思凡，你听见了吗？听见了吗？留在你阿爸身旁……"

哭叫声震骇了整幢病房楼。可是思凡却像啥都没听到似的，仍凝然不动地躺着，在杉杉阿妈凄凉悲恸的声音令人胆战心惊地在病房里回荡时，思凡微启的嘴巴里喘息一般在朝外呼气。

在他们一家赶到时，医生就已明确说过，这孩子被撞得太厉害，头脑和身躯的外伤虽重，却是可以治疗的，惟腿膝盖处的粉碎性骨折，会使他行走困难，只能以轮椅代步。

5

晓峰一大家子人到上海新客站来，不是来离别，而是来相送，送别当初一块儿相约着来上海找父母的伙伴。在晓峰的哭闹撒泼哀求之下，依荷阿妈终于让了一步，答应随儿子暂时在卢正琪的小阁楼上栖身住下。不过她还保留着一份住不惯便离去的权利，为证明她说的话当真，她还出人意料地取出了一对蜡条给夫家众人看，且郑重其事地宣告，一旦她对此姻缘不称心，蜡条递到卢正琪手里，他们的婚姻便算终结了。这是西双版纳的风俗。

为晓峰终于说得依荷阿妈让步，老爹一再地夸这孙子有出息，长大了会办成大事。

因而晓峰在这家庭中的地位明显不同起来，当他提出一大家子人包括叔叔娘娘都得去车站送他的伙伴时，全家人哪个都没提出异议。

难为的是，没有娃娃可送的梁曼诚一家人和俞乐吟一家也来了。梁思凡腿膝处骨折将长期依赖轮椅的悲剧大家都听说了，几户人家的大人、娃儿都去探望了他。思凡的经历提醒所有健康的人该怎样对待尘世间的矛盾和冲突。思凡伤残的阴影久远地残存在梁曼诚的小家庭里，伫立在曼诚身旁的娇小的杉杉，两只眼睛至今还是樱桃般红通通的，就连小小的思云，也仿佛比原先懂事了许多。俞乐吟出现在站台上并不令人惊奇，她到场甚至对她如何看待人生多少会有些启迪。天华被抓以后，从街道里弄从派出所公安局传出一些消息，有的说天华将被送进少教所、工读学校，有的讲天华要被遣返回云南，还有的传拘留一阵子就会放出来，但始终没个准讯。俞乐吟显得憔悴而苍老，也不知是她提心吊胆地走钢丝般过着日子还是纵乐所致，总之她看上去比其他同时代的人都要显得老一些，富裕并没给她带来安宁那是肯定的。让大伙儿惊奇的是马超俊和马玉敏父女也到车站来了，并且还给离去的孩子送了礼物，他的这一举动让人们顿时醒过神来，恍然想起他当年也曾是个知青，而马玉敏也是当年知识青年的下一代。知识青年这一代人现在爱说他们的青春无悔，悔不悔只有每一个人心灵深处真正明白，但是共同的经历和遭际使得他们相互同情相互理解那倒是真的。

要离去的永辉是情绪最好的一个，他早早地随安文江和陈笑莲上了卧铺车厢，从打开的车窗里探出脑壳，笑吟吟地不停地和来送行的大人娃儿们打招呼。

他对站得离开车窗几步的吴观潮和漠苹说："阿爸，不要记恨我，我已经又给你们单位写了信，说你们待我好了。你的任命书，不是下了吗？"

吴观潮浮起笑和漠苹一齐朝儿子点头，眼角不时扫向左右两侧，窥测身旁的人们是否听出了永辉话里面的话。

永辉又对几乎挨紧车窗站着的杨绍荃说："阿妈，你莫哭。我还会来上海的，你好好地过日子，长大了我会来看你，真的。"

他是凑着杨绍荃的耳畔说的。杨绍荃泪流满面，她已真正爱上了自己的儿子，可儿子却偏要离她远去，但她似乎已经有点想通了，尽管在流泪，还能控制得住自己。

最让人困惑不解和充满离愁的是沈美霞，她可以不走的，娘娘愿意收养她，父亲愿意安置她，但当她明了橡胶农场来了信，她愈加执意要离去。更使人想不到的是，这美丽的小姑娘始终保持着镇定，没哭。沈若尘的眼睛里已是泪光闪闪，梅云清不时地拿餐巾纸抹拭眼角，调皮的炀炀几乎是哭丧着脸一遍一遍轻唤着：

"美霞姐姐，美霞姐姐……"

她仍不哭。

该叮嘱该关照的话显然早已说了又说，找不出更多的话讲了。可他们一家子还是相对伫立着，吸引着所有人的目光。列车上的播音员已在向上车的旅客致意，并用庄重的语气宣读严禁易燃易爆物品上车的规定。车站上的播音员同样在用职业性的刻板语调通知哪一次列车即将到达，哪一次列车即将发出。

"时常来信，好吗？"沈若尘又一次对女儿叮嘱。

"嗯，我会写的，阿爸，把我的情况都告诉你……们。"

"放假了，只要你想到上海来，就给我们写信，拍电报也可以，我给你汇车费去。"

"要得。"

"一个人在农场里住着，孤单了，不习惯了，想到上海来读书，你就给我说，我尽快替你办手续。"

"在农场不会孤单，阿爸。农场里有好多好多人。"

"这我知道。"

"我会再来上海的，阿爸。你猜我怎么来？"

沈若尘茫然地朝女儿摇摇头，机械地回答："当然是坐汽车、坐火车……"

"我要好好读书，报考上海的大学。"沈美霞突然冒出一句，她的脸颊因为激动涨得绯红绯红。

"好，那好。"沈若尘觉察女儿的话使得被离情别绪压抑得过分沉闷的气氛轻松了些，背后有人在窃窃私语说这姑娘既懂事又漂亮。

"旅途上要连续好几天，你要听永辉家阿爸阿妈的话。"梅云清插进话来说，"带着的点心、水果，都尽快吃完。新衣裳也尽管穿，以后我们再给你寄。"

"多承了。"美霞客气地道谢。

平稳呆板的播音员在停顿片刻之后，又播讲起来："从上海开往昆明的 79 次特快还有两分钟就要开车了。检票口停止检票。还没上车的旅客，请赶快上车。送客的同志，请注意安全……"

人们给美霞让开一条道。

沈若尘陪着女儿疾疾向车厢门口走去，沈若尘表白一般道："有机会，我一定去版纳看你。"

"嗯。"

"你也要来，听见了吗？"

"会来的，阿爸。"

到车厢门口了，美霞在迈腿上车，沈若尘陡然地喊了一声："美霞！"

美霞浑身一震，转过身来扑进父亲怀里。沈若尘紧紧地紧紧地搂抱着女儿，这是他的女儿，他真舍不得她走，可她非要离去，女儿有她的道理，她绝非一个啥也不懂的孩子。他只祈求女儿在以后的岁月里会理解他，原谅他，只祈求和女儿永远保持着联系。他在美霞耳畔说：

"我对不起你，美霞，可我爱你。"

"阿爸，我也爱你，我会想你的。"

美霞在挣脱搂抱时轻轻地说着，转身上了车。沈若尘情不自禁想跟上去，乘务员伸出胳膊一拦，说了句："要开车了！"随即跳上车，压下踏板，砰的一声关上了车门。

美霞的脸在车窗玻璃后出现了，一声铃响，列车缓缓移动着朝前驶去。

沈若尘和所有送行的男女老少不由得跟着列车追了几步，遂而意识到什么似的收住了脚。列车驶得快起来，沈若尘已看不到女儿，他怅然若失地举起手来扬了扬，浑身散了架似的疲乏，什么东西在他心头失落了。

后　记

　　十几年前，上山下乡知识青年大返城的时候，具体的返城政策中有两条规定：其一是已在当地安排工作的知青不能返回；其二是已婚知青（不论你在农村还是乡镇企业就职）不能返回。要钻前一条规定的空子似不那么容易，不少顾虑到回城之后的遭际，也不敢贸然行动。而后一条规定的羁绊无非就是婚姻。于是乎已婚知青中便断然地采取了行动：有假离婚的，那往往发生在男女双方均是知青身上；也有真离婚的，那多半是和当地农村人结婚的。挣脱婚姻的锁链，恢复知识青年赤条条无牵挂的身份，他们亦随着那返城的大潮回归了城市。这时候城市的诱惑力是那么强大，他们的举动往往也能得到世人的谅解，但却忽略了离婚随之而带来的负面影响。我是离开乡村很晚的知青（迟至 1979 年 10 月）。当时我曾想，那些被回归城市的知青离弃了的农村女人和已经生下的娃娃，未来将怎么生活呢？特别是那些孩子，长大之后问及自己的亲生父母（多半是父亲，也有少数母亲），又该如何想象？

　　可以说长篇小说《孽债》的最初构思，该是起源于那一段生活本身。

　　尽管是可以构思小说的素材，但是"无米之炊"是无法做出来的。我也不可能想象这些孩子将来和他的生身父母之间该演出哪些方面的一连串悲喜剧。

好几年过去了，知识青年这个字眼已经让人感到陈旧和麻木。尽管北京、广州、武汉、成都好多大城市里的老知青们举行过类似"青春无悔""追忆当年"等等活动，顽强地想表现这一代人的存在，但人们再不像当年那样看待用血汗和眼泪浸染过的"知识青年"这四个字。恰在这时，我在回上海探亲时，听说了附近弄堂里发生的这么件事：一个宁波农村的汉子带了两个孩子，到上海来找当年的妻子；而他的妻子在回到上海分配到工作之后，早已重新嫁了人，并有了新的孩子。于是乎一个女人两个男人三个孩子的故事顿时成了弄堂新闻。有人说女人离开农村时根本没办妥正式离婚手续，哄骗男人回归上海之后还将把他和孩子接去；有人说第二个男人根本不晓得女人原先的婚史；有人说两个男人打起架来了；有人说这个家庭热闹非凡有戏文可看……

我没去穷尽这个故事的底细，随手按习惯作了札记之后，心里思忖，这倒是个写作素材，但是仅仅照生活的本来面貌去写是不成的。上海生活着一千几百万人，上海的包容性又实在太大，同样一件事发生在内地的村庄里、小城镇上会有"满城风雨"之感，但在上海这仅仅是一条弄堂新闻而已，人们一天到晚听到的奇闻逸事太多太多了，别说一个小人物小家庭的戏文，中国的外国的上层的下层的稀奇古怪的事儿他们听得耳朵都起茧子了，他们早就练出了见惯不惊的本事和修养。

这以后不久，我在一家刊物上读到了一篇小说，名字记不清了，但内容几乎同我所说的弄堂新闻相差无几，我特意留神了小说的结尾，似乎作者也没交代出这一家人究竟如何处理种种解不开理还乱的矛盾，小说的结尾只告诉读者，这个家正闹得不可开交……

又隔开了两三年，我又听说了这么件事：在西双版纳的一条街子上，有位北京来的旅游者打扮的中年女子，始终在屋檐下徘徊，嘴里喃喃自语着失悔一类的话语。原来这女子是当初来西双版纳的北京知青，回城时离了婚，遗下一个孩子给当地的农民丈夫抚养。她走得很轻松，回归北京之后落实了工作，且很快有了新家。世间的事有时总阴差阳错，二度婚姻之后，她再没生育。随着时间的流逝，她越来越思念遗留在西双版纳的和第一个丈夫生的儿子。终于她征得现今丈夫的同意，赶到西双版纳的故土上来找儿子。谁知这里的农民从来便有迁居的习俗，她照着原先记忆中的地址寻去，再没找到她渴念的儿子。于是乎她便有些失态地踟蹰在赶场的街子上，逢到人便询问打听，便讲她那失悔的心情和颇为曲折的经历……

听来让人悲伤。

吸引我的还不只是这个故事，而是这个故事提供的地域：西双版纳。哦，这是一块多么美妙无比的土地！那里的风情习俗和上海相比，简直判若两个世界。上海是海洋性气候，西双版纳是旱湿两季的山地气候；上海众多的人口和住房的拥挤是世界上出了名的，而西双版纳的家家户户都有一幢宽敞的庭院围抱的干栏式竹楼；上海有那么多的高楼和狭窄的弄堂，而西双版纳满目看到的是青的山绿的水；上海号称东方的大都市，是仅次于北京的政治、经济、文化、外贸、金融中心，而西双版纳系沙漠带上的绿洲，是一块没有冬天的乐土，既被称为"山国"里的平原，又被形容为孔雀之乡、大象之国，它有那么多的神秘莫测的自然保护区和独特珍贵的热带雨林；上海人被人议论成精明而不高明、聪明而不豁达，而西双版纳的傣族兄弟姐妹，谦和、热情、纤柔、美丽，无论是在电影里和生活中，他们的形象都给人遐思无尽……对比太强烈了，反差太大了。而恰巧傣族婚俗中的结婚、离婚手续比较简单，恰巧当年的知青和傣家女子由于差别的巨大而更为相互吸引，因而大返城时知青的离异更加简便一些。

最初的构思逐渐地在我心头萌动、成熟。对我来说格外有利的是我有在西南山乡生活了二十一年的漫长经历，潜心入神地研究过西南各少数民族的历史、变迁、差别和习俗；同时我毕竟出生在上海，在这个大都市里生活了整整十九年，以后又常因出差、改稿、开会回归故里，亲眼见过上海近年来的变化。于是乎新的构思形成了，新的人物呼之欲出，而当把这些人物放在西双版纳和今天的大上海各个层次上展现时，多少艺术的亮点闪烁起来。

尽管我也正逢繁琐不尽的调动和搬迁，尽管处于生活、工作、环境、人际关系的变动和新的适应，我还是按捺不住创作的激情，写下了这一部新的长篇小说《孽债》。

小说上半部分发表短短一两个月时间，亲戚朋友们都关心地询问那几个跑来上海找父母的娃娃后来怎么样了。在为赈灾签名售书的那天，人头簇拥的读者中冒出一张脸来，郑重其事地询问我书中一个孩子到底有没有人收养，甚至一些同样在搞创作的同行也问，那些孩子后来将怎样生活，仿佛那些我构思的娃娃真存在似的。自然，读者的好感也反映到影视部门，六七家影视单位前来找我商谈改编拍摄事宜。最为令人稀奇的是 1991 年 9 月下旬的《新民晚报》上刊出了一篇真实的通讯报道《孩儿找妈泪花流》，写的是一个北方少数民族的男孩子到上海寻找母亲的真实事件。我的一位同学给我打来电话说："真稀奇……"

稀奇不稀奇我说不上来，有一点是可以肯定的，读者翻开这本书，将来这本书果真搬上荧屏，当蒙太奇闪现出花开四季、果结终年、江河常流的西双版纳和上海耸天的高楼及拥塞的马路时，故事在这样的两种氛围里展开，那会好看的。这不是我过于自信，而是我为这本书倾注了大量心血和度过了好些个不眠之夜。

谢谢。

叶辛
1991 年底

图书在版编目（CIP）数据

孽债 / 叶辛著. -- 北京：作家出版社，2025.4

ISBN 978-7-5212-2792-5

Ⅰ.①孽… Ⅱ.①叶… Ⅲ.①长篇小说—中国—当代
Ⅳ.① I247.5

中国国家版本馆 CIP 数据核字（2024）第 089658 号

孽债

作　　者：叶　辛
责任编辑：翟婧婧　乔永真
装帧设计：周伟伟
出版发行：作家出版社有限公司
社　　址：北京农展馆南里10号　　　邮　　编：100125
电话传真：86-10-65067186（发行中心）
　　　　　86-10-65004079（总编室）
E-mail:zuojia@zuojia.net.cn
http://www.zuojiachubanshe.com
印　　刷：北京盛通印刷股份有限公司
成品尺寸：152×230
字　　数：340千
印　　张：25.5
版　　次：2025年4月第1版
印　　次：2025年4月第1次印刷
ISBN 978-7-5212-2792-5
定　　价：65.00元

ISBN 978-7-5212-2792-5